EDITIONARTSCIENCE

Ahasver kehrt zurück
Roman

Helmut Rizy

EDITIONARTSCIENCE

© Edition Art Science 112008
LITERARISCHE REIHE

Wien - St. Wolfgang
Au 93, 5360 St. Wolfgang
editionas@aon.at, www.editionas.com

Logo marumedia
Umschlagbild Helmut Rizy
Druck sdz / Dresden
Printed in Germany
ISBN 978-3-902157-51-5

Gedruckt mit Unterstützung durch
BM für Kunst und Kultur / Abteilung Literatur
Land Oberösterreich
Stadt Wien / MA 7 / Literatur
Stadt Linz / Kultur

WIR WANDERNDE,
Unsere Wege ziehen wir als Gepäck hinter uns her
Nelly Sachs

I

Wird es der Endpunkt sein? – Sein Alter spräche dafür. – Oder doch nur eine weitere Haltestelle auf dem Weg, der ihn im Laufe seines Lebens um den halben Erdball geführt hat? Gershon Gal lässt den Blick durch das karg eingerichtete Hotelzimmer schweifen. Nein, er hat nicht diesen Raum gemeint, den er hoffentlich bald gegen eine passende Wohnung vertauschen kann; spätestens bis seine Koffer mit dem wenigen, das er mitzunehmen bereit gewesen war, nachkommen. Es geht um diese Stadt, in der ja im Grunde alles begonnen hat.
Warum ist er gerade hierher gekommen? Aus Sentimentalität? Am Vormittag ist er durch jene Straße geschlendert, in der sich einst die Schuhfabrik befunden hat, die seiner Familie gehörte. Doch da war nichts, das an die Vergangenheit erinnert hätte. Neue Wohnblöcke säumen die Straße dort, wo die Fabrik gestanden haben muss. – Eigentlich ist er froh darüber, nichts gefunden zu haben, das ihm vielleicht eines Tages den Aufenthalt in dieser Stadt belasten könnte. So verbindet ihn nichts mit ihr. Die Stadt ist völlig neu für ihn – denn als hier seine Wanderung begann, existierte er vielleicht eben in den Gedanken seiner Eltern.
Gershon stellt den Aschenbecher auf das Nachtkästchen, legt Zigaretten und Feuerzeug daneben, hängt sein Sakko auf den einzigen Sessel im Zimmer, zieht die Schuhe aus und streckt sich schließlich auf dem Bett aus. Für heute hat er genug gesehen. Und er wird noch genügend Zeit haben, sich mit dieser Stadt vertraut zu machen. Sightseeing hat zwangsläufig den Geruch eines befristeten Aufenthalts an sich, und dieser Vorstellung will er – zumindest im Augenblick – keinerlei Vorschub leisten.
An der Zimmerdecke verschieben sich zitternd Lichtflecken, Reflexe von der Straße. Gershon zündet sich eine Zigarette an und versucht, den Rauch in deren Richtung zu blasen. Schließlich gelingt es ihm; kurz leuchtet ein Teil des hochsteigenden

Qualms auf. – Seines Vaters kann er sich kaum entsinnen. Da ist im Wesentlichen nur das Gesicht, das er von einem Photo kennt. Und dieses verbindet sich meist mit dem kleinen roten Auto aus Gummi, das er einst von ihm geschenkt bekommen und das ihn eine weite Strecke seiner Wanderung begleitet hat. Mehr ist ihm vom Vater nicht geblieben – außer vielleicht ein Gespür dafür, wann es an der Zeit ist, einen Ortswechsel vorzunehmen.

Vormals hatte der Vater den rechten Augenblick gewählt, dieses Land zu verlassen, in das er nun zurückgekehrt ist. Dass jenem dies gelang, lag vermutlich daran, dass er politisch nach links tendierte, oder wie es die Mutter einmal euphemistisch ausdrückte: ›Dein Vater war zwar Unternehmer, doch er hatte ein soziales Gewissen.‹ Wie es scheint, war er schon mit den ›grünen‹ Faschisten in Konflikt geraten. Und das hat ihn offenbar gewitzter gemacht als andere Familienmitglieder, die im Anschluss Hitlers Drittes Reich nicht überlebten.

Auf diese Weise wurde Shanghai der reale Ausgangspunkt seiner eigenen Wanderung. Dort wurden erst er und dann seine Schwester Hilda geboren. Mag sein, dass er nicht beharrlich genug nachgefragt hat, jedenfalls hat die Mutter ihm nie plausibel zu erklären vermocht, warum damals ausgerechnet China ihr Ziel gewesen war.

Er hat kaum Erinnerungen an jenes Land, die Stadt oder auch nur das Haus, in dem sie dort wohnten. Schließlich war er erst drei Jahre alt, als sich die Wanderung der Eltern fortsetzte.

Eines Abends – er hatte schon geschlafen – war er durch eine lautstarke Auseinandersetzung zwischen den Eltern aufgewacht. Wenigstens hat er immer geglaubt, sich daran erinnern zu können. Möglicherweise hat er auch nur angenommen, dass sie gestritten haben müssten; denn später hat die Mutter einmal verbittert festgestellt: ›Wenn dein Vater nur ein wenig bedachtsamer gewesen wäre, wäre uns vieles erspart geblieben. Aber er hat sich eingebildet, ohne ihn ginge es nicht; und er müsste immer in der vordersten Reihe stehen.‹

Am nächsten Morgen hatte ihn der Vater auf den Schoß genommen – angesichts der Tatsache, dass er ihn nur selten sah, war allein das schon außergewöhnlich genug gewesen – und hatte ihm begeistert oder auch Begeisterung heischend erklärt, sie würden schon bald ›auf einem riesigen Schiff eine riesig lange Reise‹ antreten.

Viele Besitztümer waren da nicht, die eingepackt werden mussten. Er selbst besaß ein winziges Köfferchen, in dem sich einzig und allein das besagte rote Gummiauto befand. Im Gedächtnis geblieben ist ihm noch der große Koffer des Vaters, der mit der Wäscheleine der Mutter fest umschnürt war, da er wegen der Bücher, die er enthielt, überaus schwer war und zu platzen drohte.

Die Schiffsreise dauerte endlos – ist für ihn immer noch mit schlimmen Erinnerungen verbunden. Insbesondere aber hat sich ihm der eigenartige Beginn eingeprägt: Als sie aus dem Hafen ausliefen, hatte ihn der Vater auf den Arm genommen, auf den Hafen und die Häuser dahinter gezeigt und erklärt: ›Das ist die Vergangenheit‹; dann hatte er sich umgedreht, den Finger aufs Meer gerichtet und gemeint: ›Dort liegt die Zukunft‹. Jenes Bild der Zukunft: bleigraues Wasser, darüber ein Nebel, durch dessen Schwaden matt die Scheibe der Sonne zu sehen war. Für den Vater war dieses Bild dann geradezu metaphorisch geworden, denkt Gershon und zündet sich eine weitere Zigarette an.

Wenige Tage, nachdem sie Shanghai verlassen hatten, war der Vater erkrankt. Der Schiffsarzt konnte nicht viel für ihn tun. Und so war die Mutter die ganze Fahrt über damit beschäftigt gewesen, sich einerseits um den kranken Vater und andrerseits um das schreiende Baby – Hilda war damals gerade ein Jahr alt – zu kümmern. Erst später begriff er, dass in dieser Situation für ihn keine Fürsorge übrig bleiben konnte. Deshalb paarte sich das Bild des bleiernen Meeres mit dem der engen, düsteren Schiffskabine, in der die Mutter dem stöhnenden Vater feuchte Tücher auf die Stirn legt.

Als sie schließlich Kapstadt erreichten, das Ziel ihrer Reise, war es für den Vater schon zu spät. Vom Hafen weg wurde er in ein Krankenhaus gebracht. Das war das letzte Mal, dass er den Vater zu Gesicht bekommen hat.

Sie zogen in ein kleines Haus ein, das Onkel Henry, ein Cousin des Vaters, für sie vorbereitet hatte. Er hat es in angenehmer Erinnerung. Bongi, das schwarze Mädchen, das schon im Haus auf sie gewartet hatte, kümmerte sich um ihn und Hilda; erst, da die Mutter die Tage über beim Vater im Krankenhaus verbrachte, und später, weil sie nun arbeiten ging. Anfangs betrachtete er Bongi als Spielkameradin, doch sie wurde immer mehr zu seiner wirklichen Mutter, die für ihn da war, ihn umsorgte und wenn nötig auch tröstete. Er sah in ihr nie den Dienstboten, vielmehr den guten Geist in allen Fährnissen seiner Kindheit. Genau genommen war Bongi die wichtigste Bezugsperson in diesen Jahren, ja vielleicht in seinem Leben gewesen.
Das änderte sich auch nicht, als er schließlich als Schüler mit der Realität des Landes konfrontiert wurde, mit Apartheid und dem tiefgreifenden Rassismus, dem auch seine Mitschüler huldigten. Da er nicht bereit gewesen war, ihnen darin zu folgen, war er in der Schule recht einsam. Vor allem nach jener Auseinandersetzung, in deren Verlauf ihn – den ›Kaffern-Freund‹ – einige der Mitschüler blutig geprügelt hatten. Da allerdings auch die Prügel bei ihm keine Sinnesänderung bewirkten, strafte man ihn mit Verachtung und ließ ihn links liegen; was ohnehin das Beste war, was ihm passieren konnte.
Die Einsamkeit wurde zu seinem ständigen Begleiter. Und das war auch später nicht mehr zu ändern. Gershon schmunzelt, als ihm dabei das Gespräch zwischen Jossi und Mordechai einfällt, das er eines Tages zufällig mithörte: Die beiden waren sich darin einig gewesen, dass er ›auf geradezu beleidigende Weise unkommunikativ‹ sei. Ihr Urteil störte ihn nicht, ja er empfand dabei sogar eine gewisse Befriedigung. Er hatte letztlich mit dieser Rolle zu leben gelernt. Und im Grunde fehlte es ihm während seiner Schulzeit an nichts.
Bis die Wanderung ihre Fortsetzung fand: Er war mitten im Studium und hatte, da wichtige Prüfungen bevorstanden, nichts anderes im Kopf, als die Mutter eines Abends von der Arbeit kommend feststellte, sie würden das Land so rasch wie möglich verlassen. Der Anwalt, bei dem sie arbeitete – je

nach Sichtweise galt er, der Strafverteidiger von Schwarzen, als berühmt oder berüchtigt –, war an diesem Tag verhaftet worden. Was man ihm tatsächlich vorwarf, wurde nie bekannt, da er einen allfälligen Prozess nicht mehr erlebte. Und gewiss nicht zu unrecht musste die Mutter befürchten, in ein Verfahren gegen ihn mit hineingezogen zu werden, da sie mit seinen Aktivitäten voll und ganz vertraut war.

Das Ziel der neuerlichen Reise war Israel, wo Onkel Shlomo lebte. Er hatte die Mutter immer wieder in seinen Briefen aufgefordert, ›ins angestammte Land‹ zu kommen, nicht zuletzt wegen der Kinder, die doch ›als Juden unter Juden in Frieden leben‹ sollten. – In aller Eile wurden also die Zelte abgebrochen, und Onkel Henry versprach, sich um alles Weitere zu kümmern.

Inwieweit er für Bongi sorgte, hat Gershon nie erfahren. Sie war der einzige Grund gewesen, warum ihm der Abschied von Kapstadt nicht leicht fiel. Aber er hatte einsehen müssen, dass sie Bongi nicht mitnehmen konnten. Gleich nach der Ankunft in Haifa schrieb er ihr einen Brief. Und sie antwortete auch. Auf einer Karte aus einem Ort, von dem er nie gehört hatte, vermerkte sie, dass es ihr gut gehe. Dann hörte er nichts mehr von ihr. Er wußte keine Adresse, an die er ihr hätte schreiben können, und er zögerte immer wieder, Onkel Henry danach zu fragen. Später hat er sich oft wegen dieser Feigheit gescholten.

Es machte ihm keine besonderen Probleme, sich in der neuen Umgebung einzuleben. Doch Onkel Shlomos Versprechen, ›als Jude unter Juden in Frieden leben zu können‹, bewahrheitete sich nicht. Die ersten Monate im Land verbrachten die Mutter, Hilda und er damit, Ivrith zu lernen. Mit der Zeit gewöhnte er sich auch daran, nicht mehr Gernot, sondern Gershon gerufen zu werden. Er hatte sich den Namen nicht selbst ausgesucht; doch fand er es nicht unpassend, als ›Fremdling‹ bezeichnet zu werden. Hilda hingegen beharrte mit allem Nachdruck darauf, künftig den Namen Jehudith zu tragen.

Beide wurden sie schließlich zum Militär eingezogen. Für ihn war dies eine Zeit der Integration, wenngleich er vorerst viel lieber sein Studium fortgesetzt hätte. Und dann dauerte sein Militärdienst länger als vermutet. Er hatte noch nicht abgerüstet, als der Krieg ausbrach; jener Krieg, der nach landläufiger Meinung sechs Tage dauerte, sich jedoch in Wahrheit nun schon über mehr als dreißig Jahre in unterschiedlicher Intensität hinzieht.

Er gehörte einer Panzereinheit an, die den Golan erstürmte. Wie alle anderen war er begeistert und voller Elan dabei gewesen, die Heimat zu verteidigen. – Dort tauchte auch der Name Ahasver erstmals auf, der schließlich an der Besatzung ihres Panzers als Beiname hängen blieb. Es stellte sich nämlich heraus, dass jeder von ihnen bereits eine mehr oder weniger lange Wanderung hinter sich hatte; der Name war aber zugleich eine Beschwörung des ewigen Judentums. Ha'ahasverim, die Ahasvers, so wurden sie bald allgemein genannt.

Selbst in der Maßregelung, zu der sie hinterher vergattert wurden, tauchte der Name auf. Sie hatten während der Fahrt auf den Golan mit dem seitlich gerichteten Geschützrohr die Telegraphenmasten am Rand der Straße niedergemäht, in der Meinung, damit dem Feind, den Syrern, zu schaden. Niemand hatte ihnen gesagt, dass die Regierung beabsichtigte, den Golan zu annektieren. So hatten sie, wie man ihnen hinterher nachdrücklich vorhielt, die eigene Infrastruktur mutwillig demoliert. – In gewisser Weise war diese Episode in seinem Leben maßgeblich dafür, dass er fortan hellhöriger in Bezug auf offizielle Erklärungen wurde.

Nach dem Ende des Militärdienstes konnte er sein Studium fortsetzen und wurde Chemiker – ›ziviler Chemiker‹, wie er vor einigen Jahren auf seine Visitkarten hat drucken lassen, nachdem er es abgelehnt hatte, sich an einem Militärauftrag zur Entwicklung eines Kampfgases zu beteiligen.

Eine Folge jenes Krieges war aber auch, dass die Gemeinsamkeit innerhalb ihrer Familie zerbrach. Hilda, die sich ja jetzt Jehudith nannte, um ihre Gesinnung zu bekunden, heiratete Arieh, der seinen Namen wohl nach ähnlichen Maßstäben gewählt hatte. Sie beide gehörten zu den ersten Siedlern auf dem Golan, den er gewissermaßen für sie miterobert hatte.

Nach kurzer Zeit war ihnen aber offenbar auch dieses Siedlerdasein am Golan nicht mehr militant genug gewesen und sie hatten sich den ›Getreuen Hebrons‹ angeschlossen und waren nach Kiriat Arba gezogen.

An Feiertagen traf er die beiden zunächst noch beim gemeinsamen Besuch der Mutter. Die Auseinandersetzungen konnten dabei jedoch nicht ausbleiben. Als Hilda bei einem dieser Zusammentreffen – Rosh Ha'shana oder Jom Kippur – Baruch Goldstein als Helden bezeichnete und Arieh selbstgefällig feststellte, auch er habe schon einen Palästinenser erledigt, war für ihn dieses Kapitel abgeschlossen. Er schwor der Mutter, niemals wieder mit den beiden zusammenzutreffen. Und sein Entschluss war unumstößlich. Ab und zu wollte ihm die Mutter etwas von Hilda erzählen, aber selbst das wusste er zu verhindern.

Damit hatte er, als Onkel Shlomo und kurz darauf auch die Mutter starben, keine direkten verwandtschaftlichen Bindungen mehr im Land. Der Gedanke, seine Wanderung wieder aufzunehmen, das heißt das Land zu verlassen, entwickelte sich in ihm allerdings erst nach der Ermordung Rabins. Er hatte nie Illusionen über die Rolle des Friedensnobelpreisträgers gehabt. Gerade deshalb jedoch beunruhigte ihn dieser Mord. Wäre Rabin der konsequente Verfechter eines gerechten Friedens mit den Palästinensern gewesen, dann wäre die Tat des Jigal Amir nachvollziehbar gewesen. Doch so zeigte sich, wie moralisch korrumpiert die Gesellschaft bereits war. Wenn Töten zur Staatsraison wird, dann sind eben auch die Mitglieder der eigenen Gemeinschaft nicht mehr davor gefeit.

Bei einem der Treffen der Ahasvers meinte Efraim, davonzulaufen sei nicht der richtige Weg; man müsse selbst etwas dagegen tun. Was aber konnte er tun? Sich in der Friedensbewegung engagieren? Selbstverständlich demonstrierte er mit, wenn dazu aufgerufen wurde. Doch neben denen, die ihr Anliegen wirklich ernst nahmen, bereit waren, auch persönlich Opfer zu bringen, sah er jene marschieren, die sich nur mit Wenn und Aber äußerten – und damit im Grunde denen, die es ganz bewußt darauf anlegten, einen Frieden zu verhindern, in die Hände spielten.

Efraim wandte auch ein, dass er, wo immer er auch hinginge, dann selbst wieder dem Antisemitismus ausgesetzt sei. Das mochte wohl stimmen, aber war es letztlich nicht leichter zu ertragen, selbst dem Rassismus ausgesetzt zu sein, als am Rassismus gegen andere Mitschuld zu tragen?
Gershon schiebt sich den Polster zurecht und greift automatisch nach dem Zigarettenpäckchen. Erst da wird ihm die unvertraute Umgebung wieder bewusst und er fragt sich, warum er sich ausgerechnet jetzt, da er doch vorwärts blicken müsste, in die Vergangenheit versenkt. Nun, wahrscheinlich würde jeder angehende Psychologe darauf eine passable Antwort wissen. Aber muss er wirklich mit seiner Vergangenheit ins Reine kommen? – Es liegt wohl eher daran, dass er an den Ausgangspunkt dieser Vergangenheit zurückgekehrt ist und hier nichts gefunden hat, woran er anknüpfen könnte.
Wie hatte Onkel Shlomo seinerzeit geschrieben: ›Als Jude unter Juden in Frieden leben‹. Ja, er hatte als Jude unter Juden gelebt, doch der Frieden war von Tag zu Tag in weitere Ferne gerückt. Vorerst jedoch blieb der Wunsch, sich der Zersetzung des sozialen Umfelds zu entziehen, ohne Ziel. Bis ihn dann jener Brief erreichte, in dem sich ein ehemaliger Schulkamerad des Vaters nach diesem erkundigte.
Es ist schon eigenartig, auf welch verschlungenen Pfaden mitunter Menschen gezwungen werden, sich zu erinnern: Ein Kind beteiligt sich in der Schule an einem Projekt, in dem dem Schicksal von Verfolgten und Vertriebenen nachgegangen wird. Und der Großvater dieses Kindes bemerkt ganz zufällig beim Lesen einer Liste von Namen, dass er mit einem der darin Aufgeführten gemeinsam die Schulbank gedrückt hat. Unversehens wird diese Person, an die er seit Jahrzehnten nie auch nur einen Gedanken verschwendet hat, für ihn interessant, und er macht sich zusammen mit dem Enkel auf die Suche.
Es blieb nicht bei dem einen Brief, dessen Beantwortung für das Projekt des Enkels durchaus genügt hätte. Es entwickelte sich ein Briefwechsel, der vor allem vom Wunsch des Briefpartners getragen war, in immer neuen Details Rückschau zu

halten. Und schließlich kam die Einladung, die ›Stadt seiner Väter‹ doch einmal zu besuchen.
Damit hatte sich schlagartig ein Ziel angeboten. Und so ist er nun da. – Gershon will erneut nach einer Zigarette greifen, merkt aber, dass sein Mund ohnehin schon ganz ausgetrocknet ist. Es wäre besser, erst etwas trinken zu gehen, überlegt er. Immerhin ist er ja nun auch in seinen Erinnerungen in der ›Stadt der Väter‹ angekommen. Er setzt sich auf und zieht die Schuhe wieder an. Stadt der Väter! Spielte es für ihn wirklich eine Rolle, dass von hier alles seinen Ausgang genommen hat? Nichts gemahnt mehr daran. Und selbst wenn, würde es etwas ändern, wenn er am Vormittag vor einem Gebäude gestanden wäre und sich gesagt hätte: Diese Fabrik hat einmal meinem Vater gehört. – Im Grunde ist er nirgendwohin zurückgekehrt, er ist lediglich weitergezogen.

II

»Warum ist Ihr Vater damals ausgerechnet nach China ausgewandert?« Der Junge versucht nochmals auf das Thema zurückzukommen, nachdem sie vom Esszimmer ins Bibliothekszimmer gewechselt sind, wo Gerlinde den Kaffee serviert. Der Alte stellt eine Flasche Cognac und drei Schwenker auf den Beistelltisch und lässt sich dann ächzend in den schweren Lederfauteuil fallen. Wortlos bietet er Gershon eine Zigarre aus einem mit Intarsien verzierten Kästchen an. Ebenso wortlos lehnt dieser ab und holt stattdessen sein Zigarettenpäckchen aus der Jackentasche.
Er wendet sich dem Jungen zu: »Ich weiß es nicht. Wobei ich zugeben muss, dass ich mir diese Frage kaum jemals gestellt habe. Meinen Vater konnte ich nicht mehr fragen – er war tot. Meine Mutter hat nie darüber geredet. Ich selber habe, als ich jünger war, zu sehr in der eigenen Gegenwart gelebt, um mich mit einer mir fernen Vergangenheit zu beschäftigen; habe sie, soweit ich von ihr wusste, als Gegebenheit hingenommen. Und nach dem Tod der Mutter war es zu spät. Es gab niemanden mehr, den ich hätte fragen können.«
Der Alte, der inzwischen die Gläser gefüllt hat, prostet ihm zu. Gershon greift nach dem Schwenker, der ihm zugeschoben wird. Noch in Gedanken sagt er unwillkürlich: »Le chaïm«, verbessert sich allerdings sogleich: »Nun hat mich meine eigene Vergangenheit eingeholt. Auf Ihr Wohl!« Und zum Jungen – das dritte Glas ist offensichtlich nicht für ihn bestimmt: »Auch auf Ihres.«
»Wolfgang lehnt Drogen grundsätzlich ab«, erklärt der Alte lachend. »Im Grunde stimme ich ihm voll und ganz zu; solange er mir noch mein Gläschen Cognac und meine abendliche Zigarre gönnt.« Ein wenig demonstrativ greift er nach dem Zigarrenkästchen und wählt bedächtig eine aus. »Er ist mir eindeutig zu radikal, wenn er alles in einen Topf wirft: Tabak und Opium, Alkohol und Heroin. Ich bin eben zu alt

oder altmodisch und nenne Tabak und Alkohol noch immer Genussmittel.« Andächtig zieht er die Zigarre aus ihrer Hülle, schneidet ihr Ende mit einem Messerchen ab, das er aus seiner Westentasche holt, und zündet sie an. Dann lehnt er sich zurück und pafft mit Vergnügen vor sich hin.

Gerlinde, die das Zimmer betritt, wedelt eine Rauchwolke weg, die ihr ihr Vater entgegenbläst. »Ihr habt den Kaffee nicht eingeschenkt«, stellt sie vorwurfsvoll fest und greift nach der Kanne. Gershon beobachtet sie, während sie die Tassen füllt. Er findet sie attraktiv. »Für mich nicht mehr«, hört er den Jungen sagen, »muss heute bald ins Bett. Hab' morgen ein Referat.«

»Das in Sozialgeschichte?«, fragt der Alte. »Bist du auch gründlich vorbereitet?«

Ungehalten erwidert der Junge: »Aber ja, Großvater.«

»Schon gut«, meint der Alte besänftigend, »habe lediglich gefragt.«

»Am besten ist wohl, ich gehe gleich.« Der Junge ist schon im Begriff aufzustehen, setzt sich jedoch wieder, den Blick auf Gershon gerichtet, als wäre da noch eine Frage, die er stellen müsste. Anscheinend ändert er seine Absicht und meint schließlich: »Wir sehen einander doch wieder?«

»An mir soll es nicht liegen. – Es tut mir leid, dass ich auf Ihre Fragen so wenig, ja eigentlich gar nichts zu antworten wusste. Es hat den Anschein, als wüssten Sie mittlerweile über meinen Vater besser Bescheid als ich selbst.« Und nach kurzem Überlegen: »In meinem Gepäck, das mir früher oder später folgen sollte, befindet sich eine Schachtel mit alten Photos – mein Erbteil. Wenn es Ihnen recht ist, sehen wir uns die Bilder dann gemeinsam an. Es könnte etwas dabei sein, das sie interessiert.«

»Doch, ja. Es würde mich sehr freuen, die Bilder zu sehen.« Der Junge steht rasch auf. »Auf Wiedersehen also.« Nach Gershon verabschiedet er sich von seiner Mutter und seinem Großvater jeweils mit einem angedeuteten Kuss.

»Dieses Schulprojekt über das Schicksal von Ausgewanderten hat den Buben wirklich sehr beschäftigt«, stellt der Alte fest, nachdem jener das Zimmer verlassen hat.« Und mich dann auch, als ich den Namen Ihres Herrn Vater gelesen habe. Es wäre bestimmt übertrieben, wenn ich sagte, dass wir Freunde gewesen sind. Aber wir haben uns im Grunde ganz gut verstanden. Schließlich kamen wir aus einem ähnlichen Stall.«

Gerlinde hat nach dem dritten Cognac-Glas gegriffen. Sie steht auf, um mit Gershon anzustoßen – »Auf einen angenehmen Aufenthalt in unserer Stadt!« –, und setzt sich dann in den Stuhl neben ihm, in dem zuvor ihr Sohn gesessen ist.

»Die Berichte aus Israel, die wir beinahe täglich zu hören bekommen, sind ja schrecklich. Diese Anschläge, der Terror. Was ist das für ein Leben, wenn man ständig davor Angst haben muss, mit dem Autobus zu fahren oder auch nur in ein Kaffeehaus zu gehen. Die vielen jungen Menschen, durch Bomben zerrissen. Sicher sind Sie froh, dem entkommen zu sein. – Zumindest für einige Zeit.« Aus dem Nachsatz glaubt Gershon einen fragenden Unterton herausgehört zu haben.

»Natürlich ist die Lage nicht einfach.« Gershon will sich aber jetzt auf keine breitere Erörterung einlassen; deswegen stellt er nur fest: »Man muss aber – wie sagt man? – jede Seite sehen.« Sie scheint nun erst recht eine Erläuterung zu erwarten, doch er hat keine Lust dazu. Das Gespräch stockt. In die Stille hinein sagt sie: »Entschuldigen Sie mich bitte einen Augenblick. Ich muss meinem Sohn noch etwas sagen.« Er schaut ihr nach, als sie das Zimmer verlässt. Eine gute Figur hat sie.

Der Alte döst vor sich hin. Die Zigarre in seiner Hand ist ausgegangen. Gershon genießt die Ruhe. Behaglich in den Fauteuil gelehnt beginnt er den Raum in Augenschein zu nehmen. An den Längsseiten dunkle Regale mit Büchern, vor allem alten Büchern. Nur ein kleines Fach ist mit Taschenbüchern gefüllt und auch sonst fehlen weitgehend die bunten Buchrücken neuerer Provenienz. Der Raum vermittelt die Atmosphäre eines vergangenen Bildungsbürgertums, wie es Gershon aus Filmen kennt. Ein Raum, in den man Gäste setzt, um sie zu beeindrucken. Schwere Vorhänge umrahmen das Fenster. Hinter einem glaubt er allerdings, die Umrisse eines Bügelbretts zu erkennen. Vielleicht doch nicht nur ein Refugium der Besinnlichkeit.

Gershon fühlt ein Ziehen im rechten Oberschenkel. Erst versucht er einen drohenden Krampf durch rasche Bewegungen des Fußes zu vermeiden, schließlich steht er auf. Ein paar Schritte sollten ihm Erleichterung verschaffen. Er geht eines der Bücherregale entlang. Ein altes Lexikon in 24 Bänden, Goethe gesamt, Schiller gesamt, alte Ausgaben von Autoren, deren Namen ihm unbekannt sind. Eine Abteilung mit nichtdeutschen Autoren: Shakespeare, Corneille, Racine, Dante, Hamsun, Tolstoi, Dostojewski … Inmitten des Regals ein Fach mit Glastür: eine alte Bibel, offenbar wertvoll. Die wohl ursprünglich angestrebte Absicht, einer Preziose den entsprechenden Rahmen zu geben, ist durch den Umstand geschmälert, dass mittlerweile das Buch von einer Vielzahl von Nippes flankiert ist, die hier offenbar dem Verstauben entzogen werden sollen.

Gershon wechselt zur anderen Seite, zu jenen Fächern, die neuere Literatur beherbergen. Hier findet er Hemingway, Sartre, Camus, Pablo Neruda, García Marquez, Grass und auch einen Band Heine. Er fragt sich, ob dies Bücher Gerlindes sind oder die des Jungen. Analog zum Fach für die Bibel befindet sich mitten in diesem Regal eine große Aussparung, die mit Bildern gefüllt ist. Eine Reihe von alten Photographien in goldenen und silbernen Rahmen illustriert die Familienchronik. In der Mitte das Bild eines Fabriksgebäudes: ›Wachszieherei Karl Wegscheid‹ liest Gershon auf einem Schild. Die Unternehmerseite war offenbar der ›ähnliche Stall‹, der seinen Gastgeber und seinen Vater verbunden hat.

Rechts unten fehlt ein Bild. Der Nagel, an dem es aufgehängt war, ist vorhanden, und an der Wand zeichnen sich deutlich dessen Umrisse ab. Weshalb war es nicht an seinem Platz? Zeigt es etwas, das man ihm vorenthalten wollte? Neugier – gepaart mit Misstrauen – ein altes Leiden von ihm. Misstraue dem Misstrauen! Dennoch beschäftigt ihn die leere Stelle. Er lässt den Blick über die Photographien wandern. An der Art der Aufnahmen ist eine Chronologie ablesbar. Danach fehlt

19

im Grunde sein Gastgeber. Er schaut zu ihm hinüber. Er sitzt noch da wie zuvor, nur der Kopf ist zur Seite gesunken. Die erloschene Zigarre hält er noch immer fest.

Gershon mustert das Zimmer aus dem neuen Blickwinkel. Bestimmt hat es in der Wohnung seiner Eltern ein ähnliches Zimmer gegeben. Seine Vorstellung vom Vater verbindet diesen deutlich mit Büchern – lesend, daraus zitierend und zuletzt im Koffer verstauend. Die Bücher sind in Südafrika geblieben, in besagtem Koffer eingeschlossen, den die Mutter nie ausgepackt hat. So weiß er nicht einmal, welche Bücher sein Vater gelesen, was ihn beschäftigt hat. Ein Teil waren bestimmt politische Bücher, doch ist anzunehmen, dass er auch Romane gelesen hat. Vielleicht liebte er Gedichte? Trug er seinen Goethe bei sich, seinen Heine oder Laotse? Er wird es nie mehr erfahren. Es sei denn, sein Gastgeber könnte sich daran erinnern, welche literarischen Vorlieben sein Vater als Schüler hatte.

Es wäre auch möglich, dass der Koffer noch existiert, vergessen auf einem Dachboden. Er weiß aber nicht einmal, ob Onkel Henry noch lebt. Als Mutter starb, hat er ihm dies in einem kurzen Brief mitgeteilt; und jener hatte mit ein paar tröstenden Worten geantwortet. Doch damit war der Briefwechsel auch schon wieder beendet gewesen. Falls Onkel Henrys Tochter – wenn er sich recht erinnert, hieß sie Beth – noch ein wenig schreibfauler ist als er, dann hat sie es wohl nicht einmal für nötig gefunden, ihn von dessen Tod zu benachrichtigen. Oder sie hat Hilda geschrieben; und so hätte er auch nichts erfahren.

Gershon geht zum Fenster und schaut auf die nächtliche Straße hinunter. Es ist eine ruhige Wohngegend, wenige Neubauten, zumeist kleine Geschäfte, deren Auslagen nur schwach beleuchtet sind. Kaum Verkehr. Ein Auto fährt einsam die Straße entlang. Gershon merkt nicht, dass Gerlinde neben ihn getreten ist. Erst als sie fragt: »Noch einen Kaffee?«, wird er ihrer gewahr. »Oder lieber noch einen Cognac?« Sie geht zur Sitzecke voraus. Der Alte ist endgültig eingeschlafen, sein Kopf ist zurückgesunken, der Mund offen, er atmet leise

röchelnd. Von der Zigarre hat sich Asche gelöst und über das Revers des Sakkos verteilt.
»Ich denke, es ist Zeit zu gehen.« Gershon blickt auf seine Uhr. »Es ist spät.«
»Leisten Sie mir noch einen Cognac lang Gesellschaft. – Nachdem die Herren des Hauses schon schlafen.«
»Gut, noch einen Cognac. One more for the road, wie die Amerikaner zu sagen pflegen. Im Deutschen gibt es doch bestimmt auch eine entsprechende Redewendung?«
»Auf einem Bein steht man schlecht, würde ich sagen. – Zum Wohl.« Sie schaut ihm in die Augen, während sie ihm zuprostet und lächelt. »Wie sagt man in Israel?«
»Le chaïm. Auf das Leben. – Das ist nicht auf Israel beschränkt. Juden sagen es überall auf der Welt.«
Doch es will sich kein rechtes Gespräch mehr einstellen. Beide sitzen da und nippen an ihren Gläsern. Schließlich fragt Gershon: »Was machen Sie, ich meine beruflich?« Bestimmt nicht die beste Frage, um das Gespräch wieder in Gang zu bringen, sagt er sich sogleich. Wenn sie nur den Haushalt führt, muss ihr die Frage wahrscheinlich taktlos erscheinen.
»Ich habe Romanistik studiert und übersetze nun hauptsächlich aus dem Französischen. Was ich eben bekomme. So kann ich zuhause arbeiten und mich auch um Vater und Wolfgang kümmern.«
Damit scheint klar, dass sie alleinstehend ist. Als Gershon sie anschaut, glaubt er ihrem Blick zu entnehmen, dass sie weiß, was er eben gedacht hat. Doch sie sagt nichts weiter. Obwohl Gershon natürlich gern wüsste, wo der Vater des Jungen abgeblieben ist.
Er trinkt den letzten Schluck aus dem Schwenker und stellt ins leere Glas blickend fest: »Nun ist es aber wirklich Zeit für mich, zu gehen.«
»Soll ich Sie ins Hotel bringen?«
Gershon lehnt dankend ab: »Ich habe den Weg hierher gefunden, also werde ich wohl auch zurückfinden. Zur Not habe ich einen Stadtplan bei mir. Außerdem tut es mir gut, meine Beine noch ein wenig zu bewegen.«

Als er aufsteht, fällt sein Blick auf den schlafenden Alten. »Müssen Sie Ihren Vater nun ins Bett bringen? Soll ich Ihnen helfen?«
»Nein, das ist nicht nötig. Üblicherweise wacht er nach einiger Zeit auf und geht dann selbst zu Bett. – Aber danke für Ihr Angebot.«
Sie bringt ihn an die Tür. »Wir sehen einander ja wieder. Sie haben es Wolfgang versprochen.«
»Das würde mich freuen.«
Und als ob sie sich erst jetzt darauf besänne: »Falls Sie jemanden brauchen, der Ihnen die Stadt zeigt, rufen Sie mich doch an.« Sie gibt ihm eine Visitenkarte, die sie anscheinend schon längere Zeit über in der Hand gehalten hat.
»Auf dieses Angebot komme ich gern zurück.«
Sie deutet auf die Visitenkarte: »Benützen Sie die Handy-Nummer. Da bin ich besser zu erreichen.«
Schließlich verabschieden sie sich voneinander; ein wenig zu förmlich, wie Gershon findet, nachdem hinter ihm die Tür ins Schloss gefallen ist. Er verlässt das Haus, bleibt aber kurz darauf vor einem hell erleuchteten Schaufenster stehen und schaut auf die Visitenkarte, die er in der Hand behalten hat: ›Dr. Gerlinde Benarrivo. Diplomübersetzerin.‹ Sie ist also verheiratet – geschieden, verwitwet? Adresse, Telefonnummer, Handy-Nummer, E-Mail-Adresse. Er steckt die Visitenkarte ein und geht beschwingt – wie nach der Bewältigung einer schwierigen Aufgabe – in Richtung U-Bahn-Station.

Es war von Anfang an ein eigenartiger Abend gewesen. – Am Vortag hatte er geraume Zeit in der Hotelbar verbracht, Kaffee getrunken und Zeitung gelesen. Dann war er in der Nähe des Hotels spazieren gegangen, auf der Suche nach einem Laden, in dem er Zigaretten kaufen konnte. Schließlich war er wieder in seinem Zimmer gelandet – und hatte nichts mit sich anzufangen gewusst. Aus dem Bedürfnis heraus, irgendetwas Sinnvolles zu tun, hatte er den Alten angerufen, lediglich um ihm mitzuteilen, dass er in Wien sei. Schließlich hatte er in einem

der Briefe versprochen, sich zu melden, sollte ihn das Schicksal einmal in die ›Stadt seiner Väter‹ verschlagen.
Der Alte war selbst am Apparat gewesen. – Offenbar hatte er die Oberhoheit über das Telefon. Zumindest war dies Gerlindes Hinweis auf ihr Handy zu entnehmen. – Warum er denn nicht angekündigt habe, dass er nach Wien komme, wollte er vorwurfsvoll wissen. Und seit wann er denn schon da sei? Weiters – die anfängliche Überraschung überwindend – ‚ob er einen guten Flug gehabt habe? Wo er wohne und ob er gut untergebracht sei? Schließlich hatte er bedauernd festgestellt, dass er für diesen Abend schon etwas vorhätte. Er würde sich aber ungemein freuen, wenn er ihn und seine Familie am kommenden Abend besuchen käme, am besten zu einem gemütlichen Abendessen.
Und Gershon hatte zugesagt. Es war nicht seine Absicht gewesen, diese Bekanntschaft so umgehend zu aktivieren, konnte die Einladung aber auch nicht gut ausschlagen. Er war nicht davon ausgegangen, dass sein Anruf damit enden würde; hatte eher gedacht, sein Briefpartner wäre wohl gar nicht auf eine nähere Bekanntschaft erpicht, sollte er tatsächlich einmal hier aufkreuzen. Vielleicht hatte er sich sogar mit seinem Anruf Gewissheit darüber verschaffen wollen, dass er keineswegs so willkommen war, wie man ihm brieflich versichert hatte?
An der nächsten Straßenkreuzung ist Gershon unsicher, welchen Weg er nehmen muss, und er zieht den kleinen Stadtplan, den er aus der Hotel-Rezeption mitgenommen hat, zu Rate. Wie ursprünglich vermutet, muss er nach links abbiegen. Er hätte also seinem Orientierungssinn durchaus vertrauen können.
Seine Gedanken kehren zum Abend zurück: Und dann stand er vor der Tür – ›Hofrat August Wegscheid‹. Als sie aufging, kam ihm der alte Mann mit dem militärisch kurzen Haarschnitt entgegen. Er wirkte sehr distinguiert, groß, schlank, im dunklen Anzug mit Krawatte. Schräg hinter ihm wartete der Junge, auch er in Anzug mit Krawatte. Er fühlte sich deplaziert; war er doch zu einem gemütlichen Abendessen eingeladen worden und hatte sich daher keine Gedanken darüber gemacht, was man dazu anzog. So stand er – der Gast – da, in seinem Sport-

sakko, das er den ganzen Tag über getragen hatte, und natürlich ohne Krawatte, einem Accessoire, das er sich höchstens zu besonders feierlichen Anlässen umbindet.

Wegscheid – für Gershon zur Unterscheidung von seinem Enkel fortan der Alte – schien an seinem Aufzug keinen Anstoß zu nehmen. Er begrüßte ihn außerordentlich freundlich, ja geradezu überschwänglich, als begegnete er nicht einem wildfremden Menschen, mit dem er lediglich ein paar Briefe gewechselt hatte, sondern seinem ehemaligen Schulkameraden, den er schon immer gern hatte wiedersehen wollen. Der Junge hingegen wirkte bei der Begrüßung gehemmt, schüchtern, fast distanziert. Das mochte auch daran liegen, dass er sich ganz offensichtlich in seinem Outfit nicht wohl fühlte. Er erweckte den Eindruck, verkleidet zu sein, ganz im Gegensatz zu seinem Großvater, der sich vermutlich nie anders kleidete.

»Wie lang wollt ihr noch im Vorzimmer herumstehen?« Von Gershon unbemerkt war eine Frau hinzugetreten; gut aussehend, wie er sogleich feststellte, schwer bestimmbaren Alters. Sie wurde ihm als Gerlinde vorgestellt, Tochter des Alten und Mutter Wolfgangs. Dies engte den Spielraum ihres Alters ein. In den Briefen war sie nie erwähnt worden, immer nur der Enkel – der freilich auch Eltern haben musste. Darüber hatte sich Gershon allerdings nie Gedanken gemacht, wie er nun konstatierte.

Sie ging voran und Gershon entging nicht, dass auch sie sich für den Abend herausgeputzt hatte. Sie trug ein einfach geschnittenes, aber sehr schickes Kleid, das ihre Anmut noch betonte. Sie blieb neben dem Esstisch stehen, der nicht nur mit dem guten Geschirr, sondern offensichtlich auch mit besonderer Sorgfalt gedeckt worden war. Sie schien auf eine anerkennende Bemerkung zu warten, doch weder der Alte noch der Junge machten Anstalten dazu. Also fühlte sich Gershon bemüßigt etwas zu sagen, fand aber nicht das rechte Wort. So sagte er: »Wunderbar!« – ein Ausdruck, den er niemals benutzte und für den er sich auch sogleich genierte. Leute, die alles nifla, wonderful oder eben wunderbar finden,

sind ihm grundsätzlich suspekt. Doch erntete er ein Lächeln von ihr.
»Kümmerst du dich um den Aperitif?«, forderte sie den Jungen auf, »ich muss nach den Enten sehen.« Im Hinausgehen drehte sie sich zu ihm um – hatte sie bemerkt, dass er ihr nachblickte? – und fragte: »Trinken Sie Alkohol?« Er war nahe daran gewesen zu sagen: ›Ich bin Jude, und kein Muslim‹, verkniff sich dies allerdings; zum Glück, denn ihre Frage bezog sich nicht auf religiöse Gebräuche, mit denen sie, wie er im Verlauf des Abends merkte, durchaus vertraut war. Wahrscheinlich befürchtete sie, er könnte zu den Antidrogenaposteln vom Schlag ihres Sohnes gehören.
Im Nachhinein findet Gershon die Vorstellung amüsant. Der Junge füllte mit sichtlichem Un-, wie sich herausstellte eher Widerwillen, aus einer Karaffe drei geschliffene Aperitif-Gläser, während der Alte nochmals betonte, wie sehr er sich freue, den Sohn seines einstigen Schulfreundes – den ›Freund‹ hat er später etwas relativiert – bei sich begrüßen zu dürfen.
Er kam gar nicht dazu, seinerseits ähnliche Freude zu bekunden oder sich auch nur zu diesem Zeitpunkt entsprechend für die Einladung zu bedanken, denn der Junge scharrte bereits in den Startlöchern, um ihn mit Fragen zu bombardieren. Er stellte Fragen zur Familie, zum Teil Fragen, die er sich selbst nie gestellt hatte und auf die er auch keine Antworten wusste: Ob er noch nahe Verwandte habe? Nein. Hilda hat er glatt vergessen. Im Wiener Telefonbuch stünden eine ganze Reihe von Gals; ob er mit diesen verwandt sei? Er kennt keinen von ihnen, weiß nicht einmal, dass es in Wien so viele Gals gibt. Ob er mit dem Komponisten Hans Gál verwandt sei? So erfuhr er, dass es einen Komponisten dieses Namens gab. Ob er seinen Namen mit einem Accent auf dem A schreibe? Er wusste nicht, dass man den Namen auch mit Accent geschrieben findet. Ob seine Familie ursprünglich aus Ungarn stamme? Auch diese Frage konnte er nicht beantworten. – Aber wenn es der Fall wäre, gäbe ihm dies immerhin die Möglichkeit, noch ins ›Land seiner Vorväter‹ weiterzuwandern.

Nachdem Gerlinde das Essen aufgetragen hatte – gebratene Enten, Salate und verschiedene Beilagen –, mahnte sie den Sohn, den Gast doch in Ruhe essen zu lassen. Die Enten schmeckten vorzüglich, und Gershon stand erneut vor dem Dilemma, dem auf passende Weise Ausdruck zu verleihen. Schließlich entschied er sich für »Köstlich!«, ebenfalls ein Wort, das ihm bisher nie über die Lippen gekommen war. Der Junge schloss sich mit einem »Lecker!« an, der Alte grummelte etwas, besann sich dann doch seiner guten Sitten und meinte: »Hast dich heute wieder einmal selbst übertroffen.«
Gershon erreicht die U-Bahn-Station, fährt die Rolltreppe hinunter und orientiert sich, auf welcher Seite er einsteigen muss. Er mustert die Mitwartenden: zwei ältere Paare, die fröhlich aufeinander einreden und ständig lachen; eine Gruppe Jugendlicher, einer mit Kopfhörern, der – wie seine Gesten vermuten lassen – den anderen erzählt, was er hört; auf einer Bank lehnt schlafend ein Betrunkener, eine Flasche eng an die Brust gedrückt; und weiter entfernt ein einzelner Mann. Könnte ein Araber sein, denkt Gershon, um sich im gleichen Atemzug in Erinnerung zu rufen, dass er nicht daheim in Tel Aviv ist. Das erinnert ihn an die Frage Gerlindes, ob er nicht froh sei, ›dem‹ entkommen zu sein. – Die U-Bahn fährt in die Station.
Fragen, Fragen ... Es war ein Abend der Fragen. Die eigenartigste war allerdings, als Gerlinde von ihm wissen wollte, ob das Speisegesetz, wonach Fleisch und Milch nicht zusammen zubereitet werden dürften, auch für das Fleisch von Geflügel gelte. Ein Huhn oder eine Gans könnten schließlich nicht in der Milch ihrer Mutter gekocht werden?
Sie hatte sich offenbar darauf vorbereitet, für einen Juden zu kochen. Was für ein Jude? Gershon hatte sich nie darum gekümmert, ob ein Essen koscher war oder treife. Wenn er eingeladen war, wo koscher gekocht wurde, hatte er koscher gegessen. Und wenn Onkel Shlomo sie zu Pessach einlud, dann in ein koscheres Restaurant.
Noch eine der vielen Fragen, die er an diesem Abend nicht zu beantworten wusste! So musste er Gerlinde erklären, dass in seiner Familie die religiösen Speisegesetze nie eine Rolle

gespielt hatten. – Dass Hilda aus dieser Tradition ausgeschert ist, war hier nicht von Belang. – Und dass er auch keine Bedenken habe, Schweinefleisch zu essen; selbst ohne Begriffsverwirrung. Zur Erklärung erzählte er von Amnon, dem alten Schmied aus dem Kibbuz, in dem er einst Ivrith gelernt hat. Wenn jener in die Stadt gefahren war, hatte er immer ›weiße‹ Pastrama mitgebracht, zu der er ihn dann mitunter bei sich zuhause einlud. Diese ›weiße‹ Pastrama war nichts anderes als Schinken gewesen.
Gershon verlässt die U-Bahn. Er könnte noch eine Station mit der Straßenbahn fahren, zieht es jedoch vor, die paar hundert Meter zum Hotel zu Fuß zu gehen.
Merkwürdig war auch, wie Wolfgang mit einigen Fragen die Erinnerungen seines Großvaters in Zweifel zog: ›Stimmt es, dass Ihr Vater sehr groß war?‹ Als er seinen Vater zum letzten Mal gesehen hat, ist er selbst noch so klein gewesen, dass ihm jeder Erwachsene als sehr groß vorkommen musste. Aber die Erzählungen der Mutter ließen durchaus den Schluss zu, der Vater müsse von stattlichem Wuchs gewesen sein. ›Stimmt es, dass Ihr Vater sehr gut in Mathematik war?‹ Darüber musste wirklich sein Großvater besser Bescheid wissen als er. ›Stimmt es, dass er ein hervorragender Schachspieler war?‹ Er hat einmal ein Photo gesehen, das ihn schachspielend zeigte. Es gab allerdings keine Auskunft darüber, wie gut oder schlecht er spielte. Zuletzt hatte er sich bemüßigt gefühlt zu sagen, in diesen Fragen könne er doch gewiss seinem Großvater vertrauen.
Als Gershon das Hotel betritt, holt er an der Rezeption seinen Schlüssel, beschließt jedoch, vorläufig noch die Einsamkeit des Zimmers zu meiden und in der Hotelbar etwas zu trinken. Zu viel Vergangenheit für einen Abend! Vielleicht findet er mit Hilfe eines oder zwei Gläser Wodka – Cognac ist nicht eben sein Lieblingsalkohol – in die Gegenwart zurück.

III

Spät und gutgestimmt wacht Gershon anderntags auf. Er rekelt sich im Bett. Durch die Vorhänge dringt Helligkeit, die darauf schließen lässt, dass die Sonne scheint; das rechte Wetter, um eine Stadt kennen zu lernen. Doch nichts drängt ihn zur Eile. Er dreht sich auf den Rücken, schiebt den Polster hoch und zieht die Bettdecke gerade, während ihm seine gegenwärtige Situation durch den Kopf geht.
Nach dem gestrigen Abend ist er nicht mehr ganz einsam in dieser Stadt. Der Besuch bei den Wegscheids war insgesamt recht angenehm gewesen; vor allem, weil ihm Gerlinde gut gefallen hat. Sie hat sich sogar Gedanken darüber gemacht, wie man ihn, den Israeli, den Juden, bewirten müsse. – Die Frage nach dem Geflügel. Er ist sich beinahe sicher, dass man den Speisegesetzen zufolge Hühnerfleisch mit Milch und Milchprodukten in Verbindung bringen darf. Das gilt dann wohl ebenso für Enten und Gänse. Nur bei Vögeln, die als Wild angesehen werden, gibt es, so glaubt er wenigstens, andere Regeln.
Er zündet sich eine Zigarette an. – Hilda hätte bei der Beantwortung der Frage bestimmt keine Schwierigkeiten gehabt. Auf den Genuss der vorzüglichen Enten hätte sie dennoch verzichtet, da diese, wie er annimmt, nicht geschächtet waren, und auch das Kochgeschirr der Wegscheids gewiss nicht koscher getrennt für Milchenes und Fleischenes benützt wird. Die Mutter hat die Speisegesetze nie beachtet. Deshalb brachte Hilda, nachdem sie ins religiös-messianisch-fundamentalistische Fahrwasser geraten war, zu den Besuchen bei der Mutter immer ihr eigenes Kochgeschirr mit, kaufte selbst ein und kochte auch selbst, um sicherzugehen, ja keinen Bissen, der als *terefa* gelten könnte, zu sich zu nehmen. Durchaus möglich, dass er sich gestern Abend gerade in Erinnerung an ihr Getue und ihre daraus resultierende Selbstgerechtigkeit so unwissend bezüglich der Speisegesetze gegeben hat. – Oder

wollte er Gerlinde gegenüber bekunden, wie uneingeschränkt er ihre Kochkunst zu schätzen wüsste?
Der Gedanke ans Essen macht ihm bewusst, dass er schon wieder hungrig ist. Er wälzt sich aus dem Bett und geht ins Bad. Während des Rasierens hält er plötzlich inne und betrachtet sich im Spiegel: Zeit seines Erwachsenen-Lebens war er Israeli, so wie man Grieche oder Italiener ist. Als Israeli war er sich andererseits erst wirklich bewusst geworden, Jude zu sein, auch wenn die Religion für ihn keine Rolle spielte. Jude zu sein, das verband sich für ihn in erster Linie mit nichtreligiösen Begriffen wie Diaspora, Pogrom, Schoah. Es verband sich mit Vergangenheit; einer Vergangenheit allerdings, die die Gegenwart bestimmt. Jude zu sein, das heißt im Grunde, Überlebender zu sein. Diese Vorstellung war auch bestimmend gewesen, als sie sich seinerzeit ›die Ahasvers‹ nannten. Nicht der ewige Jude, der strafweise immer weiterleben muss, stand hinter dem Namen, sondern der überlebende Jude mit seinem Anspruch, wenn schon nicht in alle Ewigkeit, so doch auch in Zukunft zu überleben. Doch hier, so scheint es, ist er mit einem Mal erst Jude und dann Israeli. All die Fragen nach der Vergangenheit, und in gewisser Weise auch diese Hühnerfrage.
Gershon beendet seine Morgentoilette, zieht sich an und geht frühstücken. Er genießt es, sich dabei Zeit lassen zu können. Die meisten Gäste haben schon gegessen; das Bedienungspersonal ist vor allem damit beschäftigt, die Tische abzuräumen. Vier Männer in dunklen Anzügen sitzen zusammen; an ihren Rockaufschlägen Namensschilder, ausgewiesen als Teilnehmer irgendeiner Konferenz. Sie diskutieren über Unterlagen, die sie vor sich liegen haben.
Ein Pärchen, sehr jung, sitzt auf der anderen Seite des Frühstücksraums. Die beiden sind damit beschäftigt, einander immer wieder zu küssen. Auf ihrem Tisch liegen ein Photoapparat und ein dicker Reiseführer. Gershon beobachtet sie ein wenig amüsiert: Sie können sich offenbar nicht entscheiden, ob sie zu ihrer Sightseeing-Tour aufbrechen oder doch noch einmal das Zimmer aufsuchen möchten. Auch für ihn wäre es

an der Zeit aufzubrechen. Aber er hat noch keine Vorstellung, wohin er gehen soll, was er überhaupt sehen will.
Wieder kehren seine Gedanken zu Gerlinde zurück. Sie hat versprochen, ihm die Stadt zu zeigen. Doch das hat noch Zeit. Bestimmt hat sie zu tun. Abgesehen davon will er auch nicht aufdringlich erscheinen. Und er weiß, dass man von einer Stadt, von deren Atmosphäre nur wenig mitbekommt, wenn man geführt wird; man muss sie selbst erfahren, das heißt eigentlich: ergehen.
Er nimmt den Stadtplan zur Hand. Vom Hotel aus ist es gar nicht besonders weit bis zum Zentrum, Stephansdom. Damit hätte er ein Ziel. Er holt sich noch ein Glas Orangensaft vom Buffet und eine der Zeitungen, um nachzusehen, ob es aus Israel etwas Neues gäbe. Nichts von Bedeutung, stellt er beim Durchblättern fest, trinkt rasch aus und macht sich auf den Weg.
Es ist angenehm warm, die Sonne scheint, blauer Himmel. Das erweckt in ihm das Bedürfnis, sich zu dehnen, zu strecken und die Anspannungen der vergangenen Tage wie eine harte Kruste von sich abbröckeln zu lassen – sie gleichsam abzusprengen. Den Weg hat er sich eingeprägt, die Gasse vor dem Hotel nach links, zur Hauptstraße vor, in dieser wieder nach links und dann über eine Brücke und geradeaus weiter.
Er geht zügig, wie er es gewohnt ist, sagt sich aber dann, dass keine Termine vor ihm liegen, die einzuhalten sind, dass er frei ist, den Spaziergang zu genießen, und er beginnt zu schlendern, mustert die Menschen, die ihm entgegenkommen, wirft auch gelegentlich einen Blick in die Schaufenster. Auf der Brücke bleibt er stehen, lehnt sich auf die Brüstung, betrachtet das trübe Gewässer, das langsam dahinrinnt, und schaut einigen Möwen zu, die sich um ein Stück Unrat zanken.
Jenseits der Brücke erscheint ihm das Leben hektischer. Aus Autobussen strömen Gruppen von Touristen; einer von ihnen zieht ein Reiseleiter mit blauem Fähnchen, das er an einem Stock hoch hält, voran; eine andere, offensichtlich Japaner, zeigt ihre Homogenität durch das Tragen einheitlich orangefarbener Freizeithüte. Sie alle streben in dieselbe Richtung wie

er. Gershon zündet sich eine Zigarette an und wartet. Nach einer Weile folgt er ihnen mit gebührendem Abstand.

Auf dem Weg wird er von einer Gruppe Italiener überholt. Er beobachtet die Vorbeiziehenden. Die meisten von ihnen sind in Gespräche vertieft und bemüht, nicht den Anschluss an die Übrigen zu verlieren. Der Umgebung widmen sie kein Augenmerk. Das Los der Gruppentouristen: Immer nur das sehen, worauf man hingewiesen wird, photographieren und weiterhasten zum nächsten Fixpunkt – zur nächsten ›Sehenswürdigkeit‹, als ob alles, was im Reiseführer nicht mit Sternchen versehen ist, nicht des Sehens würdig wäre.

Er fühlt sich nicht als Tourist. Er ist kein Tourist, will auch kein Tourist sein. Ab nun wird er daher dem unbeachteten Detail mehr Aufmerksamkeit schenken. Er lässt seinen Blick über die Fassaden entlang der Straße gleiten, Portale, architektonische Schnörkel an den älteren Häusern und die blanke, austauschbare Funktionalität neuerer Gebäude; nicht wesentlich anders als in anderen Städten.

So erreicht er den Stephansplatz. Der Dom: mächtig. Gershon gesteht sich ein, dass er beeindruckt ist. Aber das ist ja auch der Sinn von Domen: zu beeindrucken, in alle Zukunft Zeugnis zu geben von der Macht und der Glorie ihrer Bauherrn. Er wird abgelenkt, da ihm ein Paar einen Photoapparat in die Hand drückt und gestenreich bedeutet, dass es vor den Kaleschen, die hier aufgereiht stehen, im Bild festgehalten werden will.

Als sich die beiden vor zwei Schimmeln in Positur gestellt haben, drückt er den Auslöser, gibt den Apparat zurück und schickt sich an, den Dom zu umrunden. Dabei hält er gebührenden Abstand von den Pferden, Tieren, deren Nähe er schon immer gescheut hat. – Kalesche? Droschke? Er weiß, dass diese Gefährte in Wien einen eigenen Namen haben. Die Mutter hat ihn erwähnt, wenn sie – in seltenen Fällen – von ihrer Kindheit und Jugend erzählte.

Sie hat nie den Wunsch geäußert, hierher – in die Stadt ihrer Väter beziehungsweise Mütter – zurückzukehren. Einen gemeinsamen Urlaub verbrachten sie in Athen, einen in Florenz. Gelegentlich sprach sie von Städten, die sie noch gern sehen würde. Doch Wien war nie darunter.

Er erinnert sich an einen Abend, es war noch in Kapstadt, als sie an seinem Bett saß und er sie – aus einer Laune heraus, da ihm das Buch, aus dem sie an den Abenden zuvor vorgelesen hatte, langweilig war – bat, etwas zu erzählen. Er hatte erwartet, sie würde sich eine lustige Geschichte ausdenken, doch sie erzählte von sich, von ihrer Kindheit in Wien.

Sie erzählte von ihrer Schulzeit, ihrer Bat Mizwa – und schließlich von jenem bleibenden Erlebnis, als ein Freund ihres Vaters, ein Fuhrunternehmer, eines Sonntags die ganze Familie zu einer Fahrt mit der Kalesche eingeladen hat. Sie habe die Stadt und ihre berühmten Bauten entlang der Ringstraße ja gekannt, stellte sie fest, doch damals, vom Kutschbock aus, denn dort hatte sie sitzen dürfen, habe alles ganz anders ausgeschaut – wie Schlösser aus einem Märchen. Das hing sicherlich damit zusammen, dass ihre Familie arm war und sich ihr Vater, ein Flickschneider, von seinem Verdienst eine solche Fahrt nicht hätte leisten können.

Für die Familie seines Vaters hingegen war eine Fahrt mit der Droschke bestimmt nichts Besonderes gewesen. Und gemeinsam mit dem Vater ist die Mutter später sicherlich noch öfter auf diese Weise durch die Stadt gefahren, doch es war dieses Kindheitserlebnis, das Außergewöhnliche, geradezu Märchenhafte, das ihr in Erinnerung geblieben war.

Die Mutter hegte, soweit er das im Nachhinein beurteilen kann, keine Abneigung gegen die Stadt. Das war bestimmt nicht der Grund, warum sie nie den Wunsch äußerte, Wien noch einmal sehen zu wollen; wenngleich sie den Antisemitismus, der in dieser Stadt auch schon vor dem Dritten Reich herrschte, in all seinen Schattierungen miterlebt hat; und später ihre Familie, soweit sie den Nazis in die Hände fiel, ausgerottet wurde. – Wenn er bei Gelegenheit in einem Telephonbuch nachschauen wird, wie viele Gals es in Wien gibt, wird er auch bei den Rosenfelds nachschlagen. – Vielleicht wollte sich die Mutter ihren Eindruck von der Märchenstadt bewahren, der bestimmt zerstört worden wäre, wäre sie nochmals hierher gekommen.

Gershon hat die Umrundung des Doms beendet und steht nun vor dem großen Tor, das wie ein Trichter die Menschen um ihn herum aufzusaugen scheint. Er will jedoch nicht mit hineingezogen werden. Er dreht sich um. Ein Kaffeehaus im Freien lockt. Er wird dort einen Kaffee trinken; danach kann er immer noch entscheiden, ob er sich dem Strom der Touristen anschließt oder nicht.

Er setzt sich so, dass sein Blick auf das Tor des Doms fällt, und beobachtet, wie der Zug der Lemminge auf der einen Seite hineindrängt, um auf der anderen Seite wieder hervorzuquellen. Nachdem er sich Kaffee und Mineralwasser bestellt hat, lehnt er sich in seinen Sessel zurück, als gelte es, ein Schauspiel zu verfolgen. Ihm fällt wieder die Mutter ein: Schon seltsam, dass den vergangenen Abend über nie die Rede von ihr war. Die patriarchale Gesellschaft unterschied sich hier wohl kaum von der in Israel. – Ein Fall für Esther! – Soweit es den Vater betraf, war jedes kleinste Detail von Interesse; welche Musik er gern hörte. – Hörte er gern Musik? – Ob er aber eine Frau hatte ... Da er einen Sohn hat, der seinen Namen trägt, liegt es auf der Hand, dass er eine hatte. Warum er nach Shanghai ging? Vielleicht war es die Idee der Mutter. Interessierte sie sich für chinesische Poesie oder Philosophie?

Mit zwei kleinen Kindern am Hals wird sie allfälligen Interessen kaum gefrönt haben können. Und ihre glücklichsten Jahre waren bestimmt die in Kapstadt. Dort hatte sie eine Arbeit, die sie erfüllte, auch einen interessanten Bekanntenkreis. Sie wirkte dort insgesamt zufriedener als später in Erez Israel. Da fühlte sie sich von Onkel Shlomo, in dessen Firma sie arbeitete, zu sehr bevormundet. ›Shlomo behandelt mich wie eine geistig Minderbemittelte!‹, ärgerte sie sich mehr als einmal.

Zum Teil lag dies an der Sprache. Mit Hilda und ihm hatte sie im Ulpan Ivrith gelernt; sie lernte auch nicht schlecht, doch mehr aus Interesse als aus Notwendigkeit. Sie war nie gezwungen, Ivrith zu sprechen. Die älteren Leute im Kibbuz, mit denen sie sich gern unterhielt, sprachen alle Deutsch oder Englisch. Ihr Problem bestand darin, dass sie immer Angst hatte, sie könnte beim Sprechen einen Fehler machen. Um

dem zu entgehen, verwendete sie die Sprachen, die sie perfekt beherrschte; wenn dies nicht möglich war, sagte sie lieber gar nichts.
Mit Onkel Shlomo redete sie deutsch, und er nutzte in seiner Firma ihre Deutsch- und Englischkenntnisse. Doch fühlte sie sich wahrscheinlich gerade dadurch in gewisser Weise ausgeschlossen. Schwierig wurde es für sie, als Hilda plötzlich darauf bestand, dass in der Familie – in ihrer Familie! – nur mehr Ivrith gesprochen werden dürfe. Es folgte daraus eine geradezu groteske Auseinandersetzung, Hilda todernst, die Mutter ironisch, auf eine Weise, die er an ihr nicht gekannt hatte. Hilda: Hebräisch sei die angestammte Sprache des jüdischen Volkes, also müsse sie jeder Jude auch benützen. Darauf die Mutter: Hebräisch sei die Heilige Sprache des jüdischen Volkes, in der die Thora geschrieben sei. Wie komme sie dazu, in dieser Sprache darüber zu reden, wie sie ihre Unterhosen wasche.
Hilda sprach auf Ivrith, die Mutter auf Deutsch, und jede verstand die andere. Es kam zu keiner Einigung. Hilda warf der Mutter vor, sie verwende die Sprache der Nazis, worauf die Mutter erwiderte, dann dürfte Israel auch keine Geschäfte mit den Deutschen machen und die deutschen Juden müssten sich ins Ghetto zurückziehen, weil sie sich mit ihren Nachbarn nicht mehr unterhalten könnten.
Jedenfalls beharrte die Mutter darauf, auch mit Hilda weiterhin deutsch zu sprechen. Es kam vor, dass Hilda gelegentlich bockte und vorgab, nicht zu verstehen, was die Mutter sagte; dann wandte diese sich an ihn und meinte auf gut Deutsch: ›Übersetz deiner Schwester, sie soll nicht so affektiert sein.‹ Dabei war Hilda immer ihr Liebkind gewesen. Wie die beiden kommunizierten, nachdem er jeden Kontakt zu Hilda abgebrochen hatte, entzieht sich allerdings seiner Kenntnis.
Der Kreis der Freundinnen, mit denen sich die Mutter regelmäßig traf, entwickelte überhaupt eine eigene Sprache, einige hatten ursprünglich deutsch gesprochen, andere englisch, doch im Lauf der Zeit vermischte sich das alles und wurde noch zusätzlich versetzt mit Wörtern und Redewendungen aus dem Ivrith des Alltagslebens.

Als er einmal die Mutter besuchte, war er dazugekommen, als ihr ein Handwerker, ein Fremdarbeiter aus Osteuropa, mit Händen und Füßen etwas klarzumachen versuchte, da er offenbar selbst nur rumänisch oder ukrainisch sprach. Ihm gegenüber verwendete sie Ivrith. Der Mann konnte ja nicht erkennen, ob sie Fehler machte oder nicht. Dabei sprach sie ein wesentlich besseres Ivrith als manche, die es ihre Muttersprache nennen.
Der restliche Kaffee in der Schale ist schon kalt, das Mineralwasser lau geworden. Doch er fühlt sich wohl. Inmitten all des Trubels hier zu sitzen und seinen Gedanken nachzuhängen. Er rutscht noch ein wenig tiefer in den Sessel und blickt wieder zum Tor des Doms. Der Besucherstrom ist unverändert. Die architektonische Umrahmung des Tors wirkt so anders als das gesamte Bauwerk mit seinem Zierrat aus unzähligen Türmchen und Spitzen.
Als Gershon die Fassade entlangsieht, um seinen Eindruck bestätigt zu finden, fällt sein Blick erstmals auf den Turm. Er ist eingerüstet und über das Gerüst sind riesige Werbeflächen gespannt, eine davon die einer Bank. Er schmunzelt. Waren denn die Christen nicht immer so besonders stolz darauf gewesen, dass ihr Jesus die Geldwechsler – in diesem Zusammenhang geradezu ein Synonym für die Juden – aus dem Tempel vertrieben hat? Und nun hängen sie selbst die Reklame der Geldwechsler weithin sichtbar hoch auf den Turm ihres Tempels.
Schließlich kehrt sein Blick zurück zum Tor: Während der Komplex insgesamt den Eindruck des Hochragenden, des Vertikalen vermittelt, wirkt dieser Bauteil in die Breite gezogen, horizontal. Und der Schmuck dieser Fläche ist karg, ja bizarr.
Das muss er sich aus der Nähe anschauen, findet er. Er zahlt und wandert dann zu einer Stelle, von der aus er die Front gut überblicken kann. Da sind zum einen parallel auf beiden Seiten zwei Löwen, die eigenartig hinter Säulchen hervorschleichen. Die übrigen Skulpturen sind in Nischen beziehungsweise als Reliefs unregelmäßig angeordnet: ein Mann, der mit einem Löwen kämpft, ein Greif, ein sitzender Mann und eine Figur,

die nach einem Heiligen ausschaut; darüber eine Reihe von Köpfen, ein Tier und eine kriechende Gestalt. Alles wie zufällig über die Fläche verstreut.

Gershon versucht, sich dieses Bild detailgetreu einzuprägen. Fürs Erste war dies genug an Sehenswürdigkeit. Er hat auch keine Lust, sich mit den Massen ins Innere des Doms hineinzudrängen. Bestimmt wird dieser auch ein Fixpunkt bei Gerlindes Stadtführung sein, und sie wird wissen, was im Inneren ›sehenswürdig‹ ist. Abgesehen davon reicht ihm der Trubel. Nun ist ihm eher danach, durch einsame Gässchen zu schlendern.

Er hat nicht weit zu gehen, um solch ein Gässchen zu finden. In einschlägigen Publikationen würde es bestimmt als malerisch beschrieben. Gershon erinnert es an einen Kollegen aus Deutschland – Christoph hieß er –, für den er vor einigen Jahren den Fremdenführer durch die Altstadt von Jerusalem spielte: Der fand alles ›ganz schnuckelig‹, einschließlich des Tempelbergs und des Felsendoms; wahrscheinlich auch die betenden Juden an der Westmauer, doch über die gab er keinen Kommentar ab.

Schlendern wollte er; und nun schlendert er auch. Und da entdeckt er plötzlich seinen Namen. Er steht auf einem von Wind und Wetter schon ziemlich ramponierten hellblauen Plakat mit einer Geige. ›musik des aufbruchs – hans gál und egon wellesz – continental britons‹. Dabei geht es wohl um den Komponisten, den der Junge am Vorabend erwähnt hat. ›jüdisches museum wien‹. Eine Ausstellung; doch das angegebene Datum zeigt, dass diese schon längst ein Ende gefunden hat, wie Gershon bedauernd feststellen muss. Er hätte durch sie etwas über seinen Namensvetter erfahren können.

Als er sich dem Ende der Gasse nähert, biegt eine Horde Touristen in sie ein, bleibt stehen und blockiert den Durchgang. Gershon wartet, um sich nicht durchdrängen zu müssen. Der Fremdenführer weist auf die Stille der Gasse hin, worauf lautstark Bewunderung durch sie hallt.

Er wandert noch eine Weile durch die anschließenden Gassen und Straßen, nimmt die Stimmung in sich auf, merkt sich

Details, Prunkvolles, Pittoreskes, Reizvolles. Und findet dann, dass ihm das vorerst einmal genüge. Darüber hinaus ist es Zeit, etwas zu essen. Das Gasthaus, in dem er am Vortag zu Mittag aß, hat sich als recht gut erwiesen, und es ist mit Sicherheit preiswerter als die Restaurants, an denen er zuletzt vorbeigekommen ist.

Womit sich für Gershon aber auch die Frage stellt, was er den restlichen Tag über anstellen soll. Auf jeden Fall sollte er seinem Gehapparat ein wenig Ruhe gönnen. Dazu braucht er etwas zu lesen. Am besten auf deutsch. Der gestrige Abend hat ihm deutlich gemacht, dass seine Sprachkenntnisse nicht so gut sind, wie er gedacht hat. Vor allem bei Begriffen aus dem Alltagsleben sind sie mangelhaft. Das liegt nicht zuletzt daran, dass es, wenn er in den vergangenen Jahren deutschsprachige Bücher gelesen hat, fast ausschließlich Fachbücher waren.

Als er kurz darauf an einer kleinen Buchhandlung vorbeikommt, geht er hinein. Orientierungslos bleibt er stehen und schaut um sich. Nach einer Weile ruft eine Frau, die im hinteren Teil des Raums an einem Schreibtisch arbeitet, nicht eben freundlich: »Kann ich Ihnen behilflich sein?«

»Ich suche einen österreichischen Roman«, erwidert er.

»Einen bestimmten?«

»Nein.«

Sie steht auf und führt ihn an eine Regalwand. Auf einem Fach steht ›Österreich‹. Sie zeigt darauf: »Welche Art von Roman soll es denn sein?«

Gershon überlegt, was er sagen soll: ein guter, ein spannender, ein neuer – warum nicht ein alter? –, kein Liebesroman, auch kein Science-Fiction-Roman. Ein Alltagsroman. Doch darunter wird sie sich nichts vorstellen können. »Ich schaue einmal«, sagt er schließlich. Sie gibt sich damit zufrieden und kehrt an ihren Schreibtisch zurück. Er geht die Namen durch. Kaum einer ist ihm geläufig. Er könnte wahllos ein Buch herausgreifen, dessen Titel ihm gefällt. – Da sieht er ein Taschenbuch: ›Das andere Österreich‹. Er kennt zwar noch nicht einmal dieses Österreich, aber warum nicht mit dem anderen beginnen.

Er zieht das Buch heraus. Eine Anthologie, ›jenseits von Verklärung oder Verurteilung‹ steht da. Für ihn auf jeden Fall eine Einführung. Als er damit zur Kasse geht, kommt die Buchhändlerin wieder. Er zahlt, sie steckt ein Lesezeichen ins Buch und gibt es in einen kleinen grauen Plastiksack. Beim Hinausgehen sieht er, dass auf einem Tisch neben der Tür eine Reihe von Büchern zum Nahost-Konflikt liegen, darunter auch eines von Amira Hass: ›Bericht aus Ramallah‹. Das kennt er noch nicht. Er will schon danach greifen, hält aber inne. Diesen Teil seines Lebens wollte er doch – wenigstens für den Augenblick – hinter sich lassen.

IV

Es regnet. Dennoch sitzt Gershon schon zeitig am Morgen beim Frühstück. Schuld daran ist ein Traum, der ihn während der Nacht gequält hat: Er steht in einem Hotelzimmer, als er erst leicht, dann zunehmend stärker ein Rütteln im Boden verspürt. Ein Erdbeben!, denkt er – und: Rasch das Gebäude verlassen! Doch aus dem Augenwinkel sieht er, dass im Bett hinter ihm eine Frau liegt. Die kann er nicht allein zurücklassen! Er sollte sich unter einen Türstock stellen! – Letztlich steht er jedoch da, mit beiden Händen gegen eine Wand gestemmt, wobei nicht klar ist, ob er damit selbst Halt sucht oder glaubt, diese stützen zu können. Vergebens. Plötzlich stürzt alles zusammen. Er steht im Freien, unverletzt, auf einem Berg aus Betonplatten und Schutt, mit Blick auf die gesamte Umgebung. Kein Lärm, keine Schreie, kein Stöhnen. Es ist ganz ruhig, beinahe friedlich, niemandem scheint etwas passiert zu sein. Da fällt ihm ein, dass sie an diesem Vormittag heimfahren wollten; doch all ihre Habseligkeiten sind unterm Schutt begraben. – Und dann findet er sich unvermittelt auf einer Wiese. Um zum Hotel zurückzugelangen, muss er eine erdige Fläche überqueren. In diesem Augenblick schießt aus dem lockeren Boden wie aus einer Tiefgarage ein Auto hervor; und es folgen immer mehr, die Erde zerteilend.

Als er Gefahr lief, überfahren zu werden, schrak er aus dem Schlaf hoch. Für geraume Zeit gelang es ihm nicht, wieder einzuschlafen. Die Bildsequenzen gingen ihm nicht aus dem Kopf; ebenso die Frage, welche Bedeutung der Traum gehabt haben mochte, sofern er überhaupt eine hatte. Er wälzte sich im Bett von einer Seite auf die andere und wurde den Traum nicht los. Er grübelte, wer wohl die Frau gewesen war, die im Bett lag. Ihr Gesicht war nicht zu erkennen gewesen. Bestimmt keine Zufallsbekanntschaft. Sie hatte zu ihm gehört. Es war ihr gemeinsames Zimmer gewesen, und sie hatten mitsammen heimfahren wollen. Seine Frau? Eine späte Sehnsucht; reute

es ihn insgeheim, nie verheiratet gewesen zu sein? Und dieser Gedanke, ausharren zu müssen, nicht flüchten zu können, da er sie nicht allein zurücklassen durfte. Warum weckte er sie nicht, um mit ihr gemeinsam zu fliehen? Ging alles zu schnell? Das konnte er beim ersten Grummeln, das das Gebäude hatte erzittern lassen, noch nicht wissen.
Zuletzt schlief er dann doch wieder ein, und am Morgen weckte ihn der Regen, der ans Fenster schlug. Kein Wetter für Stadtrundgänge. Doch der Gedanke, dass ihm dies die Möglichkeit gäbe, etwas Schlaf nachzuholen, brachte das Grübeln über den Traum zurück. Wieder fragte er sich, wer die Frau gewesen sein mochte. Er glaubte, sich an schwarze Haare erinnern zu können, ein paar Locken hatten zwischen Polster und Decke hervorgelugt. Dorith? Bedauern, sie einst verlassen zu haben; war es das? Und der Umstand, dass er sich jetzt weit weg, in einem anderen Land befand?
Seinerzeit bei Bongi war er verzagt gewesen, sie verlassen zu müssen; bei Dorith hingegen hatte sich die Trennung gleichsam von selbst ergeben. Erst später stellte sich bei ihm dieses Empfinden ein, er habe sie mutwillig verlassen. – Er hat sie nie wiedergesehen, weiß nicht einmal, ob sie noch in Israel lebt.
Um dem Gedankenwirrwarr zu entgehen, versuchte er eine Weile zu lesen, merkte jedoch, dass er unkonzentriert war. So entschloss er sich aufzustehen – und sitzt deshalb nun schon beim Frühstück, viel zu früh für einen verregneten Tag.
Nur gut, dass er sich mit Gerlinde nicht bereits für heute verabredet hat. – Es war wohl ein recht seltsames Gespräch, als er sie gestern anrief. Nach dem späten Mittagessen hatte er längere Zeit im Zimmer verbracht und im neuen Buch gelesen. Dann war er noch zu einem Spaziergang in der näheren Umgebung aufgebrochen, hatte einen Kaffee getrunken und gefunden, dass er sich dabei gern unterhalten hätte. Aus dieser Stimmung heraus rief er sie an – um sich schon im selben Augenblick, da er ihre Stimme am Telephon hörte, Vorhaltungen zu machen. Kaum ein Tag war vergangen und schon meldete er sich bei ihr. Viel zu übereilt! Musste er ihr nicht aufdringlich erscheinen?

Allerdings erweckte sie den Eindruck, als freue sie sich über seinen Anruf. Sie bot ihm auch sogleich an, schon heute die versprochene Stadtbesichtigung zu machen. Doch er schlug den morgigen Tag vor; hatte mit einem Mal Bedenken, sie, die er nach dem einen gemeinsam verbrachten Abend doch kaum einschätzen konnte, so rasch wiederzusehen.
Obgleich er sich auf dieses Wiedersehen freut. Seine Idee, zuvor noch einen Tag lang auf sich allein gestellt die Stadt erkunden zu wollen, war im Grunde bloß ein Vorwand. Er hat schließlich nicht ahnen können, dass es heute regnen würde, ebenso wenig wie er weiß, ob morgen das Wetter wieder besser sein wird.
Vielleicht wollte er die Vorfreude auf das Wiedersehen verlängern? Die Frau gefällt ihm, darüber besteht kein Zweifel. Umso mehr sollte er sich ein wenig Zurückhaltung auferlegen. Sie ist nichts für eine schnelle Affäre. Und er hat keine Ahnung, wie seine Zukunft aussehen wird. – Nicht einmal, wie er den angebrochenen Tag gestalten soll.
Zu allererst ist es gewiss angebracht, sich einen Regenschirm zu besorgen. Als er aus Israel abreiste, kam er gar nicht auf die Idee, einen einzupacken; um diese Jahreszeit erwartete er keinen Regen mehr. Gedankenlosigkeit. Aber selbst mit einem Schirm ausgerüstet ist dies kein Tag, um durch die Stadt zu spazieren.
Er könnte sich auf die Suche nach einer Wohnung machen. Im Schaufenster einer Bank hat er Angebote gesehen. Andrerseits weiß er aus Erfahrung, dass gegenüber Immobilienmaklern grundsätzlich höchste Vorsicht angebracht ist. Darin wird sich Wien kaum allzu sehr von Tel Aviv unterscheiden. Bevor er also etwas unternimmt, ist es wohl am besten, Gerlinde zu fragen, ob sie jemanden kennt, der Erfahrung auf diesem Gebiet hat.
Was aber macht man an einem verregneten Tag in einer fremden Stadt, wenn man nicht dazu gezwungen ist, binnen weniger Tage das gesamte Besichtigungsprogramm abzuspulen? Man besucht ein Museum? Die Ausstellung über seinen Namensvetter wäre genau das Richtige gewesen, doch die hat er versäumt. – Allerdings ist ihm tags zuvor auch ein Plakat für eine Kandinsky-Ausstellung aufgefallen.

Er bestellt noch eine Kanne Kaffee, holt sich eine Zeitung und stellt nach längerer Suche fest, dass diese Ausstellung noch zu sehen ist. Damit hat er für heute ein passendes Ziel vor Augen. Er blättert weiter in der Zeitung. Nichts Neues aus Israel. Immer noch tauchen Meldungen über die im Irak folternden US-Soldaten auf. Dass in Israel die Folterung von Gefangenen schon vor Jahren per Gesetz legalisiert wurde, rief damals keinen Sturm der Entrüstung hervor. Von der Demütigung irakischer Gefangener wird da geschrieben. Was aber geschieht tagtäglich dem gesamten palästinensischen Volk, nicht nur einzelnen Gefangenen? Doch da wird mit zweierlei Maß gemessen. Als ob die Israeli in den Jahren seit der Shoah nicht längst die Unschuld des Opfers verloren hätten. Sinnlos, sich hier und jetzt zu ereifern.

Gershon blättert weiter auf der Suche nach Erfreulicherem. Dabei findet er ein Bild von einer dieser Droschken, die er am Vortag gesehen hat. ›Fiaker‹! Die Mutter hat immer von ›Fiakern‹ gesprochen. Im Bildtext steht, dass die Pferde jetzt so genannte Poo-Bags tragen sollen, an den Hintern geschnallte Säcke, damit ihre Pferdeäpfel nicht weiter die Straßen verunreinigen. Warum werden ihnen nicht gleich Windeln verpasst? Ob sich auch Pferde gedemütigt fühlen können? Gershon legt wütend die Zeitung weg. Nach den vorangegangenen Überlegungen ist allein ein solcher Gedanke pervers.

Mit Hilfe seines Stadtplans sucht er den günstigsten Weg zur Kandinsky-Ausstellung. Dann geht er zur Rezeption, um sich zu erkundigen, wo er in der Nähe des Hotels einen Schirm kaufen könne.

»Wenn Sie wollen, kann ich Ihnen einen leihen«, sagt das Mädchen, das gerade Dienst hat. Es ist ihm schon zuvor durch seine überraschende Freundlichkeit angenehm aufgefallen.

»Das ist nett«, erwidert er, und, um es nicht bei dieser Floskel zu belassen: »Und können Sie mir vielleicht auch sagen, wie lange ich den Schirm brauchen werde?«

Sie nimmt seine spaßhaft gemeinte Frage ernst und erklärt: »Wenn die Wettervorhersage Recht behält, sollte es am späteren Nachmittag zu regnen aufhören.«

Die Kandinsky-Ausstellung erweist sich als interessanter, als er erwartet hat. Sie zeigt einen anderen Kandinsky als den, der ihm geläufig ist, frühe Werke, Vorstufen auf dem Weg zur Abstraktion. Für Gershon überraschend sind vor allem die kräftigen Farben. Langsam geht er von Bild zu Bild, lässt manche lange auf sich wirken, liest die Texte, und als er beim letzten Bild angekommen ist, sucht er nochmals alle auf, die ihm besonders gut gefallen oder einen besonderen Reiz auf ihn ausgeübt haben, wie jene aus Murnau oder die ›Zwei Ovale‹ aus dem Jahr 1919.
Schließlich verlässt er die Ausstellung und macht sich auf die Suche nach einem Kaffeehaus. Er weiß sehr gut, dass er von dem dunklen Gebräu nicht so viel trinken soll, aber im Lauf der Jahre ist es ihm zur Gewohnheit geworden, zusätzlich zum Morgen- und Nachmittagskaffee immer auch dann noch einen zu trinken, wenn er etwas beendet hat. Anfangs war dies lediglich Belohnung für den erfolgreichen Abschluss einer Arbeit, verbunden mit dem dazugehörigen Hochgefühl. Doch der Umstand, dass die euphorischen Stimmungen zunehmend seltener wurden, hatte dazu geführt, jedes Ende einer Beschäftigung, körperlich oder geistig, mit einem Kaffee zu verbinden. Hinzu kamen allerdings auch jene Tassen, die er trank, wenn er bei einem Problem anstand, nicht weiterwusste und sich eine Pause verordnete, um die Aufgabe dann mit neuem Schwung oder anderem Ansatz anzupacken.
Aber es geht gar nicht nur um die Tasse Kaffee, wenn er jetzt ein Kaffeehaus sucht. Er will sich in Ruhe hinsetzen können, die Beine unter den Tisch strecken, geruhsam eine Zigarette rauchen und in Gedanken die Ausstellung nochmals Revue passieren lassen, genauer gesagt: nachsehen, was er behalten hat, welche Bilder scharf und welche verschwommen beziehungsweise schon jetzt getrübt oder gar unerkennbar sind.

43

Er braucht einige Zeit, bis er ein Kaffeehaus findet, wird dann aber durch den Hinweis belohnt, in Räumlichkeiten zu sitzen, in denen sich vor Zeiten berühmte Künstler mit Vorliebe aufgehalten hätten. Schließlich sitzt er bequem und ruft die Bilder ab. Neben den dominierenden Gelbtönen und dem markanten Blau der Murnau-Bilder sowie den rätselhaften Wesen der ›Zwei Ovale‹, den drei auf den Betrachter gerichteten Augen, hat sich in seinem Gedächtnis auch das Bild des Roten Platzes in Moskau verfestigt, den Kandinsky wie mit dem Fischauge eingefangen hat.

Seine Betrachtungen werden gestört. Eine Gruppe Touristen hat es aufgegeben, dem Regen zu trotzen, und drängt sich nun wie eine blökende Herde an mehreren Tischen des Lokals zusammen. – Und er muss sich ohnehin für den angebrochenen Tag noch etwas einfallen lassen. Eine weitere Ausstellung oder ein Museum kommen nicht in Frage; dafür fehlt ihm die nötige Aufnahmefähigkeit. Er schaut auf die Uhr. Bis zum Mittagessen hat er noch Zeit.

Er wollte ohnehin noch einmal die Buchhandlung aufsuchen. Beim Schmökern im ›Anderen Österreich‹ ist er am Vortag über den Namen Erich Fried gestolpert. Dieser war ihm nicht fremd. Vor Jahren hat er in Israel wütende Reaktionen ausgelöst: ein Jude, der den jüdischen Staat angriff, ein ›Selbsthasser‹. In der Anthologie ist er allerdings nur mit einem kurzen Gedicht vertreten, und darin geht es um das Exil, den exilierten, den vertriebenen Menschen. Den Schlusssatz hat Gershon behalten: ›…die Stadt und, auf dem Friedhof schon, die Lieben: Sie warten alle. – Ich nur, ich bin fort.‹

Das trifft auch seine Situation, wenngleich er kein Vertriebener ist. Niemand hat ihn gezwungen, das Land zu verlassen – und doch hat er ihm auch nicht ganz freiwillig den Rücken gekehrt. Die Umstände haben ihn vertrieben. Es ist nicht nur die Politik der gegenwärtigen Regierung. In den entscheidenden Fragen hat sich keine einzige Regierung seit der Gründung Israels von der gegenwärtigen unterschieden. Und sie haben dabei immer die Mehrheit auf ihrer Seite gehabt. Sich dessen bewusst geworden zu sein, das hat ihn vertrieben.

Ist er deswegen aber auch im Exil? Er kann heute oder morgen zurückkehren, er kann so leben wie zuvor, er kann an Demonstrationen teilnehmen – und er kann sich sagen, dass sie nichts bewirken. War es nicht eben dieser undurchdringliche Panzer der Selbstgerechtigkeit, der ihn aus dem Land getrieben hat? Und die eigene Selbstgerechtigkeit? Zu demonstrieren, obwohl man weiß, dass man damit keinen Hund hinter dem Ofen hervorlockt? Aber man hat etwas gegen die Ungerechtigkeit getan, auch wenn sich dadurch nichts daran ändert. Und man lebt wie zuvor, bis zur nächsten Demonstration.

Was bewirkten die Massendemonstrationen, an denen er daheim teilgenommen hat, obwohl sie auf Schritt und Tritt vom Fernsehen begleitet wurden? Hinterher konnte man sagen: Wir waren 80.000, 100.000, 120.000 ... Der oder jener hat eine beeindruckende Rede gehalten. Wir haben's der Regierung gezeigt? Doch die hat sich keinen Deut darum gekümmert. Ab wann lässt sich eine Regierung von einer Kundgebung beeindrucken: ab einer halben Million, einer Million, zwei Millionen ...

Zweifelsohne gibt es auch Menschen, deren Tun etwas bewirkt, die sich unter Gefährdung ihrer Gesundheit und ihres Lebens den Bulldozern der Armee entgegenstellen, um gemeinsam mit Palästinensern die Zerstörung von deren Häusern oder die Rodung ihrer Olivenhaine zu verhindern. *Zaddikim* – Gerechte. Aber gelingt es ihnen, das Blutvergießen zu beenden? *Zaddikim* auch jene Soldaten, die sich weigern, in den besetzten Gebieten ihren Dienst zu leisten, und dafür die Ächtung durch Freunde, Nachbarn, ja selbst der eigenen Familien in Kauf nehmen; und die Piloten, die sich weigern, Raketen auf Palästinenser und deren Wohnhäuser abzufeuern, und damit riskieren, ins Gefängnis geworfen zu werden.

Sie werden bestraft, weil sie sich nicht der verqueren Logik beugen, wonach jeder, der die Politik der israelischen Regierung kritisiert, die Existenz des Staates gefährde – und damit die Juden der Gefahr einer neuen Shoah aussetze. Dieser Logik hat sich zwangsläufig jeder Jude – wo auch immer – unterzuordnen.

Erich Fried hat – wie Gershon den biographischen Notizen im Buch entnommen hat – seinen Gedichtband ›Höre, Israel!‹ vor drei Jahrzehnten veröffentlicht, hat sich damit anscheinend schon frühzeitig der erpresserischen Staatsräson entzogen. *Shma Jisroel* – das jüdische Glaubensbekenntnis. Und nun ist er neugierig geworden: War jener ein ›Selbsthasser‹ oder nicht eher ein *Zaddik*. Um dies feststellen zu können, muss er aber die Gedichte erst einmal lesen.

»Das Buch gibt es nicht mehr«, sagt ihm die Buchhändlerin. Aber sie werde zur Sicherheit nachsehen. Sie tippt in ihren Computer, tippt nochmals, schimpft vor sich hin, steht schließlich auf und geht zu einem anderen Computer, der neben der Kassa steht. Gershon folgt ihr. Sie tippt wieder vor sich hin, sucht, um schließlich festzustellen: »Stimmt. Der Band scheint nicht mehr auf. Ich kann versuchen, ihn antiquarisch aufzutreiben? Aber das dauert selbstverständlich.«
Gershon ersucht sie, den Versuch zu unternehmen, und will schon gehen, als sie fragt: »Woher kommen Sie?«
Das geht sie doch nichts an, sagt er sich, weiß aber nicht recht, wie er reagieren soll. Sie blickt ihn – ein wenig verschmitzt, wie er findet – durch ihre Brille von unten her an und meint dann: »Sie sprechen ein gutes Deutsch, doch mit einem Akzent, den ich nicht einordnen kann.«
So antwortet er schließlich: »Israel.«
Ihre Neugier scheint damit befriedigt. Doch dann will sie noch wissen: »Sind Sie länger hier?«
»Ich gehe davon aus.« Wahrscheinlich will sie nur wissen, ob es sich auszahlt, nach dem Buch zu suchen.
»Ich habe einen Kunden in Israel, dem ich ab und zu Bücher sende.« Ihm wird sie das Buch kaum nachsenden müssen.
»Sind Sie telephonisch erreichbar?«
»Im Augenblick nicht. Ich komme wieder vorbei.«
Als eine ältere Dame die Buchhandlung betritt, findet das Gespräch abrupt ein Ende. Jene wird freudig begrüßt. »Die Bücher, die Du bestellt hast, sind alle da. Eines ist neu aufge-

legt worden und etwas teurer.« Die Buchhändlerin eilt in den hinteren Teil des Raumes, um die Bücher zu holen.
Gershon geht zur Tür. Wieder fällt ihm Amira Hass' Buch ins Auge. Sollte er bei seinem nächsten Besuch Frieds ›Höre, Israel!‹ nicht bekommen, wird er sich dieses Buch kaufen. Bis dahin hat er noch am ›Anderen Österreich‹ zu lesen.

Am Nachmittag, nach einem ausgiebigen Mittagsschlaf und geruhsamem Lesen, bei dem er sich mit einigen weiteren österreichischen Schriftstellern in Ansätzen vertraut macht, merkt Gershon, dass es zu regnen aufgehört hat. Er beschließt, noch eine Perspektive dieser Stadt zu erkunden: die Märchenschlösser seiner Mutter; allerdings nicht mit dem Fiaker, sondern mit der Straßenbahn. Nach einer Kutschfahrt steht ihm nicht der Sinn.
Seinem Stadtplan zufolge sollte er bei der Oper aussteigen, doch sieht er das Gebäude erst, als er bereits an ihm vorbeifährt. So verlässt er die Straßenbahn bei der nächsten Station. Kunsthistorisches Museum, Naturhistorisches Museum, dazwischen ein mächtiges Denkmal; als architektonisches Ensemble durchaus beeindruckend. Er versucht sich auszumalen, wie die Gebäude seinerzeit auf seine Mutter gewirkt haben mochten; doch es fällt ihm schwer, das Märchenhafte an ihnen zu erkennen. Für die Vorstellungen des kleinen Mädchens war wohl mehr als nur das Gepränge der Bauwerke ausschlaggebend.
Gershon wechselt auf die andere Straßenseite: Heldentor, Völkerkundemuseum, Nationalbibliothek, zwei Reiterstandbilder – die Machtdemonstration weltlicher Herrscher. Er spaziert an den Reitern vorbei, durch die Parkanlage auf den spitzen Turm zu, der über den Bäumen hochragt.
Es beginnt wieder zu nieseln. Von fern hört er eine Stimme aus einem Lautsprecher. Als er sich nähert, wird deutlich, dass hier jemand ein Gedicht rezitiert. Neugierig geht er auf die Stimme zu. Auf einer Parkbank sitzt ein junger Mann, ein Mikrophon in der Hand, daneben ein Lautsprecher. Er liest von Manuskriptseiten, die ihm der Wind immer wieder verbläst. Ein paar

Frauen und Männer stehen zuhörend im Halbkreis um ihn herum.

Gershon stellt sich dazu. Er hat aber verpasst, worum es in dem Gedicht geht, und dann kommt auch schon der Schluss. Der Dichter bedankt sich für den Applaus, den man ihm zollt, und gibt das Mikrophon an eine der Frauen aus dem Publikum weiter. Die kündigt den nächsten Vortragenden an, der das Mikrophon übernehmend erklärt, er werde ein neues Dramolett lesen. Mittlerweile ist das Nieseln wieder in Regen übergegangen.

Gershon mustert die kleine Zuhörerschar. Es scheint ein verschworener Kreis zu sein, in dem alle einander vorlesen, ohne besondere Aufmerksamkeit zu finden. Ein paar Leute führen ihre Hunde spazieren, ohne auch nur im Geringsten darauf zu achten, was hier abläuft. Einer jener treuen Gefährten des Menschen zeigt mehr Interesse: Er beschnüffelt nach und nach die Füße der Umstehenden. Ein Auto verlässt unter beträchtlicher Lärmentwicklung den Parkplatz hinter ihnen.

Um einander vorzulesen, wäre es für die Akteure doch bestimmt gemütlicher und ihrer Gesundheit zuträglicher, sich in ein Kaffeehaus zu setzen, denkt Gershon. Der Aufenthalt im Regen wird ihm schließlich zu ungemütlich. Jetzt will er nur noch zurück ins Hotel. – Und die Märchenschlösser der Mutter wird er ein anderes Mal bei besserem Wetter in Augenschein nehmen.

V

»Welches Wien wollen Sie sehen: das römische Wien, das mittelalterliche Wien, das gotische Wien, das barocke Wien, das Wien des Jugendstils, das moderne Wien, das feudale Wien, das Wien des Bürgertums, das rote Wien, das jüdische Wien …?«
»Und wie steht es mit dem antisemitischen Wien?«
»Das findet sich auch.« Gerlinde lacht. »Da würde ich auf jeden Fall beim Denkmal für den Bürgermeister Lueger beginnen, einem erklärten Antisemiten. – Es gibt viele Aspekte von Wien. Alle auf einmal geht nicht. Da müssen Sie entscheiden.«
»Ich lasse mich gern überraschen und gebe mich ganz in Ihre Hände.«
Gerlinde hat sich nur wenig verspätet. Dennoch wartete Gershon schon lange auf sie. Er war früh aufgewacht und sein erster Blick hatte dem Wetter gegolten. Der Regen hatte sich offenbar verzogen, Sonnenstrahlen blitzten durch die Vorhänge. Er freute sich auf die kommenden Stunden mit Gerlinde, und deshalb hatte es ihn nicht mehr im Bett gelitten. Er hatte sich gründlich rasiert, auch auf die Stellen geachtet, an denen mitunter noch ein paar Stoppeln übrig bleiben, dann ausgiebig geduscht – und war dennoch viel zu bald beim Frühstück gewesen. So war es, als er fertig gegessen hatte, immer noch fast eine Stunde hin bis zum Zeitpunkt, da sie kommen sollte.
Er holte sich ein paar Zeitungen, um die Wartezeit zu überbrücken, und fand in einer einen ausführlichen Bericht über Siedlerproteste gegen Sharons Abzugspläne aus Ghaza. Von der Angst, es könnte zu einem Bürgerkrieg kommen, war darin sogar die Rede.
Andere Artikel überflog er nur, wobei er immer öfter zur Tür schaute. Er hatte sich heute so gesetzt, dass er diese im Auge behalten konnte. Doch ein Blick auf die Uhr zeigte ihm, dass er

49

noch weiter warten musste. Er trug die Zeitungen zur Ablage zurück. Beim Buffet blieb er stehen und überlegte, ob er noch etwas essen sollte. Es ist schlimm, wenn man isst, um die Zeit totzuschlagen. Dennoch nahm er ein Stück Kuchen mit.
Wieder ein Blick auf die Uhr. Er musste damit rechnen, dass sie zu spät kommen würde. Frauen kommen immer zu spät. Bei Dorith hatte er prinzipiell davon ausgehen können, dass er eine Viertelstunde warten müsste. Für sie war das ganz selbstverständlich gewesen, und sie hatte auch nie ein Wort über ihr Zuspätkommen verloren.
Deshalb war er angenehm überrascht, als Gerlinde nur fünf Minuten nach der vereinbarten Zeit durch die Tür trat. Hübsch sah sie aus in der farbenfrohen Jacke; dazu die dunkle Hose und bequeme Schuhe. Als sie dann auch noch mit einem Lächeln auf ihn zukam, fühlte er sich, als wäre es sein allererstes Rendezvous. – Und sie entschuldigte sich sogar für ihr Zuspätkommen. Auf die Begründung achtete er in diesem Moment gar nicht.
Nun sitzt sie ihm gegenüber, und er kann die Augen nicht von ihr lassen. Sie wirkt viel fröhlicher als an dem Abend mit ihrer Familie. Während sie zu klären versucht, wohin sie der Stadtrundgang führen soll, trinkt sie Tee, den ihr der Kellner gebracht hat. Sie ist nicht geschminkt, zumindest ist dies nicht erkennbar. Kein Lidschatten, keine getuschten Wimpern, die Farbe ihrer Augen: ein helles Grün. Daneben kleine Fältchen, offensichtlich ein Resultat ihres einnehmenden Lächelns. Die randlose Brille wirkt an ihr keineswegs streng.
Natürlich weiß er, dass es ungehörig ist, jemanden derart zu mustern. Aber es gelingt ihm nicht, seinen Blick von ihr abzuwenden, will es auch gar nicht. Wahrscheinlich hält sie ihn für einen Flegel. Es sei denn, es ist ihr gar nicht so unangenehm, attraktiv gefunden zu werden. Außerdem hat er den Eindruck, sie mustere ihn ebenfalls.
»Wir sollten aufbrechen, denn wir haben ein umfangreiches Programm vor uns.«
»Ich bin bereit.« Er trinkt den letzten Schluck Kaffee und folgt ihr.

»Haben Sie keinen Photoapparat?«, fragt sie ihn, während sie zur Tür gehen.
»Nein. Ich mache schon lange keine Photos mehr. – Ich versuche, die Bilder in meinem Kopf zu speichern. Photos fristen doch ganz allgemein ein unbeachtetes Dasein in Alben oder Schachteln. Abgesehen davon macht man immer viel zu viele Photographien, photographiert, was alle anderen auch photographieren und was schon hundertfach auf Postkarten und in Bildbänden abgebildet ist. Mit dem einen Unterschied, dass man selbst nicht die Zeit hat zu warten, bis das störende Auto weggefahren ist oder sich auch der letzte einer Reisegruppe entfernt hat. Photos sind doch nur dazu da, um sie anderen zu zeigen; zu zeigen, wo man war und was man dort nicht alles gesehen hat. – Um sich selbst an etwas zu erinnern, das einen beeindruckt hat, das man nicht erwartet hat, an etwas, das es wert ist, sich von Zeit zu Zeit daran zu erinnern, ist es sinnvoller, es im Kopf aufzubewahren.«
Gerlinde schaut in verdutzt und dann auch ein wenig skeptisch an. »Aber ist der Speicher im Kopf nicht irgendwann voll? Was macht man dann: Ab sofort nichts mehr speichern? Einen zusätzlichen Kopf anschaffen?«
Er lacht. »Das ist kein Problem. Ich laufe nach wie vor mit nur einem Kopf herum, wie Sie sehen. Es gibt einen Index im Kopf, der nach und nach Bilder aussortiert und wieder löscht.«
»Und Sie haben Einfluss darauf, was gelöscht wird? Sie bestimmen: Für das neue Bild aus Wien wird das oder jenes Bild aus Paris oder Rom aussortiert?«
»So läuft es leider – oder glücklicherweise – nicht. Leider, weil selbstverständlich mitunter Bilder verschwinden, die man sich vielleicht gern noch einmal angesehen hätte. Glücklicherweise, weil man wahrscheinlich nicht mehr aus dem Grübeln herauskäme, auf welche Bilder man verzichten könnte.«
»Analog zu den Büchern: Welche zehn Bilder würden Sie auf die sprichwörtliche einsame Insel mitnehmen?«
»Bei den Büchern funktioniert das ja auch nur, wenn Sie gezwungen werden, ad hoc zu antworten. Für den Fall, dass

Sie zehn Tage Zeit haben zu wählen, werden Sie hundert verschiedene Listen anlegen. Wie oft können Sie Ihr Lieblingsbuch lesen, bis es Ihnen endgültig über ist? Also suchen Sie die dicksten Bücher aus, an denen man lange liest. Wird man diese jedoch ein zweites oder gar drittes Mal lesen? Und irgendwann stellt sich die Frage, wie denn die Insel beschaffen ist. Vielleicht wäre es besser, die ›Divina Commedia‹ gegen einen Ratgeber für Fischer oder ein Liederbuch zu tauschen. – Und was die Bilder betrifft, könnte das Umgekehrte passieren: Da ist eine Sammlung vertrauter Bilder, an denen man hängt. Irgendwann käme der Augenblick, wo man sagt, von denen gebe ich keines mehr her. Da speichere ich lieber keine neuen Bilder mehr.«
»Oder man beginnt letztlich doch wieder zu photographieren?« Gerlinde schaut ihn amüsiert an. »Wir gehen zur Straßenbahn. Eine Stadtbesichtigung ist mit öffentlichen Verkehrsmitteln am besten zu bewerkstelligen.«
Als sie in der Straßenbahn sitzen – es ist dieselbe Linie, die er schon am Vorabend benutzt hat –, kommt sie auf die Bilder zurück. »Aber Photographien haben doch ihr eigenes Leben. Nicht zuletzt geben sie den Nachkommenden Auskunft. Sie haben doch selbst erzählt, dass sie eine Schachtel besitzen, in der sich Photos Ihres Vaters befinden. War das nicht, nachdem Sie ihn so früh verloren haben, die einzige Möglichkeit, sich an ihn zu erinnern?«
»Als ich noch klein war, hat mir meine Mutter oft sein Bild gezeigt: ›Das war dein Vater.‹ Doch von dem Tag, an dem er mir am deutlichsten in Erinnerung geblieben ist, gibt es kein Photo – außer dem einen, verschwommenen in meinem Kopf. Ich selbst habe jene Schachtel nie geöffnet. Darum kann ich auch nicht sagen, welche Photos sich darin befinden.«
»Sie haben sie aber doch als Ihr Erbe bezeichnet.«
»Nach dem Tod meiner Mutter war ihre Wohnung schon ausgeräumt; alles, was mir blieb, waren zwei Päckchen Bridge-Karten – eines abgegriffen, das andere ganz neu – und eben jene Photo-Schachtel.« Gershon belässt es bei dieser Feststellung, erklärt nicht, warum ihm Hilda die Photos überlassen hat, die

sie als Relikte einer unehrenhaften Vergangenheit betrachtete. Ehrenhaft wurde ihrer Meinung nach die Familiengeschichte erst mit der Ankunft in Israel und wohl im Besonderen durch die heldenhafte Eroberung von ganz Erez Israel.
»Dort ist übrigens das Lueger-Denkmal, von dem ich gesprochen habe.« Gerlinde unterbricht seinen Gedankengang. Als er in die angezeigte Richtung schaut, ist es dem Blick schon fast entschwunden. Jetzt weiß er aber, wo es steht und wen es darstellt. Bei Gelegenheit wird er es in Augenschein nehmen.
»Ihre Kinder werden doch auch einmal sehen wollen, wo ihr Vater war, was er gemacht hat ...«
Rüde unterbricht er sie: »Ich habe keine Kinder.« Er merkt selbst, dass er sich im Ton vergriffen hat, und es ist ihm peinlich. Er schaut aus dem Fenster auf die ausgedehnte Parkanlage, an der sie eben vorbeifahren. Wahrscheinlich wollte sie mit der Erwähnung seiner – ohnehin nicht vorhandenen – Kinder lediglich etwas von ihm erfahren.
»Ich selbst photographiere kaum«, sagt sie nach längerem Schweigen, »aber Wolfgang hat bei jedem Ausflug die Kamera dabei, um alles zu dokumentieren. – Einschließlich seiner Mutter.«
Gershon beobachtet sie, versucht zu ergründen, ob sich hinter der Ironie des Nachsatzes ein Anflug von Koketterie verbarg.
»Damit hat er wenigstens immer ein hübsches Sujet.« Er sieht, dass sie leicht errötet.
»Danke für das Kompliment. – Bei der kommenden Station steigen wir aus. Wir beginnen die Stadtbesichtigung bei der Oper, genauer gesagt bei der Staatsoper.«
»Den besten Blick hat man von der anderen Seite der Ringstraße«, erklärt sie, während sie eine Unterführung durchqueren. Als sie dann der Oper gegenüberstehen, wird deutlich, dass das Gebäude mit einer riesigen Plane verhängt ist, auf der allerdings die Fassade abgebildet ist, zusammen mit einem Werbe-Logo.
»Das tut mir leid. Ich habe ganz vergessen, dass die Oper ja eingerüstet ist. So sehen Sie gar nichts.«

»Ich finde es immerhin nett, dass einem gezeigt wird, wie die Oper ohne Gerüst ausschaut, normalerweise wahrscheinlich ohne Werbung für eine Bank ...«
»... Versicherung.«
»Nur gut, dass ich sie nicht photographieren wollte.« Er lacht, sieht aber, dass Gerlinde verärgert ist. »Aber das macht doch nichts. Vielleicht sollte ich sogar diesen Eindruck von der Oper speichern. Zumindest gleicht er nicht den üblichen Postkarten-Abbildungen.« Und im Weitergehen: »Die Werbeflächen der Banken beziehungsweise Versicherungen können, wie man sieht, gar nicht groß genug sein; und auch gar nicht hoch genug hängen.« Er erzählt, dass er die Werbung auf dem Turm des Stephansdoms gesehen habe und darüber einigermaßen erstaunt gewesen sei.
»Über die Werbung am Stephansdom hat es auch einige Aufregung gegeben. Mich hat amüsiert, dass eine Bank darauf feststellte, kein Haus sei ›für die Ewigkeit gebaut‹. Denn das erinnerte mich an ein Gedicht von Gottfried Benn. – Kennen Sie Gottfried Benn?«
Gershon verneint. »Ich bin mit der deutschsprachigen Literatur kaum vertraut, genau genommen überhaupt nicht.«
»Mein Deutschprofessor im Gymnasium war ein Benn-Liebhaber. Er las uns bei jedem passenden oder auch weniger passenden Anlass Benn-Gedichte vor. So begann ich dann, auch selbst Benn zu lesen. Ich mag ihn noch immer. – Ganz im Gegensatz zu Wolfgang, der ihn ablehnt, weil er einige Zeit für die Nazis Partei ergriffen hat. – Jedenfalls heißt es in einem seiner Gedichte: ›... natürlich bauten sie Dome, dreihundert Jahre ein Stück, wissend, im Zeitenstrome bröckelt der Stein zurück ...‹ Das schien mir in diesem Zusammenhang äußerst passend.«
»Es hat gut geklungen. Ich habe mir nie Gedichte gemerkt; auch nie freiwillig gelesen. – Obwohl: In einem Buch, das ich mir eben gekauft habe, ist ein Gedicht von Erich Fried, das mir gefällt.«
»Wolfgang liest mit Begeisterung Erich Fried.«
»Oh, dann könnten Sie ihn fragen, ob er eventuell den Gedichtband ›Höre, Israel!‹ hat.«

Gerlinde sieht ihn etwas erstaunt an, erwidert aber nur, dass sie Wolfgang fragen würde. »Und nun führt unser Weg zum ›Denkmal gegen Krieg und Faschismus‹«, erklärt sie dann ganz in der Art eines Fremdenführers. »Landläufig wird es allerdings nach dem Künstler, der es gestaltet hat, Hrdlicka-Denkmal genannt.« Und sie schildert, welche Widerstände es gegen die Errichtung dieses Denkmals gegeben habe: gegen den Künstler, weil dieser politisch zu weit links stehe, gegen den Ort, den Albertina-Platz, zu nahe an der Oper und daher dem wahren Kunstgenuss abträglich. Dennoch sei es wider alle Kampagnen, die vor allem vom größten Boulevard-Blatt des Landes betrieben wurden, an dieser Stelle realisiert worden. Es habe auch Pläne gegeben, daneben einen Pavillon oder darunter eine Tiefgarage zu bauen. Letzteres sei aber nicht möglich gewesen, da auf dem Platz der Philipp-Hof, ein großer Wohnbau stand, der wenige Monate vor Ende des 2. Weltkriegs durch einen Bombenangriff zerstört wurde, und man davon ausgehen muss, dass hunderte Menschen in den Kellern, in denen sie Schutz gesucht hatten, ihr Grab gefunden haben. »Gerade deshalb ist dieser Ort für das Denkmal so passend.«

Schon von weitem sieht Gershon die strahlend weißen Skulpturen auf mächtigen grauen Basen. »Im Vordergrund steht das ›Tor der Gewalt‹«, erklärt Gerlinde im Näherkommen. »Die linke Skulptur ist den Menschen gewidmet, die der Mordmaschinerie des Nationalsozialismus zum Opfer gefallen sind, in den Gefängnissen und Konzentrationslagern; die rechte allen Opfern des Kriegs.«

Als sie dann davorstehen, richtet sich Gershons Blick aber auf die vergleichsweise kleine Figur aus Metall hinter dem engen Durchlass des ›Tores‹: ein hockender, fast liegender alter Mann mit langem Bart und einem beinahe vertrauten freundlichen Gesicht. Auf dem Rücken ein Netzwerk, das an Stacheldraht erinnert, darin ein welker Strauß violetter Blumen.

»Der Straßewaschende Jude«, sagt Gerlinde, deren Blick dem seinen gefolgt ist. »Nach dem Einmarsch der Deutschen wurden Juden – Frauen und Männer – gezwungen, die Stra-

ßen von Anti-Nazi-Parolen zu säubern, zum Gaudium der Zuschauer. Die Bronzefigur erinnert an diese Erniedrigung.«
Wer bereit ist, Menschen zu demütigen, ist letztlich auch bereit, sie zu töten, geht es Gershon durch den Kopf. Er kann den Blick nicht von der Skulptur wenden; er nimmt sie in allen Details in sich auf, die Gesichtszüge, die Haltung, die Gewalt, die den Körper krümmt, ja er vermeint die Kommandos zu hören, die ihn in dieser Stellung verharren lassen. Dann aber verbindet sich die Gestalt mit Bildern anderer gedemütigter Menschen, Bildern aus den besetzten Gebieten ...
»Das Stachelgitter auf dem Rücken wurde erst nachträglich angebracht, da die Figur immer wieder als Sitzgelegenheit benutzt wurde, auf der Leute ihre Burgers und Pizzas aßen.«
»Gedankenlosigkeit ist ein Grundübel; wenn Menschen nicht bereit sind, sich bei allem darüber im klaren zu sein, was sie tun.«
Gershon schaut um sich, sucht eine Stelle, von der aus er das gesamte Denkmal überblicken könnte. Hinter ihm ragt eine Mauer hoch, über deren Brüstung Leute herunterschauen.
»Kann man da hinaufgehen?«, fragt er Gerlinde.
Sie bejaht. »Die Albertina-Rampe. – Haben Sie schon von der Albertina gehört? Eine der bedeutendsten Graphiksammlungen der Welt; manche sagen auch, es wäre die bedeutendste Graphiksammlung der Welt.«
Plakate zeigen Gershon, dass hier eine Rembrandt-Ausstellung gezeigt wird. Für den nächsten verregneten Tag ist vorgesorgt, sagt er sich. Sie fahren eine Rolltreppe hoch und stehen dann an der Balustrade. Von hier aus kann man den ›Straßewaschenden Juden‹ kaum sehen, doch den hat er sich ohnehin schon fest eingeprägt. Von Rembrandt gibt es auch ein Gemälde, das einen alten Juden zeigt, überlegt er. Ob es wohl in der Ausstellung zu sehen ist?
»Die Skulptur in der Mitte stellt Orpheus dar, der den Hades betritt«, hört er Gerlinde erklären, »ein Sinnbild für all jene Frauen und Männer, die im Faschismus Widerstand geleistet haben.« Er nickt, um zu zeigen, dass er verstanden hat; dann dreht er sich um: »Und wohin geht es jetzt?«

»Vorläufig immer der Nase nach.«
Josefsplatz, Hofreitschule, römische Ausgrabungen, ein Bau aus der Frühgeschichte der Moderne ... Dann ist Zeit für eine Kaffeepause.
»Wie lange haben Sie für mich Zeit?«, will Gershon wissen, nachdem der Kellner den Kaffee gebracht hat.
»Das hängt ganz von Ihnen ab. Am Abend sollte ich zuhause sein.«
»Und Ihre Männer verhungern nicht inzwischen?«
»Wolfgang ernährt sich wie seine Freunde ohnehin lieber von Fastfood – Marke USA beziehungsweise vom Türken oder Koreaner. Und mein Vater hat gelernt, sich im Notfall auch selbst zu versorgen.«
»Und Herr Benarrivo?« Gershon hatte nicht beabsichtigt, seine Neugier so deutlich werden zu lassen. Die Frage ist ihm herausgerutscht.
Gerlinde lacht nach einer kurzen Pause der Verwunderung: »Die Visitkarte! – Den Herrn Benarrivo gibt es schon lang nicht mehr. Das heißt, ich gehe davon aus, dass er noch lebt, nur in meinem Leben existiert er nicht mehr. Längst vorbei.«
Gershon ist überrascht, wie bereitwillig sie auf seine Indiskretion eingegangen ist. Und er geniert sich nun erst recht für sein Verhalten in der Straßenbahn, als er das Gefühl hatte, sie dringe in seine Privatsphäre ein.
»Der Herr Benarrivo war gewissermaßen ein Mittelding zwischen einer Jugendsünde – dazu war ich damals schon zu alt – und einem Anfall von Torschlusspanik – dazu war ich eigentlich noch zu jung. Ich arbeitete damals in Italien, und da fiel ich auf ihn herein. Als dann Wolfgang unterwegs war, spielte er noch den südländischen Ehrenmann und es wurde geheiratet, um dem Kind seinen Namen zu geben. Allzu bald stellte sich allerdings heraus, dass es mit der Ehre nicht weit her war. Mit einem Mal war Herr Benarrivo nicht mehr aufzufinden. Er hatte sich abgesetzt. Ich kehrte mit Wolfgang nach Wien zurück und es blieb mir nichts anderes übrig, als bei meinem Vater einzuziehen. – Das war nicht leicht. Sie haben ihn kennen gelernt: immer korrekt. Und dass ich plötzlich allein mit einem

Kind aufkreuzte, das war in seinen Augen ganz und gar nicht korrekt. Aber schließlich hat er mich doch als das akzeptiert, was ich bin: eine alleinerziehende Mutter.
Obgleich natürlich für lange der unausgesprochene Vorwurf blieb: Mir, das heißt seiner Tochter, hätte so etwas nicht passieren dürfen. Aber das hatte im Grunde auch etwas mit seiner eigenen Geschichte zu tun ...« Gershon kommt es vor, als habe sie an dieser Stelle sehr abrupt abgebrochen. Doch dann lächelt sie wieder. »Das zum Herrn Benarrivo, der mich mit einem Kind und einem Namen ausgestattet hat, aber ganz bestimmt nicht mittags zum Essen kommt.«
»Dann kann ich Sie ja zum Mittagessen einladen. Ein geeignetes Restaurant müssen allerdings Sie finden.«
»Das muss ich mir aber wohl erst noch als Cicerone verdienen. Wir sollten also wieder aufbrechen.«
Sie wandern durch die nächste Gasse, und da Gerlinde keine Anmerkungen zu den umliegenden Gebäuden macht, fragt Gershon: »Und der italienische Vater hat gar nicht darauf bestanden, dass sein Sohn einen italienischen Vornamen erhält?«
»Wolfgangs erster Vorname ist Mauro. Doch in weiser Vorahnung habe ich darauf beharrt, dass er einen zweiten Vornamen bekommt. – Für uns ist er Wolfgang.«
Ballhausplatz, Sitz des Bundeskanzlers, Sitz des Bundespräsidenten, Grünflächen, ein Park; Gershon sieht von weitem zwei Reiterstandbilder und erkennt den Ort wieder, an dem er am Vorabend die Lesung beobachtet hat. Er erzählt Gerlinde davon, wie sie ihn einerseits ein wenig gespenstisch angemutet habe, er aber andererseits von der Konsequenz der Beteiligten beeindruckt gewesen sei.
Kirchen, öffentliche Gebäude, Palais des Adels wie des Bürgertums, Barock, Neugotik, Gründerzeit, Jugendstil ... Gershons Aufnahmefähigkeit nimmt zusehends ab und er stellt fest, dass er viel lieber Gerlinde betrachtet, wenn sie ihm etwas zu erklären versucht, als das Bauwerk, um das es gerade geht.
»Wieso wissen Sie so viel? Sie werden sich doch nicht für mich so gut vorbereitet haben?«

»Es kommt gelegentlich vor, dass ich italienische oder portugiesische Reisegruppen führe, und da hat sich im Lauf der Zeit einiges Wissen angesammelt, weil man mitunter auf die ausgefallensten Fragen eine Antwort finden muss.«
Vor einem kleinen Gasthaus bleibt sie stehen und schaut auf die Uhr: »Hab' ich mir mein Mittagessen schon verdient?«
»Unbedingt. Eine doppelte Portion, würde ich sagen.«
Gershon ist froh, seine Beine ausrasten zu können. Er hat den Vormittag genossen, doch im Augenblick fühlt er sich rechtschaffen müde.
Während sie auf das Essen warten, meint Gerlinde: »Aber Sie sind doch nicht deswegen nach Wien gekommen, weil Ihnen mein Vater geschrieben hat?«
»Doch. Ich hatte schon seit längerem das Bedürfnis, etwas Abstand von Israel zu gewinnen, es fehlte aber ein konkreter Anstoß, dies auch zu tun. Insofern war die Anregung Ihres Vaters, doch einmal die ›Stadt meiner Väter‹ – als die ich Wien nie betrachtet habe – zu besuchen, ausschlaggebend. Ich betrachte Wien auch heute nicht als die Stadt meiner Väter. Wenn es die Stadt von irgendjemandem sein sollte, dann ist sie noch am ehesten die Stadt meiner Mutter. Von meinem Vater habe ich nie etwas über Wien gehört; könnte mich selbstverständlich auch nicht daran erinnern, wenn er es getan hätte. Meine Mutter erwähnte selten, aber doch die Stadt.« Er erzählt Gerlinde, ohne dabei in Details zu gehen, die Geschichte von den Märchenschlössern, an die er sich hier wieder erinnert hat.
»Sie haben wohl Ihre Mutter sehr gemocht?«
Glücklicherweise bringt der Kellner eben das Essen, und so ist er einer raschen Antwort enthoben. Hat er seine Mutter gemocht? Hat er sie geliebt, wie man von einem Kind erwartet, dass es seine Mutter liebt? Diese Art von Kindesliebe brachte er viel eher Bongi entgegen. Und: Liebte seine Mutter ihn? Er kann sich nicht daran erinnern, dass sie ihn je geherzt, in überschäumender Zuneigung an sich gedrückt hätte. Er hat sich oft leid gesehen, wenn er andere Mütter dabei beobachtete. Andererseits hat auch er nie ihre Nähe gesucht. Bei Bongi fand

er Trost, wenn ihn etwas schmerzte, ihn etwas quälte, er Mitgefühl brauchte. Ihre körperliche Nähe war ihm vertraut. Das heißt nicht, dass sich seine Mutter nicht um ihn gekümmert hätte, nicht für ihn dagewesen wäre. Doch er wäre nie von sich aus mit einem Kummer zu ihr gekommen. Zwischen ihm und seiner Mutter bestand immer eine Distanz.
»Ich bin meiner Mutter immer mit Respekt begegnet«, sagt er schließlich. »Und Sie? Haben Sie Ihre Mutter geliebt?«
»Ja, ich habe sie geliebt. Sie ist früh gestorben; ich hatte mein Studium noch nicht abgeschlossen, als sie erkrankte und bald darauf starb. Ich habe sie sehr vermisst. Wobei noch hinzukam, dass ich glaubte, ihr die fehlende Liebe meines Vaters ersetzen zu müssen. Sie war seine zweite Frau, und das nicht nur zeitlich gesehen. – Er hat sie nicht schlecht behandelt, bestimmt nicht. Er war ihr gegenüber auch immer korrekt. Aber Liebe, Wärme, Herzlichkeit – wie immer man es nennen will – gab er ihr nicht; zumindest nicht zu einer Zeit, in der es mir bewusst geworden wäre.«
Jäh das Thema wechselnd fragt sie Gershon: »Wie lange gedenken Sie, ihn Wien zu bleiben?« Dabei blickt sie auf ihre Uhr, als könnte er über ihrem Gespräch seine Abreise versäumen.
»Wie sagt man? Auf unbestimmte Zeit. Ich bin ein Wanderer und weiß noch nicht, für wie lange ich hier mein Lager aufschlagen werde. – Ich wollte Sie ohnehin fragen, ob Sie möglicherweise einen halbwegs seriösen Immobilienhändler kennen oder von jemandem wissen, der einen kennen könnte. Ich würde gern eine kleine Wohnung mieten.«
»Daraus schließe ich, dass das ›unbestimmt‹ länger als ein, zwei Wochen ist?«
»So würde ich es auch sehen.«
»Dann muss die Wien-Besichtigung nicht heute abgeschlossen werden?«
»Es würde mich sehr freuen, durch Sie noch mehr kennen zu lernen. Wenn Sie Zeit für mich erübrigen können?«
»Daran soll es nicht liegen. – Und was den Immobilienmakler betrifft, so habe ich hier nie mit einem zu tun gehabt; aber ich werde mich in meinem Bekanntenkreis umhören.«

»Das wäre sehr freundlich.«
»Ich schlage vor, dass wir den Kaffee woanders trinken, in einem Schanigarten.« Und seiner Frage zuvorkommend: »So nennt man die Tische, die ein Gasthaus oder Kaffeehaus in der wärmeren Jahreszeit vor die Tür stellt. In diesem Jahr muss man die Tage nützen, an denen man im Freien sitzen kann.«
»Einverstanden.«
»Aber einen Platz will ich Ihnen heute auf jeden Fall noch zeigen.«
Ohne Eile wandern die beiden weiter. Und schließlich kommen sie aus einer engen Gasse, die noch recht mittelalterlich wirkt, auf einen Platz.
»Der Judenplatz«, erklärt Gerlinde. »Hier stand einst die älteste Synagoge Wiens und im Umkreis befand sich die erste Ansiedlung von Juden in dieser Stadt. – Doch trinken wir zuerst Kaffee.« Sie deutet auf den Schanigarten, neben dem sie stehen. »Und lassen Sie den Platz auf sich wirken. Ich mag ihn ganz besonders, seine Atmosphäre. Im Allgemeinen strahlt er eine ihm eigene Ruhe aus.«
Gershon gibt ihr Recht, nachdem sie sich gesetzt haben und er seinen Blick über den Platz wandern lässt.
»Aber es ist auch ein ganz besonderer Platz«, fährt sie fort, ein wenig emphatisch, wie er findet, »auch ein Platz des Gedenkens. Ein Denkmal und ein Mahnmal kennzeichnen ihn. Auf dieser Seite Lessing ...« Sie schaut ihn prüfend an.
Er lacht. »Ich weiß: Gotthold Ephraim; Nathan, der Weise; Ringparabel ...«
Nun muss auch sie lachen. »Ich kann das nicht einfach voraussetzen. – Das Denkmal stand nicht immer hier. Es stand einmal unterhalb der Ruprechtskirche, daran erinnere ich mich noch. – Und auf der anderen Seite das von Rachel Whiteread gestaltete Holocaust-Mahnmal.
Auch gegen die Errichtung dieses Denkmals hat es eine Kampagne gegeben. Es dauerte sechs Jahre, bis es enthüllt werden konnte. Das lag aber auch an den Archäologen. Noch bevor die Fundamente für das Mahnmal gelegt wurden, entdeckten sie die Überreste der alten Synagoge; und diese sollten natür-

lich auch erhalten bleiben. Die Lösung war schließlich, dass die Ausgrabungen unterirdisch zu besichtigen sind und das Mahnmal darüber steht. Beides steht in einem geschichtlichen Bogen, denn die Synagoge wurde 1421 im Zuge der Ersten Gesera, der Vertreibung und Ermordung der hier ansässigen Juden durch Herzog Albrecht V., zerstört.«

Gershon befindet sich in einem Zwiespalt: Einerseits möchte er noch in Ruhe den Anblick des Platzes genießen, andererseits will er auch das Mahnmal, das er von hier aus nur als hellgrauen Kubus wahrnimmt, aus der Nähe sehen. Schließlich überwiegt die Neugier, und nachdem er bezahlt hat, gehen sie über den Platz.

»Das Mahnmal stellt gewissermaßen eine umgestülpte Bibliothek dar; man kann jedoch nicht erkennen, welche Bücher es sind, da die Buchrücken nach innen schauen und der Raum nicht betretbar ist«, stellt Gerlinde fest. »Über die Bedeutung des Buches im Judentum wissen Sie bestimmt besser Bescheid.«

Den 65.000 österreichischen Juden, die Opfer der Shoah wurden, sei dieses Mahnmal gewidmet, liest Gershon auf der Fundamentplatte, die es umgibt. Und den Kubus umrundend liest er die Namen all jener Nazi-Lager, die den 65.000 zum Ort des Schreckens und des Todes wurden. Manche der Namen sind ihm bekannt, bei anderen kann er sich nicht erinnern, sie je gehört zu haben. Schließlich steht er wieder vor der Tür, die – in Beton gegossen – keinen Einlass gewährt. Erst jetzt bemerkt er die roten Grablichter, von Besuchern entzündet, und die welken Blumen, die der Wind über die Platte verstreut hat. Niedergeschlagenheit erfasst ihn beim Gedanken an die Opfer, unter denen sich auch Großväter und Großmütter, Onkel und Tanten, vielleicht auch Cousins und Cousinen befanden. Wie viele von ihnen? Er weiß es nicht.

Als er merkt, dass ihm Tränen in die Augen steigen, dreht er sich um. Gerlinde hat in einigem Abstand hinter ihm gewartet. »Im Haus dort drüben, dem Misrachi-Haus, ist der Eingang zu den Ausgrabungen der Synagoge. Dort ist auch ein Raum mit Computern, wo man die Namen und Daten der Holocaust-Opfer findet.«

Langsam schlendern die beiden hin, doch es hat geschlossen; freitags ist es nur bis 14 Uhr geöffnet. »Es ist bald Shabbat«, stellt Gershon fest, noch immer ein wenig benommen von Gedanken, die sich ihm zuvor aufgedrängt haben.

»Daran habe ich nicht gedacht«, sagt sie. »Damit wäre das Besichtigungsprogramm für heute abgeschlossen. – Wolfgang wird nicht zu traurig sein, wenn ich schon nach Hause komme.«

Gershon ist die Aussicht, bald allein zu sein, nicht unangenehm. Unter normalen Umständen hätte er einen Vorwand gesucht, sie zu halten, doch im Augenblick ist ihm danach, allein zu sein. So belässt er es beim Wunsch: »Wir sehen einander ja hoffentlich bald wieder, für eine Fortsetzung der Besichtigungstour.«

»Ja, gerne. Ich freue mich darauf.«

»Wie kommen Sie nach Hause?«

»Ich gehe zur U-Bahn am Stephansplatz.«

»Da begleite ich Sie.«

Die beiden gehen über den Platz. »Das mittelalterliche Haus vor uns ist das Jordan-Haus. – Lange Zeit habe ich gedacht, Jordan wäre ein jüdischer Name. Bis ich herausfand, dass eben jener Herr Jordan, der dem Haus den Namen gegeben hat, mit der Relieftafel, die man dort oben sieht, die Gesera als ›gottgefälliges Werk‹ würdigte.«

»Das eine schließt das andere nicht aus. Es hat zu allen Zeiten Juden gegeben, die – vermutlich aus fehlender Selbstachtung – alle Juden verachtet haben. Andere haben aus Liebedienerei den Judenfeinden das Wort geredet; oder sie erhofften sich dadurch selbst Schutz. Was den Gründer dieses Hauses betrifft, so hat er sich möglicherweise durch die Vernichtung der Juden in einem Maß bereichert, um eben dieses Haus bauen zu können. Klarerweise war dann auch die Gesera für ihn gottgefällig. – Was den Namen angeht, so gibt es in Amsterdam einen Stadtteil, der Jordaan heißt, aber nichts mit meinem heimatlichen Fluss zu tun hat. Der Name ist lediglich eine Verballhornung des französischen Wortes für Garten: jardin.«

Am Stephansplatz verabschieden sich die beiden voneinander. Gershon hätte sie gerne auf die Wangen geküsst. Es sollte nicht wieder ein so förmlicher Abschied wie an ihrer Wohnungstür werden. Doch er kann sich nicht dazu entschließen. Dabei hält er ihre Hand. Und dann gibt sie ihm völlig überraschend einen Kuss auf die Wange, entzieht ihm ihre Hand, sagt noch: »Rufen Sie mich doch an!« und geht eiligen Schritts die Stufen zur U-Bahn-Station hinunter.

VI

… und der Kuss auf die Wange, flüchtig zwar, dennoch eine höchst angenehme Erinnerung. – Es ist schon fast zehn Uhr und Gershon liegt noch im Bett. Dabei scheint auch heute die Sonne, wie ein Blick zum Fenster erkennen lässt. Zwischen den zugezogenen Vorhängen blitzen Sonnenstrahlen hindurch. Doch nach der gestrigen Tour hat er sich vorgenommen, den heutigen Tag äußerst geruhsam zu gestalten. Nicht weil ihn die Wanderung durch die Stadt besonders angestrengt hätte; es sind einige der Eindrücke, die ihn beschäftigen und die er verarbeiten möchte, bevor er sich Neuem zuwendet. Außerdem ist Shabbat, Tag des Ruhens. – Ein Gebot, das ihn nie wirklich gekümmert hat. Doch heute ist ihm danach, das Shabbat-Gefühl, oder eher ein Feiertagsgefühl, auszuleben.
Was sollte er von Gerlindes Küsschen halten? Wahrscheinlich verabschiedet sie sich tagtäglich so von ihrem Vater. Nun ist er zwar auch schon … – er sucht nach einem passenden Wort für *alt*: *reif* vielleicht –, aber nicht so alt, um ihr Vater oder Onkel sein zu können, von dem man sich mit einem familiären Küsschen verabschiedet. Es sei denn, sie hätte darin die einzige Chance gesehen, ihre Hand freizubekommen.
Er hat eine Tollpatschigkeit an den Tag gelegt, für die sich selbst der sprichwörtliche Gymnasiast genieren müsste. Im Grunde hat er es nie verstanden, mit Frauen umzugehen, nie recht gewusst, wie er sich ihnen gegenüber verhalten soll; insbesondere dann, wenn ihm etwas an ihnen lag. Abgesehen davon ist er aus der Übung – und auch mit den Sitten und Gepflogenheiten im fremden Land nicht vertraut.
Alles keine Entschuldigung dafür, wie er sich benommen hat. Aber möglicherweise mag sie tollpatschige Männer. Und wenn der Kuss ein bisschen mehr war als nur eine familiäre Geste? Hat sie nicht durch ihr ganzes Verhalten bei ihm den Eindruck erwecken müssen, er sei ihr nicht völlig gleichgültig? Das Angebot einer Stadtführung mag natürlich aus purer Höf-

lichkeit erfolgt sein; oder war ein Sich-erkenntlich-Zeigen für seinen Beitrag zu Wolfgangs Projekt. Aber es war nicht eine beliebige Stadtführung. Sie hat sie speziell für ihn geplant; sie ganz bewusst beim Mahnmal gegen Krieg und Faschismus beginnen lassen – die Oper lag dabei nur auf dem Weg.
Er schiebt sich den Polster zurecht und zündet sich eine weitere Zigarette an. – Der Straßewaschende Jude. Er hat ihn noch deutlich vor sich. Geradezu hörbar das Johlen der Menge, die sich daran belustigt, wie der alte Mann gedemütigt wird. – Für Hilda wäre er wohl ein Sinnbild der unehrenhaften Vergangenheit.
Was aber hätte der alte Mann anderes tun sollen? Aufstehen, sich weigern – um an Ort und Stelle verprügelt oder gar erschlagen zu werden? Vielleicht hat er gehofft, er müsse die Demütigung über sich ergehen lassen, dann würde die Feindseligkeit schon abflauen und der gewohnte Alltag wieder einkehren. Oder ahnte er bereits zu diesem Zeitpunkt, dass es noch viel schlimmer kommen, dass es nicht bei der einen Demütigung bleiben, vielmehr in zehntausendfachem Mord enden würde? Wusste er, dass er mit dem Erdulden der Erniedrigung keineswegs sein Leben gerettet hatte; dass seine einzige Chance zu überleben darin bestand, das Land so schnell wie möglich zu verlassen? – Doch wäre ihm dies überhaupt möglich gewesen; hatte er die nötigen Mittel, sich freikaufen zu können? Welche Perspektiven boten sich ihm; fühlte er sich vielleicht schon zu alt, um woanders neu zu beginnen? Gab er alles dafür, wenigstens eines seiner Kinder ins Ausland zu retten?
Und sie führte ihn durch die Stadt, an Prachtbauten und Sehenswürdigkeiten vorbei, zum anderen Mahnmal, das die Zahl der Ermordeten – Männer, Frauen, Kinder und unter ihnen wahrscheinlich auch jener straßewaschende Jude – festhält sowie die Orte ihrer Qual und ihres Todes. Dieser anheimelnde Platz mit seiner in die Gegenwart reichenden Vergangenheit.
Er beschließt, den Platz bald wieder aufzusuchen; am Nachmittag vielleicht, wenn das Wetter so blieb und ihm nichts anderes einfiel. Er würde dort seinen Kaffee trinken und die Atmosphäre des Platzes erneut auf sich wirken lassen. Das

Museum ist zwar auch heute geschlossen, doch die Ausgrabungen sollte er sich ohnehin besser für einen regnerischen Tag aufheben.

Er geht ins Bad und trinkt ein Glas Wasser. Dabei betrachtet er sein Gesicht im Spiegel und überlegt, ob er sich nicht gleich rasieren sollte. Dann könnte er frühstücken. Doch er beschließt, seiner Faulheit nachzugeben, und kehrt ins Bett zurück. Nein, über Gerlindes Küsschen will er nicht weiter nachdenken; sinnlos grübeln, was es bedeutet haben mochte. Er greift wieder zum Zigarettenpäckchen.

… und da war dann auch noch diese Kundgebung.

Nachdem Gerlinde auf der Stiege zur U-Bahn-Station verschwunden war, hatte er das Bedürfnis gehabt, sich irgendwo in Ruhe hinzusetzen. Das Kaffeehaus vor dem Stephansdom bot sich an, doch er wollte gar nichts trinken. Schließlich fand er eine Sitzgelegenheit: Steinsockel, die als architektonisches Element den Platz gliedern sollen. Eine Weile ließ er einzelne Bilder, die er im Lauf des Tages gesammelt hatte, Revue passieren, doch wurde ihm der Stein zu unbequem, und er schlenderte weiter. Vor einer barocken Säule sah er dann die Transparente: ›Stopp der israelischen Besatzung palästinensischen Landes – Der Weg zum Frieden‹ stand auf einem. Auf einem anderen wurde ein Ende des Baus der Apartheid-Mauer in Palästina gefordert. Langsam näherte er sich, um zu sehen, wer hier gegen die Politik Israels demonstrierte. Vor den Transparenten standen Tische mit Informationsmaterial. Eine gepflegte ältere Frau verteilte Flugzettel. Er nahm einen: ›Friedensinitiative Frauen in Schwarz – Für Gerechtigkeit. Gegen Gewalt.‹ Die ›Frauen in Schwarz‹ kannte er von Israel her als eine positive Initiative.

Ihm wurde bewusst, dass er sich entspannte, als er feststellte, wer hinter der Kundgebung stand. Ein beinahe atavistisches Verhalten! Als ob er Stellung hätte beziehen müssen, wären die Forderungen von anderer Seite gekommen. Als wahrer Israeli allzeit bereit sein, sich dem Gegner zu stellen? Das war schon bezeichnend. Überall den Fehdehandschuh aufnehmen, wie man es ihm eingetrichtert hatte? Eine Verhaltensweise, gegen die er erst immun werden musste. Doch hier war er ohnehin nicht gefordert, und er beobachtete die ›Mahnwache‹, als die die Kundgebung auf dem Flugzettel bezeichnet wurde, aus einiger Entfernung.

Die meisten Passanten eilten vorbei, ohne sich um das Geschehen zu kümmern. Die wenigen, die stehen blieben, sich das Material auf den Tischen anschauten, den einen oder anderen Zettel nahmen oder sich auch auf ein Gespräch einließen, schienen Touristen zu sein. Neben der kleinen Schar von Frauen, die mehr oder weniger schwarz gekleidet waren, gab es auch ein paar Männer, die Transparente hielten oder mithalfen, das Material auf den Tischen wieder zu ordnen, wenn ein Windstoß es in Unordnung gebracht hatte.

Ein junger Bursche, der mit einem auf einen Stock gestützten älteren Passanten heftig diskutierte, fiel ihm auf. Dem Aussehen nach konnte er ein Israeli, aber ebensogut ein Palästinenser sein. Seine Neugier war geweckt: Wer von den beiden vertrat wohl welche Position? In einem Bogen näherte er sich den beiden. Den Jüngeren hörte er zuerst; und am Tonfall war er klar als Israeli erkennbar.

»… den staatstragenden Mythen zufolge sind doch die Juden seit zweitausend Jahren immer die Opfer; und alle anderen, denen wir im Lauf der Zeit begegnet sind, standen – und stehen – uns unablässig feindselig gegenüber. Daraus resultiert, dass wir einig zu sein haben. Allein schon der Gedanke, ein anderer könnte selbst Opfer sein, verstößt gegen den Kodex: dieses Gebot der Einigkeit. Und sollte einer gar so weit gehen, in jenem ein Opfer unserer Gewalt zu sehen, schließt er sich doch unweigerlich aus unserer Gemeinschaft aus.

Wimmelt aber die Thora nicht von Stämmen und Völkern, die uns zum Opfer fielen; nicht alle, weil sie uns feindselig begegnet wären. Sie standen uns lediglich im Weg bei der Eroberung unseres – von Ihm verheißenen – Landes. Dabei bedienten wir uns jedes erdenklichen Mittels. Da waren etwa die Shchemiter: Sie wollten sich mit uns verschwägern – doch das war uns ja von Ihm verboten. Wir gingen dennoch auf ihr

Angebot ein, verlangten allerdings von ihnen, dass sie sich zuvor beschneiden ließen. Als sich die Shchemiter darauf einließen und Tage darauf geschwächt im Wundfieber lagen, wurden sie von Ya'akovs Söhnen erschlagen, die dann deren Häuser plünderten und ihren Besitz einschließlich der Frauen und Kinder als Beute nahmen.«

»Junger Mann, ich gehe einmal davon aus, dass ich das Buch der Bücher allein aufgrund meines Alters besser kenne als Sie. Daher sollten Sie nicht vergessen, dass jener Shchem, an den Sie Ihr Mitleid verschwenden, zuvor die Schwester Shimons und Levis, Dina, entehrt hat ...«

»... und sie heiraten wollte. Dieses Ansinnen war doch die weitaus größere Missetat; die dadurch geahndet wurde, dass Shimon und Levi mit ihren Leuten den gesamten Stamm ausrotteten ...«

»... und Ya'akov hat sie dafür gerügt ...«

»... aber nicht, weil er das Morden abgelehnt hätte, sondern weil er Angst hatte, die Nachbarn der Shchemiter könnten nun ihrerseits Rache an ihm nehmen. Auch Ya'akovs Gott hatte nichts gegen das Morden einzuwenden, denn er führte ihn und seinen Stamm sicher von dort weg und versprach ihm, er werde seinen Nachkommen das Land schenken.«

»So ist es. Aber was hat das alles damit zu tun, dass sich Israel mit allen zur Verfügung stehenden Mitteln gegen den Terror verteidigen können muss?«

»Weil eben jene Geschichten zu den staatstragenden Mythen zählen; als ob Shchem nicht längst Nablus wäre. Als ob all jene, die die Gründung des Staates Israel letztlich ermöglicht haben, angefangen beim Earl of Balfour und der britischen Kolonialmacht, lediglich Werkzeuge von Ya'akovs Gott gewesen wären. Es sind diese Mythen, die uns von Kindheit an damit vertraut gemacht haben, dass jedes Mittel recht ist, um die andern, die uns ohnehin nur feindselig begegnen, zu schlagen – ohne jemals zu fragen, weshalb uns der oder jener feindselig gesinnt sein könnte.«

Wortlos wandte sich der Ältere ab und ging. Doch nach wenigen Schritten drehte er sich nochmals um und meinte: »Es hat keinen Sinn, mit Ihnen ernsthaft zu diskutieren.« Dabei hob er in einer eher resignierenden Geste seinen Stock.

Gershon hat den Disput noch im Ohr. Das Argument des Jungen, wonach die Mythen dazu dienten, jede Vorgehensweise der israelischen Regierung, Mord mit eingeschlossen, zu rechtfertigen, erscheint ihm auch im Nachhinein noch schlüssig. Die überhebliche Art jedoch, wie jener es vorbrachte, hat ihn geärgert. Zweifellos gehörte er zur unangenehmen Variante junger Israeli, eloquent, jedes Argument mit großer Überzeugungskraft an den Mann bringend und einen pausenlos zwingend, das Gesagte in jeder Einzelheit auf seine Richtigkeit zu prüfen.

Dennoch ging er auf ihn zu, nachdem sich der Ältere entfernt hatte. »Erev tov«, begrüßte er ihn, um zu sehen, wie er darauf reagieren würde. Wohl ganz automatisch erwiderte jener »erev tov«, während er eines der Flugblätter vom Informationstisch nahm und dessen Inhalt überflog.

»Ma nishma«, versuchte es Gershon weiter.

»Nichts Neues. Sie wollen einfach nicht erkennen, dass die Katastrophe vorprogrammiert ist, wenn es zu keiner gerechten Lösung kommt. Und wenn die Identifikation mit Israel dazu führt, dessen kolonialistische Politik auf Treu und Glauben zu verteidigen, dann werden die Juden hier unweigerlich in die Katastrophe mit hineingezogen.«

Offenbar merkte er erst jetzt, dass er auf Ivrith angesprochen worden war, und er blickte auf. Die Frage, ob Gershon aus Israel komme, war lediglich rhetorisch. Er würde sich ja gern mit ihm unterhalten, meinte er dann, doch müsse er nun weiter. Bevor er ging, stellte er sich aber als Sami vor und fragte Gershon nach dessen Handy-Nummer. Als er erklärte, dass er telefonisch nur schwer erreichbar sei, schrieb ihm Sami seine Nummer auf eines der Flugblätter; mit der Bemerkung, er solle ihn doch anrufen, dann könne man einander treffen und gemütlich plaudern.

Gershon greift nach den Zigaretten, findet aber, dass es nun doch an der Zeit sei aufzustehen. Ob er diesen Sami anrufen wird? Er weiß es nicht. Eigentlich würde er sich ganz gern mit ihm unterhalten; allerdings nur an einem Ort, den er auch

jederzeit verlassen könnte. Die Vorstellung, seinem Redefluss ausgeliefert zu sein, ohne die Möglichkeit, ihm zu entkommen, ist für Gershon geradezu beängstigend und erweckt in ihm ein Gefühl der Schutzlosigkeit.
Wenn er sich beeilte und die ältere Kellnerin Dienst hätte – die, die ihn immer fragt, ob er noch ein Kännchen Kaffee möchte, oder ihn darauf aufmerksam macht, wenn der Kuchen am Frühstückstisch besonders frisch ist – wäre es möglich, noch ein Frühstück zu bekommen. Rasch steht Gershon auf, beschränkt die Morgentoilette aufs Allernötigste, zieht sich an – und hat Glück: Der Frühstücksraum ist zwar schon leer und die Tische abgeräumt, allein an seinem üblichen Platz ist noch gedeckt; und die nette Kellnerin begrüßt ihn, als ob sie auf ihn gewartet hätte.

Er fühlt sich wohl. Das Shabbat-Gefühl ist nach wie vor ungetrübt, als er nach dem faulen Vormittag, einem zufrieden stellenden Mittagessen und einem längeren Spaziergang am frühen Nachmittag auf dem Judenplatz eintrifft. Gershon beschließt den Platz zu umrunden, bevor er sich in den ›Schanigarten‹ setzt, in dem er am Vortag mit Gerlinde Kaffee getrunken hat. Eine Gedenktafel fällt ihm ins Auge und er geht neugierig auf sie zu. Doch dann liest er: ›An dieser Stelle stand das Haus № 244, in dem W. A. Mozart im Jahre 1783 wohnte.‹ Die Tafel ist 1929 von einer Genossenschaft der Gastwirte gestiftet worden, wie der Inschrift ebenfalls zu entnehmen ist.
Ein wenig enttäuscht tritt er zurück, da dies nur sehr bedingt mit jener Geschichte des Platzes, an der ihm gelegen ist, zu tun hat; er ist aber gleichzeitig überrascht, dass sich Gastwirte so aufwendig um die Wohnverhältnisse eines Komponisten kümmern – sich zumindest noch Anfang des vorigen Jahrhunderts gekümmert haben. Etwas anderes wäre es, wenn sich im Haus ein Restaurant oder eine Schnapsstube ›Zum Amadeus‹ befände, findet er. Das Rätsel klärt sich auf, als er sich im Weitergehen noch einmal umdreht. Da sieht er, dass auf dem Gebäude ›Haus der Wiener Gastwirte‹ steht.

Kurz darauf findet Gershon dann doch eine Tafel, die auf die jüdische Geschichte des Platzes eingeht, auf die blutige Verfolgung in den Jahren 1420/21, die mit der Auslöschung der Wiener Judenstadt endete. Um einer befürchteten Zwangstaufe zu entgehen, hätten die Juden in der Synagoge den Freitod gewählt, heißt es da. Kiddush Ha'shem. Rund zweihundert andere wären bei lebendigem Leib auf einem Scheiterhaufen verbrannt worden. Unwillkürlich blickt er hinüber zum Mahnmal für die Opfer der Shoah. Wenn er sich recht erinnert, ist dort von 65.000 durch die Nazis ermordeten österreichischen Juden die Rede, derer es zu gedenken gilt. Und er fragt sich, ob hier über die Jahrhunderte hinweg ein ursächlicher Zusammenhang herzustellen sei?

Im Gegensatz zu der der Gastwirte ist auf dieser Tafel nicht festgehalten, wer sie angebracht hat, aber aus dem Text ist zu erkennen, dass es eine reuige christliche Instanz gewesen sein muss. ›Christliche Prediger dieser Zeit verbreiteten abergläubische judenfeindliche Vorstellungen und hetzten somit gegen die Juden und ihren Glauben. So beeinflusst nahmen Christen in Wien dies widerstandslos hin, billigten es und wurden zu Tätern. Somit war die Auflösung der Wiener Judenstadt 1421 schon ein drohendes Vorzeichen für das, was europaweit in unserem Jahrhundert während der nationalsozialistischen Zwangsherrschaft geschah.‹

Gershon hat die beiden Absätze nochmals gelesen. Der Aberglaube, der von Predigern geschürt wurde? War er nicht Flankenschutz für die ökonomischen und politischen Interessen, die für die Verfolgung der Juden zu allen Zeiten ausschlaggebend gewesen sind? Verunglimpfung und Hass waren doch immer nur das Beiwerk; für jene gedacht, die bei den Raubzügen leer ausgehen würden?

Unwillkürlich muss er an die Figur des straßewaschenden Juden vom anderen Mahnmal denken. Die einen haben sich an der Demütigung der Juden ergötzt, haben gejohlt, während sich andere an deren Eigentum bereicherten. Dass es dazu des Schweigens der Mehrheit bedarf, ist klar.

Bedächtig nähert er sich dem Mahnmal, diesem Beton-Kubus in Form einer umgestülpten Bibliothek. Die Bedeutung des Buches im Judentum; Gerlinde hat es angesprochen. Eine Religion des Buches. Doch damit steht das Judentum nicht allein da; das Christentum und der Islam sind ebenso Buch-Religionen. Der Thanach ist schließlich auch Teil der christlichen Bibel. Und die Gebote, die Moshe vom Sinai brachte, haben für beide die gleiche Bedeutung. Also ist wohl auch beider Gott derselbe; mit dem Unterschied, dass Er den einen das Paradies und den anderen das Gelobte Land versprach.

Das erinnert Gershon an Samis Exegese vom Vortag: Gewalt als Erfüllung göttlicher Verheißung. Das Buch: Heuristik für Mord, Vertreibung und Raub. Die Bibliothek, von außen nach innen gekehrt – oder von innen nach außen? Welche Bücher werden hier aufbewahrt? Die Möglichkeit, den Bestand dieser Bibliothek zu prüfen, ist verwehrt ...

»On your left side you see the Holocaust-memorial and the statue in front of you shows Gotthold Ephraim Lessing, a famous German dramatist.« Eine Gruppe fülliger US-Senioren in Polo-Shirts und karierten Hosen wird vorbeigetrieben. Nur zwei oder drei von ihnen zücken ihre Digital-Kameras, um das Mahnmal auf ihrem Chip zu speichern. Kein Wort der Erklärung seitens des Reiseleiters. Ob sie überhaupt mitbekommen, woran hier erinnert wird, fragt sich Gershon. Und wenn ja, ob es sie in irgendeiner Weise berührt? Welcher Gedankenarbeit bedurfte es, seine eigene Betroffenheit zu wecken.

Wie hat ein Mahnmal zu funktionieren? Soll es durch das Dargestellte emotionalisieren? Oder lediglich durch seine Existenz Gedanken anregen? Ist der künstlerische Wert von Bedeutung – Gestaltung, Anziehungskraft? Unwillkürlich ist Gershon der Gruppe gefolgt, bleibt aber vor dem Lessing-Denkmal stehen. Der Dichter blickt auf das Mahnmal hinüber. Ob sein ›Nathan‹ auch in der verschlossenen Bibliothek enthalten ist? Toleranz zwischen den Religionen ...

Er erinnert sich an den Installateur, der seinerzeit – er selbst hatte sich eben erst in seiner neuen Umgebung eingelebt – aus der nahe gelegenen Stadt in den Kibbuz gekommen

war, um in der *Mata*, der Apfelplantage, die Anschlüsse für ein neues Bewässerungssystem einzurichten. Er war ihm als Hilfe zugeteilt worden, war aber in erster Linie Gesprächspartner, besser gesagt Zuhörer für dessen Geschichten. Zur Jausenzeit hatten sie sich auf einen Abhang gesetzt und da hatte jener plötzlich gemeint, er würde sofort seine Religion aufgeben, wenn dies den Frieden bringen würde.
Kiddush Ha'shem ... In der Synagoge, die auf diesem Platz gestanden ist, haben Juden kollektiven Selbstmord begangen, um einer drohenden Zwangstaufe zu entgehen. Geheiligt werde Er. Für sie stand der Bund mit Ihm über dem eigenen Leben. Doch der Installateur, der ins verheißene Land zurückgekehrt war, war bereit, den Bund zu lösen, wenn er damit den Frieden erreichen könnte. Als ob es tatsächlich um den Glauben, die Religion ginge.
Wenn sich die Gedanken im Kreis zu drehen beginnen, ist es wohl Zeit für einen Kaffee. Als er sich dem Lokal nähert, in dem er am Vortag mit Gerlinde gesessen ist, glaubt er sie zu sehen. Eine Frau, die ihr von hinten zumindest sehr ähnelt, biegt soeben mit einem jungen Mann an ihrer Seite in eine Seitengasse. Bevor die beiden sein Blickfeld verlassen, wendet sie sich halb um. Sie ist es, sagt sich Gershon. Er winkt, doch sie nimmt ihn nicht wahr. So eilt er den beiden nach. Als er sie wieder vor sich sieht, ist er sich nicht mehr sicher, ob sie es wirklich ist; und auch, ob er sie ansprechen soll, wenn sie in Begleitung ist. Der junge Mann könnte allerdings Wolfgang sein? Er sieht nur so anders aus: in T-Shirt, Skater-Hosen und Sportschuhen, außerdem die Frisur.
»Frau Benarrivo«, ruft er. Als er es nochmals etwas lauter probiert, dreht sie sich um. Es ist Gerlinde.
Lachend kommt sie auf ihn zu. »So trifft man einander wieder. Gewissermaßen am gewohnten Platz«, begrüßt sie ihn.
»Herr Gal.« Der junge Mann, der ihr gefolgt ist, ist tatsächlich Wolfgang. Etwas verlegen steht er da, dann sagt er: »Freut mich, Sie wiederzusehen.«
»Ich wollte gerade einen Kaffee trinken, als ich Sie sah. Leisten Sie mir Gesellschaft?«

»Wir haben schon Kaffee getrunken«, erwidert sie, »aber wir leisten Ihnen gern Gesellschaft.«
»Mutter hat mir schon erzählt, dass sie mit Ihnen gestern hier war«, stellt Wolfgang fest, nachdem sie im Schanigarten Platz genommen haben.
»Dabei habe ich das Flair des Platzes wiederentdeckt und heute Wolfgang hergeführt.«
»Auch mich reizte die Atmosphäre des Platzes, nochmals herzukommen.«
»Mutter hat mir gesagt, dass Sie das Buch ›Höre, Israel!‹ von Erich Fried suchen.«
»Ich habe in einer Buchhandlung danach gefragt, doch es ist vergriffen, wie man mir sagte.«
»Gut möglich. Obwohl Erich Fried längere Zeit in Österreich der beliebteste und meistgekaufte Lyriker war. – Ich habe den Band nicht. Und auch nicht die Gesamtausgabe.« Er wirft dabei seiner Mutter einen vorwurfsvollen Blick zu. »Ich weiß aber, glaube ich, jemanden, der das Buch haben könnte. Der Vater eines meiner Mitschüler ist ein alter 68er. Er hat mir schon einmal ein frühes Fried-Buch geborgt. Ich werde gleich am Montag Benny bitten, seinen Vater danach zu fragen.« Und zu seiner Mutter: »Du kennst Benny. Das ist der, der E-Bass spielt.«
Gerlinde nickt und fragt, ob er nicht auch zuletzt mit ihm zusammen das Referat in Biologie gehalten habe.
Gershon hat wenig Möglichkeit, sich Gerlinde zuzuwenden oder sie auch nur anzuschauen; der Junge hat ihn wieder mit Beschlag belegt. Er freut sich offenbar wirklich, ihn wiederzusehen, auch wenn seine Begrüßungsformel geklungen hat, als wäre sie dem Höflichkeiten-Repertoire seines Großvaters entnommen. Und Wolfgang ist heute zudem sehenswert: vor allem seine Frisur. Beim gemeinsamen Abendessen hatte er brav und bieder gewirkt, doch an diesem Nachmittag hat er seine Haare mit Gel zu einem Igelkopf gestylt. Wohl kaum nur für den Samstagnachmittagsspaziergang mit seiner Mutter.
»Sie haben mich neulich gefragt, ob ich mit dem Komponisten Hans Gál verwandt sei. Er war mir unbekannt, doch habe ich nun ein Plakat von einer Ausstellung gesehen …«

»Ja, Egon Wellesz und Hans Gál, zwei Komponisten, die nach Großbritannien emigriert sind.«
»Leider habe ich feststellen müssen, dass die Ausstellung schon lang beendet ist. Ich hätte gern mehr über meinen Namensvetter erfahren.«
»Ich habe mir die Ausstellung angeschaut – nicht zuletzt auch wegen des Namens. Sie war interessant. Es hat aber auch einen Ausstellungskatalog gegeben, der im Museum bestimmt noch erhältlich ist. Wenn nicht, ich habe ihn und könnte ihn Ihnen leihen. Es gibt aber auch im Internet ein recht informatives Material über Hans Gál, von seiner Tochter zusammengestellt. Das kann ich Ihnen ausdrucken, wenn Sie wollen. Im Katalog sind auch zwei CDs enthalten, eine mit Musik von Hans Gál.«
»Davon habe ich im Moment nichts, da ich kein Gerät habe, um sie abzuspielen.«
»Ich könnte die CD auf Mini-Disc überspielen …«
»Ich habe auch keinen Mini-Disc-Player.«
»MP3?«
»Auch nicht«, stellt Gershon lachend fest, der merkt, dass seine Besitzlosigkeit irgendeines Geräts dieser Art das Vorstellungsvermögen des Jungen übersteigt.
»Aber wenn Herr Gal an der CD interessiert ist, könntest du sie ihm doch bei uns vorspielen«, wendet seine Mutter ein.
»Das geht natürlich auch. Wann haben Sie Zeit?«
»Im Augenblick habe ich alle Zeit der Welt.«
»Wie wäre es mit morgen?«, fragt Gerlinde. »Hast du morgen Nachmittag etwas vor?«, an Wolfgang gerichtet, und dann zu Gershon: »Und wie ist es bei Ihnen?«
Da beide nichts einzuwenden haben, lädt sie ihn für den kommenden Nachmittag zum Kaffee ein.
Wolfgang blickt auf seine Uhr. »Ich muss jetzt gehen.« Als er Gershon die Hand gibt: »Wir sehen einander morgen.«
Auch Gerlinde steht auf und erklärt: »Vater hat heute ausnahmsweise seinen Schach-Nachmittag; sonst ist der Samstag der Familie vorbehalten. Am Abend aber erwartet er, verköstigt zu werden. Bis morgen also.«

Er blickt den beiden nach. Er freut sich, Gerlinde schon heute wiedergesehen zu haben. Allerdings gab es diesmal kein Küsschen auf die Wange, doch das hat er in Anwesenheit ihres Sohns ohnehin nicht erwartet.

VII

Da steht er nun und hat nicht die geringste Ahnung, welche Blumen ihr gefallen könnten. – Beim Frühstück war ihm plötzlich eingefallen, dass er, wenn er am Nachmittag die Wegscheids besucht, nicht wieder mit leeren Händen kommen könne. Es hätte dies auch schon die Höflichkeit geboten, als er zum Abendessen eingeladen war. Doch da war er so ausschließlich auf den Alten fixiert gewesen. Natürlich wusste er, dass es auch den Enkel gibt, doch war nie von einer Frau im Haus die Rede gewesen; wenngleich er davon hätte ausgehen müssen.
In Israel hat sich für ihn dieses Problem kaum jemals gestellt. Er kann sich gar nicht daran erinnern, wann er zuletzt in einen ihm unbekannten Haushalt eingeladen war; hat er sich doch fast ausschließlich mit Freunden und Kollegen getroffen – und das meist im Kaffeehaus oder im Restaurant. Mitunter waren auch deren Frauen dabei. Und wenn er doch gelegentlich an einem der Feiertage einen von ihnen besuchte, musste er nicht lange nachdenken. Da nahm er eine Flasche Wein oder eine Flasche Wodka mit; wie sie auch, wenn sie zu ihm kamen.
Das war gewiss nicht besonders einfallsreich, aber es erfüllte immer seinen Zweck. Für den Besuch bei jemandem, den man nur aus Briefen kennt, wäre eine Flasche Wein oder eine Flasche Wodka aber kaum angebracht gewesen. Der Alte hätte sich wie sein Enkel als eingefleischter Abstinenzler entpuppen können, oder als strikter Weißwein-Trinker. Nun, nach dem ersten Abend, weiß er, dass er Rotwein und Cognac trinkt und Zigarren raucht. Zum nachmittägigen Kaffee war er aber von Gerlinde eingeladen worden. Also musste er Blumen besorgen. Etwas Süßes zieht er gar nicht in Erwägung: Bonbonnieren sind für Tanten und Großtanten.
Folglich erkundigte er sich nach dem Frühstück an der Rezeption nach einem Blumenladen. Die ältere Frau, die an diesem Vormittag dort ihren Dienst versah, schilderte auch bereitwil-

lig den Weg zum nächsten Blumengeschäft, schränkte zuletzt allerdings ein, dass sie nicht wisse, ob dieses auch sonntags geöffnet habe.

Wie sich herausstellte, hatte es sonntags nicht geöffnet, und damit begann eine langwierige Suche, die ihn zuletzt hierher führte, wo er nun inmitten all der Pracht steht und nicht weiß, welche Blumen er kaufen soll. Rosen schließt er auf jeden Fall aus: Rote wären unangebracht, zu persönlich, und andersfarbige zu unpersönlich. Nelken mag er nicht. Iris mag er, aber nur in Kombination mit anderen Blumen, etwa Narzissen. Hortensien sind ganz hübsch im Garten, aber ungeeignet für einen Blumenstrauß. Und eine Topfpflanze kommt schon gar nicht in Frage. Das Angebot erweist sich damit als doch nicht so groß. Immerhin wirkt die Verkäuferin angesichts seiner Unentschlossenheit noch halbwegs geduldig. Schließlich muss er sich aber entscheiden, und er kauft Gerbera.

»So schöne Blumen, Herr Gal«, sagt Gerlinde, als sie ihr Gershon gleich an der Tür in die Hand drückt. »Kommen Sie doch herein.«

Hinter ihr taucht Wolfgang auf. »Shalom«, grüßt er.

»Shalom«, erwidert Gershon lachend. »Lernen Sie Ivrith?«

»Ich will nur schnell die Blumen in eine Vase geben. Bringst du unseren Gast inzwischen in die Bibliothek?«

Er hat noch immer das zerknüllte Papier, in das die Blumen eingewickelt waren, in der Hand. »Könnten Sie mir das abnehmen?«, bittet er Wolfgang auf dem Weg zur Bibliothek. Der nimmt ihm den Papierknäuel ab, legt ihn dann aber auch nur auf den Tisch. Der ist wiederum hübsch gedeckt.

»Ich soll Sie von Großvater herzlich grüßen. Er sei leider verhindert, lässt er Ihnen ausrichten«. Dabei ähnelt Wolfgang im Tonfall wieder sehr dem Alten, denkt Gershon. Wenn er mit seiner Mutter redet, klingt er anders, selbständiger. Als ob er aus zwei verschiedenen Personen bestünde. Offenbar übt der Alte großen Einfluss auf ihn aus. »Einmal im Monat trifft er sich mit ebenfalls pensionierten Hofrat-Kollegen im

Kaffeehaus«, erklärt Wolfgang. »Dort wälzen sie dann einen Nachmittag lang philanthropische Ideen, die aber nie verwirklicht werden oder auch nicht zu verwirklichen sind. Da er aber weder Briefmarken, Münzen oder Bierdeckel sammelt, hat er damit eine Beschäftigung, die ihn in Schwung hält. Und es scheint ihn zufrieden zu stellen. Er kommt hinterher meist recht aufgeräumt nachhause. – Ja, und er würde sich freuen, Sie dann noch anzutreffen.«

»Es würde mich ebenfalls freuen, ihn wiederzusehen«, erwidert Gershon der Höflichkeit gehorchend. Gerlinde und ihr Sohn genügen ihm an diesem Nachmittag durchaus an Gesellschaft. Abgesehen davon ist ihm der Alte in seinem ganzen Habitus ein wenig zu dominierend.

Schon beim Hereinkommen hat er auf dem Tisch einen Band entdeckt, auf dem das Plakat mit dem Namen Gál abgebildet ist. Nun hält es ihn nicht länger, und er geht darauf zu. »Das ist der Ausstellungskatalog von den ›continental britons‹«, stellt Wolfgang fest. »Und ich habe Ihnen auch das Material über Hans Gál aus dem Internet ausgedruckt; habe allerdings keinen Schnellhefter gefunden. Doch Mutter hat bestimmt einen.«

»Worum geht es?« Gerlinde kommt eben mit einer hohen Glasvase, in der sie die Blumen arrangiert hat, ins Zimmer.

»Einen Schnellhefter. Ich habe bei mir keinen mehr gefunden.«

»Ich muss noch genügend haben.« Und an Gershon gewandt: »Welche Farbe würden Sie denn bevorzugen?«

Als ob das eine Rolle spielte. Doch dann sagt er: »Rot. Und wenn Sie keinen roten haben, blau.«

»Aber, so setzen Sie sich doch!« Und nachdem er sich in den Fauteuil hat sinken lassen, in dem er schon beim vorigen Mal gesessen ist, stellt sie auf die Blumen deutend fest: »Ich mag Gerbera.«

Es klingt ehrlich, nicht nur so hingesagt, findet Gershon. »Das freut mich. Ich wusste nicht, ob Sie sie mögen würden. Doch es schien mir, sie hätten etwas Verbindendes.« Gerlinde versteht sichtlich nicht, was er damit meint, deshalb fügt er hinzu: »Ger-linde, Ger-shon, Ger-bera.«

Gerlinde zeigt ihr hübsches Lächeln und Wolfgang grinst.
»Wenngleich die Gers unterschiedlicher Abstammung sind: Ihr Ger ist, soviel ich weiß, martialisch-germanischen Ursprungs, mein Ger ist hebräischen Ursprungs mit der Bedeutung ›Fremder‹, und das Ger der Blumen geht wohl auf einen Herrn Gerber zurück.« Dass er einmal Gernot geheißen hat und damit auch das Martialisch-Germanische im Namen führte, verschweigt er.
»Ja, tatsächlich kann meine Mutter sehr kriegerisch sein; quasi mit Speer und Schild.«
»Wer eine Bestie im Namen trägt, sollte nicht mit Steinen werfen.«
»Den Namen hast doch du für mich ausgesucht.«
»In weiser Voraussicht.«
»Dabei findest du die Wölfe in Schönbrunn immer so hübsch.«
»Solang sie hinter Gittern sind und mir nicht zu nahe kommen. – Aber jetzt hole ich erst einmal den Kaffee. Sonst wird er noch kalt. Wolfgang, tu etwas für die Allgemeinheit und bring den Kuchen.«
Gershon nützt die Gelegenheit, um im Ausstellungskatalog zu blättern. Hans Gál als 35-Jähriger, Hans Gál in seinem letzten Lebensjahr, Hans Gál im Alter von etwa drei Jahren: Gibt es Ähnlichkeiten? Mit seinem Vater? Er hat sein Bild nicht deutlich genug im Gedächtnis, versucht, sich das Photo, das in der Wohnung der Mutter hing, in Erinnerung zu rufen, doch es gelingt nicht. Kein Verlass auf sein photographisches Gedächtnis! Irgendwann scheint das Bild in seinem Gehirn überlagert worden zu sein.
Vielleicht ist es nur eine momentane Gedächtnislücke, eine Störung, die zu beheben ist. Er ruft sich seine Mutter in Erinnerung, Onkel Shlomo, geht dann über zu Personen, die ihm in der Vergangenheit weniger vertraut waren: Jizchak, den Ivrith-Lehrer im Kibbuz, Amnon, den Schmied, Shmuel, den ersten Kommandanten der Panzer-Kompanie: keine Probleme. Schließlich versucht er nochmals auf das Photo des Vaters zurückzukommen. Das Bild bleibt ungenau …

»Schon wieder in Gedanken?«

Gershon hat zwar bemerkt, dass die beiden wieder das Zimmer betreten haben, war aber so sehr mit der Suche nach dem Bild des Vaters befasst, dass es ihm nicht wirklich bewusst geworden ist.

»Entschuldigen Sie. Ich habe versucht, eine Ähnlichkeit zwischen diesem Gál – er zeigt auf das Photo aus dem Jahr 1925 im Katalog – und meinem Vater festzustellen, aber es ist mir nicht gelungen.«

Gerlinde geht nicht weiter darauf ein. »Darf ich Ihnen ein Stück Kuchen geben? Topfenstrudel. Nicht selbstgemacht. Mehlspeisen sind nicht meine Stärke, die hole ich lieber aus der Konditorei. – Wissen Sie, was Topfen ist?«

»Natürlich.« Gershon lacht. »Topfenstrudel gibt es auch in Israel, und meine Mutter hat ihn auch immer so genannt.« Er hält noch immer den Katalog aufgeschlagen. Bevor er ihn nun schließt, schaut er nochmals auf das Photo.

»Wenn es Ihnen nur um den Lebenslauf Hans Gáls geht, dann ist das Internet-Material praktischer«, erklärt Wolfgang, nachdem er sein Stück Topfenstrudel rasch aufgegessen hat. »Der Katalog zeigt allerdings im Zusammenhang mit Gál und Wellesz einige Aspekte des Exils in Großbritannien auf, die interessant sind. Nicht nur, dass die Emigranten als ›feindliche Ausländer‹ in Internierungslager gesteckt wurden – das war mir nicht neu –, sondern auch, wie sehr die Exil-Musiker von den britischen Kollegen als unliebsame Konkurrenz abgelehnt wurden.«

»Lass doch unsern Gast erst einmal in Ruhe seinen Kaffee trinken«, rügt Gerlinde.

Gershon ist es unangenehm, dass der Junge seinetwegen zurechtgewiesen wird. Schließlich sollte man seinen Eifer nicht bremsen. »Ach, der Kaffee schmeckt doch erst richtig, wenn man dazu ein angeregtes Gespräch führt«, sagt er deshalb. Um aber nicht beim Stein des Anstoßes, Hans Gál, fortzusetzen, fragt er Wolfgang: »Und wie war der gestrige Abend? Gesellig?«

Noch bevor dieser bejahen kann, sieht Gershon am kurzen Aufblitzen seiner Augen, dass dies der Fall war.

»Ich nehme an, dass die Natalie auch da war?«
Wolfgang senkt den Blick, und an seinen Ohren ist eine deutliche Rötung bemerkbar. Mit dem Themenwechsel hat er offensichtlich den Jungen in die nächste Bredouille geritten, ärgert sich Gershon. Er fühlt mit ihm; seine Mutter war mitunter ebenso taktlos gewesen. Daran hat sich anscheinend im Lauf eines Menschenalters nichts geändert.
»Noch ein Stück Topfenstrudel?«, fragt Gerlinde in die eingetretene Stille hinein.
Er lehnt dankend ab. »Obwohl er ganz vorzüglich schmeckt«, fügt er hinzu, sich der Erziehungsversuche seiner Mutter erinnernd. Im konkreten Fall ist es nicht einmal gelogen. »Vielleicht komme ich etwas später auf Ihr Angebot zurück.« Er greift nach den Zigaretten.
Sie hole einen Aschenbecher, sagt Gerlinde und nimmt beim Hinausgehen den Kuchenteller mit. »Ich stelle ihn nur kühl. Sie melden sich, wenn Sie noch ein Stück wollen?«
Gershon beobachtet den Jungen. Der blickt nun, nachdem die Mutter den Raum verlassen hat, auf und grinst. Gewissermaßen entschuldigend zieht Gershon seine Schultern hoch.
»Kein Problem.« Wolfgang lacht. »Sie glaubt nur, immer über alles Bescheid wissen zu müssen. Wahrscheinlich haben das Mütter ganz allgemein so an sich.« Und dann wechselt er jäh das Thema: »Bleiben Sie länger in Wien? Ich meine, weil Sie gesagt haben, dass Sie Gepäck nachgesandt bekommen.«
»Ich gehe jedenfalls davon aus, einige Zeit hier zu verbringen.«
»Beruflich oder privat? – Sorry. Es geht mich überhaupt nichts an.«
»Vorläufig einmal ganz privat.« Als Gerlinde einen Aschenbecher vor ihn hinstellt, bedankt er sich. Bedächtig zündet er sich eine Zigarette an und fährt fort: »Genau genommen habe ich eine Aus-Zeit gebraucht. Ich wollte in aller Ruhe meine Situation überdenken, nicht zuletzt mein Verhältnis zu meinem Land. Ich bin in einem Alter, in dem das Denken nicht mehr so schnell geht – und eine gewisse Anstrengung erfordert. Deshalb

habe ich mich entschlossen, zumindest für einige Zeit Israel zu verlassen.«

Das nennt man wohl, unklare Überlegungen in klare Worte zu fassen, fügt Gershon in Gedanken hinzu, sofern die Worte nicht letztlich ebenso unklar bleiben.

»Heißt das, Sie sind mit der Situation oder Ihrer Situation in Israel unzufrieden?« Gerlindes Frage klingt unsicher, als habe sie Bedenken, sie könnte ihm damit zu nahe treten. Er muss nicht darauf antworten, aber irgendwann wird er sich der Frage stellen müssen.

Darum beginnt er verhalten: »Die vergangenen Jahre haben mir zunehmend deutlich gemacht, dass sich die Vorstellung, dass Juden in einem eigenen Staat in Frieden leben, unter der auch ich seinerzeit nach Israel gekommen bin, in naher Zukunft nicht erfüllen wird – und dass dafür nicht allein die Palästinenser verantwortlich sind.« Er zündet sich noch eine Zigarette an. »Von einem äußeren Feind bedroht zu werden ist schlimm, doch man kann damit leben, zumindest einige Zeit. Schwierig wird die Situation, wenn man erkennen muss, dass diese Bedrohung hausgemacht ist; dass zwar andauernd vom Frieden geredet wird, man aber ganz bewusst den Unfrieden in Kauf nimmt. Es ist eben nicht möglich, die Bedingungen für einen gerechten Frieden zu diktieren. Dann ist es nämlich kein gerechter Frieden – beziehungsweise überhaupt kein Frieden. In den vergangenen Jahren ist manches publik geworden, das zeigt, dass der zionistische Staat, anders als ihn Theodor Herzl seinerzeit in seinem utopischen Roman ›AltNeuLand‹ beschrieb, letztlich nie von einem friedlichen Zusammenleben ausging. Es war keine historisch-geographische Fehleinschätzung, wenn postuliert wurde: Ein Land ohne Volk für ein Volk ohne Land! Den führenden Vertretern der zionistischen Bewegung war von Beginn an klar, dass ihr Projekt zwangsläufig auf eine Konfrontation mit der einheimischen Bevölkerung hinauslaufen würde. Die Behauptung, die ersten jüdischen Siedler seien schockiert gewesen, als sie feststellen mussten, dass im verheißenen Land Araber lebten, ist eine zionistische Fama. Und selbst wenn dies der Fall gewesen wäre, so hielt dieser Schock nicht lange an. Der Zionist Ascher Ginzberg, der sich später Achad Ha'am, Einer aus dem Volk, nannte, schrieb schon im Anschluss an seine erste Reise nach Palästina 1891, dass die jüdischen Siedler den Arabern mit Feindseligkeit und Grausamkeit begegneten, unerlaubt deren Land beträten und sie schamlos und ohne ersichtlichen Grund schlügen, worauf sie auch noch stolz seien.«

»Das ist mehr als hundert Jahre her«, wendet Gerlinde zaghaft ein, da Gershon schweigt.

»Doch in der Einstellung gegenüber der arabischen Bevölkerung hat sich nichts geändert.« Gershon blickt von Gerlinde zu Wolfgang. Dieser wirkt ein wenig betreten, stellt aber dann fest: »In der Zwischenzeit hat es den Holocaust gegeben. Und Israel ist Realität geworden.«

Es ist zum Lachen, denkt Gershon, da sitzt er, der Jude, zwei Gojim gegenüber und muss seine Bedenken gegenüber seinem Staat verteidigen. Und Wolfgangs Einwurf ist ihm nur allzu verständlich. In früheren Zeiten wäre er wahrscheinlich von ihm selbst gekommen.

»Stimmt«, sagt er schließlich, »und beide Tatsachen hätten auch dazu beitragen können, das Verhältnis zu den Palästinensern auf die Basis eines friedlichen Zusammenlebens zu stellen. Doch das entsprach nicht der zionistischen Staatsräson, die von einem jüdischen Staat ausging und damit eine binationale Lösung ausschloss. – In den vergangenen Jahren haben eine Reihe von israelischen Historikern der jüngeren Generation die Ereignisse um die Staatsgründung und den Krieg von 1948 genauer unter die Lupe genommen und einige Legenden ausgeräumt. Der Teilungsplan der UNO von 1947 schuf bei beiden Seiten, Palästinensern wie Zionisten, Frustrationen; bei den Palästinensern, weil sie weit mehr als der Hälfte ihres Landes verlustig gehen sollten, bei Israels Gründervätern, weil sie Anspruch auf ganz Palästina erhoben und sich mit der Hälfte nicht zufrieden geben wollten. Diese aber stimmten aus taktischen Gründen dem Teilungsplan zu und gingen an die Gründung des Staates Israel; sie unternahmen jedoch zugleich alles, um die Schaffung eines palästinensischen Staats zu ver-

85

hindern. Ein Geheimabkommen zwischen Ben-Gurion und König Abdallah von Transjordanien, wonach dieser die für die Palästinenser vorgesehenen Gebiete annektieren sollte, war der entscheidende Schritt in diese Richtung. Es schuf zudem die Voraussetzung, das von der UNO für den jüdischen Staat vorgesehene Territorium auszuweiten; Teile des für die Palästinenser vorgesehenen Territoriums grenzten ja nicht direkt an Transjordanien.«

Gershon greift nach der Kaffeetasse und merkt, dass sie leer ist. Gerlinde schenkt ihm nach. Er beobachtet sie dabei und sagt sich, dass er sich einen anderen, erfreulicheren Gesprächsstoff gewünscht hätte. Die zarte Halskette mit den blauen Steinen steht ihr sehr gut, findet er.

Nachdem sie nachgeschenkt und sich wieder gesetzt hat, scheint sie darauf zu warten, dass er mit seinen Ausführungen fortfährt. Und auch Wolfgang schaut ihn erwartungsvoll an. Gershon muss sich erst wieder konzentrieren, um den Faden aufzunehmen.

»Ein anderer Punkt ist die Vertreibung der Palästinenser im Zuge der Kriegshandlungen von 1948. – Zweifellos sind viele von selbst geflüchtet, und ein Teil von ihnen glaubte vielleicht auch, man würde nach einem Sieg der arabischen Armeen über Israel in die Heimat zurückkehren. Doch etwa die Hälfte der Flüchtlinge wurde gezielt vertrieben. Wahrscheinlich hat es keinen generellen Vertreibungsbefehl gegeben, doch hatte Ben-Gurion schon Jahre vor der Staatsgründung erklärt, er sei für die zwangsweise Aussiedlung der Araber aus dem jüdischen Staat; mit dem Vermerk, dass er darin nichts Unmoralisches sehe. Auch Herzl hatte schon eine gezielte Umsiedlung der arabischen Bevölkerung, zumindest aus bestimmten Landesteilen, befürwortet.

Als dann in den 80er Jahren die israelischen Archive geöffnet wurden, fanden sich explizite Ausweisungsbefehle, zusammen mit Beweisen, dass israelische Soldaten in diesem sogenannten Selbstverteidigungskrieg durch Terror die Flucht vorangetrieben hatten, Beweisen für Mord, Folter, Vergewaltigung und Plünderung. Die beiden palästinensischen Städte Lydda

und Ramle etwa – sie zählten jeweils zehntausende Einwohner – wurden auf Befehl des damaligen Oberstleutnants und späteren Friedensnobelpreisträgers Jizchak Rabin ›gesäubert‹. Tatsächlich wurde der Begriff Säuberung in diesem Zusammenhang verwendet.«
Gershon glaubt, genug gesagt zu haben. Doch die beiden schweigen. Er sieht sich auch nicht in der Lage, das Thema zu wechseln. So wendet er sich direkt an Wolfgang: »Sie haben den Holocaust erwähnt. Selbstverständlich ist die Shoah ein Ereignis, das das jüdische Volk traumatisiert hat. Sie darf aber nicht dazu dienen, sich unter Berufung darauf über allgemeine Wertvorstellungen hinwegzusetzen, wie dies seinerzeit Ministerpräsident Begin getan hat, als er meinte, nach dem Holocaust habe die Weltgemeinschaft ihr Recht verwirkt, Israel für sein Handeln zur Verantwortung zu ziehen. Es war, glaube ich, 1986, als in der israelischen Armee an kommandierende Offiziere Richtlinien unter dem Titel ›Die Shoah und ihre Lehren‹ verteilt wurden. Diese endeten mit dem Hinweis, die Verteidigung der Menschenrechte sei die beste Methode, um einen erneuten Ausbruch von Nazismus zu verhindern. Anlass dafür war eine gewisse Beunruhigung in der Armeeführung: Sie wurde nämlich immer häufiger mit Berichten konfrontiert, wonach sich Soldaten, Berichte über die Shoah im Kopf, mögliche Methoden ausdachten, wie sie die Araber vernichten könnten. Und dass eben die Shoah auch jedes Verhalten rechtfertige. Wenige Jahre später war in der Presse zu lesen, dass sich eine Gruppe von Soldaten, die sich bezeichnenderweise ›Mengele-Einheit‹ nannte, die Ermordung von Palästinensern zum Ziel gesetzt hatte. – Das ist die eine Seite. Mit mehr Recht führt die andere Seite, die mir näher steht, die Shoah zur Verteidigung ihrer Position ins Treffen: nämlich jene Offiziere und Soldaten, die sich weigern, in den besetzten Gebieten ihren Armeedienst zu leisten, und deshalb vor Gericht gestellt werden.«
Gershon hört die Wohnungstür ins Schloss fallen. Die beiden anderen schauen ebenfalls zur Tür, die in den Vorraum führt, wo sich gleich darauf der Alte zeigt. »Das ist schön, dass Sie

noch da sind«, ruft er Gershon zu. »Ich bin gleich bei Ihnen. Muss nur erst ablegen.«

»Ich habe heute das Treffen mit den Kollegen ein wenig abgekürzt, um Sie doch noch hier anzutreffen«, erklärt er, als er kurz darauf das Zimmer betritt. Er zieht sich dabei das Gilet gerade und gibt dann Gershon die Hand. »Ich hoffe, ihr habt unseren Gast gut unterhalten«, fährt er fort, ohne sich allerdings direkt an Tochter oder Enkel zu wenden. »Und habt ihn gut bewirtet.« Dabei lässt er den Blick über den Tisch schweifen. »Man hat Ihnen ja gar nichts zu trinken gegeben.« Er legt seine Hand auf Gershons Arm. »Einen Cognac?« Ohne eine Antwort abzuwarten geht er in Richtung des kleinen Bar-Schranks, dreht sich aber dann um: »Oder bevorzugen Sie etwas anderes. Es müsste auch noch Whisky da sein. Oder Wodka?« Er mustert den Inhalt des Schranks. »Etwas Süßes werden Sie ja wohl nicht wollen? Das ist für das schwächere Geschlecht.«

»Heute hätte ich gern einen Wodka«, sagt Gershon. Als ob er nicht immer Wodka den Vorzug gäbe.

»Soll ich den Wodka holen?«, fragt Gerlinde den Alten. Gershon merkt, dass sie, die bei der Ankunft ihres Vaters aufgestanden ist, noch immer wartend dasteht. Wartend worauf? Dass sich erst der Patriarch setzt, oder auf eventuelle Anweisungen, auf Rügen? Wäre es nicht der fehlende Schnaps gewesen, der zuvor ohnehin niemandem abgegangen ist, hätte jener bestimmt ein anderes Versäumnis entdeckt. Er, und scheinbar nur er, hat alles unter Kontrolle. Der Enkel wird kontrolliert, ob er alle Aufgaben gemacht hat, die Tochter, mit wem sie sich trifft, Freundschaften, Liebschaften, Affären. Den Wodka zu holen ist wohl weniger ein Hilfsangebot, als vielmehr ein Vorwand, das Zimmer verlassen und diesen Zustand des Wartens beenden zu können.

»Das wäre nett,« erwidert der Alte, als Gerlinde schon auf dem Weg in die Küche ist.

»Es ist noch Topfenstrudel da. Soll ich dir ein Stück mitbringen?«, fragt sie noch. Der Alte bejaht. »Und Sie, Herr Gal, sind Sie jetzt bereit für ein weiteres Stück?«

Es wäre schmählich, in dieser Situation abzulehnen, denkt er und nickt zustimmend.

Der Alte kehrt mit einem kleinen Tablett an den Tisch zurück, auf dem sich die Flasche Cognac, die Gershon schon kennt, und diverse Gläser befinden. Um es abstellen zu können, schiebt der den Katalog der ›continental britons‹ zur Seite, wobei er den Titel liest. »Hans Gál? Ein Verwandter von Ihnen?«

Gershon verneint. »Zumindest ist mir nichts bekannt. Ich muss mich selbst erst mit seiner Person vertraut machen, auf die mich Ihr Enkel aufmerksam gemacht hat.«

»Ach, gehört der Katalog dir?«, fragt er Wolfgang; ein wenig pikiert, findet Gershon, als hätte dieser ihm etwas Wichtiges verschwiegen.

»Ich habe dir doch erzählt, dass ich in der Ausstellung war und auch dass ich mir den Katalog gekauft habe.« Und dann mit einem Anflug von Aufbegehren: »Aber wahrscheinlich hast du mir wieder einmal nicht richtig zugehört. Im übrigen habe ich neulich abends schon Herrn Gal gefragt, ob er mit dem Komponisten verwandt sei.«

Der Alte geht nicht darauf ein und lässt sich in seinen Fauteuil fallen. Gerlinde kommt mit einer Flasche Wodka und dem Kuchenteller. Als sie Gershon einschenken will, erklärt ihr Vater: »Lass nur, das mach ich schon.« Sie gibt ihm die Flasche und macht sich daran, den Topfenstrudel aufzuteilen. Nachdem der Alte Gershons Glas gefüllt hat, fragt er sie: »Und was trinkst du? Cognac oder Wodka?« Er fragt dies auf eine Weise, als müsse sie sich zwischen ihm und ihrem Vater entscheiden, denkt Gershon, aber vielleicht will er auch nur Zwischentöne hören, wo gar keine sind. Sie entscheidet sich schließlich für Cognac, scheint aber noch unschlüssig zu sein, ob sie sich wieder setzen soll. »Ich suche erst einmal den versprochenen Schnellhefter«, sagt sie, und Wolfgang schließt sich ihr mit dem Hinweis, dass er die Seiten noch lochen müsse, an.

Der Alte prostet Gershon zu. »Wahrscheinlich ist der Wodka ohnehin gesünder. Der Cognac ist auch nicht mehr das, was er einmal war. Ich habe gehört, dass er längst nicht mehr in

Eichenfässern reift, sondern in Metallfässern, in die man Eichenholzspäne gibt, damit er möglichst schnell die rechte Farbe annimmt. Aber ich bin nun einmal an dieses Gesöff gewöhnt.« Ächzend erhebt er sich aus seinem Stuhl und holt sein Zigarrenkistchen. »Wie wäre es heute mit etwas Kräftigerem?«
Gershon lehnt dankend ab, will schon nach seinen Zigaretten greifen, beschließt aber, erst sein Stück Topfenstrudel zu essen.
»Und wie gefällt Ihnen unsere Stadt?«, fragt der Alte, nachdem er seine Zigarre zum Glühen gebracht hat. »Haben Sie schon ein paar Sehenswürdigkeiten gesehen?«
Anscheinend weiß er nichts von der Stadtführung, die Gerlinde mit ihm gemacht hat. Also belässt es Gershon dabei, den Stephansdom, die Oper und die Museen an der Ringstraße aufzuzählen.
Als die beiden zurückkommen, überreicht ihm Wolfgang die Gál-Biographie – in einem roten Schnellhefter, wie Gershon bemerkt. Er steht auf. »Es wird Zeit für mich zu gehen.«
»Ein wenig werden Sie uns doch noch Gesellschaft leisten«, sagt Gerlinde, »zumindest bis ich auch meinen Cognac getrunken habe.«
Und Wolfgang: »Sie haben sich auch noch nicht die Gál-CD angehört.«
Gershon setzt sich wieder.
»Ja, bleiben Sie doch noch,« meint nun auch der Alte. Bei ihm ist allerdings erkennbar, dass die Aufforderung eher der ihm eigenen Höflichkeit entspringt.
»Es ist heute wohl kaum mehr die Zeit, die CD zu hören.« Gerlinde lenkt dabei Wolfgangs Blick auf den Alten.
Der Junge gibt nicht so schnell auf. »Aber ... Ich könnte Ihnen meinen CD-Walkman leihen. Dann könnten Sie sie sich daheim – ich meine, im Hotel – in aller Ruhe anhören.«
Nach und nach fühlt sich Gershon etwas überfordert. Das Angebot des Jungen ist gut gemeint, aber so eilig hat er es auch nicht, die Musik zu hören; stammt sie doch noch dazu aus einer Zeit, für deren Musik er bisher nur wenig Interesse auf-

gebracht hat. Außerdem: Er würde sich dem Jungen gegenüber irgendwie verpflichtet fühlen, wenn er das Angebot annähme. Er will ihn aber auch nicht vor den Kopf stoßen. »Ich würde mir die CD bei Gelegenheit lieber mit Ihnen gemeinsam anhören. Sie können mir bestimmt mehr dazu erzählen.« Gershon ist stolz auf sich, das Dilemma, wie er meint, so diplomatisch gelöst zu haben.

»Das heißt, dass Sie uns bald wieder besuchen müssen.« Wolfgang ist offenbar zufriedengestellt.

Gerlinde hat ihren Cognac noch nicht angerührt. Gershon weiß aber, dass er bald aufbrechen muss. Das Gespräch hat ihn ermüdet, vor allem jedoch braucht er Bewegung. Er spürt seinen Rücken und das rechte Bein beginnt schon zu schmerzen.

Der Alte pafft gedankenverloren seine Zigarre; wahrscheinlich hat ihn der Herrennachmittag ebenfalls angestrengt. Gershon dreht an seinem Glas bis Gerlinde fragt, ob sie ihm nachschenken dürfe. Wenn er noch einen Schnaps trinkt, wird sie wohl auch den ihren austrinken, sagt er sich und lässt es zu. »Aber bitte nur mehr halb voll.« Der Alte hat es schon beim ersten Glas zu gut mit ihm gemeint, und er will nicht angesäuselt heimgehen.

Als er schließlich die Möglichkeit sieht, aufzustehen, ohne unhöflich zu sein, muss er erst sein Bein ein wenig bewegen, bevor er es voll belastet. Er kaschiert dies, indem er seinen Blick über die Bücherregale wandern lässt. Dabei fällt ihm auf, dass in der Nische mit den Bildern an der zuletzt leeren Stelle wieder ein Photo hängt. Seine Neugier zwingt ihn, gleichsam ziellos daran vorbeizugehen. Eine sehr hübsche junge Frau ist darauf abgebildet.

»Wollen Sie uns schon verlassen?«, hört er den Alten hinter sich fragen.

»Ich habe Sie ohnehin bereits viel zu lang aufgehalten.« Er kehrt an den Tisch zurück, um sich erst vom Alten zu verabschieden. Gerlinde erklärt, sie werde ihn hinausbringen. Wolfgang steht auf und gibt ihm den Schnellhefter mit der Gál-Biographie. Er hätte ihn schon nicht vergessen. Also

bedankt er sich nochmals. »Ich gebe ihn Ihnen so bald wie möglich zurück.«
»Nicht nötig. Sie können das Exemplar behalten. Ich habe noch einen Ausdruck.« Wolfgang scheint unschlüssig, ob er ebenfalls mit zur Tür gehen soll. Auf halbem Weg zurückbleibend fragt er: »Sie kommen ohnehin bald, sich die CD anhören?«
»Sie müssen bei Wolfgang einen Stein im Brett haben«, stellt Gerlinde flüsternd fest, als sie den Raum verlassen haben, »mir überlässt er höchst ungern seinen CD-Player, wenn ich ihn darum bitte.« Als ob sie die Vertraulichkeit der Bemerkung betonen wollte, hängt sie sich leicht bei Gershon ein. Und an der Tür: »Vergessen Sie nicht, Wien hat noch eine Menge Sehenswürdigkeiten.«
Die Aufforderung konnte kaum deutlicher sein, denkt er. »Ich hoffe, dass Sie mir noch viele davon zeigen werden. Er beugt sich dabei zu ihr hinunter, um sie auf die Wangen zu küssen. Es ist angenehm, ja aufregend, die Wärme ihrer Haut zu spüren.
»Bis bald.« Sie streicht sich, ein wenig verlegen, wie er meint, eine lockere Haarsträhne hinters Ohr.
Vielleicht fehlt es ihnen beiden an Übung, sagt sich Gershon, als er auf die Straße tritt.

VIII

Es ist schwer, in einer fremden Stadt die Usancen eines Touristen abzulegen, aus der Hektik des Erkundenmüssens auszubrechen. Das ist die Quintessenz, die Gershon aus seinen Überlegungen zum Wochenbeginn zieht. Und er findet es an der Zeit, dies auch zu tun. Er ist schließlich nicht hierher gekommen, um in kurzer Zeit möglichst viel zu sehen, zu erleben, Eindrücke zu sammeln; er ist hier, weil ... Der Satz bleibt unvollendet, da es ihm schwer fällt, den Grund für seinen hiesigen Aufenthalt klar zu benennen.

Er hat lange geschlafen, ist mit einem wohligen Gefühl aufgewacht – und nun liegt er mit dem angefangenen Satz da. – Er hat Israel verlassen aus Resignation, aus Verbitterung, weil für ihn nicht erkennbar war, dass auch nur eine der maßgeblichen Kräfte des Landes an einem zielführenden Friedensprozess interessiert war. Deswegen ist er einmal mehr weitergezogen; im Gegensatz zu den bisherigen Wanderungen diesmal sogar aus eigenem Entschluss.

Warum hat er dann am Vortag auf Wolfgangs Frage hin von einer Aus-Zeit gesprochen? Was hat ihn davon abgehalten, im Klartext zu sagen, er sei weggegangen, emigriert, abgehauen? Hat er – aus einem nachvollziehbaren Grund – die Unwahrheit gesagt? Eine Aus-Zeit ist etwas Vorübergehendes. Wenn es das war, was er wollte, hieße dies aber, dass er unüberlegt, überhastet handelte, als er in Israel seine Zelte abgebrochen hat.

Fragen ohne Antwort, unvollendete Sätze. Zunächst muss er sich Klarheit über seine Absichten verschaffen; – den angefangenen Satz zu Ende bringen.

Diese Erkenntnis könnte man doch schon als Lösungsansatz sehen, sagt er sich und macht es sich im Bett wieder bequem. Schließlich ist er damit der Pflicht enthoben, für diesen Tag ein Programm zu entwerfen. Außerdem haben ihm seine Betrachtungen Gerlinde ins Gedächtnis gerufen. Und diese Erinnerung ist höchst angenehm: ihr Gesicht mit den Wangengrübchen und der ungebändigten Haarsträhne, die sie immer wieder hochzustecken versucht; ihre schlanke Figur, die der flauschige Pullover, den sie gestern trug, so vorteilhaft betonte, auch ihre kleinen Brüste; die Wärme ihrer Haut, die er nur kurz, aber doch lang genug gespürt hat, um sich ihrer mit Wohlbehagen zu entsinnen. Nur schade, dass er ihr am Vortag so wenig Aufmerksamkeit widmen konnte.

Doch sie will ihn ja wiedersehen. Der Hinweis auf die Sehenswürdigkeiten. Sie beide gemeinsam – allein. Er stellt sich vor, ihr den Arm um die Schultern zu legen; sie lehnt sich an ihn und er spürt ihren Körper. Wärme durchflutet ihn bei diesem Gedanken und er schlägt die Bettdecke zurück. Dieses Gefühl ist ihm schon lang nicht mehr widerfahren. Er ist nie ein enthaltsamer Mensch gewesen, wenngleich er die wilden Jahre schon seit geraumer Zeit hinter sich gelassen hat. Er hat selten eine Gelegenheit nicht wahrgenommen, doch es waren immer Episoden geblieben, einmal länger, einmal kürzer; nach und nach immer kürzer.

Die Frau, die ihm in all den Jahren am meisten bedeutet hat, ist Dorith gewesen. Und es war seine Schuld, dass ihre Gemeinsamkeit nicht von längerer Dauer war. – Es erstaunt ihn ein wenig, dass ihm Dorith innerhalb weniger Tage nun schon wieder in den Sinn gekommen ist, nachdem er sie all die Jahre über so gut wie vergessen hatte. Er war damals eben für eine feste Bindung noch nicht bereit gewesen, noch nicht ›reif‹ dafür – oder zu dumm, um zu erkennen, was sie ihm wirklich bedeutete. Aber das war Vergangenheit. Und einem geflügelten Wort zufolge nützt es nichts, über verschüttete Milch zu jammern. Obwohl er natürlich gern wüsste, was aus Dorith geworden ist.

Gerlinde ist nun viel näher. Er kennt dieses leichte Ziehen in der Leistengegend, das er beim Gedanken an sie verspürt. Allerdings – macht er sich da nicht etwas vor? Was sollte sie an ihm finden? Sie ist eine attraktive Frau, die jederzeit einen kraftvolleren, ansehnlicheren Liebhaber finden kann. Was weiß er schon von ihrem Leben?

Und was könnte er zu seinen Gunsten anführen? Nun, er würde sich nicht gerade als hässlich einstufen. Und er fühlt sich trotz altersbedingter Wehwehchen jünger, als er tatsächlich ist – was man ihm wiederum nicht unbedingt ansieht. Ein Adonis war er ohnehin nie gewesen. Bleiben allenfalls ›innere Werte‹. Selbst wenn er solche aufzuweisen hätte, hat sie freilich noch keine Gelegenheit gehabt, diese kennen zu lernen.

Ein paar Küsschen auf die Wange – und schon geht die Phantasie mit ihm durch. Und die Einladung zu einem weiteren Stadtrundgang? Vielleicht genießt sie es, ihr Wissen einmal jemandem mitteilen zu können, der ihr aufmerksam und mit Interesse zuhört. Immerhin, zuhören kann er; sofern man dies einen Vorzug nennen will ...

Als er nach dem Frühstück zu einem ausgedehnten Spaziergang aufbricht, mit der Vorstellung, dieser könnte ihm das Nachdenken erleichtern, knüpfen seine Gedanken eben dort wieder an, wo er sie wegen Unergiebigkeit abgebrochen hat. Sein Weg führt ihn am Ufer des Donaukanals entlang, und nun sitzt er auf einer Bank, lässt sich von der Sonne durchwärmen und schaut den Möwen bei ihren Flugmanövern und ihren Zänkereien zu.

Was kann er Gerlinde bieten, fragt er sich; er, der noch nicht einmal eine Vorstellung davon hat, wie seine eigene Zukunft aussehen soll? Über eines ist er sich jedenfalls im Klaren: Sie ist keine Frau für eine stürmische Begegnung, die sich nach ein paar Nächten erschöpft.

Einigermaßen verblüfft fragt er sich, seit wann er Überlegungen darüber anstelle, wie lange eine Beziehung dauern werde – könne – solle. Ist das bereits eine Frage des Alters? Oder die der unvertrauten Umgebung? An letzterer kann es wohl nicht liegen. Eine vorgegebene zeitliche Begrenzung hat für ihn immer auch ihre Reize gehabt. Allerdings war nie die Ungewissheit hinzugekommen, ob es eine zeitliche Begrenzung geben wird. Liegt es also doch eher am Alter – wenn man allmählich abzuwägen beginnt, ob sich ein Gefühlsaufwand lohnt?

Oder hängt es mit Gerlinde zusammen? Ist sein Sich-zu-ihr-hingezogen-Fühlen von anderer Art, als er dies gewohnt ist? Und wenn es doch nicht mehr ist als ein Aufwallen von Einsamkeit, von Unbehaustheit? Sie ist die erste – und bisher einzige – Frau, die er hier kennengelernt hat. Er fühlt sich wohl in ihrer Nähe. Reicht dies aus …?

Verdammte Gefühle! Er streckt seinen Rücken, zündet sich eine Zigarette an und geht weiter. Wahrscheinlich ist es doch das Alter, sagt er sich, wenn sich das Bedürfnis nach einer Gefährtin regt. Hannan kommt ihm in den Sinn, der sich immer in der Rolle des Junggesellen gefallen und dann in vorgerücktem Alter mit der Bemerkung geheiratet hat, wer würde sich denn sonst um ihn kümmern, wenn seine Senilität überhandnehme. Andernfalls braucht man jemanden, der die Defizite des eigenen Gehirns ausgleicht: Hast du deine Pillen genommen? Heute musst du warme Socken anziehen! Vergiss den Regenschirm nicht! War er bereits in diesem Alter? Nun, zumindest letzteres hätte er jüngst gebraucht.

Dennoch, so schlimm steht es um ihn noch nicht; glaubt er zumindest. Er braucht auch keine Gesprächspartnerin, der er am Morgen berichten kann, wie er die Nacht verbracht und was er geträumt habe oder ob seine Rückenschmerzen im Augenblick ärger oder weniger arg seien. Was seine eigene Befindlichkeit betrifft, hält sich sein Mitteilungsbedürfnis ohnehin seit jeher in Grenzen. – Er unterhält sich gern, allerdings über andere Themen, und am liebsten unter Umständen, die es ihm ermöglichen, ein Gespräch beenden oder verlassen zu können, wenn es ihn nicht interessiert. Keine guten Voraussetzungen für eine Beziehung, wie ihn die Erfahrung gelehrt hat.

Er merkt, dass sich seine Gedanken im Kreis zu drehen beginnen. – Als Gymnasiast hat er einmal die Schule geschwänzt, um auf den Rummelplatz zu gehen. Dort gab es als jüngste Attraktion eine Art Zentrifuge: eine große Trommel, in die sich die Besucher hineinstellten. Dann begann sich das Ganze zu drehen und man wurde an die Wand gedrückt; der Boden senkte sich ab und man blieb an der Wand hängen. Das müsste man auch mit den Gedanken machen können. Wenn sie sich rasch genug drehen, sie an einem Punkt fixieren.

Es ist Zeit, ans Mittagessen zu denken. Er kehrt um, schlägt den Weg zum Gasthaus ein, das er in den vergangenen Tagen immer wieder aufgesucht hat, und fragt sich dann, was ihn davon abhält, einmal ein anderes Gasthaus zu probieren, sich etwa gleich hier in der Nähe eines zu suchen. Gewiss, das Essen dort ist schmackhaft, ausgiebig und preiswert, doch damit steht es bestimmt nicht allein da.

Wo auch immer er im Laufe seiner Reisen hingekommen ist, er hat dort binnen kurzem ein Stammgasthaus gefunden; gewissermaßen nach dem Motto: einmal zufrieden, immer zufrieden. Eine Marotte. Dabei zählt er sich zur Gattung der Allesfresser – was die Vielfalt betrifft. Selbstverständlich hat er seine Leibspeisen, ist aber zugleich auch immer begierig auf Neues, Ungewohntes. Dennoch entwickelt er eine eigentümliche Treue, geradezu Anhänglichkeit, wenn er einmal ein Gasthaus für gut befunden hat.

Abrupt hält er inne: Treue und Anhänglichkeit? Eigenschaften, die man landläufig mit einem Hund verbindet. Ist sein Verhältnis zu Gaststätten hündisch? Wohl kaum. Es geht ihm vielmehr immer um ein gewisses Vertrauensverhältnis oder auch um eine Vertrautheit; etwa wenn der Wirt, die Wirtin, die Köchin um seine Eigenheiten weiß: Was er gern isst oder was er nicht mag, wie er die Zubereitung mancher Speisen bevorzugt, die einen mit wenig oder gar keiner Zwiebel, andere hingegen mit viel Zwiebel. Oder wenn es gelegentlich heißt: Heute haben wir für Sie eine Überraschung – und der Wirt weiß, womit man ihn angenehm überraschen kann. Er ist bestimmt nicht heikel beim Essen und durchaus offen für ungewohnte Genüsse, dennoch mag er es, wenn Gewohntes auch gewohnt schmeckt.

Als er schließlich in ›seinem‹ Gasthaus sitzt, wo man ihn nun schon freundlich begrüßt, wählt er auf der Speisekarte – Resümee der vorangegangenen Betrachtungen – etwas, von dem er nicht weiß, was es ist: Kalbspörkölt. Mit enttäuschendem Resultat. Denn er bekommt ein sehr wohlschmeckendes, allerdings auch wohlvertrautes Gulyás vorgesetzt. Hinterher wird er von der Wirtin darüber aufgeklärt, dass in der ungarischen Küche ein Gulyás eine Gulyás-Suppe sei und dass Gulyás

Pörkölt heiße. Damit wurde zwar sein Geschmackshorizont nicht erweitert, aber er hat immerhin etwas dazugelernt. Und vielleicht kann er dieses Wissen einmal gebrauchen, sagt sich Gershon, für den Fall, dass er beschließen sollte, den ungarischen Wurzeln der Gals nachzuspüren.

Nach einem kurzen Mittagsschlaf, den er mit der Hoffnung verband, er würde nicht nur der Verdauung dienen, sondern auch sein Gehirn entspannen, kehrt Gershon zum Donaukanal zurück. Diesmal geht er aber flussabwärts; und er setzt sich auf die erste freie Bank, um sich – vor allem auch mit der nötigen Systematik – der offenen Frage nach seiner Beziehung zu Israel zu stellen. Angefangen damit: War da ein klarer Zeitpunkt, an dem er ernsthaft zu überlegen begann, das Land zu verlassen? Gab es ein Ereignis, das dafür ausschlaggebend war? War es die kaltblütige Ermordung von Kindern? Der Tod des kleinen Muhammad in den Armen seines Vaters in der Nähe von Netsarim? Die Wut und Betroffenheit darüber? Oder waren es vielmehr die Lügen, derer sich die Armee hinterher befleißigte? Dass man ein Jahr nach den tödlichen Schüssen zu behaupten begann, das Kind wäre gar nicht an israelischen Kugeln gestorben, und es wieder ein Jahr später hieß, der Vater hätte die Schüsse bewusst provoziert?
War es die Verbitterung über ein Rechtssystem, das jenen Siedler aus Hebron, der den elfjährigen Hilmi – eigenartig, wie einem Namen im Gedächtnis bleiben – mit einer Pistole totschlug, erst mit der Begründung freisprach, das Kind sei von ganz allein, infolge ›emotionalen Drucks‹ gestorben, und den Siedler schließlich zu sechs Monaten gemeinnütziger Arbeit und einer Geldstrafe verurteilte, nachdem der Mord nicht mehr zu leugnen gewesen war, aber der Oberste Gerichtshof das Stichwort vom ›minderschweren Tötungsfall‹ ausgegeben hatte. Eine Zeitung nannte damals dieses Bußgeld treffend ›Ausverkaufs-Sonderrabatt‹.
Gewiss, derartige Vorfälle haben sein Vertrauen in die Rechtsstaatlichkeit und auch in die Armeeführung erschüttert. Letzt-

lich hat er darin jedoch Einzelfälle gesehen. Auch als publik wurde, dass es zum Alltag israelischer Scharfschützen in den besetzten Gebieten gehört, palästinensische Kinder zu töten oder schwer zu verletzen; dass sie einen Sport daraus machen, mit ihren gummiummantelten Stahlgeschoßen Kinder ins Knie oder in die Augen zu treffen – hemmungslose, entmenschte Spielchen, um ihre Treffsicherheit unter Beweis zu stellen. Er hat noch das Interview in Erinnerung, das Amira Hass zu Beginn der Al-Aksa-Intifada mit einem der Scharfschützen führte, in dem jener Schießlust, mangelnde Selbstkontrolle, Langeweile aber auch Müdigkeit dafür geltend machte.

Allerdings glaubte er auch da noch, dass dies nur für einen bestimmten Truppenteil und wohl auch hier nicht für alle, die ihm angehörten, zutreffen würde. Diese ungeheure Verrohung hat er als Auswuchs des Besatzungsregimes gesehen und gemeint, das eine würde mit dem anderen verschwinden. Denn wie all die anderen, oder besser: wie viele andere auch, war er damals in der Idee befangen, Israel befände sich trotz aller Rückschläge und aller Querschüsse immer noch in einem Friedensprozess.

Doch spätestens nach Camp David war dies bestenfalls Selbsttäuschung, etwa wenn man davon ausging, Ehud Barak habe dort tatsächlich ein großzügiges Angebot gemacht und Arafat sei einfach nur zu dumm gewesen, dankbar darauf einzugehen.

– Er wüsste nur zu gern, ob Barak jemals die Möglichkeit eines dauerhaften, das heißt gerechten Friedens ins Auge gefasst hat. Oder war alles von Anfang an ein abgekartetes Spiel? Ging es nur darum, den Palästinensern den Schwarzen Peter zuzuschieben, um noch ungehemmter die Kolonisationspolitik vorantreiben zu können?

Allein so ist zu verstehen, dass noch vor dem Beginn der Al-Aksa-Intifada – unter dem doppeldeutigen Titel ›Blaue Veilchen‹ – ein neues Reglement für die Armee bezüglich eines erweiterten Schusswaffengebrauchs ausgearbeitet wurde. Die Strafe für die Unbotmäßigkeit, Baraks Großzügigkeit nicht entgegengekommen zu sein und sich nicht dem israelischen Friedensdiktat unterworfen zu haben, war somit vorbereitet.

Und die Eskalation der Gewalt entsprach dem Plan einer fortgesetzten Annexion palästinensischen Gebiets. Dazu gehörte eben, das palästinensische Volk in seiner Gesamtheit im israelischen – und nach Möglichkeit auch im internationalen – Sprachgebrauch als terroristisch einzuordnen.
Wut und Betroffenheit waren folglich das eine, Scham und Abscheu das andere. Maßgeblich für seine Entscheidung, das Land zu verlassen, war aber wahrscheinlich doch: zu sehen, wie die Verrohung auf die israelische Gesellschaft zurückschlug. Es bewahrheitete sich, wovor Yeshayahu Leibowitz, der den ›glorreichen‹ Sieg im Sechstagekrieg als das historische Unglück des Staates Israel bezeichnet hat, da dieser damit ein Machtapparat zur Beherrschung eines anderen Volks geworden sei, so eindringlich gewarnt hat. Das Besatzungsregime zerstörte Israels moralische Infrastruktur, auf der die Gesellschaft beruhte. Hemmungen fielen, und wie die Kriminalitätsstatistik zeigt, nahm die Gewalt im israelischen Alltag rasant zu. Innerhalb von zwei Jahren stieg die Zahl von Körperverletzungen und Morden um mehr als zwanzig Prozent. Kaum ein Tag vergeht, an dem es in Israel nicht zu schweren Zwischenfällen vor allem zwischen Jugendlichen kommt. Diese orientieren sich an zwei Vorbildern: den Soldaten, deren Brutalität gegenüber den Palästinensern als Heroismus gefeiert wird, und den Siedlern, die als die neuen Pioniere Israels gepriesen werden.
Gedankenverloren steht Gershon auf und geht weiter. Es war schon richtig, dass er das Land verlassen hat, denkt er. Es ist kein Ausweg aus dieser Situation zu erkennen. Das deutlichste Beispiel für das Abdriften der israelischen Gesellschaft ist die Sicht auf die Person Ariel Sharons. War er vor wenigen Jahren in der Öffentlichkeit noch als rechtsradikaler Einpeitscher und Kriegsverbrecher wahrgenommen worden, wurde er dann – ohne dass er selbst sich geändert hätte – im Spektrum der politischen Entscheidungsträger als Gemäßigter gesehen.
Genug an Denkarbeit für einen Tag! Was ihm da durch den Kopf gegangen ist, war zwar rudimentär und ungeordnet, aber schlüssig genug, um seinen Abschied von Israel zu untermauern.

Es wäre an der Zeit, einen Kaffee zu trinken, doch steht ihm im Moment der Sinn mehr nach einem Schnaps. So kehrt er ins Hotel zurück und setzt sich an die Bar. Den ersten Wodka kippt er rasch hinunter. »Schwerer Tag heute?«, fragt der Barkeeper, als Gershon ihm das Glas zum Nachfüllen hinschiebt. Es sind kaum Gäste da; an einem der Tische sitzt das junge Pärchen, das Gershon aus dem Frühstücksraum kennt, und am anderen Ende der Bar sitzt ein Mann allein.

»Könnte man sagen.« Er hat nichts dagegen, ein wenig zu plaudern – solange es nicht um seine eigene Person geht. Doch der Mann hinter der Bar wendet sich den Gläsern zu, die er der Spülmaschine entnommen hat, poliert jedes mit einem Tuch und ordnet sie dann penibel in die dafür vorgesehenen Fächer. Gershon greift nach dem Glas, nippt aber diesmal nur. Es ist ihm gar nicht danach, sich zu betrinken. Und er merkt, dass er vor allem Durst hat. Ein großes Glas Wasser wäre jetzt das Richtige! Er wartet aber mit der Bestellung, bis der Mann seine Arbeit beendet hat. In einer Ecke über der Bar steht ein Fernsehapparat. Er ist eingeschaltet, doch der Ton ist so leise gedreht, dass man nichts versteht. Es läuft eine Nachrichtensendung: Über den Bildschirm flimmern erst Bilder von einem Brand, dann die von zu Schrott gefahrenen Autos.

»Was hört man Neues?« Gershon deutet auf den Fernsehapparat, als sich schließlich der Barkeeper ihm wieder zuwendet.

»Neues?«, fragt dieser und schaut ebenfalls in Richtung Fernsehapparat. »Was ist schon neu? Im Grunde wiederholt sich doch alles.« Da ist er also an einen Philosophen geraten, sagt sich Gershon. Der andere lacht jäh auf. »Oder glauben Sie wirklich, dass der« – am Bildschirm ist eine Person zu sehen, die interviewt wird – »heute etwas Neues sagt, etwas, das wir noch nie gehört haben?«

»Für mich wäre es wahrscheinlich neu, denn ich kenne den Mann nicht, habe ihn noch nie gesehen und auch nie reden gehört«, geht Gershon auf den Ton ein.

»Da haben Sie nichts versäumt.« Der Barkeeper setzt wieder sein Lachen in Gang. »In seinem Fall wäre es etwas Neues, wenn er nicht zu allem und jedem etwas zu sagen hätte – oder auch, wenn ihm das Fernsehen einmal nicht die Gelegenheit gäbe, zu allem und jedem etwas zu sagen. Im Ernst, was wollen Sie hören?« In diesem Moment wird der Mann allerdings vom Gast am anderen Ende der Bar gerufen und Gershon ist fürs erste einer Antwort enthoben. Die Frage war ja wohl sarkastisch gemeint, findet er, sie war aber durchaus nachdenkenswert. Was würde er tatsächlich gern hören?

Er beobachtet den Mann, versucht ihn einzuschätzen: klein, dürr, schon etwas angegraut, sehr routiniert in seinen Handgriffen und gewiss durch den Umgang mit diversen Gästen abgebrüht und zynisch. Eine Gruppe von Männern betritt die Bar und Gershon wird abgelenkt. Der Geräuschpegel steigt schlagartig. Er sehnt sich nach der Ruhe seines Zimmers – sich aufs Bett legen und lesen. Er trinkt aus. Als er bezahlt, fragt der Barkeeper: »Kein Bedarf mehr an was Neuem?« Und dann fügt er noch theatralisch hinter vorgehaltener Hand flüsternd hinzu: »Wissen Sie, ich könnte Ihnen Sachen erzählen ...«

Tipshut, denkt Gershon, sagt aber: »Bei Gelegenheit werde ich auf Ihr Angebot zurückkommen.«

Beim Einschlafen hatte er die Wunschvorstellung gehabt, er würde diese Nacht von Gerlinde träumen. Doch beim Aufwachen kann er sich an keinen Traum erinnern. Wozu träumt man, wenn man sich dann an nichts erinnern kann, denkt er, wenn man nicht weiß, ob es ein angenehmer Traum war oder nicht. Ein Blick auf die Uhr zeigt ihm, dass es noch verhältnismäßig früh am Morgen ist; ein weiterer Blick zum Fenster, dass sich das Wetter eingetrübt hat. Voraussetzungen, das Bett nicht so schnell zu verlassen. Vielleicht könnte er den Traum nachholen? Das Problem ist nur, dass man den Stoff eines Traums vorher nicht bestimmen kann.

Er hatte einmal einen Traum, der außerordentlich angenehm war, aus dem er aber herausgerissen wurde. Er wusste daher nicht, wie er ausging. Mehrere Abende lang memorierte er immer wieder, was er geträumt hatte, in der Hoffnung, den Traum auf diese Weise fortsetzen zu können. Ohne Erfolg.

Ganz im Gegensatz zu Albträumen: Man schreckt aus einem hoch, wird sich bewusst, dass man nur geträumt hat, dreht sich erleichtert auf die andere Seite, und kaum ist man wieder eingeschlafen, setzt sich der Albtraum fort. – Aber glücklicherweise hat er höchst selten Albträume; an Träume, von denen es heißt, man wache daraus schweißgebadet auf, kann er sich überhaupt nicht erinnern.

Viel öfter empfindet er die Realität als Albtraum – womit er wieder beim Thema ist. Die Überlegungen des vergangenen Tages haben doch zumindest erkennen lassen, dass sein Entschluss, Israel zu verlassen, berechtigt war. Wie hat Dani damals gesagt, als er nach dem Ende seines Militärdienstes Hals über Kopf und ohne klares Ziel aus Israel wegfuhr: Er müsse zur Normalität zurückfinden. Aber Dani kam nach einem halben Jahr zurück, als hätte er eben ein paar Wochen Urlaub gemacht, nicht in Europa oder den USA, sondern in der Normalität. Um Kraft zu tanken für einen weiteren Aufenthalt in der Unnormalität? Bis man wieder eines Tages mit dem Impuls aufwacht: Ich muss weg! Und sich ins nächste Flugzeug setzt, wo immer es hinfliegt.

Braucht auch er nur eine Phase von Wochen oder Monaten der Normalität, um anschließend frisch-fröhlich zurückzukehren? Das Problem ist aber doch, dass es hier nicht um die Regeneration ausgepowerter Arbeitskraft geht wie vielleicht bei einem Stahlarbeiter. Es ist nicht seine Arbeit gewesen – bei allem Stress und allen fallweise auftretenden Unannehmlichkeiten –, die die Normalität auszugleichen hatte, sondern die gesellschaftlichen Bedingungen.

An Schlaf ist nun nicht mehr zu denken. Und damit erübrigte sich auch die Hoffnung auf einen wunschgemäßen Traum. Bliebe nur ein Tagtraum. Doch dafür ist er zu sehr Realist, glaubt er zumindest; zu rationalistisch eingestellt. Deshalb mag er Träume: Sie durchbrechen den selbstgefertigten Panzer des Rationalen, sind die Möglichkeit, ihm dann und wann zu entschlüpfen.

So stellt sich die Frage, wie er den Tag anlegen soll. Kein Programm, entscheidet Gershon. Er wird noch eine Weile im Bett

liegen bleiben und lesen, in aller Ruhe frühstücken, danach spazieren gehen – ohne touristische Anwandlungen und wenn nötig mit Schirm –, zu Mittag essen mit anschließendem Schläfchen und dann wird er weitersehen. Er könnte in die Buchhandlung schauen, am Stephansplatz einen Kaffee trinken … Er ruft sich zur Ordnung: Sich-gehen-Lassen heißt ja wohl, nicht bereits in der Früh den ganzen Tag zu verplanen.
Als es jedoch so weit ist, geht er in die Buchhandlung und anschließend auf den Stephansplatz, um dort einen Kaffee zu trinken. In der Buchhandlung kauft er einen dicken Kriminalroman. ›Das andere Österreich‹ hat er am Morgen ausgelesen, also brauchte er frischen Lesestoff; und zum Dolcefarniente passt besser etwas Spannendes, insbesondere zu Stunden selbstauferlegter Muße. Die Buchhändlerin sagte nichts bezüglich des Fried-Buchs und er fragte auch nicht danach; Wolfgang wollte ja seinen Mitschüler danach fragen.
Über diesen Umweg kehren seine Gedanken zu Gerlinde zurück. Wie wohltuend wäre es doch, wenn sie ihm jetzt gegenübersäße, denkt er, als er, den Kaffee vor sich, um sich blickt und an den anderen Tischen Gäste sieht, die in angeregte Gespräche vertieft sind. Er müsste nur zum Telefon gehen. Er will schon nach den Münzen in seinem Hosensack greifen – ruft sich allerdings in die Realität zurück: Als ob sie nur auf seinen Anruf wartete und sogleich alles stehen und liegen ließe, um zu ihm zu eilen, da er sich einsam fühlt, er sich unterhalten möchte, ihm der Kaffee nicht schmeckt, wenn er so allein dasitzt, er sich leid sieht, wenn sich andere Menschen unterhalten …
Willkommen im Land der Träume! – Und anschließend küsst sie ihn und fragt ihn, ob er nicht mit zu ihr kommen wolle, ihr Bett sei schon bereitet? Da könnte er selbstverständlich nicht nein sagen.
Er bestellt sich ein Glas Wein; vielleicht ernüchtert ihn der Alkohol. Solange er sich derartigen Vorstellungen hingibt, ist es besser, wenn er Gerlinde nicht anruft. Er nimmt den Krimi aus der Tragetasche und liest eine Zeit lang. Zumindest der Anfang des Romans ist noch nicht spannend genug, um

ihn wirklich abzulenken. So verlässt er das Kaffeehaus und bummelt ziellos durch die Gassen, schaut da und dort in die Auslagen.

In Tel Aviv würde er in dieser Situation einen Rundruf bei seinen Freunden starten. Der eine oder andere hätte bestimmt Zeit, gemeinsam etwas zu unternehmen. Das erinnert ihn an Sami; dieser wollte sich mit ihm treffen. Von der nächsten Telephonzelle, an der er vorbeikommt, ruft er ihn an und erreicht ihn auch. Allerdings hat jener an diesem Abend schon etwas vor, macht aber den Vorschlag, dass sie einander am Nachmittag des kommenden Tages treffen könnten.

IX

Als Gershon das Kaffeehaus betritt, sitzt Sami schon da; an der einen Seite ein Mädchen, das er als Theresa vorstellt. »Noch keine Mutter«, fügt er mit einem kurzen, abgehackten Lachen hinzu, dem sich aber niemand anschließt. Wahrscheinlich kennen seine beiden Begleiter schon den Scherz, und Gershon findet ihn auch nicht besonders gelungen.
Ein durch seinen mächtigen Rauschebart pittoresk wirkender älterer Mann, der an Samis anderer Seite sitzt, wird ihm als Max vorgestellt. »Ein steirischer Bewohner der Berge, ehemals Kommunist und nun ganz der Friedensbewegung verschrieben, der von Zeit zu Zeit in der Großstadt Erholung sucht.« Bestätigung fordernd setzt Sami hinzu: »Stimmt doch so?« Max nickt lediglich.
Gershon präsentiert er wiederum den beiden anderen als »Bewohner Israels, aber anscheinend kein Sabre«, mit dem Zusatz, dass er selbst nicht mehr über ihn wisse.
Nachdem sich Gershon gesetzt hat, stellt er noch klar: »Wir reden Deutsch, das verstehen alle. *Be'seder?* – Du sprichst doch Deutsch?« Gershon bejaht und hält danach Ausschau nach einem Kellner.
Dabei hatte er sich gefreut, wieder einmal in seiner Muttersprache reden zu können. Muttersprache – *Mameloschen?* Dabei ist Ivrith lediglich die Sprache, mit der er im Laufe seines Lebens am vertrautesten geworden ist. Die Sprache der Mutter war dagegen immer Deutsch. Insofern ist Deutsch also ohnehin seine Muttersprache.
»Die jüdische Sozietät in Palästina war von Beginn an rassistisch«, hört er Sami sagen, der anscheinend dort fortsetzt, wo er durch seine Ankunft unterbrochen wurde, »also schon vor der Gründung des Staates Israel. – Hast du jemals eines von diesen Plakaten gesehen, mit denen der ›neue Hebräer‹ evoziert werden sollte?«, wendet er sich an Gershon. Dieser schüttelt verneinend den Kopf.

»Der neue Hebräer sollte schon rein äußerlich das Gegenteil des Juden der Diaspora sein: ein junger, muskulöser, blonder und fröhlich lächelnder Typus. Als solcher unterschied er sich nur wenig von den Zuchthengsten des Lebensborns oder auch den Heroen des Sozialistischen Realismus; eben die jüdische Variante des neuen Menschen ...«

»Entschuldige, dass ich dich unterbreche«, wirft Max ein, »über den neuen Hebräer weiß ich nichts, aber diese Gleichsetzung des neuen Menschen in der Sowjetunion mit dem Lebensborn der Nazi ist Quatsch. Beim neuen Menschen ging es ja nicht um ein Zuchtprodukt, sondern um ein Produkt der Erziehung, um einen Menschen, der die Ziele des Sozialismus hätte verinnerlichen sollen; nicht als Exponent einer überlegenen Rasse, sondern als Exponent einer zukunftsweisenden Gesellschaftsordnung.«

»Von mir aus; das ist deine Vergangenheit. – Dann war eben der propagierte neue Hebräer eine Art Mittelding. Äußerlich sollte er sich, wie gesagt, radikal vom Exil-Juden unterscheiden; und im Inneren musste er überzeugter Zionist sein, gewillt, die Scholle des künftigen Judenstaats mit eigener Hand zu bearbeiten. Er sollte die 2000 Jahre der Diaspora vergessen machen und sich als direkter Nachfahre der biblischen Helden verstehen.«

Endlich ist es Gershon gelungen, sich einem Kellner bemerkbar zu machen. Es mag ja richtig sein, was Sami behauptet, denkt er, doch dessen Art von Besserwisserei, sein Dozieren geht ihm auf die Nerven – vor allem, wenn man nicht einmal etwas hat, um es hinunterzuspülen. Außerdem hat er seit dem Frühstück noch keinen Kaffee getrunken; da werden Entzugserscheinungen fühlbar.

»Für manche Juden in Europa wurden diese Vorstellungen vom neuen Hebräer verhängnisvoll. Selbst zu einer Zeit, da es darum ging, der drohenden Katastrophe zu entrinnen, achtete die Jewish Agency – die unabhängige jüdische Verwaltung in Palästina – darauf, ›gutes Menschenmaterial‹, geeignet für den Aufbau des angestrebten Judenstaats dorthin zu bringen. Man versuchte sogar nach Möglichkeit, die Zuwanderung alter

und kranker Menschen zu verhindern, damit sie dem Jishuv nicht zur Last fallen sollten. Und die Jecken – wie man die aus Deutschland stammenden Juden abfällig nannte – entsprachen im Allgemeinen nicht unbedingt dem Bild, das sich die Gründerväter wie Ben Gurion oder Zeev Jabotinsky von den Erbauern Israels machten. Ganz abgesehen davon kamen sie nur in geringer Zahl als überzeugte Zionisten, sondern als Flüchtlinge, die vielfach davon ausgingen, sie würden nach dem Ende des Nazi-Spuks in ihre Heimat zurückkehren.«
»Du willst doch damit nicht sagen, die Jewish Agency hätte wissentlich nicht alles getan, um Juden vor dem Holocaust zu retten?«, entrüstet sich Max. »Das kann ich nicht glauben!«
»Doch! Einige Kranke und Alte wurden sogar nach Nazi-Deutschland zurückgeschickt.«
Gershon hat auch schon davon gehört, den Behauptungen aber nie Bedeutung beigemessen. Vor allem hat er nie Beweise dafür dokumentiert gefunden. Man konnte es glauben oder auch nicht, je nach dem eigenen Standpunkt. Es liegt wohl daran, dass man zumeist nur allzu schnell bereit ist, entweder etwas als Gräuelpropaganda abzutun oder eine Behauptung schlichtweg zu akzeptieren. Und dafür ist nicht zuletzt auch die jeweilige Situation ausschlaggebend. Unter gewissen Umständen muss man manches einfach als falsch ablehnen, darf es nicht glauben. Wenn das eigene Land im Krieg und man selbst als Soldat an der Front steht, ist es da nicht das Einfachste und Nächstliegende, jede Entscheidung zu akzeptieren, die in der Befehlskette von oben verfügt wird? – Wenn aber Unrecht zu deutlich wird, es gar in Verbrechen mündet? Dann steht doch die eigene Verantwortung über dem Befehl, dann hat man doch die Pflicht, einen Befehl zu verweigern.
Die Urteile nach dem Massaker von Kfar Kassem müssten dafür ein Präzedenzfall sein. Wer aber beurteilt, ob die Gesetzlosigkeit eines Befehls klar und deutlich erkennbar ist und die Gehorsamspflicht eines Soldaten außer Kraft setzt, ja im Fall der Befolgung eines solchen Befehls er selbst für sein Handeln zur Rechenschaft gezogen wird? Vielfach sind es doch erst recht wieder jene, in deren Auftrag die Befehle erteilt werden.

Deshalb wurden doch Soldaten verurteilt, die den Militärdienst im Libanon verweigerten oder sich weigern, Luftangriffe auf Wohnhäuser im Westjordanland und in Ghaza zu fliegen. Wer prüft, ob die betreffenden Befehle gesetzeskonform sind? Und welches Recht ist im konkreten Fall maßgebend: internationales oder nationales Recht? Sind Mord und Totschlag anders zu bewerten, wenn man die Opfer unter dem Begriff Kollateralschaden subsumiert?

»… heute stellt sich Israel dar, als verträte es alle Juden und habe dies auch von allem Anfang an getan.« Das Scheppern, als der Kellner das Tablett mit dem Kaffee vor ihn hinstellt, hat Gershon aus seinen Gedanken gerissen und er widmet seine Aufmerksamkeit wieder Samis Ausführungen. »Tatsächlich spielten wir arabischen Juden aber in den ursprünglichen Vorstellungen vom Judenstaat überhaupt keine Rolle. Schließlich sollten die neuen Hebräer laut Herzl doch die ›Vorhut der Kultur gegen das Barbarentum‹ sei. Und Max Nordau zufolge sollten sie als ›Bringer von Gesittung‹ nach Palästina kommen und ›die moralischen Grenzen Europas bis an den Euphrat‹ rücken. Und da passten die in den arabischen Ländern lebenden Juden nicht ins Bild, waren sie doch im Gegensatz zu den Europäern selbst nur Eingeborene. Erst die Shoah ließ sie in den Augen des Jishuv zu Juden werden.

Der zionistische Plan erforderte eine jüdische Mehrheit im Land. Deshalb bestand für die Zionisten die eigentliche Katastrophe der Shoah im Verlust jener Menschen, die die Mehrheit in Palästina stellen sollte. Ben Gurion hat das auch klar ausgesprochen, als er beklagte, es gebe bald niemanden mehr, mit dem man das Land aufbauen könne. Erst da besann man sich der Tatsache, dass auch im Orient Juden lebten. Und man begann sie – die damals vielfach friedlich unter ihren arabischen Nachbarn lebten – zu locken, vorerst wiederum sehr darauf bedacht, nur ›gutes Menschenmaterial‹ zu rekrutieren.«

Sami legt eine kurze Pause ein, um dann fortzufahren: »In diesem Zusammenhang muss man anmerken, dass die zionistische Bewegung doch angetreten war, die Judenfrage zu

lösen. Für die Juden in den arabischen Ländern wurde sie aber zum Problem, indem sie die Entwurzelung ganzer jüdischer Gemeinden verursachte. – Und die arabischen Juden, die nach Israel kamen, beziehungsweise im Zuge der weiteren Entwicklung dann gewaltsam nach Israel getrieben wurden, blieben hier Bürger zweiter Wahl, in ihrem Status deutlich hinter den Ashkenasim, Schwarze unter Weißen. Offiziell hieß es immer, die Juden aus den arabischen Ländern seien zu keiner Zeit diskriminiert worden, bis dann publik wurde, dass die Behörden polnische Juden in Hotels einquartierte, während die Juden aus arabischen Ländern gezwungen waren, in Übergangslagern zu kampieren. Nur die Juden aus Indien und Äthiopien stehen noch eine Stufe unter ihnen. Und selbstverständlich die palästinensischen Israeli, die in der sozialen Hierarchie am untersten Ende rangieren, eigentlich außerhalb der Hierarchie, da sie grundsätzlich als Störfaktor im Judenstaat gewertet werden. Du wirst das bestätigen können.« Mit dem Nachsatz wendet er sich wieder an Gershon.
Der stimmt ihm im Prinzip zu, will ihm aber auch nicht widerspruchslos Recht geben. »Allerdings darf man nicht außer Acht lassen, dass ein Moshe Kazav Staatspräsident wurde, obwohl er ein Sfardi aus dem Iran ist. Man kann also nicht sagen, dass die Orientalen nicht ebenso Zugang zu höchsten Staatsämtern hätten.«
»Weil ihn der Likud zu Propagandazwecken dorthin gesetzt hat.«
»Und Benjamin Ben-Eliezer? Fuad aus dem Irak. Er schaffte es, Vorsitzender der *Achdut Ha'avoda*, der Arbeitspartei zu werden.«
»Er hat sich über das Militär hochgedient. Wenn Schwarze in den USA etwas werden wollen, werden sie Sportler oder Musiker, in Israel gehen sie zum Militär. – Aber das heißt noch lange nicht, dass die arabischen Juden nicht weiter am Rand der israelischen Gesellschaft stehen und diskriminiert werden.«
»Nicht nur am Rand der Gesellschaft, sondern auch am rechten Rand dieser Gesellschaft. Hier hat der Likud seine Hoch-

burg. Aus diesem Reservoire rekrutieren sich die radikalen Verfechter eines Großisrael, die fundamentalistischen Gegner einer friedlichen Lösung.« Es macht Gershon Spaß, Sami ein wenig zu reizen.
»Und warum? Menachem Begin hat ihnen versprochen, Judäa und Samaria, also die West Bank, nie aufzugeben; die Verwirklichung des nationalen Traums bedeute für sie Sicherheit und zugleich sozialen Aufstieg. Das haben sie verinnerlicht. Von anderer Seite wurde ihnen ja keine Alternative geboten. Etwa das ›neue Israel‹ der Peres-Boys mit dem Abbau des Sozialstaats und der Privatisierung der öffentlichen Dienstleistungen, die gerade die unterprivilegierten arabischen Juden zu spüren bekamen? Und dazu noch die Preisgabe von Land, das ihnen den sozialen Aufstieg ermöglichen sollte?«
»Und solange die palästinensischen Gebiete besetzt bleiben, gibt es auch für sie noch Underdogs, an denen sie ihre Schuhe abputzen können!«
Sichtlich ungehalten stellt Sami an Max gewandt fest: »Das typische Beispiel eines israelischen Liberalen: auf rassistische Weise anderen Rassismus vorhalten.«
»So habe ich das nicht gemeint. Außerdem ist das kein singuläres Phänomen: Nimm die verarmten Weißen im Süden der USA, die immer noch ihre Nigger hatten, auf die sie herabsehen konnten. Und der europäische Pöbel hatte die Juden. – Abgesehen davon bin ich ganz gewiss kein Liberaler.«
»Das werden wir heute nicht mehr ausdiskutieren.« Schon seit einiger Zeit ist erkennbar, dass Theresa Sami zum Aufbruch drängen will; erst hat sie ihm etwas zugeflüstert, drängte sich dann an ihn und zuletzt boxte sie ihn fordernd in die Seite.
»Ich muss mich jetzt anderen Aufgaben widmen«, fügt er im Aufstehen hinzu. Theresa lächelt genüsslich, sie hat erreicht, was sie wollte, und sie gibt Sami einen schmatzenden Kuss auf die Wange.
Als sie steht, bemerkt Gershon den engen kurzen Rock, den sie trägt; anscheinend um ihre Beine zu betonen. So hübsch sind diese aber gar nicht, findet er, als er ihr nach der Verabschiedung nachschaut: die Schenkel zu üppig und die Knie zu

fleischig, zumindest für seinen Geschmack. Doch der Hintern kommt kräftig zur Geltung. Die passende Begleitung für Sami.

Dann sitzt er mit Max da, doch der macht keine Anstalten etwas zu sagen. Schließlich fragt Gershon: »Und Sie suchen Erholung in der Großstadt?«

Statt einer Antwort will Max aber wissen: »Trinken Sie ein Glas Wein mit?« Als Gershon zustimmend nickt, ruft er den Kellner und erklärt dann: »Erholung ist vielleicht nicht das richtige Wort; das klingt so, als ob meine Lunge Bedarf nach Abgasen und anderen Schadstoffen in der Luft hätte.« Nachdem er mit Gershon angestoßen hat: »Auf den Frieden!«, erzählt er bereitwillig, dass er in einem kleinen Ort in der Nähe einer steirischen Kleinstadt lebe, diese Umgebung nicht allein wegen der Natur durchaus genieße, aber von Zeit zu Zeit eben das Bedürfnis habe, die gedankliche Enge zu durchbrechen und sich über andere Themen als die am Stammtisch im Wirtshaus üblichen zu unterhalten. Wenn man dort von Frieden rede, reiche der Horizont im Allgemeinen nicht weiter als bis zum häuslichen Frieden oder zur Schlichtung von Grenzstreitigkeiten zwischen dem und jenem Bauern, erklärt er. Wien befinde sich schon fast außerhalb ihrer Welt, und der Nahe Osten könnte ebenso gut auf dem Mond liegen. Damit befasse man sich dort nicht, selbst wenn das Fernsehen die Bilder dazu ins Haus liefere.

Sein Gegenüber erzählt gern, merkt Gershon, und so bedarf es auch nur eines eingeworfenen Worts, um ihn auf seine Vergangenheit als Kommunist zu bringen. Zur Partei sei er durch seinen Vater gekommen, einen Bergarbeiter, der am Widerstand gegen die Nazis beteiligt gewesen sei. Im Ort als Kommunistenkind, von manchen auch als Kommunistenbankert verschrien, hätte er schon allein aus Trotz mitgemacht. Aber er sei auch davon überzeugt gewesen, dass es richtig sei, wofür die Kommunisten eintraten. Daran habe sich im Grunde auch nichts geändert: Im Herzen sei er nach wie vor Kommunist. Nur mit der Partei könne er nichts mehr anfangen. Reumütig schlügen sich ihre Exponenten an die Brust, glaubten, sich für alles, was schief gelaufen sei, entschuldigen zu müssen, und stritten um des Kaisers Bart – beziehungsweise den von Marx, Lenin oder Stalin. Und dabei gäbe es genug zu tun, im sozialen Bereich, im kommunalen Bereich oder auch international. Aber da stritten Parteien genauso untereinander. Also habe er sich auf ein Thema verlegt, das ihm schon immer besonders am Herzen gelegen sei: den Frieden.

Nachdem er für sie beide noch einmal Wein bestellt hat, kommt beinahe zwangsläufig die Frage, wie denn er, Gershon, die Lage einschätze? Sei eine friedliche Lösung zwischen Israel und Palästina in absehbarer Zeit möglich?

Gershon zögert eine Weile mit der Antwort – und beginnt dann mit einer Erklärung, warum er mit seiner Antwort gezögert habe. »Es fiele mir viel leichter zu sagen, dass ich an eine Lösung des Problems in absehbarer Zeit nicht glaube. Und ich habe auch nur allzu viele Argumente, diesen Standpunkt zu begründen. Doch damit würde ich gerade jenen Recht geben, die schuld daran sind, dass es zu keiner Lösung kommen kann, die eine solche mit allen Mitteln zu verhindern suchen. Muss ich deshalb nicht davon ausgehen, dass es eine Lösung geben kann? Eine friedliche und gerechte, sonst wäre es keine Lösung.«

Gershon legt eine Pause ein. »Allerdings spricht vieles dagegen. Die Propagandisten haben es mit Erfolg verstanden, Israel als einzige Demokratie der Region feilzubieten. Abgesehen davon, dass ein ›jüdischer Staat‹ und Demokratie nicht zu vereinbaren ist, da damit grundsätzlich einem Teil der Bevölkerung ihre demokratischen Rechte vorenthalten werden, stellt sich heute auch die Frage, was in den vergangenen Jahren von dieser Demokratie geblieben ist. Rassistische Theorien sind in der israelischen Gesellschaft heute weit verbreitet, gebettet in eine Synthese aus Chauvinismus und religiösem Fundamentalismus. Deren Wortführer haben erst zur Gewalt gegen die arabischen Bürger des Landes aufgehetzt und deren Ausschluss aus dem politischen System betrieben, dann haben sie davon gesprochen, die extreme Linke auszuschalten; ihre nächste Forderung wird wohl sein, die gesamte Linke auszuschalten,

wie gemäßigt und patriotisch sie auch sein mag. Und zwangsläufig folgen dann die Liberalen.
Das ist – wie sagt man – kein Den-Teufel-an-die-Wand-Malen. Im vergangenen Jahr hat selbst der Vorsitzende des Obersten Gerichtshofs, ein Überlebender der Shoah, dies deutlich angesprochen: Wenn das im Lande Kants und Beethovens geschehen konnte, stellte er fest, kann es überall geschehen. Wenn wir die Demokratie nicht verteidigen, wird die Demokratie uns nicht verteidigen. Leute wie Avigdor Liberman – ich weiß nicht, ob Ihnen der Name etwas sagt; er war wiederholt Minister und auch Vize-Premier – seien am Werk, die Demokratie zu zerstören und aus Israel ein Faschistan zu machen.
Und diese Kräfte, die alle demokratischen Normen in Frage stellen, sind auf dem Vormarsch. Sie stellen etwa ein Viertel der Knesseth-Abgeordneten und beinahe die Hälfte der Minister. Das Gefährlichste dabei ist der nationalistische Messianismus, eine Paranoia, die die ganze Welt als unmittelbare Bedrohung für die Existenz aller Juden, im Nahen Osten wie auch anderswo, betrachtet. Das Schüren einer Endzeitstimmung, zu der Bedrohung und Gewöhnung an den Tod gehören, die Herausforderung von Gewalt mit Blickrichtung auf einen Messias, der am Ende kommen werde. Und das in einem Land, das die Atombombe besitzt. Nicht von ungefähr gibt es dafür den Code-Namen ›Massada-Plan‹. Sich lieber umbringen, als sich zu ergeben – und dabei möglichst viele andere mit in den Tod reißen. Wozu sonst hat man eine Atombombe?«
Max hat Gershon aufmerksam zugehört. Nachdem sie einige Zeit schweigend dagesessen sind, meint er schließlich: »Das klingt allerdings nicht so, als ob du selbst an eine Lösung des Konflikts glauben würdest?«
»Sagen wir, es fällt mir schwer, daran zu glauben.«
»Doch was ist mit der Linken?«
»Die Arbeitspartei hat als möglicher Gegenpol praktisch abgedankt. Nach der Ermordung Rabins ging sie nicht in die Offensive, benannte nicht die wahren Schuldigen; Shimon Peres rief vielmehr in einer Kampagne zur ›nationalen Versöhnung‹ auf. Er deutete sogar an, Rabin sei selbst schuld an

seiner Ermordung gewesen, da er nicht genügend Rücksicht auf die Meinung der Minderheiten genommen und sie so zum Äußersten getrieben habe. Und die Rechte bestimmte die Konditionen für den nationalen Konsens. – Selbstverständlich sind da auch noch die diversen Friedenskräfte, doch in diesem Klima der Gewalt und der Verachtung gelten sie als Verräter, als Selbsthasser, die dem Feind, der nur darauf aus sei, die Juden zu vernichten, auch noch Beihilfe leisteten.
Wobei auch die Friedensbewegung höchst inhomogen ist. Und inkonsequent. Du weißt von den Refusniks, den Offizieren und Soldaten, die sich weigern, in den besetzten Gebieten ihren Dienst abzuleisten? Eine klare Haltung. Doch die Leute von Shalom achshaw, der Frieden-Jetzt-Bewegung, die mit der Merez-Partei eng verbunden ist, weigern sich, sie zu unterstützen. Dagegen ist nur schwer anzukämpfen, bedarf es mitunter des Muts der Verzweiflung.«
Gershon ist nahe daran hinzuzufügen, dass er diesen selbst nicht aufgebracht habe und deshalb hier sitze. Max muss aber etwas gespürt haben, denn er fragt: »Bleibst du längere Zeit in Wien?« Worauf Gershon mit einem Achselzucken feststellt, er wisse es nicht. »Wenn du aus deinem Dorf wegfährst, suchst du dann in Wien die Normalität oder die Abnormalität? Ist für dich das Leben im Dorf normal oder das Leben hier?«
»So habe ich das noch nie gesehen. Auf seine Art ist beides normal.«
»In Israel betrachtet man mittlerweile diesen inneren Belagerungszustand, das riesige Aufgebot an Polizei und Militär, die Tausenden von Wächtern an den Eingängen von Restaurants, Schulen und Supermärkten als normal. Auch die Gewöhnung an den Tod ist normal.«
Gershon hat genug von der Diskussion und ist froh, dass Max keine weiteren Fragen stellt. Während sie noch ein Glas Wein trinken, plaudern sie über Allgemeines, um bald darauf aufzubrechen.
Dieser Max wirkt zwar einigermaßen verschroben, denkt Gershon auf dem Weg zum Hotel, aber es war angenehm, mit ihm zu reden. Er würde sich ganz gern wieder mit ihm treffen,

aber sie sind auseinandergegangen, ohne Telephonnummern auszutauschen oder eine andere Kontaktmöglichkeit ins Auge zu fassen. Er weiß nicht einmal, wann jener wieder in sein Dorf zurückkehren wird.

An der Rezeption ist eine Nachricht für ihn: Er möge Gerlinde anrufen, so bald wie möglich!

Gershon ist verwirrt. Der junge Mann hinter dem Pult stellt den Telephonapparat vor ihn hin, und er wählt ihre Nummer. »Ich habe eine Überraschung für Sie«, sagt sie, als er sich meldet. Sie werde ihn am kommenden Tag um 9 Uhr im Hotel abholen. Sie sagt aber nicht, worin die Überraschung besteht, obwohl er mehrmals drängend nachfragt. »Sie werden schon sehen«, meint sie. Und er verbringt den Abend damit, zu grübeln, worin die Überraschung bestehen könnte. Hat sie etwas über seinen Vater gefunden oder seine Familie? Was könnte es sein, das so dringend ist? Vielleicht ist die Überraschung auch nur ein Vorwand, ihn wiederzusehen. Dessen hätte es allerdings nicht bedurft, denn auf dem Weg zum Hotel hatte er schon beschlossen, sie am kommenden Tag anzurufen und auf das Angebot eines weiteren Stadtrundgangs zurückzukommen.

X

Fröhlich? Strahlend? Reizend? Als Gerlinde den Frühstücksraum betritt, fragt er sich, wie ihr Lächeln wohl am besten zu beschreiben sei.
»Sind Sie bereit?«, will sie wissen, als sie ihm die Hand gibt.
»Zu allen Schandtaten!«
»Das passt. Also brechen wir auf.«
Sie hängt sich bei ihm ein, als sie das Hotel verlassen. »Ich bin mit dem Auto da«, erklärt sie und lotst ihn in eine Nebenstraße.
»Neugierig?«
»Sollte ich das sein?« Selbstverständlich ist er neugierig. Und er hat auch erwartet, sie würde, noch bevor sie aufbrechen, das Geheimnis lüften. Einen Augenblick lang hat er mit dem Gedanken gespielt, darauf zu bestehen, sich andernfalls zu weigern mitzugehen. Doch ihr Schwung, ihr Elan ließen ihn dies vergessen. Er würde sich eben überraschen lassen. Eine Fahrt ins Blaue. Warum nicht? Er konnte sich beherrschen. Vor allem nach einer Nacht, in der er wiederholt aufgewacht ist und dann immer von neuem die Frage durchgespielt hat, welcher Art die Überraschung sein könnte.
»Ein bisschen Neugier wäre angebracht.«
»Also gut: Nun sagen Sie endlich, worin die Überraschung besteht!«
Sie bleibt neben einem hübschen Kleinwagen in einem undefinierbaren Farbton zwischen Blau und Grün stehen und schließt auf. »Gleich.«
Erst ist sie voll darauf konzentriert auszuparken, doch dann erklärt sie: »Wir schauen uns eine Wohnung für Sie an.«
Es ist ihr tatsächlich gelungen, ihn zu verblüffen. In den vergangenen Tagen hat er gar nicht mehr daran gedacht, sich um eine Wohnung zu kümmern. Die Unsicherheit bezüglich seiner Zukunftspläne hat seine ursprünglichen Vorstellungen ziemlich durcheinander gebracht. Aber vielleicht sollte er nun Gerlindes Initiative als Wink des Schicksals sehen.

»Überrascht?«
»Ohne jeden Zweifel.«
Offenbar hat Gerlinde ein wenig mehr Begeisterung seinerseits erwartet. »Sie haben doch gesagt, dass sie eine Wohnung suchen, und mich gefragt, ob ich eine vertrauenswürdige Immobilienvermittlung kenne.«
Es klingt fast so, als ob sie sich rechtfertigen müsste, und Gershon beeilt sich festzustellen: »Ja, habe ich. Ich bin nur im Augenblick ein wenig sprachlos. Ich war nicht darauf vorbereitet, dass es so schnell gehen würde.«
Sie scheint mit seiner Antwort zufrieden und erzählt nun, dass sie einen Bekannten deswegen angerufen habe, der, wie sich herausstellte, wiederum mit jemandem befreundet sei, der in der Branche arbeitet. So funktioniere das eben hier in Wien. Jedenfalls habe sich nach einigen Telephonaten herausgestellt, dass jener eben jetzt einen zuverlässigen Mieter für die Wohnung eines Freundes suche. Der habe diese für seinen Sohn gekauft, der aber, bevor er noch richtig einziehen konnte, für ein Postgraduate-Studium in die USA gegangen sei. Damit die Wohnung aber nicht leer stehe, suche er für die Übergangszeit einen vertrauenswürdigen Mieter. Eine Mezzie, habe ihr der Bekannte versichert.
»*M'ziah.*«
Als ihm Gerlinde einen verständnislosen Blick zuwirft, lacht Gershon. »Mezzie kommt vom hebräischen Wort *m'ziah*. Das heißt Fund. Sie lernen also auch schon Ivrith.«
»Mezzie ist ein urwienerisches Wort ...«
»... das aus dem Jiddischen übernommen worden ist.«
»Dann ist die Wohnung eben ein Fund, und deshalb die Eile. Wahrscheinlich müssen Sie sich rasch entscheiden, ob Sie die Wohnung haben wollen. Dass wir sie uns als Erste ansehen können, ist nur der Fürsprache des Bekannten zu verdanken.«
Als Gerlinde schalten muss, streift sie sein Bein. Gershon zuckt zurück, empfindet aber im Nachhinein die Berührung als angenehm. Sie macht ihm ihre Nähe wieder fühlbar, nachdem die Frage der Wohnung eine fast geschäftsmäßige Distanz geschaffen hat. Er beobachtet sie aus dem Augenwinkel. Sie

fährt recht gut, vielleicht ein bisschen defensiv. Und sie ist hübsch, auch wenn sie nicht lächelt und auf den Verkehr konzentriert ist. Sie scheint seinen Blick zu spüren und schaut zu ihm her. Er tut so, als ob er die Umgebung betrachte, durch die sie fahren.

»Wo liegt die Wohnung?« Er hat keine Vorstellung, in welche Richtung sie fahren.

»Im 10. Bezirk.« Nach einer Weile fügt sie erklärend hinzu: »Die Wohnung ist nicht weit entfernt von einer U-Bahn-Station. Man kann daher rasch in der Innenstadt sein.«

Sie biegt in eine Nebenstraße ein. »Wir sind gleich da.« Abrupt hält sie an, als sie einen freien Platz sieht, und parkt ein. »Wir müssen ein Stück gehen. Ich weiß nicht, ob ich vor dem Haus einen Parkplatz finde.«

Sie hängt sich wieder bei ihm ein und schaut ihn erwartungsvoll lachend an. »Gespannt?«

»Ja, natürlich.« Dabei kommt er sich gar nicht als der Wohnungssuchende vor. Es ist ihm eher, als suche sie eine Wohnung und er begleite sie. Möglicherweise ist sie gespannter als er.

Vor der Haustür wartet ein junger Mann, Yuppie-Typ mit modischer Glatze, im dunklen Zweireiher mit rosa Hemd und geblümter Krawatte. Die Schuhe erinnern an die der Film-Gangster aus dem Chicago der 30er Jahre, nur ohne Gamaschen. Das passende Outfit für einen strebsamen, dynamischen Wohnungsverkäufer, findet Gershon und ist froh, dass Gerlinde dabei ist. Allein würde er dem Typen vermutlich nicht über den Weg trauen.

»Sie sind die Bekannte vom Fritz?«, vergewissert sich dieser, nachdem er sie begrüßt hat. Als sie nickt, zieht er Schlüssel aus der Tasche und sperrt die Haustür auf. »Dann gehen wir's an.« Beflissen hält er Gerlinde die Tür auf. Seine Aufmerksamkeit richtet sich ganz auf sie, und Gershon ist das nur angenehm.

Der Lift ist für drei Personen ziemlich eng, und auch das ist ihm angenehm. Er spürt Gerlindes Wärme und kann an ihren Haaren riechen. Die Fahrt in den vierten Stock ist viel zu kurz.

»Die Wohnung ist in einem ausgezeichneten Zustand, doch steht sie – wie Sie ja wissen – nur für ein halbes Jahr zur Verfügung«, erklärt der Makler an Gerlinde gewandt, während sie durch einen schmucklosen, schmalen Gang gehen.
Dann sind sie in der Wohnung, und da der Makler weiter auf Gerlinde einredet, hat Gershon die Möglichkeit, diese in aller Ruhe zu besichtigen: Vorraum, Küche – praktisch eingerichtet mit Herd, Kühlschrank, Geschirrspüler; ein großes Wohnzimmer – mit Regalen, Esstisch, Couch; Schlafzimmer – mit einem großen Bett, Einbaukästen; und das Badezimmer – Waschtisch, Badewanne, WC. Ins Wohnzimmer zurückgekehrt merkt er, dass diesem eine Loggia vorgelagert ist. Er sieht auf einen kleinen Park mit Bäumen, Bänken und einem Kinderspielplatz hinunter.
»Wie gefällt Ihnen die Wohnung?« Gerlinde ist neben ihn getreten. »Für Wiener Verhältnisse ist die Miete günstig. Zum einen ist hier nicht die beste Wohngegend, zum andern liegt dies an der zeitlichen Beschränkung des Mietvertrags.« Sie schaut ihn fragend an. »Wenn Sie keine prinzipiellen Einwände gegen die Wohnung haben, würde ich an Ihrer Stelle zuschlagen.«
»Ich habe keine Einwände. Die Wohnung wirkt komfortabel. – Es lässt sich darin leben.«
Hier einzuziehen ist auf jeden Fall besser und billiger, als weiter im Hotel zu logieren. Die Atmosphäre des Vorübergehenden, des Temporären, Provisorischen, des Eingeschränkten hat er zuletzt schon als bedrückend empfunden. Vielleicht ist er deshalb in seinen Überlegungen die Zukunft betreffend nicht weitergekommen. Auch der Aufenthalt in dieser Wohnung ist letztlich befristet; aber sie gibt ihm die Möglichkeit, sich einzuleben und sich gegebenenfalls in einem halben Jahr nach einer neuen Behausung umzusehen.
»Ist das ein Ja? Nehmen Sie die Wohnung?«
»Ja!«
Der Verkäufer, der offenbar nur auf dieses Wort gewartet hat, breitet auf dem Tisch seine Formulare aus. Gershon beschränkt sich darauf zu unterschreiben, nachdem Gerlinde

auch das Kleingedruckte überflogen hat. Schließlich bekommt er die Schlüssel ausgehändigt.

Nun ist er mit Gerlinde allein in seiner neuen Wohnung. Er wundert sich, wie schnell er zum Mieter geworden ist, fühlt sich aber nach allem ein wenig abgespannt und setzt sich auf die Couch. Prüfend streicht er mit der Hand über die Lehne; angenehm, und der bunte Stoff ist adrett. Gerlinde setzt sich neben ihn. Ihre Nähe ist wohltuend.
»Zufrieden?«
»Ja. Es ist nur alles so rasch gegangen. Ich keuche gewissermaßen noch hinter mir her; bin noch nicht ganz angekommen.« Er würde ihr gern den Arm um die Schulter legen, seinen Kopf an sie legen. Er erinnert sich des Dufts ihrer Haare. Die Augen schließen und in Ruhe den Augenblick auf sich wirken lassen.
Doch sie steht auf. »Sie werden noch einiges brauchen, bevor Sie hier einziehen können.« Aus Höflichkeit folgt ihr Gershon, als sie in die Küche geht. Es sind einige Töpfe und Pfannen vorhanden, auch eine Kaffeemaschine, Teller, Gläser, Besteck. Der Kühlschrank ist leer und muss erst eingeschaltet werden.
»Wenn ich gewusst hätte, was auf mich zukommt, hätte ich eine Flasche guten Wein gekauft. Dann könnten wir jetzt auf meine neue Wohnung anstoßen.«
»Das können wir immer noch«, erwidert Gerlinde. »Dazu ist es nie zu spät. – Sie werden sich ohnehin einen Supermarkt in der Nähe suchen müssen.« Und als sie den Inhalt – besser gesagt die Leere – des letzten Kästchens geprüft hat, stellt sie fest: »Putzmittel sind auch keine vorhanden.«
Der Rundgang führt dann ins Schlafzimmer. Sie öffnet alle Schranktüren – Leere –, blickt um sich, geht zum Bett, zieht die Bettlade heraus. »Da ist nichts. Bevor Sie hier schlafen können, werden Sie Bettzeug kaufen müssen – Polster, Decke und Bettwäsche.« Und nach einer Weile: »Ich kenne ein gutes Geschäft. Wir können dort vorbeifahren, wenn wir Ihre Sachen aus dem Hotel holen.«

Es ist ihm ja angenehm, dass Gerlinde die Initiative ergriffen hat und sich um alles kümmert, durch das Tempo, das sie vorlegt, fühlt er sich jedoch etwas überfordert. Er fragt sich, ob sie immer so bestimmend ist, immer den Takt vorgibt. Ihrem Vater gegenüber gewiss nicht, Wolfgang gegenüber wahrscheinlich schon. Andererseits hat sie natürlich recht: Um hier schlafen zu können, braucht er Bettwäsche; und warum sollte er länger im Hotel bleiben als notwendig. Außerdem ist sie mit dem Auto unterwegs; da ist alles leichter zu transportieren.
»Fahren wir? – Oder müssen Sie erst noch überlegen?« Sie lacht und hängt sich wieder bei ihm ein. Die Wärme ihres Körpers, die er dabei spürt, wirkt überzeugend und er überlässt sich ihrer Tatkraft.

Auf dem Rückweg muss er eine seiner Taschen auf dem Schoß halten. Der Kofferraum ist voll mit seinem Gepäck und auf dem Rücksitz ist das Bettzeug gestapelt. Die Uhr auf dem Armaturenbrett zeigt, dass sie kaum eine Stunde unterwegs waren. Als sie im Hotel auf sein Zimmer gingen, befürchtete er, Gerlinde würde es auch übernehmen, für ihn einzupacken. Doch sie setzte sich aufs Bett, blätterte in seinem Buch ›Das andere Österreich‹ und las dann darin, bis er alle Habseligkeiten in den Koffern und Taschen mühevoll verstaut hatte.
Das Bettwarengeschäft, in das sie anschließend fuhren, erwies sich als wohlsortiert, Polster und Decke waren rasch ausgewählt. Lediglich bei der Bettwäsche konnte er sich nicht entscheiden, und es war nicht allein Höflichkeit, dass er Gerlinde fragte, welche er nehmen solle. Sie entschied sich für die mit den großen orangefarbenen Blüten.
Der Umzug in die Wohnung macht endgültig klar, dass sein Aufenthalt in dieser Stadt nicht doch in der einen oder anderen Form nur ein Urlaub ist. Deshalb hätte er das erste Betreten ›seiner‹ Wohnung, dieses signifikante Zeichen eines neuen Lebensabschnitts gern ein wenig zelebriert, allerdings befürchtet er, Gerlinde könnte ihn für überspannt halten.

So betritt er seine Wohnung keuchend unter der Last von Koffern und Taschen. Und da er sich im Hotel nicht die Zeit genommen hat, die Koffer sorgfältig zu packen, geht er gleich daran, sie wieder auszupacken, damit Hosen und Sakkos, vor allem aber auch die Hemden, nicht allzu verdrückt würden.
Unterdessen packt Gerlinde das Paket mit dem Bettzeug aus und beginnt sein Bett zu überziehen. Sie macht dies sehr geübt, wie er sieht. Und als sie damit fertig ist, lässt sie sich aufs Bett fallen. Sie liegt auf dem Rücken da und wippt mit ihrem Körper, als müsse sie das Bett testen. »Sie müssen auch das Bett ausprobieren«, sagt sie zu ihm.
Als er sich neben sie legt, schmiegt sie sich an ihn. Er legt den Arm um sie, riecht wieder den Duft ihres Haares. Und es ergibt sich von selbst, dass sie einander küssen. Er streichelt erst ihren Nacken, dann wandert seine Hand ihren Rücken hinunter zu ihren Hüften. Sie presst sich an ihn, schlingt ihre Arme um seinen Hals. Er berührt ihre Brüste und sie seufzt tief auf, schlüpft aus ihrem Pullover, womit für ihn keine Zweifel mehr bestehen, dass sie mit ihm schlafen will.
Hinterher liegen sie eng umschlungen da, er streichelt ihren Körper, ihre Lippen an seinem Ohr hört er ihre Atemzüge, die sich langsam beruhigen. Schließlich gibt sie ein zufriedenes Grummeln von sich.
Auch er fühlt sich wohl, genießt die Wärme ihres Körpers an seinem, fühlt ihre weiche Haut unter seinen Händen. Als er schon glaubt, sie sei eingeschlafen, fragt sie leise: »Wie lang wirst du bleiben?« Und während er noch überlegt, was er antworten soll: »Du gehst doch zurück nach Israel?«
Er fühlt sich zu müde und auch nicht in der Stimmung, ausführlich zu erklären, was er im Grunde noch gar nicht erklären kann. So belässt er es bei einem Achselzucken; und sie beharrt auch nicht auf einer Antwort, sondern schiebt einen Schenkel über seine Hüften.

Am Abend, Gerlinde ist vor kurzem gegangen, sitzt Gershon auf der Couch, die Beine von sich gestreckt, starrt die kahle

Wand vor sich an und fragt sich, welche unter den Überraschungen, die dieser Tag für ihn bereitet hat, wohl die überraschendste gewesen sei. Mit einem Mal sitzt er in einer Wohnung, die zumindest für einige Zeit die seine sein wird. Und er hat, nicht minder unerwartet, ein Verhältnis mit Gerlinde. Aber auch das nur auf Zeit: Und vielleicht war ihre diesbezügliche Eröffnung das Verblüffendste dieses Tages.

Gershon lässt den Tag noch einmal Revue passieren, wobei er das Geschehen immer an den Stellen anhält, an denen er sich Gerlindes Wärme und ihres Dufts zu entsinnen versucht. Er sehnt sich danach, sie wieder im Arm zu halten, wie am Nachmittag in der Umarmung vor sich hin zu dösen, im Augenblick zu verharren.

Doch sie löste sich unversehens aus seiner Umschlingung und stellte prosaisch fest, sie sei hungrig. Also machten sie sich auf die Suche nach einem Gasthaus, fanden auch rasch eines am anderen Ende des Parks. Als sie es betraten, meinte Gerlinde, dies sei noch ein ›echtes Vorstadt-Wirtshaus‹. Der Wirt eilte auf sie zu und schüttelte ihnen die Hand, als würde er sie schon seit langem kennen. Um diese Zeit war das Gastzimmer fast leer, mit Ausnahme einiger alter Männer, die von Zeit zu Zeit an ihren Weingläsern nippten.

Ob es zur Gepflogenheit echter Vorstadt-Wirtshäuser gehöre, dass man mit Handschlag begrüßt werde, fragte er Gerlinde, nachdem sie sich gesetzt hatten. Und sie musste zugeben, dass ihr das auch noch nie passiert sei; aber sie gehe auch selten auswärts essen, und wenn, dann nie in solch ein Gasthaus. So könne sie eben durch ihn noch etwas über ihre Stadt dazulernen, scherzte er, und sie erwiderte: Aber auch nur, weil sie Hunger verspürt habe, andernfalls würde er noch ruhig vor sich hin schlafen. Er kam nicht mehr dazu, ihr zu sagen, dass er keineswegs geschlafen habe, denn der Wirt brachte die Speisekarten – mit dem Hinweis, dass es um diese Tageszeit nur mehr die fertigen Speisen gebe – und wollte wissen, was sie zu trinken wünschten.

Eigentlich hatte er keinen Appetit, der Adrenalin-Spiegel war nach den Sensationen dieses Tages zu hoch. Doch dann

bestellte er Sarma – das hatte er schon lang nicht mehr gegessen. Gerlinde entschied sich für Kalbsgulyas. Das gab ihm, während sie aßen, die Möglichkeit, darauf hinzuweisen, dass sie eigentlich ein Kalbspörkölt vor sich habe, wozu sie wiederum bemerkte, das gelte für Ungarn, doch in Wien sei das eben ein Gulyas. Da sie keinerlei Verwunderung zeigte, dass er um die Wirrnis der Bezeichnungen wusste, erzählte er von seinem enttäuschenden Erlebnis in seinem bisherigen Stammgasthaus – das er nun wohl kaum mehr aufsuchen würde.
Wie es scheint, hat er aber schon Ersatz gefunden. Das Sarma schmeckte vorzüglich. Der Genuss war nur insofern eingeschränkt, als ihm plötzlich einfiel, er könnte davon Blähungen bekommen, und das könnte in der gegebenen Situation unangenehm werden. Schließlich verließen sie gesättigt das Gasthaus, nicht ohne mit einem nun schon fast familiären Händeschütteln verabschiedet zu werden.
Da ihm nach einem kurzen Spaziergang zumute war, schlug er vor, einen Supermarkt zu suchen, um zur Einweihung der Wohnung doch noch eine Flasche Wein zu kaufen. Champagner wäre natürlich angebrachter gewesen, um auf sein neues Glück anzustoßen, oder zumindest Sekt. Doch er macht sich nichts aus den Bläschen im Wein und konnte auch damit argumentieren, dass dieser hätte eingekühlt werden müssen. Viel tranken sie dann nicht vom Wein, denn der Kuss nach dem Anstoßen dehnte sich aus und führte sie erneut ins Bett.
Aber jetzt wäre ein Gläschen durchaus angebracht, sagt er sich und geht in die Küche, um den Wein zu holen. Es ist alles noch so ungewohnt. Und weil er schon unterwegs ist, nimmt er die Wohnung – nun in aller Ruhe – nochmals in Augenschein. Er geht auf die Loggia hinaus und blickt in den Park hinunter, in dem einiges los ist. Auf den Bänken sitzen Frauen beisammen, Kinder spielen lautstark Fußball, andere umrunden ihn auf Fahrrädern und Skootern in gefährlichem Tempo. Dann kommt er ins Schlafzimmer. Das zerwühlte Bettzeug gibt diesem bereits den Anstrich des Vertrauten. Er beugt sich zu den Polstern, um an ihnen zu schnuppern. Ein Hauch von Ger-

lindes Duft haftet ihnen an, gibt ihm Gewissheit, dass er nicht alles nur geträumt hat.

Bevor sie erneut mit ihm schlief, stellte sie nochmals die Frage, wie lange er hier bliebe, und wollte auch nochmals wissen, ob er auch bestimmt nach Israel zurückkehre. Er muss sie sehr verständnislos angeschaut haben, denn sie schmiegte sich an ihn und erklärte dann, dass sie nicht die Absicht habe, eine dauernde Bindung einzugehen. Er versucht sich den Wortlaut in Erinnerung zu rufen. ›Ich bin als Single und alleinerziehende Mutter durchaus zufrieden‹, stellte sie fest. ›Eine missglückte Ehe reicht mir. Und ich habe mir seinerzeit geschworen, es dabei zu belassen und mich auch nicht in die Gefahr zu begeben, diesem Schwur untreu zu werden. Das muss aber nicht heißen, auf alles zu verzichten.‹ Leise lachend strich sie dabei mit ihrer Hand seinen Bauch hinunter und drückte seinen Schwanz. ›Aber ich will von vornherein wissen, dass eine Beziehung, die ich eingehe, auch ein fixes Ende hat.‹

Sie hielt noch immer seinen Schwanz in ihrer Hand, und unter diesen Umständen hätte er ihr wohl alles versprochen. Aber vielleicht konnte sie sich gar nicht vorstellen, dass er nicht zurückkehrte – außerdem hat er gegenüber Wolfgang auch nur von einer Aus-Zeit gesprochen –, jedenfalls wartete sie auch diesmal nicht auf eine dezidierte Antwort von ihm, bevor sie wieder ineinander versanken.

Er hat ihr also noch gar nichts versprochen, geht es Gershon durch den Kopf, als er ins Wohnzimmer zurückkehrt und einen Schluck Wein trinkt. Mit dem Glas in der Hand setzt er sich wieder auf die Couch und sein Blick wendet sich erneut der kahlen Wand zu. Sollte Gerlindes Vorstellung von einer beschränkten Beziehung ein Argument in seinen Zukunftsüberlegungen sein? – fragt er sich schließlich. Wohl kaum, auch wenn er im Augenblick davon ausgehen muss, dass sie ihren Vorsatz ernst nimmt.

Doch liegt die Zukunft nicht in weiter Ferne? Er hat eine Wohnung für ein halbes Jahr und er hat heute mit Gerlinde geschlafen, hat eine Beziehung zu der Frau, zu der er sich seit langem am stärksten hingezogen fühlt! Liebt er sie?

Liebe ist ein Begriff für Poeten, unkonkret und nicht definierbar. Jeder kann darunter verstehen, was er will, daher ist er nutzlos. Und doch wird immer erwartet, dass man sagt: Ich liebe dich. Er versucht sich vorzustellen, wie er zu Gerlinde sagt: Ich liebe dich. Wenn die Umstände passen. Er schließt die Augen. Jetzt neben ihr liegen, ihre warme Haut spüren, ihren Duft einatmen ... Sehnsucht ist ein konkreterer Begriff als Liebe, jedenfalls konkreter fühlbar.

Sie müsse nun gehen, hat sie schließlich gemeint, sich um ihre beiden Männer kümmern. Sich um drei Männer zu kümmern ist wohl zu viel verlangt. Nein, er darf sich nicht beschweren, er hat heute von ihr mehr Zuwendung erfahren, als er sich zu erträumen gewagt hätte ...

XI

Im Nachhinein findet er es erstaunlich, dass er beim Aufwachen auf Anhieb gewusst hat, wo er sich befand. In seiner Wohnung! Er lässt den Blick durchs Zimmer schweifen. Viel mehr als die Schrankwand, das Bett mit der Ablage daneben und das Fenster gibt es nicht zu sehen. Der Himmel ist trüb, doch er hört keinen Regen.
In seinem Leben ist er schon orientierungsloser gewesen. Die Feng-shui-Fanatikerin – an ihren Namen erinnert er sich nicht mehr, Rivka oder Ruth – fällt ihm ein. Bei Shimons Hochzeit lernten sie einander kennen und sie gefiel ihm. Sie unterhielten sich miteinander, tanzten miteinander, tranken miteinander und gingen schließlich miteinander in seine Wohnung. Als sie jedoch sein Schlafzimmer betrat, erklärte sie sogleich, dass er sein Bett anders stellen müsse – und sie ließ auch keinen Zweifel, dass sie andernfalls nicht mit ihm schlafen würde. Schlechtes Feng shui! Sie wies alle Annäherungsversuche zurück, bis er sein Bett ihren Wünschen entsprechend umgestellt hatte. – Und als er am nächsten Tag aufwachte, glaubte er in einer fremden Wohnung zu sein, brauchte geraume Zeit, bis ihm klar wurde, dass er sich in seinem eigenen Bett befand.
Insofern ist es schon verwunderlich, wie rasch er sich hier zurechtgefunden hat. – Die Beziehung zu jener Ruth oder Rivka war ohnehin nur von kurzer Dauer; ihr Feng shui wurde ihm zu anstrengend. Doch das Bett ließ er in der Folge so stehen. Nicht dass er nun tatsächlich besser darin geschlafen oder darin angenehmere Träume gehabt hätte. Wahrscheinlich war er nur zu faul, es wieder in seine ursprüngliche Position zu rücken. Anfangs vielleicht auch zur Erinnerung an jene Ruth oder Rivka? Oder für den Fall, noch einmal an eine Feng-shui-Fanatikerin zu geraten, die dann wahrscheinlich ihrerseits festgestellt hätte, dass das Bett, wie es stand, schlechtes Feng shui habe?

Als sich Gershon eine Zigarette anzünden will, muss er feststellen, dass sich die Rauchutensilien noch im Wohnzimmer befinden. Er ist unschlüssig, ob er deshalb aufstehen soll. Bevor er noch zu einem Entschluss kommt, spürt er, dass sich Kopfschmerzen anbahnen. Kein Wunder, denkt er, ist er doch am Vorabend auf der Couch eingeschlafen und erst mitten in der Nacht ins Bett übersiedelt. Da mussten ja seine Nackenmuskeln völlig verspannt sein. Er dreht sich auf den Bauch, die Arme angewinkelt, und dreht den Kopf erst auf die eine, dann auf die andere Seite, um die Muskeln zu dehnen. Dies wiederholt er mehrmals, bis er dabei kein Ziehen mehr verspürt.
Die Nase so nah am Leintuch glaubt er, Reste von Gerlindes Duft wahrzunehmen. Mit dem wohligen Gefühl, das ihn dabei überkommt, dreht er sich wieder auf den Rücken, richtet sich aber vorsorglich die Pölster. Die Gefahr, den Tag über an Kopfschmerzen zu leiden, ist zwar noch nicht gebannt, doch er geht davon aus, dass ihn die Erinnerungen an den Vortag und der Ausblick auf künftige Freuden davor bewahren sollten.
Er schließt die Augen und ruft sich Gerlindes Bild ins Gedächtnis, wie sie hier im Bett lag, nackt, ihre Haare über den Polster gebreitet, ihr zufriedenes Lächeln, ihr Hals, die Schultern, die Brüste, die erregten Brustwarzen, der Bauch, die Schenkel, die sich seiner Hand öffneten ... Er spürt geradezu physisch ihre Abwesenheit: die Armbeuge, in der ihr Kopf gelegen ist, fühlt sich leer an, die Wange, die ihr Haar gestreift hat, friert, die Hand, die ihre Brust umfasst hat, ist erstarrt.
In diesem Moment stellt er erschrocken fest, dass er für Gerlinde nicht erreichbar ist: keine Rezeption, an der ihm mitgeteilt werden könnte, er möge zurückrufen. In der Wohnung ist kein Telephon.
Er wird sich so rasch wie möglich ein Handy zulegen müssen. – Über Jahre hat er sich dagegen gewehrt, jederzeit und überall erreichbar und damit verfügbar zu sein; hat sich über die Kollegen lustig gemacht, für die es ein Symbol ihrer Mobilität war, und nahm es gern in Kauf, als technischer Dinosaurier verspottet zu werden. Auch Sami hat ihn wohl neulich ein wenig mitleidig betrachtet, als er ihm erklärte, dass er kein Handy

129

besitze. Und nun ist es auch für ihn unverzichtbar. Wenn er schon eines hätte, könnte er jetzt – im Bett liegend – Gerlinde anrufen und ihre Stimme, vielleicht auch ihr Lachen hören.
Außerdem ist er hungrig. Schließlich hat er seit dem späten gemeinsamen Mittagessen außer Wein nichts mehr zu sich genommen. Er hat auch nichts im Haus. Und kein Frühstücksraum, in den er rasch einmal hinuntergehen könnte und bedient würde. In seiner Wohnung ist er Selbstversorger. Aber das war er früher auch; er muss sich nur erst wieder daran gewöhnen. Unter anderen Voraussetzungen freilich. Hier muss er keinen stereotypen Zeitplan zwischen Körperpflege, Kaffeekochen und Nahrungsaufnahme einhalten, um rechtzeitig am Arbeitsplatz zu sein. Er kann alles gemächlicher angehen. Oder er sucht sich in der Nähe ein Kaffeehaus.
An diesem Morgen wird ihm ohnehin nichts anderes übrig bleiben. Das geht in einem: Kaffeehaus und Handyshop. Oder umgekehrt? Dann könnte er schon frühstückend Gerlinde anrufen. Er steht eilig auf, fühlt aber dabei, dass die Gefahr der Kopfschmerzen noch nicht restlos gebannt ist. Nur keine Hast!
In der Hoffnung, Gerlinde würde auch heute Zeit für ihn finden, rasiert er sich gründlich und badet ausgiebig. Und er beschließt, zur Feier des Tages nicht sein Alltags-Sakko anzuziehen.
Gut gelaunt verlässt er schließlich die Wohnung. Vor der Haustür bleibt er stehen und mustert die Tafel mit den Klingelknöpfen. Das Kärtchen für die Türnummer 34 ist leer. Er wüsste allerdings nicht, warum er seinen Namen hier anbringen sollte. Neugierig, wer sonst noch im Haus wohnt, überfliegt er die Namen. Viele sind deutsch, dazwischen ein paar slawische Namen, einer klingt englisch, einer ungarisch und zwei könnten sogar chinesisch oder japanisch sein. Bei einem Namen kann er dessen Herkunft nicht einmal erahnen. Und bei einem anderen scheint ihm dessen jüdische Herkunft ziemlich nahe liegend.
»Suchen Sie jemanden?« Gershon hat nicht bemerkt, dass jemand neben ihn getreten ist; offensichtlich ein Bewohner

des Hauses, denn er hält in der einen Hand einen Schlüssel und in der anderen einen gefüllten Einkaufskorb. Er wirkt nicht unfreundlich, vielleicht ein wenig streng mit seinen kurz geschnittenen grauen Haaren. Aber aus seiner Frage ist ein gewisses Misstrauen herauszuhören.

»Nein, ich habe nur geschaut,« erwidert Gershon und geht eilends in Richtung Park. Was hätte er sagen sollen? Dass er seit gestern in diesem Haus wohnt und lediglich anhand der Namen sehen wollte, welche Bewohner es sonst noch beherbergt. Das ging den Mann schließlich nichts an. Abgesehen davon hätte er, um sein Interesse zu erklären, weiter ausholen müssen; hätte erläutern müssen, dass Namen und der Versuch, deren Herkunft zu erraten, schon immer einen besonderen Reiz auf ihn ausgeübt haben.

Als er den Park durchquert, stellt er fest, dass dieser – zumindest um diese Tageszeit – fast ausschließlich von Musliminnen und deren Kleinkindern genützt wird. In Gruppen sitzen sie beisammen und unterhalten sich, während die Kinder spielen. Er schnappt ein paar Wortfetzen auf: Türkinnen. Weder in der Umgebung des Hotels, in dem er gewohnt hat, noch bei seinen Spaziergängen bisher sind ihm Türken, konkret Türkinnen, so gehäuft aufgefallen. Wahrscheinlich hat Gerlinde deshalb gemeint, es sei nicht die beste Wohngegend.

Auf der anderen Seite des Parks sieht er eine Gruppe Männer beisammenstehen, vor einem Kellerlokal, das durch ein Schild als *Cami* eines türkischen Kulturvereins ausgewiesen ist. Es ist Freitag. Er will schon auf die andere Straßenseite wechseln, sagt sich dann aber, dass dieser Reflex hier unbegründet sei. Und aus der Nähe kommen ihm die Männer mit einem Mal auch sehr vertraut vor.

Einer von ihnen hat eine frappante Ähnlichkeit mit dem Installateur, der in Tel Aviv neben dem Haus, in dem er wohnte, seinen Laden hat; die Gesichtszüge, der Bart und auch die Wollmütze, die jener ständig trug. – Es kann ja wohl nicht sein, dass ihn dabei etwas wie Heimweh überkommt. – Alle nannten den Installateur Avraham, und er hatte es längst aufgegeben zu erklären, dass er Ibrahim heiße. Da er sich zu jeder Tages- und Nachtzeit der einschlägigen Gebrechen annahm, und deren gab es im Viertel nicht wenig, war er ringsum äußerst beliebt.

Pech für ein paar rassistische Schläger, die eines Tages glaubten, an dem Araber ungestraft ihr Mütchen kühlen zu können, erinnert er sich mit Vergnügen. Männer und Frauen aus dem Viertel kamen ›ihrem‹ Avraham zu Hilfe und erteilten den Rowdys, keineswegs zimperlich, eine Lektion. Es hieß, außer Flüchen auf die verdammten Araberfreunde hätten jene auch ein paar Zähne zurückgelassen. Ibrahims Umbenennung in Avraham war wohl darauf zurückzuführen, dass man trotz allem der Ansicht war, ein Araber könne nicht so hilfsbereit und beliebt sein. Also machte man ihn zumindest dem Namen nach zum Juden.

Ibrahim-Avraham war aber nicht nur ein höchst einfallsreicher Installateur, der bei keinem der auftretenden Probleme in Verlegenheit zu geraten schien, sondern auch ein origineller Philosoph, und er entsinnt sich einer ganzen Reihe höchst anregender Gespräche, während der Installateur die Wasserleitung reparierte oder die Waschmaschine wieder in Gang setzte.

Es ist schon seltsam, dass ihm von all seinen Bekannten und Freunden ausgerechnet Ibrahim zuerst in den Sinn gekommen ist. Dabei wäre es an der Zeit, einige Briefe zu schreiben – vor allem Shimon. Ihm sollte er seine neue Adresse mitteilen, für den Fall, dass bei der Erledigung seiner Angelegenheiten irgendwelche Probleme auftauchen. Oder für den Fall, dass jener ihm mitteilen will, was es Neues gibt. Zumindest eine Ansichtskarte sollte er ihm schicken. Vielleicht eine von der Oper, da Shimon doch ein Opern-Liebhaber ist, oder eine vom Judenplatz, wenn er eine findet, die dessen Stimmung wenigstens ansatzweise wiedergibt.

Der Straßenzug, den er soeben durchwandert, wäre wohl kaum geeignet für eine Ansichtskarte. Viele der Häuser wirken heruntergekommen, abgewohnt, wenngleich manche offenbar in jüngster Zeit mit Sorgfalt renoviert worden sind, sogar mit dem alten Fassadendekor. Es gibt nur wenige Geschäfte: einen türkischen Gemischtwarenladen, einen Video-Verleih, ein Bräunungsstudio und eine Pizzeria. Nach und nach fallen ihm auch Neubauten auf, mehrere eben erst fertig gestellt, und Baulücken, Anzeichen dafür, dass man dabei ist, das Viertel zu sanieren. Schließlich kommt er in eine belebtere Straße und kurz darauf sieht er in der Auslage eines Photogeschäfts Handys.

Es dauert allerdings lange, bis er als Besitzer eines solchen Apparats wieder herauskommt. – Wenn er geahnt hätte, dass der Kauf eines Handys so aufreibend sein würde ... – Der Verkäufer im Geschäft zeigte sich sehr beflissen, als Gershon seinen Wunsch äußerte, führte ihn zu einer Vitrine, in der seine Schätze ausgestellt waren. Das Angebot schrumpfte allerdings sogleich, als er feststellte, Gershon sei lediglich als Tourist in Österreich. So kam, wie er erklärte, nur ein Wertkartenhandy in Frage. Ob er länger als ein Jahr hier bleibe, wollte er dann wissen – eine sonderbare Frage an einen Touristen –, andernfalls müsse er nämlich den jeweils höheren Betrag auf den Preisschildern bezahlen.

Gershon versuchte, die Prozedur abzukürzen, nachdem die Sachlage soweit geklärt war, und zeigte auf ein Gerät, das ihm vom Preis halbwegs günstig und vom Aussehen passabel erschien. Doch da wandte der Verkäufer in verzweifeltem Ton ein, dass er mit diesem Handy aber nicht photographieren könne. Seine Erklärung, dass er nicht photographiere und auch keinen Photoapparat besitze, ließ der junge Mann nicht gelten. Wenn er schon keinen Photoapparat habe, dann müsse er doch wenigstens mit seinem Handy photographieren können. Als Tourist wolle er doch bestimmt an seine Freunde zu Hause Photos von hier per MMS schicken. Den Einwand, er wolle ein Handy einfach nur zum Telephonieren, denn wenn er photographieren wollte, dann würde er sich einen Photoapparat kaufen, mit dem man doch ganz bestimmt bessere Aufnahmen machen könne, wollte er ebenfalls nicht akzeptieren. Es gebe doch immer wieder Situationen, wo man denke, das müsste man photographieren, meinte er, und ausgerechnet dann habe man den Photoapparat nicht dabei, das Handy aber schon. Als Gershon daraufhin feststellte, er komme nie in eine solche

Situation, sonst hätte er doch längst einen Photoapparat, verlor der Verkäufer offenbar den Glauben an die Menschheit und das Interesse an ihm. Beleidigt holte er aus einem Schrank eine Schachtel mit dem Handy, das Gershon gewählt hatte, kassierte und erwiderte nur mürrisch Gershons Auf-Wiedersehen.
– Nun hat er zwar ein Handy und ist dennoch ein technischer Dinosaurier geblieben, sagt er sich schmunzelnd.
Nach dem aufreibenden Einkauf braucht er dringend ein Frühstück; und weil er nicht lange nach einem richtigen Kaffeehaus suchen will, nimmt er mit der Konditorei vorlieb, an der er eben vorbeikommt. Sie ist fast leer und er sucht sich einen bequemen Fensterplatz. Er holt die Bedienungsanleitung aus der Handy-Schachtel, schließlich will er möglichst bald mit Gerlinde telefonieren.
»Neues Handy?«, fragt plötzlich der Kellner neben ihm. Da dies offenkundig ist, erwartet er auch keine Antwort, sondern fährt fort: »Ich hab mir vorgestern auch ein neues Handy gekauft; ein Photo-Handy.«
Nicht noch einmal diese Diskussion, denkt Gershon und sagt deshalb: »Das ist für meinen Sohn«.
»Meiner hat schon viel länger ein Photo-Handy. Darunter geben sich die Jungen heutzutage nicht mehr zufrieden.«
Glücklicherweise betritt ein weiterer Gast die Konditorei, und so entkommt Gershon einer neuerlichen Erörterung des Themas und kann sein Frühstück bestellen.
Die Lektüre der Bedienungsanleitung macht ihm allerdings klar, dass er das Handy vorläufig gar nicht verwenden kann, da erst der Akku aufgeladen werden muss, und das würde etwa 16 Stunden dauern. »Haben Sie hier ein Telephon?«, fragt er daher den Kellner, als ihm dieser Kaffee und Kuchen bringt.
»Etwas unklar mit der Gebrauchsanweisung?«, fragt dieser, als sei er Fachmann für Handy-Gebrauchsanweisungen, begierig zurück.
Gershon macht ihm klar, dass das Gerät nicht benützbar sei, solange es nicht aufgeladen ist, und er aber jetzt jemanden anrufen müsse.

»Neben den Toiletten ist ein Telephon«, erwidert der Kellner ein wenig enttäuscht.

Gerlinde meldet sich nach dem ersten Klingeln, und Gershon erzählt ihr, dass er nun zwar ein Handy habe, um erreichbar zu sein, dieses aber noch nicht betriebsbereit sei. Er gibt ihr dennoch gleich die Nummer, um dann mit dem wahren Grund für seinen Anruf herauszurücken: »Sehen wir einander heute?«
»Wenn du willst?«
»Natürlich will ich!«
»Vormittags muss ich arbeiten. Dann koche ich. Wolfgang kommt kurz nach zwei Uhr aus der Schule. Dann essen wir. Ich könnte etwa um halb vier bei Dir sein. Oder sollen wir einander woanders treffen?«
»Nein, bei mir.« Gershon möchte ihr sagen, wie sehr er sich nach ihr sehnt, aber das Wort ›sehnen‹ will ihm nicht über die Lippen kommen, erscheint ihm zu gestelzt. So sagt er schließlich: »Du fehlst mir.«
»Du mir auch. – Bis heute Nachmittag.«
Während er seinen Kaffee trinkt, überlegt er, was er bis dahin machen könnte. Es fällt ihm aber nichts ein, was er machen möchte, außer: die Vorfreude genießen. Abgesehen davon muss er gleich einmal nach Hause gehen, um das Handy aufzuladen. Er sollte auch im Supermarkt einige Lebensmittel einkaufen, um nicht nur auf Gast- und Kaffeehäuser angewiesen zu sein. Und er könnte aus der Konditorei einen Kuchen mitnehmen, um Gerlinde zu bewirten.

Viel hat er nicht mit sich anzufangen gewusst, seit er heimgekommen ist. Heimkommen! Das Wort hat einen neuen Klang erhalten. Er hat das Handy an die Steckdose gehängt, die Einkäufe verstaut, dann die Wohnung nochmals in Augenschein genommen und die Welt eine Weile von der Loggia aus betrachtet. Schließlich hat er in seinem Krimi weitergelesen – bis zum Mittagessen in seinem neuen Stammgasthaus. Zumindest könnte es das werden, denn er war auch heute zufrieden, wenngleich das Essen nicht so gut schmeckte wie

am Vortag. Doch das lag weniger an der Zubereitung des Rindsbratens, als vielmehr an der fehlenden Gesellschaft. Wie sich Zeiten ändern: Vor dem gestrigen Tag ist ihm nichts abgegangen, wenn er allein an einem Gasthaustisch gesessen ist.
Anschließend ein ausgedehnter Mittagsschlaf. Einerseits verspürte er noch immer einen leichten Druck im Kopf und wollte doch fit sein, wenn Gerlinde kommt, andererseits wusste er auch nicht, was er tun sollte. Im Krimi war er noch nicht zu der Stelle vorgestoßen, wo man nicht mehr zu lesen aufhören kann. Ob diese Stelle kommt, ist auch nicht abzusehen.
Und nun kocht er Kaffee zum Kuchen, den er mitgebracht hat. Auch um die Zeit zu überbrücken, bis Gerlinde eintrifft. Er sollte den Kaffee allerdings erst kosten, bevor er ihn ihr anbietet. Er hat zwar die Maschine gründlich gewaschen und einmal kochendes Wasser durchrinnen lassen, hat aber keine Erfahrung mit diesem Typ. – Dazu kommt er aber nicht mehr, da die Türklingel läutet. Ein Blick auf die Uhr zeigt ihm, dass Gerlinde überpünktlich ist.
Der Kuss zur Begrüßung nimmt kein Ende, und das ist äußerst angenehm: sie im Arm zu halten, ihre Wärme zu spüren, die Hände über ihren Körper gleiten zu lassen, zu merken, wie sich ihr Körper an den seinen drängt. Auf dem Weg ins Schlafzimmer, als sich ihre Lippen für einen Moment voneinander lösen, teilt er ihr mit, dass er Kaffee und Kuchen vorbereitet habe, doch sie meint nur: „Später." Etwas anderes hätte er sich auch nicht vorstellen können, als er ihr die Brille abnimmt und den Pullover über den Kopf zieht.
»Warum hast du dir ausgerechnet mich ausgesucht? Nur weil du davon ausgehst, dass ich bald nach Israel zurückkehre?«, fragt er unvermittelt, als sich sein Atem wieder beruhigt hat. Dabei streicht er mit der Hand ihren Rücken entlang. – Beim Aufwachen aus dem Mittagsschlaf hatte sich ihm jäh die Frage aufgedrängt, ob er das alles vielleicht nur träume; in welcher Umgebung er sich wohl fände, wenn er die Augen aufmache. Und er hatte sie zugekniffen, für den Fall, dass er nur träume, um den Traum möglichst lang auskosten zu können. Doch die

Erinnerung an Gerlindes Arme, die ihn umschlangen, ihr Drängen, die Wärme ihres Geschlechts waren so wirklich, dass er die Augen öffnete und sich tatsächlich in diesem Bett fand. – Und nun ist ihm die Frage in einem Augenblick, da er anscheinend noch nicht ganz bei Sinnen war, herausgerutscht. Er kann sie auch nicht mehr rückgängig machen.
»Natürlich«, flüstert sie ihm ins Ohr. Doch dann richtet sie sich auf, und eine ihrer Brüste ist ganz nah vor seinem Gesicht, als sie fragt: »Oder? Was willst du hören? Dass ich mich unsterblich in dich verliebt habe, gleich als ich dich zum ersten Mal gesehen habe?«
Er weiß nicht, was er sagen soll, um sich aus der misslichen Lage, in die ihn seine Frage gebracht hat, zu befreien. »Entschuldige bitte.« Er versucht, sie ihn seine Arme zu ziehen, doch sie stemmt sich dagegen. »Ich wollte das nicht fragen. Es war dumm ... Ich kann nur nicht ganz begreifen ... Du und ich ... Du findest doch ganz andere Männer, bei deinem Aussehen ...«
»Danke. Erst dachte ich, du bist auf Komplimente aus. Und jetzt machst du welche." Sie küsst ihn, und dabei kann er sie wieder in die Arme schließen. Eng umschlungen liegen sie da, bis sie nach einer Weile grummelt: »Hast du nicht gesagt, es gäbe Kaffee und Kuchen?«
»Du hast ›später‹ gesagt.« Er will sie jetzt nicht aus den Armen lassen.
»Jetzt ist später.«
Wohl oder übel muss er sie loslassen. Sie steht auf und geht voraus. »Ich weiß nicht, wie der Kaffee schmeckt und ob er nicht schon kalt ist«, sagt Gershon, als er ihr folgt.
»Von kaltem Kaffee wird man schön, heißt es.«
»Das hast du aber nicht nötig.«
»Danke. Du steigerst dich geradezu in deinen Komplimenten.«
»Wie auch nicht, mit einem so reizenden Hintern vor mir.«
Er hört sie leise vor sich hin lachen. »Wie heißt es im ›Faust‹: ›Indes ihr Komplimente drechselt, kann etwas Nützliches geschehn.‹«

Sie kümmert sich um den Kuchen, er um den Kaffee, der, wie er feststellt, lauwarm, aber trinkbar ist.

Als sie dann einander gegenübersitzen, schweift sein Blick immer wieder zu ihren nackten Brüsten. Klein, doch wohlgeformt, die dunklen Brustwarzen noch immer erregt.

»Gefallen sie dir?«, fragt sie.

Er fühlt sich ertappt und konzentriert seinen Blick auf den Kuchen.

»Vielleicht war es das, was mich für dich eingenommen hat: wie du mich deutlich spüren hast lassen, dass ich dir gefalle; ein wenig ungeniert und zugleich fast schüchtern. – Nein? Du kannst ja richtig rot werden.« Sie kommt um den Tisch, setzt sich auf seinen Schoß und küsst ihn. Seine Verlegenheit weicht sogleich einer neuerlichen Erregung und er trägt sie zurück ins Bett. Diesmal lässt er sich viel Zeit, ihren Körper an allen Stellen mit Händen und Lippen zu erkunden, genießt es, ihre Lust zu wecken, ihre Sinnlichkeit zu reizen, bis sie ihn drängt, zum Höhepunkt zu kommen.

Erschöpft liegen sie anschließend da. Mit geschlossenen Augen genießt Gershon die Befriedigung. Er würde nichts tun, diesen Zustand vorzeitig zu beenden.

Er kann nicht abschätzen, wie lange er so dagelegen ist, da spürt er Gerlindes Haare über seine Brust streichen. »Bist du eingeschlafen? – Schläfst du?«, fragt sie.

»Nein«, brummt er und streckt die Hand nach ihr aus. Er findet ihre Schulter, streicht ihr entlang zum Hals; als er ihr Gesicht erreicht, schmiegt sie die Wange in seine Hand.

»Wie lang bleibst du hier, in Wien?«, fragt sie mit einem Mal.

»Was willst du hören?«

»Eine halbwegs klare Antwort.«

Nun muss er doch die Augen öffnen, um zu erkennen, wie sie die Frage meint.

»Wolfgang gegenüber hast du von einer Aus-Zeit gesprochen. Du hast aber auch erzählt, dass du Gepäck nachgesendet bekommst – einschließlich jener Schachtel mit Photos. Wozu brauchst du sie hier; ich meine, wenn du ohnehin wieder zurückkehrst? Und als ich dich gestern fragte, ob du nach Israel zurückgehst, hast du mir keine Antwort gegeben.«

Diesmal kann er sich nicht um eine Antwort drücken, dazu ist Gerlinde viel zu ernst. Aber wie soll er etwas erklären, das ihm selbst nicht klar ist? Er setzt sich auf und nimmt Gerlinde in den Arm. »Im Grunde weiß ich selbst nicht, was ich will. Ich bin aus Israel weggegangen, weil ich dort nicht mehr leben wollte. Die Okkupation der palästinensischen Gebiete hat die Moral des Landes zerrüttet. Es herrscht eine Doppelmoral. Wenn sich ein palästinensischer Selbstmordattentäter in die Luft sprengt und Israelis mit in den Tod reißt, ist da ein Aufschrei. Wo aber bleibt die Empörung, wenn israelische Kampfhubschrauber Häuser bombardieren und dabei Frauen und Kinder töten? In den besetzten Gebieten werden tagtäglich von der israelischen Armee Verbrechen begangen, die nicht nur nicht geahndet werden, sondern hinterher als Notwendigkeit im Kampf gegen den Terrorismus und zum Schutz der israelischen Bevölkerung hingestellt werden.

Und das wird akzeptiert. Ich gebe zu, ich habe auch lange gebraucht, bis ich es nicht mehr einfach so hinnehmen wollte. Dann macht man die Armee und die Regierung dafür verantwortlich. Aber sind wir nicht alle, auch die, die nicht in irgendeiner Form direkt in die Okkupation involviert sind, verantwortlich? Die Okkupation – das sind wir alle. Man kann nicht sagen: Damit habe ich nichts zu tun. Wer nicht dagegen ankämpft, macht sich zum Komplizen.«

»Ich verstehe dich. Doch was ändert sich, wenn du Israel den Rücken kehrst? Hast du dann nichts mehr damit zu tun?«

Gershon schweigt.

»Wenn du der Meinung bist, etwas dagegen tun zu müssen, kannst du es nur in Israel tun.«

»Willst du mich so schnell wieder loswerden?«

»Ich will dich überhaupt nicht loswerden.« Sie streicht ihm über die Wange. »Zumindest nicht im Augenblick.«

»Ich bin kein Held, war es nie. Und heute bin ich zu alt, um den Helden zu spielen. Ich kann mich nicht einmal mehr weigern, meinen Reservedienst in den besetzten Gebieten zu

leisten und dafür ins Gefängnis zu gehen. – Und was würde es nützen, mich vor einen Bulldozer zu stellen, mit dem man palästinensische Häuser zerstören will, und mich der Gefahr auszusetzen, überrollt und getötet zu werden. Werde ich dabei getötet, wie Rachel Corrie, die junge Amerikanerin, wird man vielleicht den Verwandten das Bedauern aussprechen, aber es wird sich im Prinzip nichts ändern ...«
»Hast du Verwandte?«
»Nein. Meine Mutter ist tot, Onkel Shlomo ist tot.« Und Hilda ist für ihn auch tot. Doch das sagt er nicht. Wahrscheinlich würde man ihr das Bedauern aussprechen – und sie würde sagen: ›Der Herr hat's gegeben, der Herr hat's genommen, der Name des Herrn sei gelobt.‹ Oder eher: ›Er hat's nicht anders gewollt.‹
Gerlinde seufzt leise. »Das kannst nur du entscheiden.« Sie legt ihren Kopf auf seine Brust, und sie verharren, wie ihm scheint, für lange Zeit in dieser Lage – bis sie geht.

XII

Langsam hält in seinem Leben wieder der Alltag Einzug. Gershon sitzt am Wohnzimmertisch und frühstückt: Kaffee, selbst gekocht, und Kuchen, am Vortag übrig geblieben. Allerdings treibt ihn nichts zur Eile, doch das wäre an diesem Tag auch in seiner Wohnung in Tel Aviv nicht anders gewesen, denn es ist Shabbat.

Seine Gedanken kehren zum Vortag zurück. Mit der Diskussion um seine Zukunft ist die Stimmung gekippt. Gerlinde hat ihn gestreichelt, doch daran war nichts Erregendes mehr gewesen; eher tröstend, und war vielleicht auch so gemeint. – Ihr Kopf lag auf seiner Brust, und als er ihre Haare so nahe vor Augen hatte, sah er, dass darunter auch schon ein paar weiße waren. Unversehens kam er sich ihr gegenüber nicht mehr gar so alt vor.

Er sei zu alt, um den Helden zu spielen, hat er zu Gerlinde gesagt – und gebärdet sich doch als jugendlicher Liebhaber. Vielleicht nicht eben jugendlich, eher ein wenig in die Jahre gekommen ... Wie auch immer, diesbezüglich geht er nicht mit seinem Alter hausieren. Dabei sollte man doch davon ausgehen, dass sich das Triebleben des Mannes früher einschränkt als seine Tauglichkeit, Stellung zu beziehen, für seine Meinung einzutreten.

Sich zu entscheiden läge einzig bei ihm, hat Gerlinde gemeint. Wenn er noch in Israel wäre, würde das stimmen; wenn er sie nicht kennen gelernt hätte, vielleicht auch; desgleichen, wenn sie nicht eine Beziehung mit ihm eingegangen wäre. Aber nun? Angenommen, sie würde sich untreu werden und sagen: Ich will keine kürzer oder länger dauernde Affäre mit dir, sondern ein neues Leben gemeinsam mit dir beginnen. Dann wäre es nicht allein seine Entscheidung. Ihr darauf zu antworten: Tut mir leid, aber mich rufen andere Aufgaben, im Kampf gegen das Unrecht werde ich dringend gebraucht, kann er sich – zumindest im Augenblick – nicht vorstellen.

141

Hirngespinste! Er schenkt sich Kaffee nach, zündet sich eine Zigarette an und greift nach dem Erich-Fried-Bändchen. – Bevor Gerlinde am Vortag aufbrach – nachdem sie ihm genügend tröstende Streicheleinheiten angedeihen hatte lassen, um sich sodann der Betreuung von Vater und Sohn zu widmen –, war ihr eingefallen, dass ihr ja Wolfgang das Buch, geliehen vom Vater des Schulfreundes, mitgegeben hatte.
Er betrachtet den Umschlag mit dem Photo des Dichters: vergilbt und sichtlich benützt. Im Inneren sind Textstellen mit Bleistift angestrichen. Das hat ihn anfangs beim Lesen gestört, weil er zu sehr darauf achtete und sich immer wieder gefragt hat, was den vorherigen Leser daran interessiert oder ergriffen haben mochte. Das störte den eigenen Lesefluss.
Andererseits ist es auch aufschlussreich, zu sehen, welche Gedichte jemand anderen besonders beeindruckt haben; wobei man natürlich nicht weiß, unter welchem Gesichtspunkt der andere Leser die Stellen gewählt hat: um sie zu zitieren, um sie besser im Gedächtnis zu behalten, des Inhalts oder des poetischen Bildes wegen?
Bei manchen Stellen stimmte er mit seinem Vorgänger überein, bei anderen weniger. Aber das ist gewiss auch eine Frage der Zeit. Die Gedichte sind dreißig Jahre alt. Allerdings hat Fried darin schon eine Reihe von Tatsachen aufgegriffen, die in Israel erst in jüngerer Zeit einer wachsenden Öffentlichkeit bewusst geworden sind. Es ist schon verständlich, dass er unter den damaligen Verhältnissen als Feind, als jüdischer ›Selbsthasser‹ eingestuft wurde; woran sich vermutlich nicht allzu viel geändert hat.
Er fragt sich, wie er wohl selbst reagiert hätte, wenn er das Buch vor dreißig Jahren in die Hand bekommen hätte. Manches klingt heute ein wenig veraltet, doch im Grunde ist alles, was Fried damals in seinen Gedichten angeschnitten hat, noch immer höchst aktuell. Ein Gedicht hat ihn besonders berührt; widerspiegelt es doch sein eigenes Dilemma. Gershon blättert im Buch, um es nochmals zu lesen:

Ich weiß daß diese Gedichte
trocken sind
vom Staub des Unrechts bedeckt
das sie bekämpfen

Aber bleibt mir die Wahl
von anderen Dingen zu schreiben
von denen ich gerne schriebe
oder muß ich zuerst

das da schreiben
um Zeugnis abzulegen
was mich bedrückt
und gegen die die bedrücken?

Viele Zeilen
sind ohne Freude geschrieben
und was ich sage in ihnen
das sage ich ungern

Aber ich sage es doch
denn es muß gesagt sein
unverschleiert
bitter vom Staub des Unrechts

Und wenn es trocken ist
so sind daran auch die schuld
die schuld daran sind
daß es gesagt werden muß

Allerdings sollte er sich nun anderen Dingen widmen. Da bei den Wegscheids der Samstag Familientag ist, wird er Gerlinde heute nicht sehen. Also hat er sich vorgenommen, am Nachmittag wieder ein Stück der Stadt zu erkunden. Das Wetter ist gerade recht für einen ausgedehnten Spaziergang. Zuvor muss er aber noch einiges fürs Wochenende besorgen – und zur Konditorei gehen. Gerlinde hat ihn für morgen wieder zum Kaffee

eingeladen, und er hat versprochen, den Kuchen dafür mitzubringen. Das enthebt ihn der leidigen Suche nach Blumen.
Als sie am Vortag hier saßen, hat Gerlinde gemeint, ein Strauß Blumen würde sich auf dem Tisch hübsch ausnehmen, und angedeutet, sie könnte beim nächsten Besuch Blumen mitbringen. Er hofft, dass sie der Hinweis, es gebe in der Wohnung keine Vase, davon abhalten wird. – Wenn er Blumen sehen will, dann geht er ins Grüne. In seiner Wohnung mag er kein Grünzeug, es sei denn zum Kochen.
Esthers Gladiolen. Eine Studienkollegin hat ihm zum Geburtstag – es war sein erster in Israel – Blumen geschenkt, Gladiolen. Er hat sie in einem Krug aufs Fensterbrett gestellt, wo sie zunehmend vertrockneten. Sie blieben bis zum Ende des Studienjahrs dort stehen und boten zuletzt einen trostloseren Anblick als ein nebliger Wintertag.

Mit Plastiktragtaschen bepackt kehrt Gershon vom Einkauf zurück. Vor dem Lift trifft er unversehens auf den Mann, der ihn am Vortag beim Studium der Klingelknöpfe überrascht hat.
»Da blockiert wieder jemand den Aufzug«, sagt er, während sie nebeneinander stehend warten. Er mustert Gershon, als ob er sagen wollte: Dich hab ich doch schon gestern hier erwischt. Doch dann fragt er: »Wohnen Sie hier?«
Das geht ihn zwar nichts an, denkt Gershon, will aber andrerseits nicht unfreundlich sein und stellt deshalb fest: »Seit vorgestern.«
»Willkommen im Haus des allzeit blockierten Aufzugs«, erwidert der Mann mit einem Mal freundlich, schlägt dabei aber kräftig an die metallene Lifttür. »In jüngster Zeit herrscht hier im Haus eine Fluktuation von Mietern; man weiß gar nicht mehr, wer alles hier wohnt.« Er lacht. »Und man weiß auch nicht, wer sich sonst noch so herumtreibt. In der vergangenen Woche wurde in zwei Wohnungen eingebrochen.«
Das war möglicherweise als Entschuldigung für sein anfängliches Misstrauen gedacht.
»Und von wo kommen Sie?«

Auch das geht ihn nichts an. Gershon bleibt aber entgegenkommend. »Aus Israel.«
»Aus Israel? Ich habe dort mehrere Jahre gelebt, als ich noch jung war; das ist allerdings lang her.« Und nachdem er nochmals gegen die Lifttür geschlagen hat: »Kommen Sie doch einmal zum Kaffee zu uns. Ich würde mich gern ein wenig über Israel unterhalten; was sich verändert hat, seit ich dort war. – Ich heiße übrigens Mathis, wie der Maler.« Er streckt Gershon die Hand entgegen, was diesen dazu zwingt, seine Tragtaschen in einer Hand zu vereinen, um die andere fürs Händeschütteln freizubekommen.
»Wie wär's mit heute? Haben Sie heute schon etwas vor? – Meine Frau ist übers Wochenende weggefahren; da könnten wir ungestört plaudern.«
Der geplante Stadtbummel war ohnehin nur eine Verlegenheitslösung, weil Gerlinde keine Zeit für ihn hat. Und da soeben der Lift kommt, sagt Gershon zu.
Während sie miteinander hochfahren, hat sein Gegenüber eine neue Idee: »Sie könnten auch gleich kommen; wenn sie mit Pasta asciutta zum Mittagessen vorliebnehmen wollen; selbstgemachte Sauce aus der Tiefkühltruhe, die Spaghetti sind schnell gekocht und Salat habe ich genügend.« Dabei deutet er auf seinen Einkaufskorb.
»Wenn es Ihnen nichts ausmacht?«
»Dann kommen Sie gleich mit.«
Zuvor müsse er auf jeden Fall die Lebensmittel verstauen, die er eingekauft habe, wendet Gershon ein.
»Tun Sie das; und dann kommen Sie gleich hoch; sechster Stock.«
Dort ist, als Gershon wenig später aus dem Lift steigt, eine Tür halb geöffnet. Aus der Wohnung ruft der Mann: »Kommen Sie nur herein.« Auf dem Türschild steht ›Brigitte und Rupert Mathis‹. Verwundert bleibt er stehen. »Sie haben gesagt: wie der Maler?«, stellt er fest, als ihm der Mann an die Tür entgegenkommt. Dieser lacht auf: »…und Sie haben Matisse erwartet? Nein. Von Hindemith gibt es eine Oper, die ›Mathis der Maler‹ heißt. Darauf hat sich der Maler bezogen.«

Er führt Gershon in die Küche, wo er Vorbereitungen fürs Kochen trifft. Dann nimmt er von der Anrichte eine bereits geöffnete Flasche. »Rotwein?«
»Gern.«
Sie setzen sich an den Küchentisch und prosten einander zu.
»Ich habe Ihren Namen nicht behalten?«
Gershon hat ihn auch noch nicht genannt, also nennt er ihn jetzt.
»Gershon! Im Kibbuz, in dem ich war, gab es auch einen Gershon; der war zuständig für den Hühnerstall, die *lul*. Ich heiße Rupert.«
Dies war offenkundig die Aufforderung, zum Du überzugehen. Gershon hat kein Problem damit. »Und wie bist du nach Israel gekommen?«, fragt er, während der Mann den Salat wäscht.
»Bist du Jude?« Normalerweise würde er nicht so mit der Tür ins Haus fallen, wenn jedoch jemand längere Zeit in Israel gelebt hat, muss die Frage wohl erlaubt sein.
Rupert dreht sich um und erklärt grinsend: »Nein, ich bin ein waschechter Goi; und dass ich nach Israel gekommen bin, ist lediglich meiner jugendlichen Abenteuerlust zu verdanken. Aber das ist eine lange Geschichte.« Er stellt die Schüssel mit dem Salat auf den Tisch, setzt sich und trinkt einen kräftigen Schluck Wein, bevor er beginnt: »Es war während des Studiums, als ich fand, ich müsste doch vor allem einmal die Welt kennen lernen. Also machte ich mich auf den Weg; erst nach Griechenland, wo ich ein paar Monate herumtrampte; und als es dort kalt zu werden begann, fuhr ich mit dem Schiff weiter nach Haifa.
Auf dem Schiff freundete ich mich mit einem jungen Juden aus Kalifornien an, mit dem zusammen ich mich dann in Haifa in einer Pension einquartierte. Er behauptete, daheim Ivrith gelernt zu haben; es stellte sich allerdings heraus, dass ich gelegentlich sogar mit Deutsch weiter kam als er mit seinen Hebräisch-Kenntnissen. Wir lebten in den Tag hinein, erkundeten die Stadt, gingen baden – und als wir eines Abends in die Pension kamen, war das dritte Bett in unserem Zimmer besetzt; ein alter Mann, der, wie er erzählte, aus Galizien stammte und

sich offenbar noch immer als Altösterreicher fühlte. Er freute sich, einen Österreicher zu treffen, und wollte alles Mögliche wissen, einschließlich meiner Zukunftspläne. Nun wusste ich, dass ich bald einmal etwas für meinen Unterhalt würde tun müssen, konkret hatte ich mich aber mit der Frage noch nicht beschäftigt. Damals war viel von den Ausgrabungen in Massada die Rede; und Archäologie hat mich immer interessiert. Also sagte ich dem Galizier, ich würde versuchen, bei Ausgrabungen mitzuarbeiten. ›Da musst du aber erst einmal die Landessprache, Ivrith, lernen‹, meinte er, ›sonst nehmen die dich nicht‹. Und er erklärte mir, dass es Ulpan-Kibbuzim gebe, wo man einen halben Tag die Sprache lernt und einen halben Tag arbeitet. – Na, das weißt du selbst. – Ich solle zur Sochnut gehen – ich glaube, er beschrieb mir sogar, wie ich zu deren Büro käme – und mich dort für einen Ulpan anmelden. Am nächsten Vormittag war ich schon dort und am Nachmittag desselben Tages fuhr ich mit dem Autobus in meinen Kibbuz.«
Während er erzählt, schenkt er Wein nach, rührt gelegentlich die Sauce für die Pasta asciutta um, stellt geriebenen Parmesan auf den Tisch und schüttet schließlich die Spaghetti ins kochende Wasser. »So wurde ich ein Volunteer und das folgende halbe Jahr verging mit Lernen und Arbeiten. Was das Lernen betrifft, hatte ich den Nachteil, dass ich im Gegensatz zu anderen Ulpan-Schülern zur tagtäglichen Kommunikation nicht auf Ivrith angewiesen war; Ruven, der Leiter der Avocado-Plantage, kam ursprünglich aus Deutschland, und wir sprachen meist Deutsch miteinander, gelegentlich versetzt mit Begriffen aus dem Ivrith; und auch die meisten anderen meiner Bezugspersonen sprachen Deutsch und forderten der Einfachheit halber von mir gar nicht, Ivrith zu sprechen; Ruvens Frau Lisa allerdings war im KZ gewesen und weigerte sich grundsätzlich, die Sprache ihrer Peiniger zu sprechen, also unterhielt sie sich mit mir auf Englisch. Und da ich nicht die Absicht hatte, in Israel zu bleiben, war ich auch im Hinblick auf einen späteren Lebensweg nicht gezwungen, gut Ivrith zu erlernen. Allerdings gefiel es mir im Kibbuz, und ich dachte vorläufig nicht daran, von dort wegzugehen. Ich blieb auch noch, als der

Ivrith-Kurs beendet war, arbeitete dann voll in der Avocado-Plantage, hatte ein Zimmer für mich allein und eine Freundin. Es fehlte mir an nichts.«

Sein Redefluss wird kaum unterbrochen, als er das Essen serviert. Er wünscht ›Guten Appetit‹ – »*be 'teavon*«, fügt er hinzu, »ein paar Brocken hab ich mir gemerkt; auch wenn ich das meiste meiner ohnehin beschränkten Ivrith-Kenntnisse längst vergessen habe.«

»*Be 'teavon*«, erwidert Gershon. Die Pasta asciutta schmeckt ausgezeichnet.

»Natürlich war da noch immer der Wunsch, die Welt kennen zu lernen«, fährt sein Gastgeber schon bald wieder fort, »und einmal startete ich zusammen mit Paultje, einem holländischen Volunteer, sogar den Versuch, die Erkundung der Welt fortzusetzen. Wir fuhren nach Eilat, um dort auf einem Schiff anzuheuern; zumindest bis nach Somalia wollten wir kommen; doch bereits beim Eingang zum Hafengelände teilte uns der Pförtner mit, dass man auf Landratten wie uns keinen Wert lege; ja, wenn wir Griechen oder Türken wären, dann wäre das etwas anderes. Also kehrten wir reumütig in den Kibbuz zurück.«

»Und wie lange bist du dann letztlich geblieben?«, fragt Gershon, nachdem sie aufgegessen haben.

Rupert räumt die leeren Teller weg. Als er sich wieder setzen will, merkt er, dass die Weinflasche leer ist. Er holt eine weitere, öffnet sie, schenkt nach und trinkt, bevor er antwortet: »Im Frühjahr 1967 drängten mich meine Eltern heimzukommen. Schließlich sandten sie mir sogar ein Flugticket. Und es sprach nichts dagegen, wieder einmal Österreich zu sehen; also benützte ich es auch, obwohl mein Verhältnis zu den Eltern ziemlich schlecht war und sie nur über Umwege meinen Aufenthaltsort herausgefunden hatten. Wenige Wochen später begann der Sechstagekrieg. Im Kibbuz hatte ich von der angespannten Lage nichts gemerkt; es gab keine Anzeichen für den bevorstehenden Krieg; alles lief ganz normal; während anscheinend hier die Kriegsgefahr deutlich abzusehen gewesen war. Auf diese Weise versäumte ich den Krieg; was mir

aber nicht leid tut; in einem Nachbar-Kibbuz kam ein Volunteer um, weil er zur unrechten Zeit neugierig die Nase aus dem Luftschutzbunker gesteckt hat.
Und ich erlebte so die Anfänge der 68er-Ereignisse mit. Im Herbst 1967 war schon einiges los. Doch dann zog es mich wieder in den Kibbuz; vielleicht auch ein wenig getrieben, da ich bei einer der damaligen Aktionen der Polizei unangenehm aufgefallen war.
Das Leben in Israel ließ sich allerdings nicht dort fortsetzen, wo es zuvor unterbrochen worden war. Mir schien, der Krieg habe die Menschen verändert. Natürlich ging das Leben wie gewohnt weiter; der Tagesablauf war noch der gleiche, die Arbeit war noch dieselbe; und doch war da etwas anders, obwohl man es kaum beschreiben kann. – Wir hatten einen Helden im Kibbuz; er war Kommandant jener Panzereinheit gewesen, die als erste in Nablus einrückte. Als sie in die Stadt fuhr, wurde er, der in der Panzerluke stand, von einem Scharfschützen verwundet; nach dem Krieg kam sogar Dayan in den Kibbuz, um ihm einen Orden umzuhängen. – Und dann ging er, der Held, er war Traktorfahrer, eines Morgens in den *machsan*, wo die Traktoren standen, übergoss sich mit Benzin und zündete sich an. Er, der bewunderte Sportler, von den Mädchen angehimmelt, kam offenbar mit seiner Rolle als Kriegsheld nicht zurecht.
Oder: Eine Mutter klagte einmal im Gespräch, sie könne ihren Sohn nicht mehr verstehen, seinen abgrundtiefen Hass gegen die Araber, den er entwickelt hatte, weil sein bester Freund beim Vorstoß auf die Sinai umgekommen war.«
Mit einem Mal herrscht Stille. Gershon beobachtet seinen Gastgeber, der für eine Weile gedankenverloren dasitzt. Doch dann hebt er den Kopf und fragt: »Kaffee?«
Gershon nickt. Er spürt, dass er dem Wein schon zu sehr zugesprochen hat. Rupert hat zwar mehr getrunken als er, doch ihm ist nichts anzumerken. »Und ich würde gern eine Zigarette rauchen.« Er hat auf der Anrichte einen Aschenbecher gesehen und daraus geschlossen, dass dies kein absoluter Nichtraucher-Haushalt sei.

Sein Gastgeber bringt auch gleich den Aschenbecher, meint aber dazu: »Ausnahmsweise rauchen wir heute in der Küche. Normalerweise rauche ich nur in meinem Arbeitszimmer – meine Frau hat sich das Rauchen abgewöhnt –, doch dort ist alles so angeräumt, dass ich dir keinen Platz anbieten könnte. Das Fenster ist ohnehin offen.« Dann setzt er die Kaffeemaschine in Gang und kommt wieder an den Tisch. Gershon bietet ihm eine Zigarette an.
»Keine *Silon* oder *Degel*? Das waren die Marken, die es im Kibbuz als Deputat gegeben hat. Du kennst sie sicher noch. Gibt es sie überhaupt noch?«
»Nein. Schon lang nicht mehr.«
»Da gab es einen Witz über den Kibbuznik, der in die Tabakfabrik kommt …« Er bricht ab und zieht genießerisch an der Zigarette.
»Und wie lange bist du dann letztlich geblieben?«
»Beim zweiten Aufenthalt etwa ein Jahr, also war ich insgesamt zweieinhalb Jahre im Kibbuz. Es war für mich eine angenehme Zeit; wahrscheinlich auch, weil ich damals vieles nicht so wahrgenommen habe wie heute. Da war zum Beispiel Eytan; er stammte ursprünglich aus Wien, doch erinnere ich mich nicht, mich jemals mit ihm unterhalten zu haben; er war, wie man bei uns sagt, ein alter Grantscherben. Vor dem Sechstagekrieg gab es, wie du ja weißt, immer wieder Kommandoaktionen der israelischen Armee in Jordanien; und tags darauf hängte Eytan jedes Mal einen detaillierten Plan an die Tür zum Speisesaal, zum *hadar ochel*, damit alle sehen sollten, wo die Kommandoaktion stattgefunden hatte. Andererseits kamen jedes Jahr aus Nazareth ein paar alte Notabeln des palästinensischen Dorfes, das sich einst neben dem Kibbuz befunden hatte, zu Besuch; und es war Eytan, der sich um sie kümmerte; er saß dann mit ihnen – sie in ihrer traditionellen Kleidung, mit Kufija, Aba und so – an einem Tisch im *hadar ochel*, wo sie bewirtet wurden, und unterhielt sich mit ihnen. Ruven erzählte mir, dass Eytan früher, als das Dorf noch existiert hatte, bei Verhandlungen, etwa um die Verteilung des Wassers, der Vertreter des Kibbuz gewesen war. Und nun war es, wie Ruven

meinte, seine Aufgabe, die Männer davon abzuhalten, den Ort sehen zu wollen, an dem einst ihr Dorf gestanden hatte. Das war nämlich völlig dem Erdboden gleichgemacht worden, ausradiert. Unsere Avocado-Plantage befand sich an dessen Stelle. Im Winter, nach einem starken Regen, wurden gelegentlich Überreste freigeschwemmt; ich besitze noch ein paar Pfeifenköpfe, die ich gefunden habe.

Es war schon eigenartig: Man war besorgt, die Palästinenser könnten verletzt sein, wenn sie sähen, dass von ihrem Dorf nichts, aber auch gar nichts übriggeblieben war. Dabei hatte es dort bestimmt auch einen Friedhof gegeben. Damals dachte ich nicht weiter darüber nach; erst später habe ich gelesen, dass die palästinensischen Dörfer, deren Einwohner während des Unabhängigkeitskriegs vertrieben worden oder geflohen waren, ganz gezielt zerstört, ausgelöscht wurden; damit sollte jeder künftige Anspruch auf Rückkehr erstickt werden.« Beim Nachsatz schaut er Gershon fragend an, als erwarte er einen Einwand. Doch dieser nickt zustimmend.

Als die Kaffeemaschine ein gurgelndes Geräusch von sich gibt, steht Rupert auf, stellt Tassen auf den Tisch und schenkt den Kaffee ein. Er holt auch noch zwei Gläser und eine Flasche Mineralwasser.»Bedien dich, wenn du willst.«

Als er sich wieder setzt, fährt er fort:»Irgendwie war der Kibbuz wie eine friedliche Insel; dabei hatten wir ständig den Golan vor Augen, wo die Syrer saßen, vor dem Sechstagekrieg. Einmal hörte ich jemanden sagen, die hätten uns ständig im Visier; doch es passierte nie etwas. Ein einziges Mal gab es Alarm; da durften wir am Morgen nicht zur Plantage hinausfahren; es hieß, es könnten Minen gelegt sein; doch man fand nichts. Ab und zu brannte es auf dem Hang, der zum Golan hochsteigt. Ruven meinte dazu, die Brände würden wechselweise von Israelis und Arabern gelegt, je nach den Windverhältnissen; blies der Wind hinauf, waren es die Israelis, blies er herunter, waren es die Syrer; aber da war nicht viel, das brennen konnte, nur niedriges Gestrüpp. Man sah auch nie Menschen, nur ganz vereinzelt ein paar Häuschen. Nach dem Sechstagekrieg machten wir vom Kibbuz aus einen

Ausflug nach Kuneitra; das war eine Geisterstadt; menschenleer, eine ehemalige Geschäftsstraße, überall die Roll-Läden herunten, zerdrückt, zertrümmert; da erinnerte nichts direkt an dessen frühere Einwohner. Aber eines Tages wanderte ich den Hang hoch bis zu einem der Häuschen; da wurde deutlich, wie dessen Bewohner Hals über Kopf geflohen sein mussten. Geschirr lag umher, vieles in Scherben, und auf dem Tisch ein Schulbuch, Arabisch für die Volksschule; das hat sich mir ins Gedächtnis geprägt.«

Wieder verharrt Rupert in Gedanken und sagt dann: »Aber ich erinnere mich gern an Ruven; mit Lisa hatte ich weniger Kontakt; und an Channan, bei dem ich viele Abende verbracht habe; aber auch an Rachel, die für den Ulpan zuständig war, aber mich auch weiter betreut hat ... Und Joram ...«

»Und deine Freundin?«

»Shlomit ... Sie hat den Kibbuz verlassen; ein paar Mal besuchte sie mich noch. Und als ich nachhause fuhr, verbrachten wir noch einen Nachmittag und eine Nacht gemeinsam in Tel Aviv.«

»Sie war doch Jüdin? Und du ein Goi. Gab es da keine Probleme?«

»Weil du das so sagst: Von Religion merkte man in unserem Kibbuz recht wenig; politisch wurde er der Mapai zugeordnet; die großen Feiertage waren für uns genau genommen arbeitsfreie Tage; Purim wurde von den Kindern gefeiert; zu Pessach gab es, zusätzlich zum normalen Brot, Mazzot und als Suppeneinlage dann auch Mazzes-Knödel; Laubhütten habe ich im Kibbuz zu Sukkot nie gesehen. Hochzeiten wurden religiös begangen; da kam sogar ein Rabbiner. – Als ich in den Kibbuz kam, erhielt ich den Namen Zvi, und jeder nannte mich so. Man gab mir nie das Gefühl, nicht dazuzugehören, nicht hierher zu gehören, kein Kibbuznik zu sein; vor allem, als ich nach der Zeit im Ulpan blieb. Ich wurde auch voll als der Stellvertreter Ruvens in der Leitung der Avocado-Plantage akzeptiert, wenn er einmal nicht da war; nicht nur draußen am Feld, sondern auch bei der täglichen Arbeitseinteilung, der *sidur ha'avoda*; man wusste von mir, dass ich – im Gegensatz

zu den Verantwortlichen manch anderer Arbeitszweige – nie mehr Arbeitskräfte forderte, als tatsächlich benötigt wurden; und ich bekam sie auch, außer es war einmal ganz allgemein Not am Mann.
Und was Shlomit betrifft, so wusste jeder Bescheid, dass wir miteinander gingen; aber zu mir hat nie jemand etwas gesagt, nicht einmal angedeutet, dass sich das nicht gehöre. Ihr gegenüber schon; eines Abends hat sie erzählt, ein paar alte Kibbuznikim – unter ihnen auch jener Eytan – hätten sie darauf angesprochen, dass sie mit einem Goi gehe.«
Rupert hat eine weitere Flasche Wein geöffnet und will Gershon nachschenken.
»Für mich nicht mehr«, versucht er seinen Gastgeber davon abzuhalten; zweifellos hat er schon zu viel getrunken. »Ich muss ohnehin demnächst aufbrechen."
»Wenigstens ein halbes Glas noch?«
Gershon gibt nach. Allerdings enthält das ›halbe Glas‹ kaum weniger Wein als zuvor die vollen.
»Jetzt hab einzig und allein ich geredet, hab meine alten Geschichten ausgebreitet. Dabei wollte ich doch von dir Neues erfahren.«
Gershon bedauert es nicht, selbst nicht zum Zug gekommen zu sein. Es war amüsant, Rupert zuzuhören, und manches hat ihn auch an seine frühe Zeit in Israel erinnert, als ihm alles noch so unbeschwert erschienen war.
»Aber wir werden einander ja wiedersehen. Dann musst du berichten. Seit ich in Pension bin, bin ich meistens zuhause. Ich muss mein Arbeitszimmer aufräumen, durchforsten, was sich im Lauf der Jahre angesammelt hat, und wegwerfen, was ich nicht mehr brauche. Eigentlich hatte ich mir das für heute vorgenommen; aber jetzt habe ich auch keine Lust mehr dazu. – Wenn dir danach ist, ein wenig zu plaudern, kommst du einfach herauf und läutest.«

Es ist gut, wenn man Nachbarn hat, die man kennt, sagt sich Gershon auf dem Weg zu seiner Wohnung. Nicht nur, wenn

einem ausgerechnet am Shabbat das Salz ausgeht oder man während des Kochens draufkommt, dass die letzte Zwiebel innen verfault ist. Rupert kennt sich bestimmt in der Gegend aus, weiß, wo ein Installateur oder ein Elektriker zu finden ist, sollte er einen von ihnen brauchen. Welchen Beruf Rupert selbst ausgeübt hat, ist im Laufe des Nachmittags nicht zur Sprache gekommen. Und er hat auch Gershon nicht nach seinem Beruf gefragt.
Er war so gefangen in seinen Erinnerungen, als ob sein Aufenthalt in Israel das Wichtigste in seinem Leben gewesen wäre. Und das war er doch gewiss nicht. Aber vielleicht ist dieser Abschnitt, wenn er am Ende seines Berufslebens Bilanz zieht, einfach das Erzählenswerteste; oder etwas, das so abgeschlossen ist, dass es sich leicht erzählen lässt; oder etwas, wofür er schon seit langem einen Israeli gesucht hat, um es ihm erzählen zu können …
Als er aufsperrt, hört er das Handy klingeln, das er auf dem Wohnzimmertisch liegen gelassen hat. Es kann nur Gerlinde sein, niemand sonst hat seine Nummer. Er hastet zum Handy und drückt noch rechtzeitig den richtigen Knopf. »Dass du auch einmal zu erreichen bist«, hört er ihre Stimme, nachdem er sich gemeldet hat, »ich habe dich schon mehrmals angerufen.«
»Ich war nicht in meiner Wohnung.«
»Weißt du, dass man ein Handy überallhin mitnehmen kann, dass das sogar der Zweck eines solchen Geräts ist?«
»Ich wusste nicht, dass ich so lange wegbleiben würde. Und ich dachte, ich würde dich anrufen.«
»Du klingst so eigenartig? Hast du etwas?«
»Ja. Zu viel Wein getrunken. – Ich habe mich betrunken, weil ich dich heute nicht sehen kann.« Das war dumm. Er sollte ihr keine Vorwürfe machen. »Nein. Zu viel Wein habe ich getrunken, weil ich eingeladen war von jemandem im Haus, den ich an der Lifttür kennengelernt habe.«
»Du lebst dich ja rasch ein.«
»Man tut, was man kann.« Seit er Rupert verlassen hat, muss er pissen, und der Druck wird immer stärker. Er will aber das

Gespräch mit Gerlinde nicht abbrechen. Muss er auch nicht, fällt ihm ein. Er kann mit dem Handy aufs Klo gehen. Endlich lernt er die Vorteile des Geräts kennen – solange es kein Handy ist, bei dem man auch den Gesprächspartner sieht. Er muss nur möglichst leise pissen.
»Du kommst morgen?«
»Den Kuchen habe ich schon gekauft.«
»Wolfgang freut sich schon, wenn du kommst.«
»Du auch?«
»Natürlich.«
»Ich freue mich auch.«
»Dann bis morgen. – Ach, und Vater lässt sich entschuldigen. Er hat einen Termin, hofft aber, dich anschließend noch zu sehen.«
»Bis morgen. Ich küsse dich in Gedanken, das linke Auge, das rechte Auge, die Nase und dann weiter jede Stelle bis zu den Zehen, Vorderseite und Rückseite ...«
»Ich küsse dich auch«, sagt sie leise und legt auf.
Gershon überlegt, was er nun tun soll. Er könnte seinen Rausch ausschlafen oder ihn auslüften. Er entscheidet sich für Letzteres: ohne besonderes Ziel spazierengehen, nur eben frische Luft schnappen.

XIII

Die Biographie seines komponierenden Namensvetters hat er gänzlich vergessen. Wolfgang wird aber am Nachmittag bestimmt von ihm wissen wollen, ob er sich mit ihr vertraut gemacht hat. Und er will den Jungen – allein schon Gerlinde zuliebe – nicht enttäuschen.
Eigentlich hatte er ja vor, das Erich-Fried-Bändchen fertigzulesen. Das hätte er dann zurückgeben können. Doch das eilt nicht. Ohnedies wollte er einige der Gedichte zuvor kopieren.
– Er muss Gerlinde nach einem Copy-Shop fragen. Auf seinen bisherigen Wegen ist ihm noch keiner aufgefallen; wahrscheinlich deshalb, weil er keinen gesucht hat. Wenn er das Buch noch behält, fragt er allerdings besser Rupert; der weiß eher, wo man in der Nähe kopieren kann.
Gershon schenkt sich Kaffee nach. Dann holt er den Schnellhefter mit der Hans-Gál-Biographie aus dem Regal, wohin er ihn beim Auspacken gelegt hat. Er zündet sich eine Zigarette an und will zu lesen beginnen, findet aber den Wohnzimmertisch zu unbequem dafür. Die Couch lockt auch nicht. Schließlich trägt er zwei Sessel auf die Loggia und legt die Beine hoch, bevor er sich der Lebensgeschichte des Komponisten widmet.
Frühes Leben: ›… Der Name Gál ist ungarischer Herkunft, und beide Eltern stammten aus dem ungarischen Teil der damaligen Monarchie.‹ Daher stammt also Wolfgangs Frage, ob er ungarische Vorfahren habe. Der Accent ist demnach ungarisch, wobei er nicht weiß, wie dieses á ausgesprochen wird.
Musikalische Ausbildung: ›… erhielt er 1909 eine Anstellung als Lehrer für Harmonie und Klavier am Neuen Wiener Konservatorium, die es ihm finanziell ermöglichte, weiter zu studieren.‹ Gershon blättert zum Geburtsdatum zurück; da war er 19 Jahre alt. Und er musste sich sein Studium selbst finanzieren? Obwohl sein Vater Arzt war?
Mit der Aufzählung der frühen Werke kann er wenig anfangen; da muss er erst etwas davon hören. Die Geschichte von

den ›Variationen über eine Wiener Heurigenmelodie‹ findet er allerdings amüsant. Ebenso die zitierte Rezension: ›Das ist der Wiener Schubert, das ist Österreich mit seiner Sangeslust und seiner Musizierfreudigkeit, die beim ‚Heurigen' in gesteigerter Weise Ausdruck sucht und findet.‹ – Gershon steht auf und holt aus der Sakko-Tasche den Bleistiftstummel, den er immer bei sich trägt. Nachdem die Biographie ihm gehört, kann er Passagen, die ihm interessant erscheinen, auch anstreichen.
Der erste Weltkrieg: ›... Sein Kriegsdienst scheint aber nicht allzu aktiv gewesen zu sein, denn der Strom seiner Kompositionen ließ nicht nach ... Seine Erlebnisse in Belgrad, wo er in den Kaffeehäusern Volkslieder zu hören bekam, bildeten die Grundlage seiner 1916 in Belgrad geschriebenen ‚Serbischen Weisen' für Klavier zu vier Händen, die erst nach dem Krieg in Druck erschienen.‹ Es muss ein eigenartiger Krieg gewesen sein. Er hat schließlich selbst zwei Kriege mitgemacht; doch da wäre niemand auf die Idee gekommen, sich im eroberten Gebiet in ein Kaffeehaus zu setzen und sich dort Volkslieder anzuhören; und er hätte gewiss auch nicht die Zeit gehabt, darüber ein eigenes Stück zu komponieren. Allerdings dauerten ›seine‹ Kriege auch keine vier Jahre. Und der Komponist über sich selbst: ›Ich war meiner schlechten Augen halber nicht mehr in der Truppe, die mit dem Gewehr zu tun hatte. Mein Gewehr ist zu gefährlich geworden für die eigenen Leute, mit meinen schlechten Augen. Na kurzum, ich kam zur Verwaltungstruppe und war dort verhältnismäßig sicher aufgehoben. Meine Hauptbeschäftigung war, eine Oper zu schreiben.‹
Er kann sich nicht so lange bei Details aufhalten, wenn er die Biographie bis zum Nachmittag gelesen haben will. Kurz darauf, beim Kapitel Heirat und Familie, kommt Gershon allerdings an eine Stelle, wo aus einem Brief von Gáls Frau zitiert wird, die ihn doch wieder aufhält: ›Es konnte natürlich nicht die Rede davon sein, daß wir uns am aktuellen Festtag in die Stadt gewagt hätten, aber ein paar Tage vorher fuhren wir im Wagen der Fabrik – ich auf dem Bock neben Herrn Stummerer, dem Kutscher – in die Stadt und sahen etwas von den Vorbereitungen und Proben für die große Gelegenheit.

Ich erinnere mich besonders an die Votivkirche, deren reicher Zierat, rosig angeleuchtet, wie das Kunstwerk eines Konditors wirkte. Wir fuhren über die ganze Ringstraße und kehrten entlang des Flusses zu unserem Heim zurück, das sich zwischen Brigittebrücke und Franz Josefsbahnhof befand.‹
Die Märchenschlösser seiner Mutter! Gershon unterstreicht die Zeilen und setzt noch ein Rufzeichen daneben. Er steht auf und schenkt sich Kaffee nach. Die Eindrücke seiner Mutter waren also nicht so einzigartig. Bei Gelegenheit muss er diese architektonische Konditorarbeit in Augenschein nehmen.
Er liest zügig weiter. Dass Gál mit Opern erfolgreich war, berührt ihn nicht. Mit Opern weiß er nichts anzufangen; das war auch immer ein Streitpunkt zwischen ihm und Shimon. Überhaupt könnte er in der Musik auf Gesang verzichten. Und wenn man kaum versteht, was gesungen wird, erst recht. Aber wahrscheinlich ist es bei den meisten Opern ohnehin gut, wenn man nicht versteht, was da gesungen wird.
Erstaunlich ist für ihn der Satz: ›Er war jetzt allgemein anerkannt und galt weithin als einer der angesehensten Komponisten seiner Generation.‹ Warum hat er dann bislang nicht von ihm gehört und ist nur durch Zufall auf ihn gestoßen? Wahrscheinlich liegt das an ihm selbst, denn die Musik des 20. Jahrhunderts hat nie sein Interesse geweckt.
Als die Nazis in Deutschland die Macht übernahmen, verlor Gál seinen Posten als Direktor der Musikhochschule in Mainz, und auch die Aufführung seiner Werke wurde in Deutschland verboten. ›… Danach wurde das Werk von Bruno Walter für eine Uraufführung an der Wiener Staatsoper ins Auge gefaßt, aber es erhoben sich seitens der Direktion Bedenken: die Oper sei anstößig und könne die öffentliche Moral verletzen.‹ Das nennt man vorauseilenden Gehorsam! Und eine Oper, die die öffentliche Moral verletzt, würde sich sogar er anschauen.
Dennoch ging Gál mit seiner Familie nach Wien zurück. ›… Schon vor dem Anschluß im Jahre 1938 aber wurde es zunehmend deutlich, daß es für die Gáls auch in Österreich keine Zukunft gab.‹ Das traf für alle Gals zu, nicht nur für die Familie des Komponisten. Und im Gegensatz zu seinen Eltern

warteten die Gáls mit ihrer Flucht sogar bis zum Einmarsch der Deutschen. Und ihr Ziel war nicht China, sondern London. Immerhin kamen auch noch zwei Schwestern des Komponisten nach. Die dritte, die bei ihrer Tante in Weimar lebte, beging gemeinsam mit dieser im April 1942 Selbstmord, ›um sich vor der bevorstehenden Abtransportierung ins Konzentrationslager zu retten.‹ Rettung? Kiddush Ha'shem. Nein, die Nazis wollten in ihren KZs niemanden zwangstaufen. Sich vor dem Tod durch Tod retten. Immerhin konnte man so die Art des Todes selbst bestimmen.
Gershon schaut auf die Uhr. Es ist bereits Mittag. Ein kurzer Vormittag. Das kommt davon, wenn man so lange schläft.
– Er hat in dieser Nacht tief und fest geschlafen. Das lag nicht zuletzt am vielen Wein, den er bei Rupert getrunken hat. Dabei spürt er keine Nachwirkungen, keine *hitpakchut*. Bei Gelegenheit wird er Rupert fragen, welchen Wein sie getrunken haben.
– Am besten ist, er geht jetzt essen. Er kann anschließend noch in der Biographie weiterlesen, bis er zu den Wegscheids aufbricht.

Nach dem Mittagessen hat er sich wieder auf die Loggia gesetzt. Fertig gelesen hat er die Gálsche Lebensgeschichte aber nicht. Er hätte sich vielleicht noch einen Kaffee kochen sollen. Das wollte er aber nicht, schließlich würde er am Nachmittag noch genug Kaffee trinken. Außerdem war es nicht die Müdigkeit – richtiger: das Ruhebedürfnis nach dem Essen – allein, die ihn daran hinderte, sich auf den Lebenslauf seines Namensvetters zu konzentrieren.
Mit einem Mal hatte er gemerkt, dass seine Vorfreude auf den Nachmittag verflogen war. Die Gespräche mit Wolfgang ... Er hat nicht gewusst, wie anstrengend Jugendliche in ihrem Wissensdurst sein können, mit ihren Fragen, ihrem Drang, jedes Detail zu ergründen. Und: Natürlich sehnte er sich nach Gerlinde; aber ein Nachmittag in ihrer Nähe, und doch auf Distanz bleiben zu müssen? Oder wusste Wolfgang ohnehin über ihr Verhältnis Bescheid? Er hat ihr doch den Erich-Fried-Band

für ihn mitgegeben, fiel ihm ein. Also hat er gewusst, dass sie einander treffen würden.

Das musste er herausfinden, sonst würde er entweder Gerlinde in Schwierigkeiten bringen oder sich selbst lächerlich machen. Deswegen rief er sie an. Und sie befürchtete sogleich, dass er nicht käme. Die Besorgnis in ihrer Stimme tat ihm gut. Das bewies, dass sie sich ihrerseits nach ihm sehnte. Er habe sich nur gefragt, ob Wolfgang von ihrem Verhältnis wisse, beruhigte er sie. Nein, meinte sie zuerst; und als er sie darauf hinwies, dass er ihr doch das Buch für ihn mitgegeben habe, schränkte sie ein: Möglicherweise ahne Wolfgang etwas; dass sie ihn treffe, heiße noch nichts. Und nach einer kurzen Pause fügte sie hinzu, aber ihr Vater dürfe auf keinen Fall Verdacht schöpfen.

Danach brach er, wie er nun merkt, viel zu bald auf. Seit er übersiedelt ist, war er noch kein einziges Mal in der City. Zwei Nachmittage mit Gerlinde im Bett, einer beim Nachbarn, verstrickt in Gefühle, verstrickt in Erinnerungen – letztere waren wenigstens nicht seine eigenen gewesen. Und kein Sightseeing. Dafür, dass er nun schon zwei Wochen in dieser Stadt lebt, hat er noch recht wenig von ihr kennengelernt.

Wenn er jetzt weiterfährt, ist er wahrscheinlich eine Stunde zu früh bei den Wegscheids. Er könnte am Stephansplatz aussteigen. Aber was macht er da? Sich ins Kaffeehaus setzen und etwas trinken? Ein wenig bummeln? Das ist unbequem mit seiner Plastiktasche, in der sich der Kuchen und die Gál-Biographie befinden. Er könnte sich irgendwohin setzen und weiterlesen.

Er verlässt die U-Bahn-Station Richtung Graben und sucht dort einen schattigen Platz. Er kommt allerdings nicht dazu, den Schnellhefter auszupacken. Er hört lieber einem Saxophonspieler zu, der in der Nähe recht wohlklingend gängige Melodien und Evergreens zum Besten gibt. Dabei beobachtet er die Menschen, die großteils vorbeihasten, zum Teil aus eigenem Antrieb, zum anderen Teil von Reiseleitern getrieben. Als er schließlich auf die Uhr schaut und feststellt, dass es mittlerweile höchste Zeit ist weiterzufahren, fühlt er sich angenehm entspannt.

Gerlinde öffnet ihm die Tür. Er ist ein wenig verlegen, wie er sich nun verhalten soll. Da er aber den Jungen nicht sieht, gibt er ihr rasch einen Kuss auf die Wange. Sie lehnt sich sanft an ihn, bevor sie ruft: »Wolfgang, Herr Gal ist da.«
Als Gershon ihn kommen hört, sagt er so, dass es jener auch hören muss: »Nachdem ich auch schon mit einem meiner Nachbarn per du bin, könnten wir einander auch duzen. Ich heiße Gershon.«
»Und ich Gerlinde, wie du weißt«, erwidert sie, wobei sie das Du betont.
»Shalom.« Wolfgang reicht ihm die Hand.
»*Shalom lecha. Ma shlomcha?*«
Der Junge schaut ihn verdutzt an.
»Wie geht es dir? Du musst deine Ivrith-Kenntnisse ein wenig ausbauen. An Gerlinde, also an eine weibliche Person gewandt hieße es: *Ma shlomech*. Du kannst auch fragen: *Ma nishma*? Was hört sich; also: Was gibt es Neues?«
»Ich werde versuchen, es mir zu merken.« Und während sie nun gemeinsam ins Bibliothekszimmer gehen, wiederholt er: »Ma shlomcha … ma shlomech …ma nishma. Und was hast du an das Shalom angehängt.«
»*Lecha*, für dich. *Shalom lecha*; auf Deutsch heißt das wohl: Frieden sei mit dir.«
Gershon nimmt den Kuchen aus seiner Tragtasche und reicht ihn Gerlinde. Sie gibt sich überrascht: »Kuchen zum Kaffee?« Als sie damit in die Küche geht, kann es Gershon nicht lassen, ihr hinterherzublicken.
»Ich hab doch eine hübsche Mutter, nicht wahr?«, sagt Wolfgang neben ihm.
Gershon ist unschlüssig, was er darauf antworten soll. »Ja natürlich«, bringt er schließlich heraus.
»… und seit neuestem so fröhlich.« Gershon merkt, dass der Junge dabei – nicht ganz erfolgreich – ein Grinsen unterdrückt. Anscheinend ahnt er mehr, als er sollte.
»Wer ist fröhlich?« Gerlinde kommt mit Kaffee und Kuchen zurück.
»Wer schon? Immer der, der fragt; bzw. die, die fragt.«

»Ich bin eben ein fröhlicher Mensch.«
»Aber gestern habe ich dich sogar singen gehört.«
Gerlinde beendet das Thema, indem sie Wolfgang auffordert, den Kuchen aufzuteilen, während sie selbst Kaffee einschenkt. Gershon nimmt die Gál-Biographie aus der Tragtasche und legt sie auf den Tisch, bevor er sich setzt.
»Sie hätten … du hättest den Ausdruck nicht mitbringen müssen. Er gehört dir«, stellt Wolfgang fest.
»Ich weiß; aber ich habe mir beim Lesen ein paar Stellen angestrichen; für den Fall, dass du mir heute die CD vorspielst. In der Biographie sind so viele Werke erwähnt, mit denen ich nichts anzufangen weiß, wenn ich gar keine Vorstellung habe, wie sie klingen.«
»Du darfst dir von der CD nicht zu viel erwarten. Es ist ein Sampler, quer durch den Gemüsegarten; ein Satz von da, ein Satz von dort, von überall ein bisschen. Nichts komplett.«
»Das ist vielleicht das Richtige, um einen Überblick zu erhalten.«
Wolfgang widmet sich dem Kuchen und stellt fest: »Der ist gut. Von wo hast du den?«
»Aus einer Konditorei im 10. Bezirk.«
»Mhm.« Er isst rasch hinunter. »Mutter hat erzählt, dass du jetzt eine Wohnung hast. Ist sie komfortabel?«
»Schon. Immerhin hat sie ein großes Bett.«
»Kannst du sie mir nicht gelegentlich einmal überlassen?« Er lacht.
»Warum nicht.«
»Wolfgang!!!« Gerlinde legt all ihre Entrüstung in den Namen.
»Man wird doch noch fragen dürfen.« Er sieht zu Gershon, feixt – und lenkt damit die Empörung seiner Mutter auf diesen: »Und du, du sagst dazu auch noch: Warum nicht.«
Er hätte auch hinzufügen können: Wenn deine Mutter gerade nicht da ist, denkt Gershon amüsiert. Er schaut von Wolfgang, der in seinem Kuchen stochert, zu Gerlinde. Ihre Blicke treffen sich, und als hätte sie seinen Gedanken erraten, muss sie nun ebenfalls – anfangs vielleicht ein wenig gequält – lachen.

»Noch Kaffee?«, fragt sie ihn, offenbar zur Bereinigung der Atmosphäre, und schenkt ihm nach.
»Wir hören uns die CD in meinem Zimmer an«, erklärt Wolfgang unvermittelt.
»Warum nicht hier?«, fragt Gerlinde, »das ist doch bequemer.«
»Erstens ist meine Anlage besser – und außerdem redest du immer drein, wenn ich Musik höre.«
»Ich will aber auch die CD hören – und ich verspreche ganz still zu sein. Ja?«
Mit einem »Na gut« geht Wolfgang die CD holen.
Da er nicht weiß, wie lange der Junge wegbleiben wird, steht Gershon rasch auf, als müsse er sich die Beine vertreten, und geht dann zu Gerlinde. Er küsst sie auf den Nacken. Sie zieht seinen Kopf nach vorne, will ihn küssen, trifft aber in der Eile seine Nase. In ihrer beider Lachen hinein sagt sie: »Und dass du Wolfgang ja nicht deine Wohnung überlässt.«
»Wieso?« Und er flüstert ihr ins Ohr: »Hast du Angst, er könnte dort deinen Duft erkennen?« Als er eine Tür ins Schloss fallen hört, beeilt er sich, auf seinen Platz zurückzukommen.
Wolfgang legt die CD ein. »Wie ich schon gesagt habe: Es ist ein Sampler quer durch die Schaffensperioden.« Der Hülle entnimmt er ein zusammengefaltetes Blatt und gibt es Gershon. Darauf sind die Stücke aufgelistet; 15, stellt dieser gleich einmal fest. Das erste: der 1. Satz aus einer Sonate für Violine und Klavier aus dem Jahr 1920. Da war der Komponist 30 Jahre alt, rechnet Gershon nach.
Die Musik setzt ein und nach den ersten Takten ist er angenehm überrascht. Er findet, dass das Stück recht normal klingt; jedenfalls nicht dem entspricht, was er sich von einem Komponisten des 20. Jahrhunderts erwartet hat. ›Patetico molto moderato‹ liest er auf dem Zettel. Pathetisch, das stimmt. – Ob heutzutage ein Komponist ein Stück oder auch nur den Satz eines Stückes selbst als pathetisch bezeichnen würde? Hat sich die Konnotation des Wortes seit 1920 so sehr verändert? Mittlerweile wird das Wort nur noch abwertend gebraucht, als Pejorativ: gespreizt, übertrieben. Dennoch, das Stück findet bei Gershon Anklang.

Es folgen zwei Lieder. – Wolfgang hat so getan, als wäre seine Frage, ob er ihm die Wohnung überlassen könnte, scherzhaft gemeint. Dabei ist sie durchaus verständlich. Schließlich schaut es nicht so aus, als könnte er eine Freundin hierher mitbringen. Schulkameraden ja, zum Lernen, auch um gemeinsam zu musizieren ... Aber Sex? Gershon schaut zu Gerlinde. Sie hätte er sich in dieser Wohnung auch nicht so vorstellen können, wie er sie nun kennt. Er würde gern ihr Zimmer sehen. Vielleicht irrt er sich, und es hat eine ganz andere Atmosphäre als dieses gutbürgerliche, Nüchternheit ausstrahlende Bibliothekszimmer; aber er glaubt es eigentlich nicht. Und erst recht Wolfgang; wo kann er sein Liebesleben erproben? Einsame Winkel in Parks, die freie Natur, aber kaum eine sturmfreie Bude.

Die Lieder sind, wie er nun merkt, schon vorbei und den Anfang des Streichquartetts aus dem Jahr 1916 hat er verpasst. Wieder ein 1. Satz, die Tempobezeichnung: ›moderato ma con passione‹. Sehr poetisch – aber eben mit Leidenschaft. Das Stück klingt recht dramatisch. Streichquartette hat er erst in jüngerer Zeit zu schätzen gelernt. Der Klang der Geige war ihm immer zu nah der menschlichen Stimme gewesen. – Auch hier verbreitet sie eine gewisse Larmoyanz, Gefühlsseligkeit. – Aber schließlich erkannte er, dass im Zusammenspiel der vier Streicher viel mehr kommunikative Energie stecken kann als in der Musik für große Orchester ... Noch mehr Dramatik: Vorspiel zum 1. Akt der Oper ›Die heilige Ente‹. Klingt fast wie Filmmusik; geht aber nur allzu rasch über in ein Liebesduett, dem Gershon keine Aufmerksamkeit mehr schenkt.

Man hört, dass die Eingangstür aufgesperrt wird. Alle drei blicken erst einander an und dann zur Tür, die in den Vorraum führt. Dort taucht auch gleich darauf der Alte auf. »Ihr hört Musik?«, fragt er erstaunt, »ich lege nur rasch ab.«

Wolfgang dreht die Anlage ab. Er hat Recht, findet Gershon, nun käme man doch nicht mehr dazu, der Musik zu folgen. Er erwartet das gleiche Procedere wie am vergangenen Sonntag. Doch dieses wiederholt sich nicht. Als der Alte schließlich ins Zimmer tritt, wirkt er verloren. Matt schlurft er auf Gershon

zu und begrüßt ihn, wendet sich aber sogleich ab – ohne kontrollierenden Blick, ohne etwas zu bemängeln. Wider Erwarten zieht er seinen Rock aus und wirft ihn achtlos über eine Stuhllehne. Er will sich schon setzen, greift sich aber an den Kopf und verlässt wieder das Zimmer. Alle drei bleiben, durch das Verhalten des Alten verwirrt, stehen und warten auf dessen Rückkehr.
Stolz schwenkt er Photos in seiner Hand, als er zurückkommt. Behutsam legt er sie auf den Tisch, bevor er sich nun doch in seinen Fauteuil fallen lässt und zu Gerlinde sagt: »Schenk mir doch bitte einen Cognac ein.« Und dann zu Gershon: »So setzen Sie sich doch und schauen Sie sich die beiden Photographien an – ob Sie jemanden erkennen.«
Es sind zwei alte Photos einer Schulklasse, stellt Gershon fest, und einer der Schüler ist wahrscheinlich sein Vater und ein anderer der Alte; sonst würde sie ihm dieser nicht auf diese Art präsentieren. Die abgebildeten Knaben sind etwa dreizehn bis fünfzehn Jahre alt. Gershon geht die Reihen durch, erkennt aber nicht, welcher davon sein Vater sein könnte. Er nimmt den Alten kurz in Augenschein und geht nochmals die Reihen durch, um wenigstens diesen zu finden, erfolglos. Er versucht es mit dem zweiten Photo, das die Schüler nicht in ihrem Klassenzimmer, sondern akkurat aufgereiht vor einem Gebäude, wahrscheinlich der Schule, zeigt.
»Der in der zweiten Reihe links, bist du das?«, fragt Wolfgang, der sich das erste Photo genommen hat und nun zu seinem Großvater geht, um ihm zu zeigen, wen er meint.
»Stimmt.« Anerkennend legt dieser seine Hand auf den Arm seines Enkels. »Und das ist der Gal und das der Hübner.«
Gershon und Gerlinde treten hinter den Alten, um zu sehen, welche der Schüler jeweils ihre Väter sind. Gershon streckt dem Alten auch das zweite Photo hin. Es wäre ihm bestimmt nicht schwer gefallen, die einmal identifizierten Schüler nun auch auf diesem zu entdecken, doch er nützt die Gelegenheit, Gerlindes Körper zu spüren.
»Das ist der Gal, das bin ich und das ist der Hübner.« Wieder hat er auch auf diesen Dritten hingewiesen. Eine Weile sitzt

er sinnierend da, dann richtet er sich auf und erklärt, indem er nochmals auf den Dritten zeigt: »Durch ihn bin ich überhaupt auf die Photographien gekommen, an die ich mich gar nicht mehr erinnert habe.«
»Setzt euch doch«, fordert er schließlich auf, nippt erst an seinem Cognac und nimmt dann einen kräftigeren Schluck, bevor er fortfährt: »Der Hübner Willi. Vergangenen Sonntag sind wir alle noch gemütlich beisammengesessen – und zwei Tage später erfahre ich, er sei in der Früh nicht mehr aufgewacht. Ein schöner Tod. Wir haben dann beschlossen, heute außertourlich zusammenzukommen, um seiner zu gedenken. – Da ich den Willi schon vom Gymnasium her kannte, stellte sich die Frage, ob ich nicht noch alte Bilder hätte, auf denen er zu sehen ist. So kramte ich mein erstes Photoalbum hervor und fand dabei diese beiden Photographien, auf denen auch Ihr Herr Vater in jungen Jahren aufscheint.«
»Und du hast sie mir nicht gleich gezeigt?«, wirft Wolfgang vorwurfsvoll ein.
»Ich fand, Herr Gal hätte ein Anrecht, sie als Erster zu sehen«, weist in sein Großvater zurecht.
Es scheint, als hätte ihn diese Darlegung seine letzte Kraft gekostet. Auf Gerlindes Frage, ob sie ihm seine Zigarren bringen solle, winkt er nur mit einer schlaffen Geste ab. Er sinkt immer mehr in sich zusammen, stellt Gershon fest und findet, dass es wohl besser sei, nun zu gehen.
Er tritt zum Alten, um sich zu verabschieden. Dieser blickt auf und ein Lächeln huscht über sein Gesicht. »Entschuldigen Sie bitte«, sagt er leise, »aber ich fühle mich nicht ganz wohl. – Kommen Sie doch recht bald wieder, dann bin ich gewiss wieder in besserer Verfassung.«
Gerlinde und Wolfgang bringen ihn an die Tür. »Ich könnte die Photos für dich kopieren lassen?«, bietet ihm dieser an. Gershon will erst ablehnen, sagt sich dann aber, dass ihn der Junge nicht verstehen würde. Und er hat im Augenblick auch keine Lust, irgendetwas zu erklären. Außerdem würde ihm das die Gelegenheit geben, die Bilder in aller Ruhe genau betrachten zu können. Also bittet er Wolfgang darum.

»Übrigens, hast du dein Gepäck schon bekommen?«
»Nein, sonst hätte ich bestimmt heute die Schachtel mit den Photos mitgebracht. Ich muss in den nächsten Tagen nachfragen, ob es schon eingetroffen ist. Man hat mir gesagt, es würde etwa vierzehn Tage dauern, bis es einlangt.«
An der Eingangstür angekommen sagt Gerlinde: »Ich begleite dich noch ein Stück«, und Wolfgang verabschiedet sich mit einem »Bis bald.«
Wortlos steigen sie die Stufen bis zum nächsten Stockwerk hinunter. Dort legt ihr Gershon den Arm um die Hüfte und will sie an sich ziehen, doch sie entschlüpft ihm mit einem beredten Blick auf die Türen. »Hier bleibt wohl nichts geheim?«, fragt er flüsternd und lacht.
»Nein. – Und bevor ich es vergesse: Ich habe den Meldezettel für dich mit der Unterschrift des Wohnungseigentümers.« Sie kramt dabei in ihrer Handtasche, während sie weitergehen. Gershon nimmt sie beim Arm, um sie am Stolpern zu hindern. »Du musst damit morgen gleich aufs Magistratische Bezirksamt gehen und dich anmelden."
»Mache ich«, erwidert er und steckt den zusammengefalteten Zettel ein.
Als sie aus dem Haus treten, schaut Gerlinde hoch, um festzustellen, ob ihnen Wolfgang oder sonst jemand aus dem Haus nachblickt. »So wie heute hab' ich meinen Vater noch nie erlebt«, sagt sie dann. »Der Tod dieses Hübner hat ihn derart mitgenommen ... Nicht einmal als meine Mutter starb, war er in einem solchen Zustand.«
»Ihr Tod hat ihm wahrscheinlich nicht auf gleiche Weise das eigene Alter beziehungsweise den eigenen Tod vor Augen geführt.«
»Es war diese Altherrenrunde von heute, die ihn geknickt hat. Bestimmt haben sie dort nur von Tod und Begräbnis und von den Wehwehchen, die jeder von ihnen hat, geredet. Und das kommt dann heraus. – Nicht einmal einen Cognac hat er dir angeboten.« Sie hängt sich bei ihm ein und zieht ihn bei der nächsten Kreuzung in die Quergasse. »Du hast es doch noch nicht so eilig, heimzukommen?«

Sie führt ihn zu einem kleinen Park, der im Vergleich zum Park vor seiner Haustür geradezu verwaist ist. Ein paar junge Mütter mit Kinderwägen und ein paar alte Männer, die es noch nicht nachhause zieht, sitzen verstreut auf den Bänken. Zielstrebig steuert Gerlinde auf eine Hecke zu, die sie umrunden. Dahinter steht eine lauschige Bank, doch die ist bereits von einem sich eng umschlungen haltenden Pärchen besetzt. Enttäuscht kehren sie um und müssen dann selbst über ihre Enttäuschung lachen. Sie setzen sich auf die nächstgelegene Bank und Gerlinde schmiegt sich an ihn, nachdem sie die anderen Parkbesucher eingehend gemustert und offenbar festgestellt hat, dass sich niemand Bekannter darunter befindet.
Gershon legt ihr den Arm um die Schulter und sie nimmt seine Hand. Wortlos sitzen sie so da. Er genießt ihre Nähe, steckt seine Nase in ihre Haare. »Kommst du morgen?«, fragt er schließlich.
»Am Nachmittag.« Dabei blickt sie zu ihm hoch, als könnte er einen Einwand machen. Gershon nützt die Gelegenheit für einen raschen Kuss.
»Zur üblichen Zeit?«
»Ja. – Und vergiss nicht, morgen aufs Meldeamt zu gehen.«
»Nein, vergesse ich nicht.« Dieses Und-vergiss-nicht ist sie wohl vom Umgang mit Wolfgang her gewohnt und kann es auch ihm gegenüber nicht abstreifen. »Hast du morgen vielleicht ein bisschen länger Zeit?« Er weiß, er sollte sie nicht drängen, und es tut ihm leid, die Frage gestellt zu haben.
Sie schüttelt den Kopf. Bedauernd? Bedrückt?
Als sie nach einer Weile erklärt, sie müsse jetzt nachhause gehen, schauen, wie es dem Vater ginge, zieht sie Gershon enger an sich. Doch sie vertröstet ihn mit einem koketten Lächeln: »Wir sehen einander ja morgen.«
Während sie zum Eingang des Parks gehen, denkt Gershon an Wolfgang, dem wahrscheinlich nur eine Parkbank zur Verfügung steht und nicht der Trost eines Betts am kommenden Tag. Er verkneift es sich aber, das Thema nochmals anzuschneiden.

Auf dem Heimweg fühlt er sich einsam, allein gelassen. Der Nachmittag war ein wenig missglückt. Das lag vor allem am Alten. Schließlich war klar gewesen, dass er mit Gerlinde nicht allein sein würde. Aber wenigstens die CD hätte er gern zu Ende gehört. Die Musik hat ihn angesprochen. – Hat ihn seinerzeit der Tod Drors auch so erschüttert? Bestimmt ist das eine Frage des Alters; wenn einem dadurch die eigene Sterblichkeit vor Augen geführt wird. Aber es ist auch eine Frage der Gesellschaft, in der man lebt. Ob der Tod allgegenwärtig ist oder ob er als Ergebnis schwindender Lebensfähigkeit gesehen wird. Gewöhnt man sich an den Tod als etwas Alltägliches? Kann man sich daran gewöhnen? Wie lange hält die Erschütterung an, hinterlässt sie Narben?

Der Alte wird bestimmt bald wieder der Alte sein, sagt sich Gershon, als er die U-Bahn-Station erreicht. Und abgesehen davon ist dies kein Grund für ihn, deprimiert zu sein: Das war jedenfalls aus Gerlindes Blick zu lesen, als sie einander zum Abschied sittsam auf die Wangen küssten. Dennoch erscheint es ihm nicht abendfüllend, sich allein der Vorfreude auf den kommenden Nachmittag hinzugeben. Er hätte Lust, sich noch ein wenig zu unterhalten. Rupert käme dafür in Betracht, doch will Gershon, nachdem er erst gestern bei ihm war, nicht den Eindruck erwecken, er dränge sich auf. Sonst kennt er nur noch Sami. Ihm sollte er ohnehin seine Handy-Nummer mitteilen – und er hat auch noch ein Hühnchen mit ihm zu rupfen wegen des ›israelischen Liberalen‹ … Schade, dass er nicht weiß, ob sich Max noch in der Stadt aufhält. Über Sami könnte er dies möglicherweise erfahren.

Als er umsteigt, ruft er Sami an. Dieser meldet sich auch sofort, erklärt aber, er habe seiner Resi für heute Abend versprochen, mit ihr essen zu gehen. Aber er würde sich freuen, ihn morgen Abend zu treffen. Wenn es ihm recht sei, im selben Kaffeehaus wie beim letzten Mal. Gershon sagt zu.

Also fährt er doch nachhause. Er hat ohnehin morgen viel vor: Erst muss er aufs Meldeamt gehen; dann zur Post, nachfragen, ob sein Gepäck schon da ist; Shimon seine Adresse mitteilen – und warten, bis Gerlinde kommt. Er wird eben zuhause eine

Kleinigkeit essen, Wein trinken und im Kriminalroman weiterlesen.

Er hätte Wolfgang fragen sollen, ob er ihm diesmal den CD-Player borgt, dann hätte er sich in Ruhe die CD fertig anhören können. Aber der Aufbruch war so abrupt, dass er an diese Möglichkeit gar nicht gedacht hat. In der Wohnung fehlt ohnehin ein Radio. Seit er aus dem Hotel weggezogen ist, hat er keine Nachrichten mehr gehört. Wenn er morgen noch Zeit hat, wird er schauen, ob er zu einem günstigen Preis ein Gerät findet, mit dem man auch CDs abspielen kann.

XIV

Der Tag ist bisher zu seiner vollen Zufriedenheit verlaufen. Deshalb ist er – auf dem Weg, Sami zu treffen – auch außergewöhnlich gut gelaunt. Am Vormittag hat er mehr erledigt, als er erwarten konnte: Er ist nunmehr polizeilich gemeldet und der bürokratische Akt verlief problemlos; der Beamte war sogar sehr freundlich, nachdem er festgestellt hatte, dass Gershon Israeli ist. Er hat erzählt, er wäre selbst schon einmal in Israel gewesen, auf Kur am Toten Meer, und diese habe ihm sehr gut getan. Im Postamt teilte man ihm mit, sein Gepäck müsste spätestens übermorgen eintreffen. Und er hat intelligenterweise das Erich-Fried-Buch auf seine Tour mitgenommen, denn auf der Post fand er ein Kopiergerät. – So konnte er am Nachmittag Gerlinde das Buch mitgeben, damit es Wolfgang dessen Eigentümer zurückbringt.
Er selbst leiht ungern Bücher her. Wenn er sich also selbst ausnahmsweise einmal eines ausborgt, ist er immer darauf bedacht, es möglichst schnell wieder zurückzugeben. Shimon war einmal sehr überrascht, als er ihm eines schon am darauf folgenden Tag wiedergebracht hat. Es habe ihm wohl nicht gefallen, meinte er, andernfalls hätte er es doch länger behalten.
Ja, und er schrieb Shimon einen kurzen Brief, in dem er ihm seine neue Adresse und seine Handy-Nummer mitteilte. Eine kitschige Ansichtskarte, die Oper bei Nacht, legte er bei. Vom Judenplatz hat er keine Karte gefunden. Und schließlich blieb auch noch genügend Zeit, ein Radio kombiniert mit CD-Player zu kaufen. Der Verkäufer meinte, das Gerät sei bei diesem Preis eine Mezzie; doch in diesem Fall ließ er sich auf keine Diskussion über die Herkunft dieses ›urwienerischen‹ Worts ein. Um das Gerät gleich ausprobieren zu können, nahm er auch eine billige CD mit: Beethoven-Streichquartette.
Es war ein erfüllter Vormittag gewesen, und als er schließlich nachhause kam, duschte er ausgiebig, machte es sich

danach auf der Couch bequem und hörte erst ein Stück von der CD und hierauf Nachrichten. Israel kam allerdings nicht vor. Und dann war es ohnehin an der Zeit, mittagessen zu gehen.

Erst heute fiel ihm das Schild an der Tür auf, dass das Gasthaus am Mittwoch Ruhetag habe. Doch das Problem ist für kommenden Mittwoch bereits gelöst, denn am Nachmittag, als er Gerlinde erzählte, dass spätestens übermorgen sein Gepäck da sein würde, bot sie ihm an, mit dem Auto zu kommen und es gemeinsam abzuholen. Und sie beschlossen, anschließend eine weitere Stadtbesichtigung zu unternehmen. Also werden sie ohnedies woanders essen gehen.

Bestimmt wird vor oder nach der Stadtbesichtigung auch noch Zeit für die Liebe bleiben; Zeit, einen weiteren Teil ihres Körpers zu erkunden. Heute hat er sich, als sie auf dem Bauch lag, angelegentlich mit den beiden reizenden Grübchen über ihrem Hintern beschäftigt. Beim Gedanken daran muss er schmunzeln: Erst meinte sie, das kitzle, doch dann fand sie es angenehm und entspannend.

Und er stellte bei dieser Gelegenheit fest, dass ihr sexuelles Verhalten eine gewisse Ähnlichkeit mit der Nahrungsaufnahme zeigt: Zuerst wird der Hunger gestillt, und danach gibt man sich dem Appetit hin, genießt jeden Bissen, kostet ihn aus und hat dafür Zeit – wobei dieses Vergnügen, im Gegensatz zum Essen, nicht kalt wird.

Zwar kann auch die Liebe erkalten, sagt sich Gershon, als er die U-Bahn verlässt, aber solange die Liebe besteht, darf die Lust nicht erkalten. Es dauert geraume Zeit, bis er merkt, dass er in die falsche Richtung geht. – Sex, und offenbar auch nur der Gedanke daran, trübt den Orientierungssinn!?

Durch den Umweg verspätet sich Gershon etwas, doch Sami ist ohnehin noch nicht da, als er das Kaffeehaus betritt. Es ist ziemlich voll, zufällig wird aber gerade der Tisch frei, an dem er beim vorigen Mal mit Sami und Max gesessen ist.

Es bedarf einiger Anstrengungen, bis er sich dem Kellner bemerkbar machen kann. Aber schließlich bekommt er seinen Kaffee und das Mineralwasser, das er bestellt. Und dann geschieht, was in solchen Fällen immer geschieht: Erst wartet er, weil er denkt, Sami müsse ohnedies gleich kommen, und als er sich des Wartens müde eine Zeitung holt, kommt jener, bevor er noch den ersten Absatz zu Ende gelesen hat.

»Entschuldige«, keucht er abgehetzt und besinnt sich dann, dass er diesmal in seiner Muttersprache reden kann: »Slicha.« Er sei durch eine Diskussion aufgehalten worden, erklärt er, nachdem er sich gesetzt hat. Nicht, dass die Diskussion etwas gebracht habe, aber er habe auch nicht den Eindruck erwecken wollen, er hätte den Argumenten der Kontrahenten nichts mehr entgegenzusetzen und würde sich vor der Diskussion drücken. Wie gesagt sei es jedoch im Grunde sinnlos, sich mit ihnen auseinanderzusetzen, da sie ohnehin nur ihre eigene Meinung gelten ließen.

In diesem Punkt dürften sie Sami nicht ganz unähnlich sein, findet Gershon, während jener Bier bestellt. – Es gebe hier sich linksradikal gebärdende Gruppierungen, führt Sami aus, nachdem der Kellner gegangen ist, die einerseits durchaus richtig die Politik Israels anprangern, also Verbündete sein könnten, aber dort, wo es um eine Lösung des Problems gehe, völlig irreale Vorstellungen vertreten; als ob man heute vor die Gründung des Staates Israel zurückkehren könnte. Und wenn er ihnen auch nicht grundsätzlich Antisemitismus unterstellen wolle, so kämen doch mitunter antisemitische Töne durch. Und das sei kontraproduktiv. Es mache es unmöglich, mit ihnen gemeinsam aufzutreten, obwohl man ihnen zugestehen müsse, dass sie in ihrem Aktionismus am aktivsten und lautstärksten sind. Dazu komme, dass sie auch jede Art von Terror als gerechtfertigten Widerstand akzeptieren, nie differenzieren und nie die Frage stellen, wie sinnvoll jeder einzelne Terrorakt sei.

Als der Kellner Sami das Bier bringt, trinkt er in kräftigen Zügen. Er könne durchaus die Verzweiflung verstehen, die vermutlich dahinter steckt, wenn jemand bereit sei, sich selbst in die Luft zu sprengen, um ein paar Israeli mit in den Tod zu reißen, fährt er danach fort, aber das bedeute keineswegs, dass er dies als taugliches Mittel akzeptieren müsse. Was wiederum

nicht heiße, dass er den Widerstand negiere; auch nicht den bewaffneten. Jede Besatzungsarmee, wo auch immer, müsse gewärtig sein, angegriffen zu werden; und auch jeder Soldat dieser Besatzungsarmee müsse sich dessen bewusst sein, dass es das legitime Recht der Bevölkerung des besetzten Landes ist, mit allen Mitteln gegen ihn vorzugehen. Und wenn sich dann, wie im konkreten Fall, Zivilisten unter dem Schutz der Besatzungsarmee besetztes Land aneigneten, dann gelte das auch für sie. Sie würden damit ebenfalls zu einem legitimen Angriffsziel.
Wo aber seien da klare Grenzen zu ziehen, wendet Gershon ein. Wenn sich ein Palästinenser auf den Standpunkt stelle, dass auch der Staat Israel auf seinem Grund und Boden existiere, auf einem Stück Land, das man seinem Volk weggenommen habe, wäre dann sein Anschlag auf Zivilisten in Israel nicht in gleicher Weise legitim?
Mit dem UNO-Teilungsplan sei das Existenzrecht Israels verbrieft, erwidert Sami.
Dann gelte dies aber wohl nur für einen Teil des heutigen Erez Israel. Gershon lässt nicht locker. Schließlich seien im Befreiungskrieg Gebiete dazueroabert worden, die dem Teilungsplan zufolge zum palästinensischen Staat gehören sollten. Wäre dann der Kibbuznik im Galil nicht gleichfalls ein legitimes Angriffsziel?
Heute gehe es um die Waffenstillstandslinie von 1976 ...
Mitten im Satz beginnt Sami jemandem zuzuwinken. Gershon sieht einen kleinen alten Mann mit einer schlohweißen Haarmähne, der nun auf Sami aufmerksam wird und auf sie zukommt. Er wirkt sehr gepflegt in seinem hellen Anzug, mit dunklem Hemd und Krawatte; im Gegensatz zu seinem wirren Haarschopf ist der Bart sorgfältig gestutzt.
»Das ist eine Freude, dich zu sehen!«, ruft ihm Sami entgegen. »Shalom. Wie geht es dir? Hab' dich längere Zeit nicht gesehen.«
»Grüß dich, Sami«, erwidert der Mann, als er an ihren Tisch tritt. »Ich war ein wenig unterwegs.« – »Ein paar alte Bekannte treffen, bevor ich oder sie sterben«, fügt er lachend hinzu.

»Darf ich dir Gershon vorstellen, einen Landsmann von mir.«
Und dann zu Gershon gewandt: »Das ist Daniel Rosen, ein
vorzüglicher Arzt ...«
»... längst im Ruhestand ...«
»Der die Jahre seines Exils in Shanghai verbracht hat.« – »Setz
dich doch zu uns«, fordert er ihn schließlich auf.
Gershon war erst ungehalten durch die Unterbrechung, doch
beim letzten Satz horcht er auf. »Meine Eltern waren auch in
China«, erklärt er, nachdem sich der Arzt gesetzt hat.
»In Shanghai?«
»Ich bin in Shanghai geboren.«
Jetzt zeigt auch der Arzt Interesse an ihm: »Wie heißt du?«
»Gal. Gershon Gal.«
»Und deine Eltern haben auch Gal geheißen?«
Gershon nickt.
»Gal ... Gal?« Der Mann bemüht offensichtlich sein Gedächtnis, doch schließlich erklärt er: »An Gals kann ich mich nicht
erinnern. – Woher sind sie gekommen?«
»Von hier, aus Wien.«
»Österreicher?!« Er grübelt von neuem. »Und wann sind sie
nach Shanghai gekommen?«
»Das muss 1937 gewesen sein. Ich wurde dort 1938 geboren.«
»Also noch bevor die Nazi einmarschiert sind. – Ich habe es
erst 1939 geschafft, hinzugelangen, mit der großen Flüchtlingswelle. Das waren rund 15.000. – Genau genommen wäre
es unter diesen Umständen ein Zufall gewesen, wenn ich deine
Eltern da kennen gelernt hätte; entweder weil wir in derselben
Gegend wohnten oder durch den Beruf. Aber natürlich kann
ich mich auch nicht mehr an die Namen aller Patienten erinnern, die damals in das Spital kamen, in dem ich gearbeitet
habe. – Was haben denn deine Eltern gemacht?«
»Ich weiß es nicht. Meine Mutter war bei mir zuhause, und was
mein Vater gemacht hat, habe ich nie erfahren. Er ist gestorben, als ich vier Jahre alt war; auf der Fahrt nach Südafrika.«
»Das heißt, dass ihr gar nicht bis zum Schluss in Shanghai
gewesen seid; entfleucht, noch bevor dort das Ghetto eingerichtet wurde?«

Gershon nickt wieder bestätigend.
»Eine glückliche Familie!« Er besinnt sich und fügt bedauernd hinzu: »Abgesehen davon, dass dein Vater auf der Überfahrt gestorben ist.« Er wendet sich an Sami: »Du weißt ja, weshalb Shanghai damals das Ziel so vieler Juden war?«
»Ich hab' es bestimmt schon einmal gewusst.«
»Shanghai war zu jener Zeit der einzige Platz in der Welt, wohin man ohne Visum gelangen konnte. Die meisten europäischen Länder und die USA waren nicht bereit, Flüchtlinge einfach aufzunehmen; überall gab es lange Wartelisten. Auch die Einreise nach Palästina war seitens der Briten streng kontingentiert. Manche Staaten erteilten Visa nur an Menschen mit bestimmten Berufen oder Qualifikationen. Damals lernten Juden noch rasch ein Handwerk oder besuchten irgendeinen Schnellsiederkurs. Anders Shanghai: Wenn du hinkamst, fragte dich dort niemand nach deinen Papieren, das heißt in den exterritorialen Zonen Shanghais, dem *International Settlement* beziehungsweise der *Concession francaise*. Im Vertrag von Nanking, der Mitte des 19. Jahrhunderts den ersten Opiumkrieg beendete, hatten sich die Briten ein Gebiet ausbedungen, das nicht dem chinesischen Recht unterstand, um so ihre Handelsprivilegien mit einem strategischen Stützpunkt zu erhalten. Sie erhielten jene morastige Gegend am Huangpu, einem Nebenarm des Jangtse, die jedes Jahr überschwemmt wurde und die die Chinesen *shang hai* nannten, was soviel wie ›über dem Meer‹ heißt.«
Er wird vom Kellner unterbrochen, der ihn fragt: »Was darf's sein, Herr Medizinalrat?«
»Ein Viertel Roten, Herr Manfred.« Und nachdem dieser gegangen ist, fügt er mit einem Schmunzeln hinzu: „Wegen der Gesundheit. Wie es heißt, hat Goethe jeden Tag einen Doppler Roten getrunken und ist dreiundachtzig Jahre alt geworden. Womit allerdings die Frage bleibt, ob er noch älter geworden wäre, wenn er weniger oder mehr getrunken hätte.
– Aber kehren wir nach Shanghai zurück.«
Als ob er sich erst wieder sammeln müsste, sitzt er da und fragt dann plötzlich: »Interessiert euch das?« Es ist diese Art

inquisitorischer Frage, auf die sich ohnehin niemand mit Nein zu antworten getraut, findet Gershon, den allerdings die Ausführungen über seine Geburtsstadt tatsächlich interessieren.

»*Wenn* man hinkam, habe ich zuvor gesagt ... Ich weiß nicht, wie deine Eltern nach Shanghai gekommen sind, aber da war natürlich zuerst das entscheidende Problem, dass man die Fahrt finanzieren musste. Wenn deine Eltern schon vor dem Einmarsch die Flucht ergriffen haben, war das noch einfacher, sofern sie über die nötigen Mittel verfügten. Bis zum Juni 1940 fuhren Tausende Flüchtlinge mit dem Schiff von Trient oder Genua aus nach Shanghai. Italienische Ozeandampfer wie die ›Conte Verde‹, die ›Conte Rosso‹ oder die ›Conte Biancamano‹ befuhren diese Route. Mit dem Kriegseintritt Italiens war dieser Weg aber versperrt; blieb nur der Landweg mit der Transsib, der Transsibirischen Eisenbahn, und das auch nur noch bis zum Angriff Deutschlands auf die Sowjetunion im Juni 1941. Aber, wie gesagt, bis dahin gelang rund 15.000 Juden aus Österreich, Deutschland und auch aus Polen, der Tschechoslowakei sowie dem Baltikum die Flucht nach Fernost.

Aber sie kamen dort arm wie Kirchenmäuse an – oder sollte man in diesem Fall eher sagen: arm wie Synagogenmäuse. Die Devisenbestimmungen der Nazis erlaubten einem nur, zehn Reichsmark im Gepäck mitzuführen. Insofern haben deine Eltern gut daran getan, schon vorher abzuhauen. Für die allermeisten hieß dies aber, zumindest in der ersten Zeit auf Hilfe angewiesen zu sein – Notquartiere, Suppenküchen –, bis man Arbeit fand.«

Offensichtlich hat er sich inzwischen auf einen längeren Bericht eingestellt, denn als ihm der Kellner den Rotwein serviert, bittet er ihn, ihm auch noch ein großes Glas Wasser zu bringen. Dann fährt er fort: »In Shanghai gab es, auch schon bevor die Flucht vor den Nazis einsetzte, eine jüdische Gemeinde. 1917 hatten sich dort etwa 15.000 Russen niedergelassen, die mit den Weißgardisten vor den Bolschewiken geflohen waren, darunter fast ein Drittel Juden. Doch die angesehensten jüdischen Familien in Shanghai waren Sepharden, die schon 1870 aus

dem Irak gekommen waren: die Sassoons, Kadoories, Hayims, Abrahams und Hardoons, mit britischer Staatsbürgerschaft. Der Patriarch unter ihnen war Sir Victor Sassoon.«
Er trinkt einen Schluck Wasser und denkt einen Augenblick nach. »Die Japaner ... Um die Situation zu verstehen, müsst ihr wissen, dass seit 1937, seit dem chinesisch-japanischen Krieg, die Japaner Teile Chinas besetzt hielten, auch Shanghai, mit Ausnahme des *International Settlements*. Während des Kriegs war aber der nordöstliche Teil des *Settlements*, der Stadtteil Hongkou, durch japanischen Artilleriebeschuss teilweise zerstört worden. Und dieses Hongkou wurde nun zum Zufluchtsort für viele der Flüchtlinge, die sich hier meist notdürftig einrichteten. Ein Grätzl von mehreren Häuserblocks an der Chusan Road erhielt sogar den Namen *Klein Wien*. Es gab auch ein Restaurant namens *White Horse*, in Anlehnung an das ›Weiße Rössl‹. – Dort verkehrten allerdings nur betuchtere Flüchtlinge.
Zurück zu den Japanern: Die Japaner kannten an und für sich keinen Antisemitismus; ganz im Gegenteil, denn während des russisch-japanischen Kriegs von 1904 hatte Jacob Schiff von der US-Investment-Gesellschaft Kuhn, Loeb & Schiff den Japanern hohe und letztlich ausschlaggebende Kriegsanleihen gewährt und sich geweigert, dem antisemitisch eingestellten Zaren Nikolaus II. einen ähnlichen Gefallen zu erweisen. Jacob Schiff wurde übrigens vom japanischen Tenno persönlich mit dem ›Orden der aufgehenden Sonne‹ ausgezeichnet. – Dennoch tat man gut daran, sich von den Kempetai, den Soldaten der japanischen Landungstruppen, fernzuhalten. Ein Menschenleben galt zu jener Zeit wenig in Shanghai.«
Nach einer kurzen Pause fährt er fort: »Im November 1941 beschlagnahmten die Nazis das Vermögen der deutschen und österreichischen Juden, die außerhalb des Reichs lebten; und zugleich wurde ihnen ihre Staatsbürgerschaft aberkannt. Wir waren somit Staatenlose. Im Monat darauf begann mit Pearl Harbor der Krieg im Pazifik, mit dem sich die seltsam wohlwollende Einstellung der Japaner den Juden gegenüber wandelte. Unser Status als geduldete Bürger war jäh beendet.

Im Jänner 1942 wurde mit der Wannsee-Konferenz die ›Endlösung‹ zum offiziellen Ziel der deutschen Politik: also nicht nur die deutschen Juden, sondern die Juden in aller Welt auszurotten. Im Juli dieses Jahres erfuhren maßgebliche Leute von uns, dass die Deutschen Pläne schmiedeten, die Juden Shanghais zu vernichten; dazu war auch schon Giftgas angeliefert worden.« Die Erinnerung daran unterbricht den Redefluss des Arztes. Er trinkt einen großen Schluck Wasser und nippt am Wein. »Übrigens erfuhren wir das von den Japanern.«

Er scheint sich erneut sammeln zu müssen. »Ja, das Ghetto ... Da warst du mit deinen Eltern schon weg. Im Februar 1943 beschloss die japanische Militärregierung die Schaffung eines ›begrenzten Areals für staatenlose Flüchtlinge‹ – ein Ghetto also. Dieses war in Hongkou, eine Quadratmeile groß und beherbergte 18.000 Flüchtlinge sowie 100.000 Chinesen. Juden, die sich eine Existenz aufgebaut hatten, mussten stantapeda hierherziehen und durften, um an ihren Arbeitsplatz zu gelangen, das Areal nur mit japanischer Genehmigung verlassen. Die alteingesessenen Juden Shanghais waren davon nicht betroffen; die waren ja nicht staatenlos und hatten noch immer einen Draht zu den Japanern.

Das deutsche Konsulat in Shanghai bot damals christlichen Ehefrauen jüdischer Flüchtlinge konsularischen Schutz und finanzielle Unterstützung an, wenn sie sich scheiden ließen. Viele Frauen taten es, um dann ihre Familien mit Geld und Lebensmitteln versorgen zu können.

Und dann wurde das Ghetto von der US-Luftwaffe bombardiert – am 17. Juli 1945. Das Datum habe ich mir gemerkt. Das Haus, in dem ich wohnte, brannte damals aus. Die US-Luftwaffe kannte die Position des Ghettos. Es hieß, der Hausmeister einer Synagoge, der für das OSS arbeitete, habe den Luftangriff vom Boden aus geleitet, denn die Japaner hätten im Ghetto eine wichtige Funkstation eingerichtet gehabt, von der aus sie die Aktivitäten ihrer Flotte entlang der chinesischen Küste koordinierten. Ob sie durch das Bombardement unschädlich gemacht wurde, habe ich nie erfahren.«

Der Mann wirkt nun sehr mitgenommen, sei es durch das Erzählen oder durch die Erinnerungen, die das Erzählen in ihm wachgerufen hat. Als er nun das Weinglas zum Mund führt, sieht Gershon, dass seine Hand zittert. Eine Weile sitzt er in sich gekehrt da – und als er wieder aufblickt, mustert er Gershon. Dabei murmelt er: »Gal ... Gal?« Er streicht sich erschöpft über die Stirn. »Ich bin zu müde, um mich noch an etwas erinnern zu können«, sagt er dann leise.
»Soll ich dich nachhause bringen«, fragt Sami.
»Das wäre nett. Weißt du, die letzten Tage waren für mich recht anstrengend. Das Alter macht sich mehr und mehr bemerkbar.« Wieder mustert er Gershon. »Sollte mir doch noch etwas einfallen, lass ich es dich wissen. Vielleicht erinnerst auch du dich an etwas, das mir weiterhelfen könnte. Du warst zwar noch recht klein, aber es könnte sein, dass dir etwas Bestimmtes im Gedächtnis geblieben ist.« Und als er ihm die Hand zum Abschied gibt: »Ich bin oft hier. Und dich kann ich über Sami erreichen?«
»Ich kann Ihnen auch meine Handy-Nummer geben.«
»Gut.« Er zieht einen Notizblock aus der Rocktasche. »Schreib sie hier hinein – und dazu deinen Namen.«
»Ruf mich an, damit wir unsere Diskussion fortsetzen«, fordert ihn Sami auf, bevor die beiden gehen.
Gershon hat angenommen, Sami würde zurückkommen. Aber es stört ihn keineswegs, nun mit seinen Gedanken allein gelassen zu sein. Er blickt den beiden nach, als sie zur Tür gehen. Der Mann erscheint ihm nun noch kleiner als beim Hereinkommen, und der Haarschopf noch weißer.
Shanghai – seine fernste Vergangenheit. Es ist schon seltsam, so unvermutet damit konfrontiert zu werden. Daniel Rosen – ob er dem Mann jemals begegnet ist? Gershon kramt in seinem Gedächtnis nach Schnittpunkten zum eben Gehörten. Wenn es da etwas gibt, dann ist es durch das Material von sechs Jahrzehnten überlagert. Im Kaffeehaus ist es ihm mit einem Mal zu laut. Er verlässt das Lokal und schlendert dann eine nächtliche Straße entlang.

In seiner Vorstellung war Shanghai immer mit einem Haus in einem kleinen Garten verbunden, ohne dass er es hätte beschreiben können. Nach Rosens Schilderung der Verhältnisse in der Stadt könnte dies aber auch nur seiner kindlichen Phantasie entsprungen sein. Plötzlich taucht das Bild eines alten Chinesen auf, der sich an einem Herd zu schaffen macht.
Gershon überquert einen kleinen Platz, auf dem einige Bänke stehen. Er setzt sich. Das Bild des Chinesen ... Stammt es wirklich aus seiner Kindheit? Genauso gut könnte er es einem Film entnommen haben, den er irgendwann gesehen hat, und er hat sich dieses im Bemühen des Erinnerns angeeignet. Das Bild von der Abfahrt aus Shanghai, als ihn sein Vater auf den Arm genommen hat ... Da hat er auf die Stadt gezeigt, die Vergangenheit, die sie zurückließen. Ein Hafengelände und die Häuser im Hintergrund. Aber schauen die nicht überall gleich aus? Da war kein markantes Gebäude, keine Festung mit einem Turm, keine Kirche auf einem Hügel, die die Stadt überragt. Das Bild der Zukunft, die matte Scheibe der Sonne, die sich über dem bleigrauen Wasser durch Nebelschwaden kämpft, ist da viel sinnfälliger geblieben; obwohl er auch hier nicht sagen könnte, dass es nicht im Laufe der Zeit mit einem Gemälde von Turner oder Sisley verschmolzen ist.
Und sein Vater? Da ragt nur der ausgestreckte Arm ins Bild, die Hand, die auf Vergangenheit und Zukunft zeigt. Was hat er in Shanghai gemacht? Möglicherweise hat er bei einem der Hilfskomitees gearbeitet, als einer, der vor dem Gros der Flüchtlinge in die Stadt gekommen ist. Aus den Worten seiner Mutter hat er immer geschlossen, er habe sich dort politisch engagiert, aber könnten sie nicht ebenso zur Tätigkeit in einer Hilfsorganisation passen? Und sie mussten Shanghai nicht verlassen, weil er wegen seiner Aktivitäten verfolgt wurde, sondern weil sein Vater rechtzeitig um die Pläne der Nazis oder der Japaner zur Errichtung des Ghettos wusste – und er im Gegensatz zu den anderen über die nötigen Mittel verfügte, dem zu entgehen?
Schade, dass dieser Rosen nichts mit seinem Namen anzufangen wußte. Aber vielleicht fällt ihm noch etwas ein, hat

181

er Kontakt mit anderen, die in Shanghai gewesen sind und mehr wissen. – Und wenn in den nächsten Tagen sein Gepäck kommt, hat er ein Photo seines Vaters, das er ihm zeigen könnte. Eventuell kann er sich an das Gesicht erinnern.

Es beginnt zu nieseln und Gershon setzt seinen Weg fort. Eine Gruppe Jugendlicher – ziemlich angeheitert, wie ihm scheint – kommt ihm entgegen. Es wird ihm klar, dass er gar nicht weiß, wohin er hier unterwegs ist. Er könnte auf seinem Stadtplan nachschauen, aber er geht davon aus, bald auf eine größere Straße zu treffen. Eine junge Frau nähert sich ihm und bittet ihn um Feuer, indem sie auf ihre unangezündete Zigarette zeigt. Als er ihr Feuer gibt, streichelt sie seine Hand. »Kommst du mit?«, fragt sie mit fremdem Akzent. Er schüttelt den Kopf und geht weiter; sie neben ihm her. Sie drängt sich an ihn und greift ihm an den Schwanz. »Ich habe heute schon gefickt«, sagt er, um sie abzuschütteln.

Er hat nicht einmal die Unwahrheit gesagt, denkt er, nachdem er die Frau endlich losgeworden ist. Allerdings würde er in Bezug auf Gerlinde nie von ficken reden. – Über Shanghai hat er ganz die behaglichen Seiten seines gegenwärtigen Lebens vergessen. – Nein, mit Gerlinde ist es mehr als nur die sexuelle Befriedigung. Gerade an diesem Nachmittag hat er gemerkt, wie wichtig ihm mit einem Mal der Austausch von Zärtlichkeit ist. Auf diese Art hat er das noch nie gespürt; er kann sich jedenfalls nicht daran erinnern.

Liegt es an Gerlinde? Oder liegt es an seinem Alter? Männer, die im Alter die Zärtlichkeit entdecken.

Er stößt auf eine hell erleuchtete Geschäftsstraße. Der Nieselregen ist zuletzt stärker geworden, dennoch sind hier viele Leute unterwegs. Gershon überlegt, ob er in einem Lokal Schutz vor dem Regen suchen soll, geht aber davon aus, dass dieser nur noch stärker werden würde. So zieht er seinen Stadtplan zurate, um auf schnellstem Weg zu einer U-Bahn-Station zu gelangen. Er hat gar nicht weit zu gehen, stellt er mit Erleichterung fest.

Seine Gedanken kehren wieder zu Daniel Rosen zurück. Während jener erzählte, haben sich Gershon eine Reihe von Fragen aufgedrängt, doch wollte er dessen Redefluss nicht unterbrechen; und dann war mit einem Mal keine Gelegenheit mehr, sie zu stellen. Er nimmt sich vor, das Kaffeehaus bald wieder aufzusuchen, und wundert sich zugleich, dass ihn die Vergangenheit, die ihn doch nie besonders interessiert hat, plötzlich beschäftigt. Es muss mit dieser Stadt zusammenhängen, findet er. Schließlich kann es auch kein Zufall sein, dass er immer wieder auf Menschen trifft, die mit solchem Eifer von verflossenen Zeiten erzählen. Das könnte ansteckend sein.

Ein Gymnasiast macht sich auf die Suche nach einem Vertriebenen. Und unversehens erhält diese Suche eine Eigendynamik. Sein Großvater beteiligt sich, mehr oder weniger durch Zufall; schließlich wird er selbst einbezogen. Und nun taucht – zufällig? – sogar Shanghai als Schauplatz auf. Dabei wäre er wahrscheinlich gar nicht hier, wenn sich Wolfgang seinerzeit nicht auf die Suche nach seinem Vater gemacht hätte.

Das wäre überaus schade, findet er, da ihn dieser Gedankengang wiederum zu dessen Mutter führt. Morgen wird er Gerlinde nicht sehen, da sie ihr Pensum vom Mittwoch einarbeiten will. Dafür werden sie aber dann einen ganzen Tag füreinander haben.

XV

Sollte er den Kuchen nicht zurück in den Kühlschrank stellen? Selbst wenn Gerlinde pünktlich ist – und das ist sie doch fast immer –, kommt sie erst in einer Dreiviertelstunde. Und wer weiß, ob sie dann etwas essen will. Bestimmt hat sie schon zuhause gefrühstückt.
Immer dieses Warten, murrt Gershon; wenn man nichts mit sich anzufangen weiß. Nimmt man ein Buch zur Hand, kann man sich nicht konzentrieren. Man sitzt da, trinkt Kaffee, raucht eine Zigarette nach der anderen, und die Gedanken fahren Karussell.
Das fing schon damit an, dass er viel zu früh aufgewacht ist und nicht wieder einschlafen konnte. Erst sinnierte er, wie es wohl wäre, wenn jetzt Gerlinde neben ihm läge; wie es wohl ist, neben ihr aufzuwachen, wenn er sie in die Arme nähme. Er hat keine Ahnung, wie sie reagiert. Er hat Frauen gekannt, die durfte man in der Früh nicht anfassen, geschweige denn, dass sie zu Intimitäten bereit gewesen wären. Andere mochten es wiederum, mit einem Steifen an ihrem Bauch oder Hintern geweckt zu werden. Gerlinde müsste erst einmal eine Nacht bei ihm, mit ihm verbringen, um herauszufinden, welcher Gattung sie angehört. – Er selbst lässt sich übrigens nur allzu gern durch zielgerichtete Liebkosungen aus Morpheus' Armen locken.
Es war klar, dass diese Gedanken nicht dazu angetan waren, ihn wieder einschlafen zu lassen. Also nahm er den Krimi zur Hand, um sich abzulenken. Bis der Zeitpunkt kam, da er befürchtete, er könnte über dem Buch doch noch einmal einschlafen. Deshalb stand er – wiederum viel zu früh – auf und widmete sich der Morgentoilette. Er trödelte dabei ausgiebig; ebenso beim anschließenden Frühstück. Aber es blieb immer noch viel Zeit. Er hörte sich im Radio die Nachrichten an: Da war eine kurze Meldung über eine weitere ›gezielte Tötung‹ eines Hamas-Führers durch die israelische Luftwaffe. Zwei

seiner Leibwächter seien mit ihm umgekommen, hieß es. Kein Wort über andere Opfer. Keine ›Kollateralschäden‹?
Gezielte Tötungen, Kollateralschäden – Wortschöpfungen, Worthülsen, um blanken Mord zu bemänteln. Eine Rakete, aus einem Hubschrauber abgeschossen, trifft ein Auto; in ihm sitzt ein Mann, ein Mitglied der Hamas, ein Mann, der für den Tod von Menschen verantwortlich ist, ein Mörder, dessen Tod sich viele Menschen wünschen und Genugtuung empfinden, wenn sie von seinem gewaltsamen Tod erfahren. Wer saß mit ihm im Auto? Seine Leibwächter, seine Frau und seine Kinder, ein alter Schulfreund, mit dem er zuvor Shesh-Besh gespielt hat, seine Geliebte? Sie starben mit ihm. Das Auto fuhr durch eine Straße, durch die Passanten zur Arbeit, von der Arbeit nachhause eilten oder dahinschlenderten, vor einem Kaffeehaus saßen, Männer, Frauen, Mütter mit Kindern. Sie wussten nicht, wer in dem Auto saß, kannten ihn nicht, würden vielleicht auch nie erfahren, wer er war, da sie in der Detonation mit ihm starben oder es erst später erfuhren, wenn sie im Krankenhaus aufwachten, verwundet, verkrüppelt. – Und wer sagt, dass nicht ein falsches Auto getroffen wurde? Die Militärs, die den Einsatzbefehl gaben, werden einen derartigen Fehler nicht eingestehen. Oder die Hamas, die sich zu einem neuen Märtyrer beglückwünschen kann, ohne dass ihre Reihen geschmälert wurden?
Gezielte Tötung – der Euphemismus wurde in den Nachrichten vorbehaltlos nachgeplappert. Führt eine Handlung zum Tod eines anderen, stellt sich die Frage: Geschah dies mit oder ohne Absicht – war es Mord oder Totschlag? Wenn es das Ziel war, den anderen zu töten, also eine gezielte Tötung, dann kennt jedes Gesetzbuch der Welt dafür nur den Begriff Mord.
Gershon will sich Kaffee nachschenken, merkt aber, dass in der Kanne nur noch genug für zwei Tassen ist. Abgesehen davon, dass er schon reichlich Kaffee getrunken hat, muss er für Gerlinde etwas übriglassen. So zündet er sich stattdessen eine weitere Zigarette an.
Weshalb hat man seinerzeit Adolf Eichmann aus Argentinien entführt, um ihn dann nach einem Prozess zum Tode zu ver-

urteilen? Wäre es nicht viel einfacher gewesen, ihm an Ort und Stelle eine Kugel in den Kopf zu jagen, ihn zu erwürgen oder auf jede andere erdenkliche Art sein Leben zu beenden? War die Genugtuung all jener, die sich sehnlichst seinen Tod gewünscht hatten, größer, weil sie den Mörder, der für die Ermordung von Millionen Juden verantwortlich war, auf der Anklagebank sahen, bevor er dem Henker zugeführt wurde?
Es war eine Frage der Rechtmäßigkeit: Einem Prozess folgte die Verurteilung; Schuldspruch und Hinrichtung. Warum stellt man die palästinensischen Ziele der Hinrichtungen nicht vor Gericht? Wird man ihrer nicht habhaft? Würde man bei der Jagd auf sie das Leben israelischer Soldaten gefährden? Das allein ist es gewiss nicht! Die Kollateralschäden erfüllen auch ihren Zweck. Kein Palästinenser, keine Palästinenserin darf sich sicher fühlen: nicht auf der Straße und auch nicht in der eigenen Wohnung. Weiß er oder sie denn, wer sich gerade in der darüber- oder danebenliegenden Wohnung aufhält und ob diese Person nicht gerade Ziel einer ›Tötung‹ ist? Alle sind diesem Terror ausgesetzt – von Staats wegen geübter Terror – Staatsterror –, von jenen betrieben, die nicht müde werden, vom Krieg gegen den Terror zu reden.
Gershon holt sich ein Glas Wasser aus der Küche. Sein Mund ist trocken, als hätte er zu viel geredet. Oder der Fahrtwind seines Gedankenkarussells? – Aber war dieser Terror so neu? Rupert wollte doch von ihm erfahren, was sich in Israel verändert hat, seit er dagewesen ist; bevor er seine Einladung dann dazu benützte, über seine verflossenen Erlebnisse zu berichten.
Am Vortag hat er Rupert wieder beim Lift getroffen, als dieser vom Einkaufen kam. Er begrüßte ihn freundschaftlich, als ob sie einander schon lange kennten. Er würde ihn ja gern heute Nachmittag zum Kaffee einladen, meinte er, wisse aber nicht, ob das so günstig sei, da seine Frau wegen des Wochenendes missgelaunt sei. Freimütig erzählte er dann – noch immer vor der Lifttür –, dass er doch sein Zimmer ausmisten wollte. Deshalb sei er nicht mit seiner Frau übers Wochenende in das Wellness-Hotel mitgefahren; wobei Gershon den Eindruck

gewann, dass die Aufräumaktion von vornherein eher als Vorwand diente. Jedenfalls sei sie am Sonntagabend zurückgekommen und hätte sein Zimmer in kaum verändertem Zustand vorgefunden. Er habe ihr zwar erzählt, dass er ihn, Gershon, zufällig kennengelernt und eingeladen habe, doch wollte sie dies nicht als Entschuldigung akzeptieren und sei noch immer ungenießbar. Natürlich hätte er am Sonntag noch etwas weiterbringen können, habe sich dabei aber verzettelt. Immerhin habe er die Bescheinigung aus dem Kibbuz über seine Tätigkeit in der Avocado-Plantage wiedergefunden. Und er zitierte voller Stolz: For about two months in irrigation-time he was in charge of the whole plantation and managed this organisational job perfectly well. We can recommend him as a qualified avocado grower.

Dass er ihn daraufhin fragte, ob ihm diese Bescheinigung je etwas genützt habe, war vielleicht ein wenig taktlos, denkt Gershon, aber Rupert nahm es mit Humor. Nein, nie. Er habe sie nie jemandem gezeigt, stellte er fest. Aber vielleicht habe sie damals sein Selbstwertgefühl gestärkt. Das gab immerhin Gelegenheit, Rupert nach seinem Beruf zu fragen. Er sei Gartenarchitekt gewesen, erklärte er, bevor er mit dem Hinweis, er müsse endlich seine Einkäufe verstauen, in den Lift stieg.

In gewisser Weise freut es Gershon, dass jemand Israel in so guter Erinnerung behalten konnte. Aber Rupert war im Kibbuz in einem geschützten Raum, abgesehen davon, dass sich auch die Kibbuzim seit damals verändert haben. Und er hat selbst zugegeben, manches erst später realisiert zu haben. Die Araber, die einmal im Jahr jenen Kibbuz besuchen, der sich den Grund und Boden ihres ehemaligen Dorfes einverleibt hat, und dort als Gäste bewirtet werden, damit sie nicht sehen sollen, dass von ihrer Vergangenheit nichts als ein paar in die Erde gespülte Scherben übriggeblieben sind.

Die Bewohner des palästinensischen Dorfes lebten im Galil, einer Region, die ihnen laut UNO-Teilungsplan zustand, und haben ihren Grund und Boden nicht freiwillig dem Kibbuz überlassen, damit dieser darauf seine Plantagen einrichten konnte. Sie wurden vertrieben.

Der Ortsname Deir Jassin muss neben denen von Oradour und Lidice genannt werden. Das kaltblütig und vorsätzlich geplante Blutbad, in dem die Irgun wenige Monate nach Verabschiedung des UNO-Teilungsplans Männer, Frauen und Kinder eines in Frieden mit den jüdischen Nachbarn lebenden palästinensischen Dorfes an die Wand stellte und erschoss, war im Sinne des künftigen Staats durchaus erfolgreich, denn das Massaker führte unmittelbar zur Massenflucht der Palästinenser aus Haifa und Jaffa. Ben Gurion wies in einer Sonderbotschaft an König Abdallah zwar jede Verantwortung für das Blutbad zurück, bezeichnete die Täter sogar als Verbrecher, lehnte es aber zugleich ab, Strafmaßnahmen zu ergreifen oder auch nur geeignete Maßnahmen, um weitere ›unautorisierte‹ Aktionen der Irgun oder der Stern-Bande zu unterbinden.
Dieser Terror richtete sich zugleich gegen die eigene Bevölkerung; schließlich ging es darum, jedes friedliche Zusammenleben zwischen Juden und Arabern in Palästina zu unterbinden. So ergab sich ein Handlungsmuster: Den Bomben der Irgun folgte die Vergeltung durch Palästinenser, woraufhin die Hagana, die zuvor die Anschläge der Irgun verurteilt hatte, ihrerseits mit ›Gegenvergeltung‹ antwortete. So wurden bestehende Abkommen über einen friedlichen Umgang miteinander, etwa zwischen den jüdischen und arabischen Arbeitern der Raffinerie von Haifa, zunichte gemacht.
Gershon geht wieder in die Küche, um sich Wasser zu holen. Insofern ist der Terror kein neues Phänomen israelischer Politik, denkt er dabei. Geändert hat sich höchstens das Verhältnis zum Terror. Ben Gurion leugnete noch, etwas damit zu tun zu haben, Sharon bekannte sich dazu, nannte aber Terror nicht mehr Terror, obwohl er sich zeit seines Lebens seiner bedient hat, als Militär wie als Politiker. Als Befehlshaber der Einheit 101 sorgte er erst mit tödlicher Effizienz für die Vertreibung der Beduinen aus der Negev; später folgte dann das Massaker von Qibija, bei dem die ›101er‹ fünfundvierzig Häuser in die Luft sprengten, einschließlich der Bewohner, die sich noch darin befanden. Die ›Präventivschläge‹ der Einheit unter Sharons Kommando gegen Syrien und Ägypten trugen massiv

zur Eskalation des Konflikts im Nahen Osten bei. Als Verteidigungsminister war Sharon dann verantwortlich für den Krieg gegen den Libanon und insbesondere für das Blutbad von Sabra und Shatila. Im Nachhinein kam die Kahan-Kommission zur Auffassung, Sharon habe seine Pflichten vernachlässigt und er müsse die angemessenen persönlichen Konsequenzen für seine Fehler ziehen. Wenn nötig, sollte ihn Begin aus dem Kabinett werfen. Und jeder musste glauben, Sharon wäre damit politisch ruiniert, in moralischer wie auch in juristischer Hinsicht. Dennoch kehrte er wieder, erst als Oppositionsführer, als der er durch seine Provokation auf dem Tempelberg die zweite Intifada auslöste, und schließlich als Ministerpräsident, um den einst eingeschlagenen Weg unter anderen Vorzeichen fortzusetzen …

Es klingelt an der Tür. Noch in Gedanken springt Gershon auf, eilt ins Vorzimmer und stößt dabei mit dem Knie an den Türrahmen. Der Schmerz nimmt ihm den Atem. An der Gegensprechanlage bringt er nur mühsam einen Ton heraus. Das ist ohnehin vergebens, denn er hört gleich darauf ein Klopfen an der Tür.

»Ich bin schon da«, sagt Gerlinde, als er öffnet. »Der Hauseingang war offen. – Du siehst blass aus?«

Gershon geht nicht darauf ein, sondern zieht sie in die Wohnung und umarmt sie. Ihre Wärme lässt ihn den Schmerz vergessen. Er schließt die Tür und sie gehen ins Wohnzimmer. Der Begrüßungskuss dauert lang.

»Haben wir noch ein wenig Zeit?«, fragt er flüsternd, als sein Mund ihr Ohr streift.

»Es sind deine Sachen, die wir holen. Also musst du entscheiden, wie eilig wir es haben.«

»Gar nicht eilig«, murmelt er und beginnt ihre Bluse aufzuknöpfen. Gar nicht eilig, wiederholt er in Gedanken und lässt sich Zeit beim Aufknöpfen. Er will es auskosten, sie auszuziehen. Sie lässt ihn gewähren, schlüpft lediglich selbst aus den Schuhen. Ein Knopf nach dem anderen … Dabei sehen sie einander in die Augen, beobachten einander. Als die Bluse fällt, küsst er sie erst auf die eine, dann auf die andere Schulter.

Dann öffnet er ihre Hose und streift sie ihr langsam von den Beinen. Sein Gesicht ist ganz nah ihrem Schamhügel, der sich unter dem Slip abzeichnet. Er muss sich beherrschen, nicht sein Gesicht an ihn zu drücken. Es folgt der BH. Er spürt ihren Körper, während er den Verschluss öffnet, und es kostet ihn weitere Anstrengung, das Kleidungsstück bedächtig von ihrem Körper zu lösen. Sie hat ihre Augen geschlossen. Er betrachtet ihre Brüste, überwindet sich, sie nicht zu berühren, weder mit den Händen, noch mit den Lippen. Aber dann ist es mit seiner Beherrschung vorbei. Er zieht ihr den Slip über die Hüften, und als der Hügel nun freiliegt, drückt er sein Gesicht in die Haare und atmet genießerisch deren Geruch ein.

»Jetzt bist du dran«, sagt sie und zieht ihn hoch, weg von ihrem Duft. Und sie beginnt nun, ebenso langsam sein Hemd aufzuknöpfen. Ihre kaum wahrnehmbaren Berührungen sind angenehm. »Ist doch gut, dass ich mich angezogen habe.« Sie blickt ihn fragend an und er erklärt, dass er in der Früh kurz überlegt habe, ob es sinnvoll sei, sich anzuziehen. Die Alternative wäre aber gewesen, sie nackt an der Tür zu begrüßen; er habe allerdings befürchtet, sie damit zu erschrecken.

»Ich bin nicht so schreckhaft«, wendet sie ein, »es hätte aber auch jemand anderer an der Tür stehen können: eine Nachbarin, die sich eben eine Prise Salz oder ein Ei ausborgen wollte.« Sie kichert bei dieser Vorstellung.

Während er redete, hat sie aufgehört, sein Hemd aufzuknöpfen. Deshalb schweigt er nun, damit sie weitermacht. Es erregt ihn, wie sie die Knöpfe nach und nach öffnet. Sein Blick streift ihre nackten Brüste. Sie lächelt. Schließlich zieht sie ihm das Hemd aus und widmet sich anschließend seiner Hose. Sein Schwanz ist ganz hart, und als sie den Reißverschluss aufzieht, drängt er aus der Enge. »Der Arme«, sagt sie, als sie es sieht, »so eingesperrt.« Wie unbeabsichtigt streift ihr Arm über seine Erektion, während sie langsam seine Hose auszieht. Geschwind steigt er heraus, als sie bei den Knöcheln angekommen ist. Nur noch die Unterhose, denkt er, doch ihre Hände verharren allzu lang an seinen Hüften. Er zieht sie an sich. Erst da schiebt sie seine Unterhose hinunter und umarmt ihn ihrerseits. Eng umschlungen halten sie einander fest. Dann hebt er sie hoch und trägt sie zum Bett.

»Du bist so blass gewesen, als ich gekommen bin«, fragt Gerlinde, nachdem sie eine Weile ermattet dagelegen sind, sie ihren Kopf auf seiner Brust. Da er nichts sagt, wendet sie ihren Kopf und schaut ihn an. Dass er blass ausgesehen hat, könnte ebenso gut am Licht gelegen haben, denkt Gershon, entschließt sich dann aber, die Wahrheit zu sagen: dass er sich das Knie am Türrahmen gestoßen habe, als er sich beeilte, ihr aufzumachen.

»Ach, das arme Knie«, neckt sie ihn und schiebt sich an seinem Körper hinunter. »Welches ist es denn?«

»Das linke.«

Sie haucht auf sein Knie. »Schon besser?«

Er bejaht murmelnd. Eine ihrer Hände hat seinen Schwanz berührt, der sich daraufhin wieder aufzurichten beginnt. Sie bemerkt es; als er sie jedoch an sich ziehen will, meint sie: »Sollten wir nicht doch endlich dein Gepäck holen?«

Gershon steht vor den Gepäckstücken und fragt sich, in welches er wohl die Schachtel mit den Photos gepackt haben mochte. Er findet sie schließlich im großen Koffer, den ihm Efraim geliehen hat; geliehen in der Annahme, er brauche letztlich nur eine Atempause, eine Zeit der Regeneration; um danach doch wieder in ›sein‹ Land zurückzukehren. Aus-Zeit!?

Er stellt die Schachtel auf den Tisch und setzt sich davor. Eine Ecke ist eingedrückt, hat den Weg hierher nicht unbeschadet überstanden. Was wird er in der Schachtel an Erinnerungen finden? Bevor er sie öffnet, schenkt er sich Wein nach, in das Glas, aus dem er zuvor gemeinsam mit Gerlinde getrunken hat.

Als er die Schachtel eingepackt hat, hätte er sich nicht träumen lassen, dass sie das Erste sein würde, wonach er hier sucht, denkt er, während er kleine Schlucke trinkt und sich wünscht, er könnte am Glas noch die Wärme von Gerlindes Lippen spüren. Und was wäre gewesen, wenn er sie überhaupt nicht

191

mitgenommen hätte? Wenn in den Gepäckstücken kein Platz für sie gewesen wäre? War sie nicht im Grunde nur Ballast? Aber auch das Einzige, was ihm von der Mutter geblieben ist – außer den eigenen Bildern, den Bildern im Kopf, der Erinnerung. Er konnte sie nicht einfach wegwerfen. Es wäre pietätlos, was man auch immer darunter verstehen will; ganz unabhängig davon, was einem Photos bedeuten.

Schließlich öffnet er die Schachtel. Obenauf liegt das Bild des Vaters, das in Mutters Wohnung hing und das er nach ihrem Tod so wie es war, mit dem Rahmen, in die Schachtel steckte – zwei Erbstücke in einem ... Er hätte das Photo schon damals aus dem Rahmen nehmen sollen; spätestens aber, als er die Schachtel im Koffer verstaute. Wie leicht hätte das Glas beim Transport zu Bruch gehen können, und er hätte inmitten der Photos einen Haufen Scherben vorgefunden.

Er betrachtet das Bild des Vaters eingehend. Es ist so vertraut, und doch hatte er sich vor wenigen Tagen nicht daran erinnern können. Fesch war der Vater gewesen, mit dem dunklen, gelockten Haar, dem schmalen Gesicht, den wachen Augen hinter der kleinen Brille mit den runden Gläsern und den vollen Lippen. Und er war sich dessen sichtlich bewusst gewesen, so wie er in die Kamera blickte.

Hat er von seinem Vater mehr in Erinnerung? War das der Mann, der ihn auf den Arm genommen hat, um ihm die Zukunft zu zeigen? Hat er dabei nicht gelächelt, wie man einem Kind zulächelt, wenn es einem vertrauen soll? Gershon will das Bild schon beiseite legen, öffnet dann aber den Rahmen und nimmt das Photo heraus. Wenn er es Wolfgang oder auch Dr. Rosen zeigen will, ist der Rahmen nur störend. Abgesehen davon findet er vielleicht einen Hinweis, wann das Photo gemacht worden ist. Auf der Rückseite sind chinesische Schriftzeichen aufgestempelt, also ist es in Shanghai entstanden. Sofern Rosen dem Vater tatsächlich einmal begegnet ist, müsste er ihn so in Erinnerung behalten haben.

Als Nächstes findet er ein Päckchen selbst entwickelter Photos: die Ahasvers auf dem Golan. Wasja hat sie damals geknipst, obwohl es eigentlich verboten war, während des Vormarschs zu photographieren. Aber Wasja ohne seine Kamera, das konnte man sich gar nicht vorstellen; sie war gewissermaßen ein Körperteil von ihm; auch später. Kein Treffen, bei dem er nicht seinen Photoapparat dabeigehabt hätte.

Da sind sie noch alle zusammen, sagt er sich, als er beim Durchblättern der Photos auf das Gruppenbild der Ahasvers vor dem M48 stößt: Shimon, Efraim – Dror ist schon lange tot, bei einem Unfall ums Leben gekommen. Und Meïr würde man nicht wiedererkennen: die kräftige Gestalt mit dem siegesgewissen Lächeln; und heute ein Schatten seiner selbst, doch seinen Lebenswillen hat der Krebs nicht eliminiert. Dafür hat sich Luigi um den Verstand gesoffen.

Gershon legt das Päckchen beiseite. Er muss sich erst einmal einen groben Überblick verschaffen, was an Photos vorhanden ist, denkt er, da ihm als Nächstes ein Bild von Hilda als kleines Mädchen vor dem Haus in Kapstadt in die Hände fällt, und ein Blick in die Schachtel zeigt, dass hier ein wildes Durcheinander herrscht.

So beginnt er die Photos zu ordnen: einen Stoß für die, auf denen er selbst abgebildet ist, einen für die Mutter, einen für den Vater und einen für Hilda. Ein Photo von Onkel Henry macht es notwendig, einen weiteren Stoß für andere Familienmitglieder vorzusehen; und das einer Frau, die ihm völlig unbekannt scheint, erfordert einen für unidentifizierte Personen.

Es kostet ihn einige Mühe, zügig vorzugehen und sich nicht bei einzelnen Bildern aufzuhalten. Und es gelingt ihm auch nicht durchgehend. Da ist zum einen das Hochzeitsphoto seiner Eltern, das er längere Zeit betrachtet. Irgendetwas ist eigenartig daran: Sie schauen ganz ernst drein, angestrengt; als müssten sie sich das Lachen verbeißen. Gleich darauf stößt er auf ein Photo seiner Eltern, auf dem sie tatsächlich lachen, fröhlich und ungezwungen.

Und zum andern ein kleines Photo von ihm mit Bongi. Es ist unscharf. Bestimmt hat es Onkel Henry gemacht. Gershon entsinnt sich, dass der Onkel eines Tages ganz stolz mit einer soeben erworbenen Kamera aufgetaucht war und eifrig alles

auf Film bannte, was ihm vor die Linse kam. Schließlich zeigte er ihm auch, wie der Apparat funktioniert, und er durfte einmal auf den Auslöser drücken. – Seine Vermutung wird bestätigt, da noch weitere Photos in gleicher Ausarbeitung auftauchen: die Mutter, die Mutter mit ihm, die Mutter mit Hilda, die Mutter mit ihm und Hilda sowie einem weiteren kleinen Mädchen; vermutlich Onkel Henrys Tochter. Er überlegt, wie sie geheißen hat. Beth! Hat er nicht neulich erst an sie gedacht?
Er sortiert die Photos nach den Personen, nimmt sie dann aber wieder zurück. Sie sollen beisammenbleiben, denkt er und eröffnet einen weiteren Stoß. Nur das Photo mit Bongi gibt er nicht dazu, lässt es vor sich liegen.
Er stößt auch auf eines der Bilder, die ihm der alte Wegscheid gezeigt hat, jenes aus dem Klassenzimmer. Ein sehr ähnliches Photo zeigt eine Mädchenklasse, und er geht davon aus, dass eines der Mädchen seine Mutter ist. Schließlich kommt eine Reihe alter Bilder zum Vorschein, auf Karton aufgezogen, ovale Ausschnitte: ein bärtiger Mann, der jovial in die Kamera blickt, eine Frau, streng herausgeputzt, die beiden gemeinsam sowie ein kleines Kind mit großen neugierigen Augen: vermutlich seine Großeltern, die er nie gekannt hat, und sein Vater. Gershon erwartet, in Verbindung damit auch eine Aufnahme der Schuhfabrik, des einstigen Galschen Familienunternehmens, zu finden, analog zu der der Wachszieherei, die er im Bibliothekszimmer der Wegscheids gesehen hat, doch vergebens.
Allerdings ist da das Photo eines Schneiders in einer kleinen Werkstatt, der gut der Vater seiner Mutter sein könnte. Und der Schnappschuss von einem kleinen Mädchen auf einem Kutschbock: die Mutter auf dem Weg zu den Märchenschlössern?
Die Schachtel ist schon fast leer, als er ein Photo entdeckt, auf dem er und Dorith zu sehen sind. Er kann sich nicht erinnern, die Aufnahme jemals gesehen zu haben. Er betrachtet den Hintergrund: Sie könnte in dem Kaffeehaus gemacht worden sein, in dem sie einander damals oft getroffen haben. Aber wer hat sie dort photographiert? Und vor allem, wie war die Mutter zu

diesem Photo gekommen? Unbewusst legt er es neben das von ihm mit Bongi. Er und seine Frauen. Da fehlten noch einige.
– Nunmehr auch eins von ihm mit Gerlinde.
Er hat genug von den Bildern. Es ist spät und er fühlt sich erschöpft. Es war ein langer Tag. Er schenkt sich das Glas voll und geht damit zur Couch, um es sich bequem zu machen. Als er nachmittags mit Gerlinde unterwegs war, hat er beschlossen, sich am kommenden Tag wieder der Stadt zu widmen. Denn aus dem geplanten Rundgang war eine Rundfahrt geworden, da Gerlinde meinte, wenn sie schon mit dem Auto da sei, sollte man die Gelegenheit nützen. So sah er erstmals die Donau und die Donauinsel, UNO-City. Gewissermaßen war das aber nur Beiwerk auf dem Weg zum Karl-Marx-Hof, den sie ihm zeigen wollte. Hier blieb sie auch stehen, um einen Blick in einen der Innenhöfe zu werfen, während sie ausführlich über dessen Geschichte erzählte. Rotes Wien, Sektsteuer, Bürgerkrieg, Grüner Faschismus – zuviel, um sich alles merken zu können. Dabei war aber aufschlussreich, wie sie erzählte; es war klar, welcher Seite ihre Sympathien gehörten. Bisher hatte sie sich noch nie politisch geäußert. Dass sie nicht mit den Nazis sympathisiert, daran hat sie bei ihrem ersten Rundgang keine Zweifel gelassen – einem Juden gegenüber wäre das auch unpassend gewesen. Mit dem Wegscheidschen Hintergrund hätte er sie allerdings eher für bürgerlich-konservativ eingeschätzt. Beim hofrätlichen Vater ist er sich diesbezüglich ziemlich sicher.
Er muss an den eigenen Vater denken, der – den vereinzelten Äußerungen der Mutter zufolge – nach links tendierte. Wusste Wegscheid um die politische Gesinnung seines Schulkameraden? Waren die beiden auch nach der Gymnasialzeit noch in Kontakt gewesen? Das ist bisher nicht zur Sprache gekommen. Oder war der Vater schon als Gymnasiast politisch aktiv? Vielleicht hat der Alte Gerlinde erzählt, dass der Gal ein unverbesserlicher Linker gewesen sei, und sie hat ihn deshalb zu dieser Arbeiter-Trutzburg geführt. Dann hätte sie sich in ihren Ausführungen aber bestimmt nicht auf diese Weise engagiert. Wolfgang scheint ebenfalls nicht gerade der konservativen

195

Seite zuzuneigen. Unter Umständen ist das der benötigte Freiraum in der häuslichen Atmosphäre.
Tatsächlich hat ihn der Karl-Marx-Hof beeindruckt. Er hätte das Bauwerk gern länger auf sich wirken lassen, wäre den Komplex in seiner enormen Ausdehnung gern abgegangen. Doch sie fuhren weiter, über die Stadtgrenze hinaus, an einem Kloster vorbei – berühmt für einen Altar, seine Weine sowie einen Brauch, der einmal im Jahr zum Gaudium der Touristen gepflegt wird – und dann eine kurvenreiche Straße hoch auf den Leopoldsberg, mit Blick auf die Stadt; dazu ein Referat über die Türkenbelagerungen, unterbrochen von Zärtlichkeiten. Die Höhenstraße weiter, bis sie wieder in verbautes Gebiet kamen; Essen in einem kleinen Restaurant, dann ein Blick auf Schönbrunn.
Das Belvedere gefalle ihr besser, merkte Gerlinde dazu an, und er könne dieses von seiner Wohnung aus auch rasch mit der Straßenbahn erreichen. Ein Hinweis! – Wenn das Wetter passt, wäre das ein Programmpunkt für den kommenden Tag. Im Radio müssten bald Nachrichten mit dem Wetterbericht kommen. Gershon will schon aufstehen, um das Radio einzuschalten, lässt sich aber wieder zurückfallen: Ist doch egal, wie das Wetter wird; und wer weiß, ob die Vorhersage stimmt. Wenn es regnet, wird er sich etwas anderes einfallen lassen. Die Dürer-Ausstellung wollte er sehen, und die Synagoge unter dem Judenplatz. Nein, den Judenplatz will er wieder bei schönem Wetter sehen und im Schanigarten Kaffee trinken.
Gerlinde ist eine gute Stadtführerin. Aber alles zusammen war ihm heute zuviel. Den morgigen Tag wird er geruhsamer anlegen: ausgedehnt durch die Stadt wandern und mit Muße Eindrücke sammeln.
Nun steht er doch auf. Er will nicht wieder auf der Couch einschlafen. Er trinkt das Glas leer, um es in die Küche zu tragen. Beim Tisch bleibt er stehen, betrachtet die Bilderstapel. Er wusste immer um die Existenz der Schachtel, doch hat er sich nie dafür interessiert. Der Stapel mit den unidentifizierten Personen; wahrscheinlich würden sie unidentifiziert bleiben. Auch in Israel hätte er niemanden mehr, den er fragen könnte,

wer hier abgebildet ist. Versäumt! Abgesehen von seiner Neugier aber ohne Belang, denn da ist niemand, der irgendwann von ihm Auskunft erwarten mochte.

XVI

Die Wolken reißen auf, ein paar blaue Flecken sind schon am Himmel zu sehen. Kann man Matrosenanzüge damit flicken, hat die Mutter in solchen Fällen gesagt. Ein einzelner Sonnenstrahl trifft eine der Kirchenkuppeln. Gershon lehnt an den steinernen Brüsten einer Sphinx und blickt auf das Panorama der Stadt. Gerlindes Empfehlung hat sich als lohnend erwiesen.
Er konnte sich zwar erst spät am Vormittag dazu entschließen aufzubrechen, da es vom Morgen an leicht geregnet hat, schließlich verließ er aber doch die Wohnung, um nicht noch weiter vor den Photostapeln zu sitzen und zu grübeln, wer die ihm unbekannten Personen sein könnten. Gerlinde hatte gemeint, bei schlechtem Wetter könnte er hier ja auch die Österreichische Galerie mit den zahlreichen Schieles und Klimts besichtigen. Von dem beeindruckenden Ausblick auf die Stadt hat sie aber nichts gesagt. Lediglich die barocke Gartenanlage mit ihren Hecken und Brunnen nannte sie besonders sehenswert. – Vielleicht hat sie die Überraschung eingeplant? Um das beurteilen zu können, kennt er sie noch nicht gut genug. Oder der schöne Blick ist bei einem Schloss, das Belvedere heißt, einfach vorausgesetzt.
Jedenfalls war das Überraschungsmoment gut vorbereitet, denn auf diese Weise trieb ihn nichts zur Eile, nachdem er den Park betreten hatte. Das Nieseln hatte aufgehört, und er ließ das intensive Grün der Rasenflächen auf sich wirken. Er beobachtete eine Krähe, die auf einer Hecke entlangspazierte, und folgte dann einigen Postkartenblicken: das Schloss durch das schmiedeeiserne Tor, die sich im Teich spiegelnde Fassade ...
Ein Rumpeln unterbricht seine Gedanken. Es ist das japanische Pärchen, das er schon auf der anderen Seite des Gebäudes beobachtete; wie die beiden ihre Köfferchen auf Rollen hinter sich her zogen und immer wieder stehen blieben, um einander

zu photographieren – vor dem Teich, vor der Stiege mit den steinernen Pferden. Und nun haben sie die Köfferchen neben seiner Sphinx abgestellt und stellen sich in Positur vor dem Panorama der Stadt. Gleich werden sie ihn ansprechen, sie zu photographieren, denkt er; doch dann stellt er fest, dass ihre Kamera ein schwenkbares Display hat, in dem sie sich selbst photographierend sehen können. Praktisch, wenn man nicht mehr auf die Hilfe anderer Touristen angewiesen ist. Die Frage ist nur, ob die Arme in allen Fällen lang genug sind.

Als der Lärm der Kofferrollen verebbt, wendet er sich wieder dem Ausblick zu. Der Stephansdom ist leicht zu erkennen – nicht nur am eingerüsteten Turm mit den Werbetafeln. Er nimmt den Stadtplan zur Hand, um nach Möglichkeit auch andere Bauwerke zu identifizieren. Ganz links sieht er zwei weiße Kirchtürme. Das müsste die Votivkirche sein – Frau Gáls Zuckergusskirche. Der Zierrat ist aber aus dieser Entfernung nicht auszunehmen. Die grüne Kuppel müsste die Karlskirche sein. Zahlreiche Baukräne ragen aus der von Kirchtürmen geprägten Skyline.

Ein Sonnenstrahl wandert durch die Parkanlage und lässt diese gleich freundlicher erscheinen. Im Hintergrund strahlt ein weißes Gebäude kurz auf. Die Bergkette war ihm noch gar nicht aufgefallen. Es muss die Kirche am Leopoldsberg sein, von der er am Vortag mit Gerlinde über die Stadt blickte, denn nur wenig entfernt sieht er den Sender, an dem sie anschließend vorbeigefahren sind. Gerlinde hat auch den Namen des zweiten Berges genannt. Er hat ihn an Mussorgski erinnert: ›Night on the Bare Mountain‹ – auf dem kahlen Berg.

Die Photo-Schachtel hat er schon ausgepackt, aber die CDs noch nicht. Wenn er nachhause kommt, wird er das nachholen. Schließlich hat er nun auch die Möglichkeit, sie abzuspielen. Die Mussorgski-CD hat er schon lang nicht mehr gehört. Es wäre reizvoll, sie nächtens dort oben auf dem kahlen Berg zu hören. Den Hexen zum Tanz aufspielen!

Gestern der Blick von der Höhe auf die Stadt, heute aus der entgegengesetzten Richtung. Vom Berg her ist mehr zu sehen, aber aus großer Entfernung, gewissermaßen von außen. Entsatzheer. Hier ist man in der Stadt, sieht sie von innen, ohne die Distanz. – Und vom langen Stehen schmerzen ihn die Beine! So verlockend die Klimts und Schieles auch sein mögen, im Augenblick ist ihm mehr danach, sich irgendwo hinzusetzen, Kaffee zu trinken und in Ruhe eine Zigarette zu rauchen.

An der Seite des Gebäudes ist er an Kaffeehaustischen vorbeigekommen, doch hat er dort weder Kellner noch Gäste gesehen. Da sich die Wolken aber immer mehr verziehen und es angenehm wäre, im Freien zu sitzen, schaut er nach, ob das Kaffeehaus nicht doch geöffnet hat.

Eine Kellnerin ist eben dabei, die Tische und Sessel trocken zu wischen. Ein älterer Mann hat schon Platz genommen, also ist der Schanigarten in Betrieb. Als hätte sie ihn schon erwartet, begrüßt ihn die Kellnerin überaus freundlich und fragt ihn, ob er zum Kaffee ein Stück Torte möchte – »Die Obsttorte ist ganz frisch!« Er will sie nicht enttäuschen; außerdem hat er keine Lust, im Anschluss an den Museumsbesuch noch zu Mittag zu essen.

Gershon macht es sich bequem, lässt sich die Sonne ins Gesicht scheinen und genießt sein Touristendasein. – Gerlinde hat gemeint, er müsse die Gelegenheit nützen, so viele Klimt-Bilder noch vereint zu sehen, denn es laufe ein Verfahren um die Restitution von sechs der Bilder, die einst einem jüdischen Ehepaar gehört hätten.

Und sie nannte die Umstände kurios, da die einstige Eigentümerin der Bilder diese zwar nicht dem Museum testamentarisch vermacht, aber in ihrem Testament ihren Gatten gebeten habe, sie nach seinem Tod der Österreichischen Staats-Galerie zu hinterlassen. Doch dies sei durch die Nazis verhindert worden: Der Gatte wurde enteignet, musste in die Schweiz flüchten und entsprach nach seinem Tod natürlich nicht mehr der Bitte seiner Gattin, die Bilder nachträglich jenem Museum zu schenken, das sich diese zuvor schon mit Hilfe der Nazis angeeignet hatte. Hätte sich die Österreichische Galerie die Bilder nicht unrechtmäßig beschafft, war Gerlindes Konklusion, wäre sie wahrscheinlich heute rechtmäßige Eigentümerin.

Dabei ließ sie keine Zweifel, dass sie die Erben des Ehepaars als legitime Eigentümer betrachte, wenngleich sie es offenbar bedauert, dass die Bilder nach Abschluss des Verfahrens nicht mehr in Wien zu sehen sein würden. – Es ist angenehm, hier zu sitzen und die Beine von sich zu strecken, findet Gershon. Er ist zwar gespannt, die Gemälde zu sehen, doch veranlasst ihn nichts zur Eile, und er bestellt sich noch einen Kaffee. – Mehr als ein halbes Jahrhundert ist seit dem Ende des Nazi-Faschismus vergangen, und die vertriebenen Juden beziehungsweise deren Erben müssen noch immer um das von den Nazis geraubte Eigentum streiten. Dabei wird gern betont, wie schnelllebig die heutige Zeit doch sei.

Gut, dass er nicht weiß, was seiner Familie möglicherweise vorenthalten wurde. Die Mutter hat sich nie um eventuelle Ansprüche gekümmert. Sie hatte immer ihr Auskommen, wobei er überzeugt ist, dass zuerst Onkel Henry und später Onkel Shlomo jeweils die nötige Starthilfe beisteuerten. Danach aber verdiente sie genügend, um sich den Lebensstandard zu gönnen, der ihr angemessen erschien. Er kann sich nicht erinnern, dass sie jemals eine Bemerkung fallen gelassen hätte, sie würde sich dies oder jenes leisten, wenn sie nur das Geld dafür hätte.

Das entsprach nicht ihrem Charakter; wahrscheinlich auch, weil sie Armut und Elend zur Genüge kennengelernt hatte. In ihrem Elternhaus gab es keine Reichtümer – wenn eine Kutschfahrt über die Ringstraße ein ungeahnter Luxus war. Als sie in die bürgerliche Familie des Vaters einheiratete, hat sich das gewiss geändert, doch das hat anscheinend sie nicht verändert. Und dann kam ohnehin bald Shanghai: Bestimmt haben die Eltern dort keine Not gelitten, aber sie waren den Schilderungen Dr. Rosens zufolge doch ständig mit der Not der Flüchtlinge konfrontiert. Das änderte sich für die Mutter auch nicht in Kapstadt, wo sie durch ihre Arbeit mit dem Leid der schwarzen Bevölkerung nur allzu vertraut wurde.

Israel stellte sich da anders dar, aber ihre Sichtweise änderte sich nicht. Er entsinnt sich der Auseinandersetzung mit Onkel

Shlomo: Die Mutter wollte, wie andere Einwanderer auch, Ivrith im Ulpan lernen. Der Onkel fand das für ein Mitglied seiner Familie offenbar nicht passend und bot an, einen Privatlehrer zu bezahlen, doch die Mutter war in diesem Punkt nicht umzustimmen: ›Wenn man mir die Sprache beibringt, will ich dafür auch arbeiten.‹ Und das musste auch für ihre Kinder gelten …

Die Klingeltöne eines Handys stören seine Betrachtungen. Er blickt um sich. Der Schanigarten hat sich weitgehend gefüllt. Einige der Gäste greifen in ihre Taschen und stellen fest, dass es nicht ihr Handy ist, das weiter vor sich hin klingelt. Es dauert eine Weile, bis er merkt, dass er selbst beziehungsweise sein Handy Urheber der Ruhestörung ist.

Er ist schon gewillt zu fragen ›Wer stört‹, als er es schließlich aus der Rocktasche geholt und nach kurzem Nachdenken auch den richtigen Knopf gedrückt hat; meldet sich dann aber doch mit seinem Namen, da er annimmt, es sei Gerlinde, die ihn anruft. Es ist aber Wolfgang.

»Entschuldige, dass ich dich anrufe, aber von Mutter weiß ich, dass du dein Gepäck schon bekommen hast«, erklärt er. »Sind die Photos dabei? Ich weiß, es klingt komisch: Aber ich kann es nicht erwarten, ein Bild deines Vaters zu sehen. Ich habe mich so lang mit seiner Person beschäftigt, aber nie gewusst, wie er ausgesehen hat. Verstehst du das?«

»Ja, ich verstehe.«

»Könnte ich heut nachmittag bei dir vorbeischauen? – Wenn es dich nicht stört? Hast du Zeit?«

»Ich habe Zeit. Aber ich bin im Augenblick nicht zuhause.«

»Ich kann ohnehin erst später kommen. Habe zuerst noch einiges für die Schule zu erledigen. Wann bist du denn zurück? In zwei Stunden?«

»Gut. In zwei Stunden bin ich zuhause. Weißt du, wo ich wohne?«

»Ja. Mutter hat es mir gesagt.«

»Dann, bis bald.«

Gershon schaut auf seine Uhr. Das Museum muss eben warten; die Klimt-Bilder werden wohl noch eine Weile hier hängen.

Und mit der Straßenbahn ist er rasch daheim. Also kann er die Sonne noch ein wenig genießen.

Ein sonderbarer Junge, denkt er, nachdem er es sich wieder bequem gemacht hat. Er kann es nicht erwarten, ein Photo des Vaters zu sehen? – Es ist schon richtig: Es fällt schwer, sich mit einer Person zu beschäftigen, wenn man keine Ahnung hat, wie sie aussieht oder ausgesehen hat. Sie bleibt anonym; zumindest anonymer, als wenn einem ihr Erscheinungsbild vertraut ist. Hat er sich doch auch selbst des öfteren bei der Lektüre eines Romans gewünscht, die Physiognomie des Autors zu kennen. – Nicht immer; in vielen Fällen ist es völlig egal, wie er aussieht.

Dass der Junge aber nicht warten kann, bis er wieder bei den Wegscheids eingeladen ist und dann selbstverständlich die Photos mitbringt? Er hätte ja auch darauf drängen können, ihn einzuladen. Neulich war er wirklich aufgebracht, weil ihm sein Großvater die beiden Bilder aus der Schule nicht sofort gezeigt hatte. Will er nun seinerseits die Photos als erster sehen? – Oder ist alles nur ein Vorwand, um die Wohnung in Augenschein zu nehmen, die er doch hofft, gelegentlich einmal benützen zu können?

Das erinnert ihn daran, dass die Gepäckstücke teils geöffnet, teils noch verschlossen im Wohnzimmer herumstehen. Er sollte ein wenig Ordnung schaffen, bevor der Junge kommt – und Kaffee kochen. Kuchen ist noch genügend vorhanden.

Die Torte, die er zuvor gegessen hat, hat ihm zwar gut geschmeckt, aber sie war doch kein vollwertiges Mittagessen gewesen. Er ist zwar nicht hungrig, aber er hat Appetit auf – ja worauf? In Tel Aviv würde er zum nächsten Falafal-Stand gehen. – Fastfood. Das gibt es hier auch. Und nicht nur die globalen Ketten US-amerikanischer Prägung. In der City hat er Leute mit Pizza-Stücken auf Papptellern gesehen, und er ist an Kebab- und Würstel-Ständen vorbeigekommen.

Die Straßenbahn-Station, zu der er jetzt geht, liegt vor einem Bahnhof. Dort findet er bestimmt etwas Entsprechendes. Oder er schaut im Supermarkt um die Ecke vorbei. Dort ist er dieser Tage hinter einer Reihe von Schülern angestanden, die sich

Semmeln herrichten ließen, deren Inhalt ihm wohlschmeckend erschien. Zumindest dachte er, er müsste das einmal ausprobieren: Der eine nahm eine Semmel mit ›warmem Leberkäs‹ – wenn er das richtig verstanden hat – und der andere eine mit ›Extrawurst und Gurke‹. Eins davon wird er heute verkosten.

Als Wolfgang läutet, ist die Wohnung halbwegs aufgeräumt. Gershon hat nicht abgestaubt oder staubgesaugt, obwohl er mit diesen Tätigkeiten als Junggeselle durchaus vertraut ist, was wiederum nicht heißt, dass er sie gern macht. Aber er hat die beiden offenen Koffer geleert und deren Inhalt verstaut. Die große Schachtel hat er ungeöffnet ins Schlafzimmer gestellt. Er hat das Bett gemacht – sogar überlegt, ob er es nicht frisch beziehen soll, damit der Junge nicht den Duft seiner Mutter darin finden würde; sagte sich dann aber, dass dieser wohl kaum an den Polstern schnüffeln würde. Das bleibt ihm vorbehalten, wenn er abends ins Bett gehen wird. Und da Gerlinde noch nie bei ihm übernachtet hat, besteht auch keine Gefahr, dass irgendwo ein Slip oder ein BH verborgen darauf lauerte, gefunden zu werden. – Außerdem ist Gershon gesättigt und weiß nun, dass die Extrawurstsemmel mit Gurkerl und nicht mit Gurke garniert wird. Und weil noch Zeit blieb, hat er die Photostapel ein wenig geordnet – hat aus dem mit seinen Photos alle herausgenommen, auf denen er gemeinsam mit Hilda abgebildet ist.
Noch an der Tür entschuldigt sich Wolfgang, dass er so überfallsartig auftauche.
»Komm doch herein«, sagt Gershon, »magst du Kaffee? Und Kuchen?«
»Kaffee schon, aber keinen Kuchen.« Doch fügt er gleich hinzu: »Mach dir bitte keine Umstände.«
»Der Kaffee ist schon fertig.«
Schließlich fällt Wolfgangs Blick auf den Wohnzimmertisch. Ein Strahlen zieht über sein Gesicht. »Darf ich?«, fragt er und zeigt auf die Photos.

»Natürlich.« Die Photos des Vaters hat Gershon schon bereitgelegt, obenauf die Portraitaufnahme aus Shanghai. »Setz dich doch.« Er geht den Kaffee aus der Küche holen, und als er zurückkommt, sitzt Wolfgang das Photo betrachtend versunken da.

»Hast du ihn dir so vorgestellt?«, fragt Gershon.

»Nein. Das heißt, ich habe ihn mir auch nicht anders vorgestellt. Das war ja die Schwierigkeit, dass ich mir ihn überhaupt nicht vorstellen konnte.«

»Ich verstehe.«

Wolfgang wirft ihm einen Blick zu, als wolle er prüfen, ob dies auch ehrlich gemeint sei. So erzählt ihm Gershon von seinen Überlegungen, die er bezüglich der Autoren bestimmter Romane angestellt habe.

Schließlich legt Wolfgang das Photo beiseite und widmet sich den anderen Bildern. Gershon hat sie zuvor, soweit es ihm möglich war, chronologisch geordnet und auch das, von dem er annimmt, dass es ein Kinderphoto seines Vaters ist, dazugelegt.

»Du hast ohnehin auch die Aufnahme von der Schule«, stellt Wolfgang fest, als er zu dieser kommt.

»Das habe ich aber, als sie uns dein Großvater gezeigt hat, noch nicht gewusst. Wie gesagt, ich habe die Schachtel an mich genommen, nachdem meine Mutter gestorben war, mich aber nie um den Inhalt gekümmert.«

»Jetzt hast du es doppelt.« Wolfgang greift zur Mappe, die er neben sich an den Sessel gelehnt hat, und zieht die Kopien der Photos heraus, und danach einen Computerausdruck. »Ich habe dir auch das spärliche Ergebnis meiner Recherchen mitgebracht.«

Rudolf Gal, liest Gershon als Überschrift, und weiter: *Rudolf Gal wurde am 21. August 1911 als Sohn von David und Marie Gal in Wien geboren. Er war das zweite von drei Kindern. Seine ältere Schwester hieß Hilda.* Seine Schwester ist nach der Tante benannt worden, die jung gestorben ist. *Rebekka war um zwei Jahre jünger als Rudolf. Nach der Grundschule besuchte er das Gymnasium. Danach begann er Mathematik*

zu studieren, musste aber das Studium abbrechen, da sein Vater erkrankte und verlangte, dass er die Leitung des Familienbetriebs, einer Schuhfabrik, übernahm. Wie es heißt, war er ein ausgezeichneter Schachspieler.
Eine kleine Spitze gegen den Großvater? Dass der Vater ein guter Schachspieler war, weiß der Junge ja gewiss von ihm. Aber schon bei seinem ersten Besuch bei den Wegscheids hat Wolfgang ihn gefragt, ob das stimme. Und hier schreibt er: *Es heißt, dass ...*, als ob es Zweifel daran gäbe.
Rudolf Gal stand den Sozialdemokraten nahe, liest Gershon weiter, *und kam mit der Heimwehr in Konflikt.* Auch das hat er bestimmt von seinem Großvater erfahren. Allerdings klingt der Nachsatz ziemlich vage und es kommt auch keine weitere Erläuterung.
»Was ist damit gemeint: ›Er kam mit der Heimwehr in Konflikt‹«, fragt er Wolfgang.
»Das weiß ich nicht – und Großvater anscheinend auch nicht. Er vermutet, dass dein Vater einige Zeit im Anhaltelager Wöllersdorf war. Hast du davon gehört?« Da Gershon verneint, erklärt er: »Dollfuß ließ das Lager, analog zu den Konzentrationslagern in Deutschland, für politische Gegner auf dem Areal einer ehemaligen Munitionsfabrik in Niederösterreich errichten. Zuerst waren dort nur Kommunisten und illegale Nazis interniert; nach den Kämpfen vom Februar '34 kamen auch Sozialdemokraten dazu. – Ich habe von einem Fall gehört, wo man einen Kommunisten, der Jude war, aus Wöllersdorf freiließ, unter der Auflage, dass er nach Palästina auswandere. Vielleicht sind deine Eltern deswegen schon 1937 nach China gegangen. – Aber, wie gesagt, ich weiß nicht einmal, ob er wirklich in Wöllersdorf eingesperrt war.«
Die Mutter hätte es gewusst. Warum hat sie nie von jener Zeit erzählt? – Und warum hat er nie danach gefragt? »Ich habe keine Ahnung«, sagt er nach einer Weile, »er hat nicht mehr gelebt, um es erzählen zu können, und für meine Mutter waren jene Jahre nie ein Thema.« Das Manuskript, dem er sich nun wieder zuwendet, enthält nur noch ein paar lapidare Sätze: *1937 emigrierte Gal mit seiner Gattin Nellie nach Shanghai,*

wo sein Sohn Gershon zur Welt kam. Die Leitung der Fabrik übernahm sein Schwager Arthur Weinstein, der Mann von Rebekka. Rudolf Gal starb am 15. Dezember 1942, nachdem er auf der Überfahrt von Shanghai nach Kapstadt schwer erkrankt war.
»Viel ist es nicht, was ich über deinen Vater herausgefunden habe.«
»Und ich war dir auch keine Hilfe.«
»Ehrlich, als Großvater mit dir zu korrespondieren begann, dachte ich, dass ich nun eine passable Biographie zustande bringen würde.« Wolfgang schaut ihn verlegen an. »Aber betrachte das bitte nicht als Vorwurf. Bestimmt ist es für dich viel bedrückender, so wenig über deinen Vater zu wissen.«
Gershon will nicht darauf eingehen. »Ein kleiner Fehler ist hier. Eigentlich müsste es heißen: wo ›sein Sohn Gernot zur Welt kam‹. Das war mein ursprünglicher Name. Zum Gershon wurde ich erst in Israel. Aber das ist im Grunde nicht von Bedeutung.« Es sei denn, man wertet die Tatsache, dass seine Eltern ihm einen deutschen Vornamen gegeben haben, denkt Gershon, während er dem Jungen Kaffee nachschenkt. Dieser hat jetzt das Hochzeitsphoto der Eltern in der Hand.
»Darf ich auch die Bilder deiner Mutter anschauen?«, fragt er unversehens und greift auch gleich nach dem entsprechenden Stoß, als Gershon zustimmend nickt.
»Wer ist das Mädchen neben deiner Mutter?«, will er wissen, nachdem er eine Weile in den Photos geblättert hat.
»Hilda, meine Schwester.«
»Du hattest eine Schwester? Hast sie aber nie erwähnt?«
»Ich habe eine Schwester. Oder doch: Ich hatte eine Schwester.« Gershon kommt nun nicht umhin, von Hilda zu erzählen, und von Jehudith, die für ihn keine Schwester mehr ist.
»Und du hast keinerlei Kontakt zu ihr, hast sie nie mehr gesehen, nie mehr etwas von ihr gehört?«, fragt der Junge ungläubig.
»Ich weiß nichts von ihr, nicht einmal, wo sie wohnt.«
»Ist das nicht traurig?«
»Man gewöhnt sich daran.«

207

»Ich kann mir das nicht vorstellen. Wenn ich eine Schwester hätte ...«

Beide hängen ihren Gedanken nach, dann meint Wolfgang: »Ich glaube nicht, dass man einen Menschen, der einem einmal nahegestanden ist, mit dem man verbunden war, aus seinem Leben tilgen kann, – aus dem Leben vielleicht, aber nicht aus den Erinnerungen, aus den Gedanken. Großvater ist dafür das beste Beispiel. Er wird nie seine erste Frau vergessen.«

»Was war mit seiner Frau?«

Der Junge schaut auf und beginnt zu stottern: »Ja, – das ist, – das müsste er dir selbst erzählen.« Er blickt auf die Uhr. »Ich habe dich ohnehin schon viel zu lange aufgehalten.«

Es ist offensichtlich, dass er unbedacht ein Familiengeheimnis ausgeplaudert hat. Gershon will ihn jedoch nicht weiter in Verlegenheit bringen und fragt nicht nach.

»Darf ich mir das Photo deines Vaters ausborgen? Du bekommst es zurück. Ich will es nur kopieren und dem Lebenslauf hinzufügen.« Er sieht, dass Gershon zögert. »Ich könnte es dir morgen vorbeibringen, oder falls du morgen meine Mutter triffst, kann sie es mitnehmen.«

»Kein Problem.« Er gibt Wolfgang das Photo, erzählt ihm aber nun von dem Arzt, der ebenfalls während der Emigration in Shanghai gewesen sei und dem er so bald wie möglich das Bild zeigen wolle, da sich dieser zwar nicht an den Namen erinnern könne, aber vielleicht das Gesicht des Vaters in Erinnerung behalten habe. »Es könnte sein, dass du für deine Arbeit doch noch ein paar Details aus den Jahren in China erfährst.«

»Das wäre toll.« Seine Begeisterung wird aber sogleich getrübt. »Wolltest du ihn heute treffen?«

»Nein, nein«, beruhigt ihn Gershon, »morgen oder übermorgen ist auch noch Zeit. Aber du könntest etwas für mich tun. Kopierst du mir die CD von Hans Gál? Inzwischen habe ich die Möglichkeit, sie bei mir zu hören, wie du siehst.« Er zeigt auf sein Gerät.

»Habe ich schon bemerkt. War das auch in deinem Gepäck, oder hast du es hier gekauft?«

»Hier gekauft. Eine Mezzie, wie man mir versichert hat.« Wolfgang betrachtet das Gerät recht abschätzig. Gershon lacht. »Daheim habe ich eine bessere Anlage gehabt. Aber ich brauchte ein Radio; und so kann ich wenigstens vorläufig auch CDs spielen.«
»Okay. Du bekommst morgen auf jeden Fall das Photo zurück und die Gál-CD. Jetzt muss ich aber wirklich gehen.«
Nachdem sich Wolfgang verabschiedet hat, setzt sich Gershon wieder an den Tisch und schenkt sich den Rest aus der Kaffeekanne ein. Die Indiskretion bezüglich der ersten Frau des Alten hat ihn neugierig gemacht. Allerdings war die ganze Diskussion eigenartig gewesen. Man könne Menschen, die einem einmal nahe gestanden sind, nicht aus der Erinnerung verbannen, hat der Junge gemeint. Ja, wenn einen die Erinnerung einholt; wie es ihm in diesen Tagen immer wieder passiert. In Israel ist Hilda nie so oft in seinen Gedanken aufgetaucht. Natürlich hat er sich mitunter, wenn die Siedler wieder einmal in Aktion traten, gefragt, ob sie wohl gemeinsam mit ihrem Arieh mit von der Partie sei. Dabei war sie doch nicht mehr als irgendjemand, den er im Lauf seines Lebens kennengelernt hat. Oder hat er sich je dabei gesagt: Aber sie ist mir einmal nahegestanden, war mir verbunden? Wir haben doch als Kinder miteinander gespielt; was auch immer zwischen uns ist, sie ist meine Schwester, Kind meiner Eltern.
Er nimmt den Stoß mit Hildas Photos zur Hand und beginnt darin zu blättern. Da ist eines, auf dem sie trotzig in die Kamera blickt. So hat er sie in Erinnerung. Sie war immer trotzig. Trotzig, das ist das richtige Wort. Und sie fühlte sich immer und in allem benachteiligt. Sie war eifersüchtig auf seine enge Beziehung zu Bongi, betrachtete aber ihrerseits Bongi nur als schwarzen Dienstboten, der dazu da war, ihre Wünsche zu erfüllen. Sie passte sich vorbehaltlos dem Apartheidsystem an und verstand nicht, warum sie dafür kein Äquivalent erhielt – Anerkennung, Bewunderung, Zuneigung. Als er von seinen Mitschülern blutig geschlagen wurde, zeigte sie kein Mitleid für ihn, sondern Verständnis für jene, die ihn einen Kaffern-

Freund genannt hatten. Dass er in der Schule trotzdem bessere Noten bekam als sie, erbitterte sie.

Weiterblätternd findet er ein Photo von Hilda mit Dog. Das war charakteristisch für sie: Sie mochte den Hund, den sie von Onkel Henry zum Geburtstag bekommen hatte, nicht, weil er nicht genau das tat, was sie von ihm wollte. Deshalb gab sie ihm auch keinen Namen, sondern nannte ihn einfach Dog. Sie kümmerte sich nicht um ihn. Dabei war er anhänglich, aber eben jung und verspielt. Sie ließ es aber auch nicht zu, dass er oder Bongi ihn versorgten. Und sie trauerte Dog keinen Augenblick nach, als er schließlich davonlief.

In Israel fand sie dann heraus, warum ihr bisher so vieles vorenthalten geblieben war: ›Weil ich Jüdin bin.‹ Endlich hatte sie den Grund für fehlendes Glück oder fehlenden Erfolg gefunden. Er wirft den Stapel mit Hildas Photos auf den Tisch. Und wenn der Junge gemeint hat, sie müsse ihm doch einmal nahegestanden sein, dann muss er das verneinen. Er hat akzeptiert, dass sie seine Schwester ist – und das eben auch nur bis zu dem Zeitpunkt, da offenkundig wurde, dass sie ihren Buren-Rassismus nahtlos auf die Araber übertragen hatte. Auf jeden Fall sind ihm in seinem Leben viele Menschen, die nicht mit ihm verwandt waren, wesentlich näher gestanden als sie.

Gershon steht auf, um sich ein Glas Wein zu holen. Das erscheint ihm angebracht nach dem Exkurs in die familiäre Vergangenheit – und nach dem vielen Kaffee, den er an diesem Tag getrunken hat. Bevor er sich aber dem Alkohol hingibt, sollte er Gerlinde anrufen, um festzustellen, wann sie einander am kommenden Tag treffen würden.

»War Wolfgang bei dir?«, fragt sie sogleich, nachdem sie sich gemeldet hat. »Ich musste ihm deine Telephonnummer geben; er hat darauf bestanden.«

»Kein Problem. Wir hatten ein anregendes Gespräch. Und er wird dir das Photo, das er mitgenommen hat, geben, damit du es mir morgen zurückgibst.«

»Soll das heißen, dass mir gar nichts anderes übrig bleibt, als dich morgen zu treffen?«

Er hört sie glucksend lachen. »Das heißt es.«

»Na gut. Wenn ich mich jetzt noch ein wenig anstrenge, kann ich die Arbeit morgen abliefern. Und danach könnten wir einander treffen. – Was hältst du davon, wenn wir uns in der Stadt treffen; es soll ein schöner, warmer Tag werden.«
»Wenn du meinst.«
»Wir können ja anschließend noch zu dir fahren.« Wieder ihr glucksendes Lachen.
»Unter dieser Voraussetzung bin ich einverstanden. Wann und wo treffen wir einander?«
»Neun Uhr im Kaffeehaus am Judenplatz?«
»Ich freue mich.«
»Ich mich auch.«
»Übrigens, dein Tip, das Belvedere zu besuchen, war gut. Doch das erzähle ich dir morgen.«
Eigentlich hat er keine rechte Lust, allein zu trinken, denkt er, als er erneut auf dem Weg in die Küche ist. Fortgehen will er aber auch nicht mehr. Er könnte zu Rupert hochgehen und schauen, ob er Lust hat, ein paar Gläser mit ihm zu trinken.

XVII

Der Platz ist nahezu menschenleer, als ihn Gershon, aus dem schmalen Gässchen kommend, betritt. Ein Fahrradbote prescht, die bunte Plastiktasche auf dem Rücken, darüber. In der Tür des Kaffeehauses steht rauchend ein Kellner, der seine Zigarette fürsorglich auf ein Sims legt, nachdem sich Gershon in den Schanigarten gesetzt hat. Gemächlich kommt er an den Tisch, wünscht einen guten Morgen und nimmt die Bestellung auf. Auf dem Weg ins Lokal holt er sich wieder seine Zigarette.
Gershon lehnt sich in den Sessel und genießt den Blick über den Platz. Deshalb ist er früh genug aufgebrochen: um hier zu sitzen, die Beine von sich zu strecken und die Atmosphäre des Platzes in sich aufzunehmen. Er beobachtet eine junge Frau, Typ weiblicher Yuppie, die, begleitet von einem hässlichen Rassehund – er vermutet, ein Schweinshund – den Platz quert. Der Hund läuft zielstrebig auf das Lessing-Denkmal zu und hinterlässt dort seine Markierung. Wahrscheinlich hat man Denkmäler deshalb auf hohe Sockel gestellt, sagt er sich, um die Verewigten aus der Reichweite der Hundepisse zu heben.
Der Kellner bringt ohne die übliche dienstfertige Eile den Kaffee und das Kipferl. Bestimmt hat er noch einen langen Arbeitstag vor sich und sieht keinen Grund, sich schon zu früher Stunde zu verausgaben. Als Gershon wieder über den Platz schaut, hastet ein Mann, Managertyp in dunklem Anzug mit Aktenkoffer, den Kopf gesenkt darüber. Er hat keinen Blick für den Platz, nimmt weder Lessing noch das Shoah-Denkmal war.
Sind Denkmäler aber nicht dazu da, wahrgenommen zu werden? – Es muss an diesem Platz liegen, dass sich ihm erneut diese Frage aufdrängt. – Denkmäler sollten doch zu denken geben. Angenommen, er würde in der Nähe wohnen und müsste jeden Tag auf dem Weg zur und von der Arbeit am Shoah-Denkmal vorbeigehen: Würde er es nach einer Woche, einem Monat, einem Jahr noch wahrnehmen? Vermutlich nicht. Bestimmt nicht.

Man müsste Denkmäler schaffen, die sich tagtäglich oder innerhalb weniger Tage immer wieder verändern und damit die Neugier wecken: Was ist heute anders? Ist heute etwas anders? Vielleicht würde das die Passanten für den Sinn des Denkmals empfänglicher machen. – Jahrelang ist er auf dem Weg zur Arbeit an einem Kino vorbeigekommen, und er war immer schon neugierig, welchen Film man an diesem Tag ankündigte. Damit war sein Interesse aber auch schon befriedigt; er ist nie in dieses Kino gegangen. Bei einem Denkmal wäre es voraussichtlich nicht anders; kein Gedanke, der weiterführt.
Man müsste ein System entwickeln, das nächtens alle Denkmäler einer Stadt umgruppiert, damit sich anderntags jeder fragt: Wohin ist der Lessing verschwunden? Oder: Was macht der Beethoven plötzlich da? Warum steht gerade er plötzlich da; passt er überhaupt hierher? Wann kommt endlich der Prinz Eugen oder der Klimt auf diesen Platz?
Gershon spürt einen Lufthauch hinter sich, dann kitzeln Haare seine Wange. »Schon wieder in Gedanken?«, hört er Gerlinde sagen. Sie küsst ihn. »Ich muss wohl mein Angebot erhöhen? Zwei Euro für deine Gedanken.« Lachend setzt sie sich neben ihn, ihre Hand auf seinem Arm. Er beugt sich zu ihr, zieht sie an sich und küsst sie nun seinerseits ausgiebig, bis er aus dem Augenwinkel sieht, dass der Kellner kommt.
Hübsch ist sie, sagt sich Gershon, sie betrachtend, während sie ebenfalls Kaffee mit Kipferl bestellt; und die Verlegenheit, die ihre Wangen ein wenig erröten ließ, steht ihr gut.
»Wartest du schon lang?« Sie schaut auf die Uhr.
»Nein«, und mit einem Blick auf seine Uhr, »du bist wie immer pünktlich.«
Diesmal ist der Kellner mit mehr Eifer unterwegs. »Ich habe übrigens noch einmal nachgelesen, was auf dieser Tafel des Herrn Jordan steht«, sagt Gerlinde, nachdem sie einen Schluck Kaffee getrunken hat, und deutet auf das Relief. »Der Text ist recht eigenartig, denn da ist einerseits die Rede vom Ingrimm, der 1421 die ganze Stadt erfasst und die ›furchtbaren Verbrechen der hebräischen Hunde‹ gesühnt habe. Doch am Schluss heißt es, dass auf die unbeherrschte Rache Strafe und Buße

213

folgen würden und man diese Erkenntnis nicht übersehen dürfe.«

Was soll er dazu sagen? Der erste Satz macht ihn betroffen; und der Nachsatz ist tatsächlich merkwürdig, als wäre er Ausdruck einer späten Einsicht. Dazu müsste man allerdings mehr über diesen Herrn Jordan wissen.

»Bevor ich vergesse: Wärst du interessiert, am Montag mit ins Theater zu gehen? – Ich habe seit Jahren ein Abonnement im Volkstheater, und die nächste Vorstellung ist am Montag. Ein Stück von Nestroy. – Kennst du Nestroy?«

Gershon verneint.

»Nestroy ist der bedeutendste Vertreter des Wiener Volkstheaters; bedeutend vor allem, weil er in seinen Stücken ironisch bis sarkastisch auf die Zustände seiner Zeit, des Biedermeier, eingegangen ist ...«

So ausführlich will das Gershon, jedenfalls im Augenblick, gar nicht wissen. Er würde ohnehin jede Gelegenheit nutzen, mit Gerlinde zusammen zu sein. »Natürlich komme ich mit«, wirft er ein.

»Nestroy ist in seinen Stücken recht politisch«, fährt jedoch Gerlinde fort, »angesichts der zu seiner Zeit herrschenden Zensur ist sein Witz meist hintergründig – oft aber durchaus zeitgemäß und auf heutige Verhältnisse übertragbar. Früher hat man seine Possen vielfach als Klamauk inszeniert; heute geht man doch mehr und mehr auf den politischen Nestroy ein.«

»Nicht nur eine vorzügliche Fremdenführerin, sondern auch noch Literaturdozentin.« Gershon nimmt ihre Hand, doch sie entzieht sie ihm. »Das muss man wissen. Ganz abgesehen davon, dass Nestroy in der Literaturwissenschaft noch immer nicht den ihm gebührenden Platz hat. Ich halte ihn jedenfalls für bedeutender als den ›großen Klassiker‹ Grillparzer. Vor allem hat er uns heute wesentlich mehr zu sagen; und dazu bedarf es nicht einmal aktualisierter Couplets.«

»Gut. Du hast mich überzeugt. Ich komme mit. – Aber du wolltest mir heute auch etwas von der Stadt zeigen.« Er winkt dem Kellner und zahlt.

»Die Aufführung hat auch gute Kritiken gehabt«, fügt sie im Weggehen noch an. Sie hängt sich bei ihm ein. »Obwohl ich nicht viel auf Theaterkritiken gebe. Da sind mir zu viele verkappte Schriftsteller am Werk, denen es mehr um ihre eigenen literarischen Ergüsse geht als um die sachlichen Informationen, die man als Leserin und Leser erwartet.«
»Wohin führst du mich heute?«
»Wir beginnen beim Stephansdom.«
»Dann ist es gut, dass ich bisher noch nicht hineingegangen bin. Ich war mir nämlich sicher, irgendwann würdest du ihn mir zeigen.«
»Ich will dich aber gar nicht in den oder durch den Dom führen. Der ist nur der Ausgangspunkt. Außerdem kannst du dir den Dom ruhig allein anschauen: Du lässt erst den Raum auf dich wirken – das ist das Entscheidende –, dann streifst du umher und gehst schließlich zur Kanzel, siehst dir den Fenstergucker an sowie die Kröten und Lurche, die das Geländer hinaufkriechen. Und zuletzt zündest du eine Kerze an und wünschst dir etwas.«
»Ich wüsste schon, was.«
»Drei Euro …« Sie lehnt sich im Gehen an ihn, und es bedarf einigen Gegendrucks, um nicht vom geraden Kurs abzukommen. Sie lacht.
»Gehen wir auf den Turm?«
»Auch nicht. Es sind übrigens zwei Türme: ein Stummel mit Lift und der lange mit 418 Stufen bis zur Türmerstube. Das ist mir, um ehrlich zu sein, zu anstrengend. – Ich will dir etwas zeigen, das Touristen nur selten sehen.«
»Außer sie werden von dir geführt …«
»Auch dann nicht, denn dafür ist neben den Sehenswürdigkeiten, die unbedingt auf dem Programm stehen, keine Zeit. Abgesehen davon, bedarf es, um diese Einblicke genießen zu können, einer gewissen Ruhe.«
»Ich werde es zu schätzen wissen.« Er legt ihr den Arm um die Schulter und küsst sie auf die Wange. Sie bleibt stehen und wendet sich ihm für einen nachhaltigeren Kuss zu. Er endet, als zwei Kinder auf ihren Skootern vorbeirumpeln und belus-

tigt pfeifen. Sie löst sich von ihm und richtet sich lachend die Haare.

Als sie den Stephansplatz erreichen, führt ihn Gerlinde zwischen Dom und Fiakern entlang. Sie hat sich wieder bei ihm eingehängt, und an seinem Arm spürt er die Wärme ihres Körpers. Plötzlich bleibt sie stehen und zieht ihn einige Schritte zurück. »Auf dieses Denkmal muss ich dich doch aufmerksam machen«, erklärt sie. »Es ist dem Johannes von Capistran gewidmet, einem Franziskanermönch, der um 1450 nach Wien gekommen ist und hier Hasspredigten auf Türken, Hussiten und Juden gehalten hat. Wo wir uns befinden, war der Stephansfriedhof, und in diesem stand eine hölzerne Kanzel, von der er zum Kreuzzug gegen die Türken aufrief. Mit geringem Erfolg, denn ein dreiviertel Jahrhundert später standen die Türken dann erstmals vor Wien. Da war Capistran allerdings schon lange tot. Dennoch darf er auf dem Denkmal einen Türken niederstechen. Dass er in Breslau an Judenverbrennungen teilgenommen hat, ist hier nicht dargestellt. – Für sein gottgefälliges Wirken wurde er heilig gesprochen.«

Gershon gefällt es, wie sie sich ereifert, sagt aber nichts. Schließlich war dieser Capistran nicht der Letzte, der zu Mord und Totschlag aufgerufen hat, sich daran auch beteiligte und dafür verehrt wird.

»Aber wenden wir uns Schönerem zu.« Gerlinde zieht ihn weiter. Sie führt ihn am Mozarthaus vorbei, erzählt, dass die Blutgasse gern als Filmkulisse verwendet werde, zeigt ihm reizvolle Innenhöfe und erklärt, dass die offenen Gänge Pawlatschen genannt werden und dieses Wort aus dem Tschechischen komme. Gässchen, Durchgänge, winzige Plätze; Gershon hätte längst die Orientierung verloren, wenn sie ihn nicht fallweise darauf aufmerksam machte, dass man auch aus dieser Ecke oder von jenem Stiegenaufgang den Turm des Stephansdoms – den Steffl, wie sie sagt – sehe.

»Gefällt es dir hier?«, fragt sie, als er sie wieder einmal zurückhält, stehen bleibt, um ein reizvolles oder auch verblüffendes Bild auf sich wirken zu lassen.

»Ja, sehr. Auch schon deswegen, weil ich von mir aus nie auf die Idee gekommen wäre, mich hierher zu verirren.« Er nimmt sie in die Arme.

Er hat ein Gefühl, als staue sich bereits die Flut von Eindrücken in seinem Kopf. Und er verspürt das Bedürfnis, irgendwo auszuruhen und den Bildern Gelegenheit zu geben, sich zu setzen. »Sollten wir nicht bei Gelegenheit auch an ein Mittagessen denken?«, fragt er deshalb.

»Eine gute Idee. Ich bin ohnehin schon durstig vom vielen Reden.« Sie scheint einen Augenblick nachzudenken, dann weiß sie offenbar, welches Gasthaus sie ansteuern will. Wieder einige schmale Gassen, ein kleiner Platz gequert, eine Durchfahrt, dann betritt sie ein Lokal. Es ist klein, nur wenige Tische stehen da, aber es wirkt sehr heimelig. Holzpaneele rundherum, an den Wänden Bänke. ›Vom Alter gebeizt‹, hat er irgendwo einmal gelesen; das trifft auch auf diesen Raum zu.

Die Wirtin kommt sogleich, nachdem sie sich gesetzt haben, und begrüßt Gerlinde überschwänglich auf Italienisch. Ihm wirft sie nur einen kurzen Blick zu und ignoriert ihn im Weiteren.

»Magst du ein Glas friulanischen Weißwein?«, fragt ihn Gerlinde. »Renata sagt, er wäre ganz ausgezeichnet.«

Er bejaht und nimmt nochmals den Raum in Augenschein. Nachdem die Wirtin die Getränke gebracht hat, unterhält sie sich wieder mit Gerlinde. Es stört ihn nicht; im Gegenteil, er ist fast ein wenig froh darüber. Er prostet Gerlinde zu, kostet den Wein – er schmeckt ihm – und zündet sich eine Zigarette an. Dann lässt er Bilder dieses Vormittags, die sich ihm besonders eingeprägt haben, nochmals Revue passieren. Sie erscheinen ihm alle erinnernswert. Es war ein schöner Rundgang. Und es stimmt: Ohne Gerlinde hätte er sich bestimmt nicht so rasch in das Gassengewirr vorgewagt.

Diese ist immer noch ins Gespräch mit der Wirtin vertieft, öffnet dann ihre Tasche und holt ein kleines Notizbuch heraus. Sie blättert darin und nennt dann Zahlen, offenbar eine Telephonnummer, die sich die Wirtin aufschreibt. Das weitere

Gespräch der beiden dreht sich sichtlich ums Essen. »Renata empfiehlt heute ein Risotto mit Meeresfrüchten«, wendet sich Gerlinde wieder an ihn.
Er isst gern Meeresfrüchte und nickt zustimmend.
»Vorher eine Minestrone?« Sie fragt die Wirtin etwas und fügt dann hinzu: »Es gibt auch Kuttelflecksuppe.« Er entscheidet sich für die Minestrone.
»Renata kocht ganz ausgezeichnet«, erklärt Gerlinde, nachdem diese gegangen ist. »Italienische Küche, richtige italienische Hausmannskost, abseits der Pizzen. – Du hättest aber auch etwas anderes essen können, wenn du Risotto nicht magst?« Sie schaut zur Wirtin, als wolle sie sie zurückrufen.
»Ich mag Risotto, wirklich«, beeilt sich Gershon zu sagen.
»Übrigens habe ich die CD mit, die dir Wolfgang überspielt hat, und das Photo. Wolfgang hat noch eine Kopie davon gemacht. Er hat erzählt, dass du es jemandem zeigen willst? – Soll ich es dir gleich geben oder noch in meiner Tasche lassen?«
»Gib es mir, wenn wir zuhause sind.«
Gerlinde beugt sich über den Tisch und streichelt seine Hand. »Ich hoffe, Wolfgang hat dich gestern nicht zu sehr genervt«, sagt sie nach einer Weile. »Wenn er sich etwas in den Kopf setzt, kann er mitunter recht sekkant sein.« Er genießt es, ihre Hand auf der seinen zu spüren.
Die Wirtin steht unversehens an ihrem Tisch und serviert mit einem ›buon appetito‹ die Minestrone in stilvollen Schüsseln. Während sie wortlos ihre Suppe löffeln, betrachtet er immer wieder Gerlinde. Und er verspürt ein Glücksgefühl dabei. Hat er jemals für eine Frau so empfunden wie für sie?
»Schmeckt dir die Suppe nicht?«, hört er sie plötzlich fragen.
»Doch, doch.«
Er muss verdutzt dreingeblickt haben, da sie erklärt: »Weil du nicht isst.«
Rasch führt er ein paar Löffel Suppe zum Mund. Sie ist tatsächlich schon lauwarm, aber noch immer wohlschmeckend, wie er erst jetzt merkt. Als er wieder aufblickt, lächelt sie und meint dann: »Ich erhöhe auf fünf Euro.«

Als er schließlich die Suppenschüssel beiseite schiebt, ist sie wieder ernst. »Wolfgang hat mir auch gesagt, dass er sich während eurer Unterhaltung verplappert hat.«

»Ja, er hat zuerst erklärt, man könne jemanden, mit dem man einmal verbunden war, nicht aus seinem Leben, zumindest nicht aus seinen Gedanken verbannen – und hat dann kryptisch seinen Großvater angeführt. Als ich nachfragte, war er sehr verlegen und hat dann gemeint, das müsse mir dein Vater selber erzählen.«

»Darum geht es. Ich will nicht, dass du auf die Idee kommst, Vater danach zu fragen.«

»Ein Familiengeheimnis?« Er lacht. »Leichen im Keller?«

Gerlinde blickt ihn zornig an, und er entschuldigt sich: »Tut mir leid. Ich wollte an nichts rühren.«

»Due risotti.« Die Wirtin stellt zwei Teller, gehäuft mit Risotto, vor sie hin.

»Grazie, Renata!«, bedankt sich Gerlinde, und als die Wirtin weg ist, stellt sie fest: »Wenn du es wissen willst, dann frag mich!«

Sie hat Recht. Was gehen ihn die Geheimnisse der Familie Wegscheid an? Nichts. »Ich will es nicht wissen«, erwidert er, »und nochmals: Es tut mir leid, wenn ich an etwas gerührt habe, das mich nichts angeht.«

»Dann lass es dir gut schmecken.«

Er lässt es sich schmecken; es ist ein vorzügliches Risotto mit verschiedenen Arten von Muscheln, Scampi und Tintenfischstücken. Er blickt zu Gerlinde, die nun nachdenklich wirkt. Sie spürt seinen Blick, und als sie aufschaut, lächelt sie wieder. »Renata macht auch ganz ausgezeichnete *calamari alla griglia.* – Allerdings würde ich sie heute nicht essen.« Sie kichert. »Renata verwendet dazu nämlich viel Knoblauch. Und dann würdest du mich womöglich aus deinem Bett verbannen.«

»Warum? Wir Juden haben doch den *shum,* den *Knobel,* erfunden. – Allerdings gibt es da auch ein jüdisches Sprichwort, das heißt: Wer keinen Knobel isst, dem stinkt es nicht aus dem Maul; womit gemeint ist: Wer nichts Unrechtes tut, der braucht die öffentliche Meinung nicht zu scheuen.«

»Trinken wir hier noch einen Kaffee?«
»Das hängt ganz davon ab, was du noch vorhast. Wenn es nach mir geht, so habe ich für heute genug optische Eindrücke gesammelt.«
»Willst du damit andeuten, wir sollten jetzt zu dir fahren?«
»Nachdem du eben mein Bett erwähnt hast, könnte ich mir das vorstellen. – Und wir könnten den Kaffee bei mir trinken.«
»Wenn du meinst.« Beide lachen.
Heimgekommen entledigt sich Gershon seines Sakkos, wirft es über einen Sessel und zieht Gerlinde an sich. Er legt die Arme um sie. Sie schmiegt sich an ihn. – Endlich stört niemand mehr ihre Intimität. Er kann sie an sich drücken, ihren Körper warm und weich an dem seinen spüren. Für immer so dastehen, denkt er. Doch nach einiger Zeit wandern seine Hände unter ihren Pullover.
»Du hast uns Kaffee versprochen.« Sie löst sich aus seinen Armen. »Wir haben es nicht eilig. Ich kann heute länger bleiben. Vater ist außer Haus; und Wolfgang ist ganz froh, wenn er die Wohnung für sich hat.«
»Wie geht es deinem Vater?«
»Er hat sich erholt und pafft schon wieder seine Zigarren. Das ist ein gutes Zeichen.«
Gershon geht in die Küche, Kaffee zu kochen. Gerlinde folgt ihm, bleibt aber in der Tür stehen. »Weil ich auf dem Tisch die Photographien liegen gesehen habe: Wolfgang hat erzählt, dass du eine Schwester hast?«
»Hatte.«
»Wie du zu ihr stehst, ist das eine, aber du hast eine Schwester.«
»Also gut: Es gibt eine Frau, die die Tochter meiner Eltern ist.«
»Warum hasst du sie? – Oder willst du nicht darüber reden?«
Eigentlich will er nicht darüber reden, doch dann sagt er: »Ich hasse sie nicht. Ich will nur nichts mit ihr zu tun haben.« Er drückt Gerlinde die Kaffeetassen in die Hand und folgt ihr mit der Kanne ins Wohnzimmer.

»Sind da auch Photos von ihr dabei?«, fragt sie, während er einschenkt.
»Der Stoß ganz rechts; es sind ja die Photos meiner Mutter.«
Sie greift danach, schaut aber zu ihm, ob er etwas dagegen einwendet.
»Ich könnte sagen, sie sei mir gleichgültig; doch das stimmt nicht. Schließlich gehört sie zur Siedlerbewegung, und die kann mir nicht gleichgültig sein.«
Gerlinde blickt von den Photos auf, in denen sie geblättert hat, erwartet eine Erklärung.
»Die Siedler sind heute das gefährlichste Element in der israelischen Gesellschaft. Sie halten jede Regierung in Geiselhaft. Sie verkörpern einen fundamentalen Zionismus, der jeder friedlichen Lösung entgegensteht. Durch Jahrzehnte von den Regierungen hochgepäppelt, wird man sie nun nicht mehr los. Sie sind gewaltbereit und gewalttätig; verbunden mit ihrer rassistischen Einstellung gegenüber allen Arabern ergibt das letztlich Faschismus ...«
»Aber das trifft doch nicht auf alle Siedler zu?«
»Selbstverständlich sind nicht alle, die heute in den besetzten palästinensischen Gebieten leben, dorthin gezogen, um Zions Anspruch auf das gesamte verheißene Land zu manifestieren. Für viele waren die Lockungen ausschlaggebend: neue komfortable Wohnungen, Arbeitsplätze und nicht zuletzt soziale Anerkennung. Aber man bleibt als Siedler nicht der, der man vielleicht zuvor war. Es wird ein Prozess in Gang gesetzt, der eine Eigendynamik entwickelt. Allein die Tatsache, in ›Feindesland‹ zu leben, bewirkt eine aggressive Grundhaltung. Du müsstest die Siedlungen – die ja zum Teil Städte sind – einmal gesehen haben; so mustergültig und komfortabel sie nach innen auch sein mögen, nach außen gleichen sie Festungen, ähneln den Kreuzritterburgen. Und da gibt es durchaus Parallelen: Was für jene das Heilige Land war, ist für die Siedler das Gelobte Land. Das heißt, sie leben unter dem ständigen Druck, zu rechtfertigen, warum sie da sind.
Weil Er das Land ihren Urvätern vor tausenden Jahren geschenkt hat? Vielleicht genügt das manchen, aber bestimmt

nicht allen. Viele kamen nicht einmal als überzeugte Zionisten ins Land, gehorchten der Not, flüchteten vor Repression und Verfolgung – oder sie sind die Kinder und Kindeskinder von Menschen, die nicht getrieben von zionistischem Sendungsbewusstsein ins Land kamen, sondern lediglich einen Flecken auf Erden suchten, auf dem sie ein neues und besseres Leben führen könnten.
Aber reichen diese Wünsche zur Rechtfertigung eines völkerrechtswidrigen Landraubs? Also muss man einer Ideologie folgen, die dies erfüllt. Man wird zum Bollwerk gegen einen äußeren Feind, zum Vorposten, um die Existenz Israels zu sichern. Oder man fühlt sich als Kulturträger, der den Eingeborenen die Zivilisation bringt, das Land zum Blühen bringt, wozu jene nicht fähig wären.
Allerdings wird man da nur allzu rasch von der Realität eingeholt; etwa wenn das Blühen nur durch Bewässerungssysteme möglich ist, die das Land letztlich unfruchtbar machen, und den Palästinensern im benachbarten Dorf kein Wasser mehr bleibt, um sich zu waschen. Also folgt das Argument, dass jene ohnehin Barbaren, Untermenschen seien, ohne Anrecht auf das Land. Und man hört den Wilden Westen: Nur ein toter Palästinenser ist ein guter Palästinenser. Deshalb hat sich Israel auch so trefflich mit dem Apartheid-Regime in Südafrika verstanden. – Aber ich rede zu viel …«
Gerlinde blickt auf die Photos in ihrer Hand. »Und was hat das mit deiner Schwester zu tun?«
»Sie und ihr Mann sind von Anfang an dabei gewesen, als der Golan besiedelt wurde, als den Palästinensern im Westjordanland und in Gaza mehr und mehr Land geraubt wurde, immer an vorderster Front; und sie haben jene Ideologie verinnerlicht, die lieber mit dem Krieg lebt, als auch nur einen Schritt in Richtung eines gerechten Friedens zu gehen.«
Gershon geht in die Küche und holt sich ein Glas Wasser, das er in tiefen Zügen austrinkt. Als er zurückkommt stellt er Gerlinde die Frage: »Angenommen, du hättest einen Bruder, der ein überzeugter Nazi ist – kein Mitläufer, der sich lediglich Vorteile verspricht –; wie würdest du dich ihm gegenüber verhalten?«

Sie blickt nicht auf, sondern schaut eines der Bilder an: »Aber sie war ein hübsches Kind«, sagt sie.
»Das hätte sie gern gehört. Damals hat es ihr wohl niemand außer Mutter gesagt.«
»Und ihr wirkt recht fröhlich miteinander.«
Gershon tritt hinter Gerlinde, um zu sehen, welches Bild sie so angelegentlich betrachtet. Er beugt sich zu ihr hinunter und nimmt ihren Duft wahr. »Da waren wir auch noch Kinder; und Onkel Henry hat bestimmt einen Scherz gemacht, damit wir für das Photo lachen.« Er küsst sie auf den Nacken, streichelt ihn. Entspannt lässt sie den Kopf nach vor sinken, genießt die Berührung. Schließlich legt sie den Kopf zurück, lehnt ihn an seinen Bauch, die Augen geschlossen. Er beugt sich über sie und lässt seine Lippen über ihr Gesicht gleiten.

Und sie hat ihm – aus eigenen Stücken und ohne dass er sie danach gefragt hätte – erzählt, was es mit jener Familiengeschichte, um die sie zuvor ein Geheimnis gemacht hatte, auf sich hat. Gershon räumt das Kaffeegeschirr in die Küche. Er ist sich noch ungewiss, ob er nicht gleich wieder zurück ins Bett gehen soll. Er ist müde, angenehm matt nach diesem Nachmittag und Abend; Gerlinde ist lange geblieben. Er hat schon gehofft, sie würde vielleicht die Nacht bei ihm verbringen, doch zuletzt brach sie auf und ließ sich durch keine Liebkosungen beirren. Und nun weiß er nicht, was er tun soll. Die Gál-CD, die ihm Wolfgang kopiert hat, fällt ihm ins Auge, doch er hat keine Lust, sie sich jetzt anzuhören.
Er will an Gerlinde denken, sich an alles erinnern, was er mit ihr an diesem Tag erlebt hat. Und das tut er am besten im Bett, das noch ihren Geruch und ihre Wärme ausstrahlt. Er legt den Stapel mit den Photos von Hilda wieder an den ursprünglichen Platz zurück und betrachtet dabei nochmals das Photo, von dem Gerlinde gemeint hat, dass sie doch miteinander vergnügt gewesen seien.
Hätte er Gerlinde gegenüber seinen Zorn auf die Siedler, seine Abscheu besser zügeln sollen? Allerdings hätte er auch noch

mehr ins Treffen führen können: dass sich manche von ihnen einen Sport daraus machen, auf Palästinenser zu schießen, oder von Soldaten fordern, sie sollten auf palästinensische Kinder schießen; morden und zum Mord anstiften. Was zählen dagegen glückliche Kindheitserinnerungen?

Er zündet sich eine Zigarette an und setzt sich nun doch noch einmal an den Tisch. Vielleicht hat ihm aber gerade deshalb Gerlinde die Geschichte von ihrem Vater und dessen erster Frau erzählt: dass diese Jüdin war und die Nazis von ihm forderten, er müsse sich von ihr scheiden lassen, ihm mit Verhaftung und Ärgerem drohten; dass sie selbst ihm zur Scheidung zugeredet habe und er dem Druck nachgab; dass sie im KZ umkam und er sich seither den Vorwurf macht, sie im Stich gelassen zu haben, feig gewesen zu sein. Und daraus seine späte beharrliche, ja zwanghafte Liebe zu jener Frau resultiert; eine Liebe, die er ihrer Mutter versagt habe.

Gerlinde erzählte es, als er schon glaubte, sie sei – ihren Kopf auf seiner Brust – eingeschlafen. Und hinterher verlangte sie von ihm nochmals nachdrücklich, ihrem Vater gegenüber jede Frage nach seiner ersten Frau zu vermeiden, auch jede Frage bezüglich des Photos im Bibliothekszimmer. Ihr Vater habe nie die ganze Geschichte erzählt; es seien immer nur Andeutungen gewesen, aus denen sie sich schließlich im Laufe vieler Jahre halbwegs ein Bild habe machen können.

Es muss Gerlinde ziemlich beschäftigt haben, denn später, nachdem sie ein weiteres Mal miteinander geschlafen hatten, erklärte sie unvermittelt, sie vermute, dass die erste Frau ihres Vaters eine Freundin der Schwester seines Vaters, also seiner Tante Rebekka gewesen sei. Sie sagte es nicht, überlegt Gershon, als er nun ins Badezimmer geht, aber der Gedanke lag nahe, dass das Interesse des Alten an seinem Vater und ihm letztlich davon herrührte.

XVIII

Was geht ihn dieser Junge an? Hildas Sohn – nein, Jehudiths Sohn. Was will er von ihm?
Auf seinem Weg durch die Wohnung bleibt er am Tisch stehen und zündet sich eine weitere Zigarette an; er mag gar nicht wissen, die wievielte an diesem frühen Morgen. Sie schmeckt ihm nicht. Sein Mund fühlt sich pelzig an. Er trinkt einen Schluck Wasser. Es ist ohne Geschmack. Doch auch der Kaffee, der frisch gekocht auf dem Tisch steht, schmeckt ihm nicht – ebenso wie der Wein. Alles schon probiert. Und er befürchtet, ihm könnte der ganze Tag nicht schmecken.
Möglicherweise würde ein Schnaps seine Stimmung heben – doch Schnaps hat er keinen im Haus. Dem könnte er immerhin abhelfen: Er muss lediglich zum Supermarkt gehen und dort eine Flasche Wodka kaufen.
Gershon zieht sich an, ohne Zähne geputzt, sich gewaschen und rasiert zu haben. Als er auf die Straße tritt, atmet er tief ein. Die morgendliche Frische tut ihm gut. In der Nacht muss es geregnet haben; der Gehsteig ist noch nass und die Luft feucht. Vor allem aber ist er der Enge der Wohnung entkommen, in der er zuletzt wie ein Affe im Käfig umhergelaufen ist – wobei allerdings die Gitterstäbe fehlten, an denen er sich hätte entlanghangeln können.
Er schreitet kräftig aus. Das ist angenehm; so angenehm, dass er am Supermarkt vorbeigeht, immer weiter, ohne nachzudenken, wohin ihn sein Fußmarsch führen wird. – Ja, was will dieser Junge von ihm? Sein Neffe? Bis zu diesem Morgen hat er gar nicht gewusst, dass er einen Neffen hat. Und nun drängt sich dieser in sein Leben. Shimon – gewiss hat ihn seine Mutter nach Bar Kochba benannt, dazu bestimmt, ein Held zu werden.
Ihn zu nachtschlafender Zeit zu wecken! Es war Viertel nach fünf, als ihn ein Geräusch aus dem Schlaf riss, das ihm zwar bekannt vorkam, aber nicht bekannt genug, um es sogleich

als das Klingeln seines Handys zu identifizieren. Um diese Tageszeit angerufen zu werden konnte nichts Gutes bedeuten; üblicherweise den Tod eines nahen Verwandten. Doch da war niemand mehr, der in diese Kategorie hätte fallen können. So dachte er zuallererst an Gerlinde, ohne Vorstellung, was passiert sein konnte.

Aber es war Efraim. Ja, er wisse, wie spät beziehungsweise früh es sei, stellte er auf Gershons unwirsche Frage hin fest, nachdem er sich zu erkennen gegeben hatte. Aber er habe es für nötig befunden, ihn vorzubereiten, denn demnächst würde ihn sein Neffe anrufen.

Er habe keinen Neffen, hat er erklärt. Doch Efraim erwiderte: ›Der Sohn deiner Schwester, der von zuhause ausgerissen ist und dich nun als seinen nächsten Verwandten sucht.‹ Und er erzählte, dass ihn dieser Junge – Shimon – am Vortag ganz verzweifelt angerufen habe. Er wisse selbst nicht, wie er ausgerechnet auf ihn gekommen sei; ›vielleicht eine Nachbarin von dir.‹ Wie auch immer, er habe seinen Onkel gesucht, und er habe ihm seinerseits nur sagen können, dass sich ›sein Onkel Gershon‹ derzeit nicht in Israel aufhalte. Daraufhin sei der Junge mit der Wahrheit herausgerückt: Er habe es bei seinen Eltern nicht mehr ausgehalten. Das sei für ihn wiederum Grund genug gewesen, ihm zu versprechen, er würde nach Möglichkeit einen Kontakt zu seinem Onkel herstellen. Und da der Junge keine Bleibe hatte, habe er ihn in seiner Wohnung untergebracht. ›Nein, die sei noch nicht verkauft!‹

Es war wahrscheinlich ein Fehler, ausgerechnet Efraim zu bitten, sich um den Verkauf zu kümmern. Solange er die unumstößliche Meinung vertritt, ein Ahasver habe zwar das Recht, sein Land zu verlassen, würde aber zuletzt doch reumütig dorthin zurückkehren, wird er keine besonderen Anstrengungen unternehmen, die Wohnung loszuwerden. – Und jetzt hat er ihm auch noch ›seinen Neffen‹ hineingesetzt. Aus Efraims Sicht nur folgerichtig. Schließlich gilt für ihn nichts mehr als die Familie. Für die seine würde er alles tun. Deshalb hat er es auch nie verstanden, dass er zu Hilda jedwede Verbindung abgebrochen hat; wollte es nicht verstehen. ›Scheiß auf die Siedler, aber sie ist deine Schwester‹, erklärte er, wenn gelegentlich die Sprache auf die Familie kam.

Und beleidigt war er, weil er nicht ihm, sondern Shimon seine Handynummer mitgeteilt hat. Das war aus der Art herauszuhören, wie er betonte, welche Mühen es ihn gekostet habe, sie herauszubekommen. Dabei hat er zweifellos sofort Shimon angerufen, wohl wissend, dass er unauffindbar wäre, wenn auch dieser nichts wisse. Also musste er besänftigt werden. Hoffentlich ist ihm dies mit dem Hinweis gelungen, dass hier eine Rembrandt-Ausstellung gezeigt werde, von der er ihm eine Ansichtskarte schicken wollte; allerdings sei er bisher noch nicht dazugekommen, sie sich anzusehen.

Aber es ging Efraim ohnehin vor allem darum, ihm ›seinen Neffen‹ ans Herz zu legen. Gleich mehrmals betonte er, wie sympathisch doch der Junge sei; und er solle Verständnis zeigen, wenn jener anrufe; ihn nicht gleich abwimmeln. Mit dem Nachsatz: Er wisse schließlich, wie grob und bärbeißig er sein könne.

Gershon kommt an einem einladenden Gastgarten vorbei. Er ist durstig, wie er nun merkt. Ohnehin hat sich zuletzt das Tempo seines Laufs deutlich verringert; wie auch der innere Druck, der ihn getrieben hat. Er setzt sich und bestellt Mineralwasser. – Selbstverständlich wartete er nach Efraims Anruf nur noch darauf, dass sich der Junge, sein Neffe, melden würde. Doch das dauerte, und das Warten machte ihn erst recht unstet. Dabei ging jener vielleicht davon aus, dass man den ›lieben Onkel‹ nicht so bald in der Früh anrufen dürfe.

Und er war nicht bärbeißig und grob, als schließlich das Handy klingelte, sondern ließ den Jungen reden. Und was er erzählte, machte ihn tatsächlich irgendwie sympathisch: dass er es daheim nicht mehr ausgehalten habe, in der Familie und überhaupt; der Hass auf die Araber, die ständigen Angriffe auf sie, die Demütigungen, denen man sie unterwarf, der Dünkel, die Selbstgerechtigkeit, mit der man den ›Eingeborenen‹ begegnete. Deshalb sei er abgehauen, wisse aber nun nicht weiter. Deshalb habe er sich an ihn gewandt. Schließlich habe er aus vereinzelten Bemerkungen seiner Eltern geschlossen, dass er bei ihm Verständnis finden würde.

Da war er, der Appell an sein Gewissen: Einen, der dem eifernden Dunstkreis der Siedler zu entkommen versucht, kann man doch nicht im Regen stehen lassen – noch dazu, wenn es der Dunstkreis der eifernden Schwester ist. Natürlich bringt er Verständnis für ihn auf. Daran soll's nicht fehlen. Aber was bedeutet das für ihn?

Der Nacken schmerzt ihn; das ist nicht verwunderlich nach der Anspannung dieses Morgens. Er versucht, die Muskeln etwas zu dehnen und sich bequemer zu setzen. Er streckt die Beine aus und nimmt erst jetzt die Umgebung wahr, in die ihn sein Weg geführt hat. Er muss sich schon nahe der Stadtgrenze befinden. Er sieht auf eine Wiese, auf der Kinder umhertollen.

An Verständnis fehlt es nicht, kehrt er zum vorigen Gedanken zurück. Aber es wird ja mehr von ihm erwartet. Für Efraim scheint die Sache klar zu sein: Dieser Shimon gehört zu seiner Familie, also hat er sich um ihn zu kümmern. Und er nahm das gewissermaßen schon für ihn vorweg, indem er ihn in seiner Wohnung einquartierte. Und als er den Jungen fragte, ob er Geld brauche, stellte sich heraus, dass Efraim ihm schon welches geliehen hatte – in der Gewissheit, es von ihm zurückzubekommen.

Einmal angenommen, er wäre bereit, sich seines Neffen anzunehmen, rein hypothetisch: Was stellen sie sich vor? Er weiß nicht einmal, wie alt der Junge ist, fällt ihm mit einem Mal ein. Ist er noch minderjährig? Macht er sich dann nicht strafbar, wenn er den Jungen in seiner Wohnung versteckt? Vielleicht wird nach dem Jungen bereits gesucht. Er kann sich allerdings nicht vorstellen, dass Efraim das nicht bedacht hätte. Allein sein Familiensinn müsste ihm gesagt haben, dass das nicht geht. Also muss sein Neffe älter sein. Wie alt kann er sein? Wenn er geboren wurde, solang die Mutter noch lebte, hätte diese bestimmt etwas gesagt. Vielleicht hat sie sogar etwas gesagt, und er hat wie immer, wenn der Name Hilda fiel, die Ohren verschlossen.

Er wird bei Gelegenheit Efraim anrufen und ihn fragen, wie alt sein Neffe sei. Bis dahin müsste er aber erst selbst mit sich ins Reine darüber kommen, wozu er bereit ist. Welche Hilfe benötigt der Junge und welche Hilfe kann er ihm geben? Weiß er doch nicht einmal, was er in Bezug auf die eigene Person will. Da eben der Wirt vorbeikommt, bestellt er einen Kaffee, ändert seine Bestellung aber sogleich auf ein Glas Wein. Im Augenblick hat er nicht das Bedürfnis, sich anzuregen. Im Gegenteil, er muss zur Ruhe kommen. Und er brauchte jetzt jemanden, mit dem er über sein Problem sprechen könnte. Doch da ist nur Gerlinde – und die hat heute Familientag. Und Wolfgang? Das erinnert ihn an das Gespräch vor wenigen Tagen. Wie hat er gemeint: Man könne einen Menschen, der einem einmal nahegestanden sei, nicht aus seinem Leben tilgen? Drängt sich Hilda nunmehr in Form ihres Sohnes in sein Leben zurück? Wahrscheinlich würde es Wolfgang so sehen; und er kann sich vorstellen, welche Lösung er vorschlagen würde: die Gelegenheit nutzen.
Der Wein schmeckt sehr herb, um nicht zu sagen sauer; aber er ist erfrischend. Gershon zündet sich eine Zigarette an; es ist die erste, seit er die Wohnung verlassen hat – und er kann sie genießen. Der Mund fühlt sich nicht mehr pelzig an. Er lehnt sich in den Sessel zurück und schließt seine Augen.
Shabbat shalom hat ihm Efraim am Ende ihres Telephongesprächs gewünscht, einen friedlichen Shabbat. *Chuzpa*. Efraim musste selbst wissen, dass dieser Shabbat für ihn nicht geruhsam werden würde. Oder hat er gedacht, er würde hier nur auf einen Vorwand warten, um nach Israel zurückzukehren; es wäre ihm hier ohnehin nur langweilig und er brauchte eine neue Aufgabe?
Er wollte heute lang schlafen, dann endlich die Schachtel auspacken, nachdem am Vortag Gerlinde gemeint hat, sie sehe aus, als wolle er schon wieder aufbrechen. Es klang fast ein wenig vorwurfsvoll; als würde sie es bedauern, wenn er tatsächlich aufbräche. Und dann wollte er …
Als ihm die Zigarette die Finger verbrennt, schrickt er hoch. Er war nahe daran gewesen einzuschlafen. Sogar in den Beinen

spürt er eine gewisse Schwere. Man sollte nicht in aller Früh schon Wein trinken, denkt er und bemüht sich, die Augen offen zu halten. Zu den spielenden Kindern hat sich mittlerweile ein Hund gesellt, der nun mit ihnen über die Wiese rennt. – Es ist wohl das Beste, nachhause zu gehen, sagt er sich. Doch es dauert einige Zeit, bis er sich dem Wirt bemerkbar machen kann, der an der Schank lehnt und Zeitung liest.
Während er auf dem Herweg achtlos die Straßen entlanggeeilt ist, nimmt er nun auf dem Heimweg die Häuserreihen in Augenschein, an denen er vorbeikommt. Es ist eine reine Wohngegend; die älteren Blöcke wirken zwar zum Teil renovierungsbedürftig, aber großzügiger angelegt als die neuen, denen man die effiziente Nutzung des verbauten Areals deutlich ansieht. Und es gibt kaum Geschäfte.
Er hat gar nicht gemerkt, wie weit er gelaufen ist; jedenfalls zieht sich der Rückweg. Und er braucht sich vorläufig keine Gedanken darüber zu machen, wie er den heutigen Tag gestalten wird: Er wird sich zuhause ins Bett legen und den Schlaf nachholen, der ihm heimtückisch vorenthalten worden ist.

Es ist schon Nachmittag, als Gershon aufwacht. Er hält die Lider geschlossen und versucht, sich an den Traum zu erinnern, den er eben noch so deutlich vor Augen gehabt hat. Doch er ist wie weggewischt, kein Anhaltspunkt. Ob Gerlinde darin vorgekommen ist? – Als er sich auf den Rücken dreht, spürt er, dass er verschwitzt ist. Er ist im Traum jemandem nachgelaufen; aber wem? Da ist nichts, dessen er sich entsinnen kann.
Also schlägt er die Augen auf und ist verwundert, dass es hell ist. Er blickt auf die Uhr und dabei fällt ihm wieder ein, weshalb er sich um diese Zeit im Bett befindet: Efraims Anruf zu nächtlicher Stunde, der Anruf seines Neffen, der Auslauf, um Dampf abzulassen, und schließlich die Müdigkeit, die ihn ins Bett hat fallen lassen. Kein Wunder, dass er verschwitzt ist; er ist ungewaschen aufgebrochen und noch unerquicklicher zurückgekehrt.

Er muss eine Entscheidung treffen, was er bezüglich des Jungen tun will ... Das heißt, er muss vorerst einmal darüber nachdenken ... Doch nicht jetzt! – Er ist hungrig und sollte sich möglichst bald auf den Weg machen. Hoffentlich bekommt er im Gasthaus noch etwas zu essen. Und da er diesmal die Zähne geputzt, rasiert und geduscht aus dem Haus gehen will, beeilt er sich aufzustehen.

»Nur mehr fertige Speisen«, erklärt der Wirt auf die Frage, ob es noch etwas zu essen gebe, schüttelt ihm die Hand und drückt ihm eine Speisekarte in dieselbe. Er will nur etwas essen. Er ist hungrig – und hat dabei gar keinen Appetit. Eine sonderbare Erfahrung. Es ist eben alles ein wenig durcheinandergeraten.

An einem Tag wie diesem sollte man wenigstens nicht so früh aufwachen. Wenn man jedoch vom Telephon aus dem Schlaf gerissen wird? Und es eben deshalb ein Tag wie dieser wird? Das Handy über Nacht im Backrohr verstauen. Am besten sich gar keins kaufen; oder die Nummer nicht weitergeben. Dann braucht man auch keins. – Das hätte Efraim aber bestimmt nicht abgehalten, ihm einen Neffen aufzuhalsen. Der hätte ihn auch über Interpol suchen lassen. Bestimmt hat er einen guten Bekannten beim Shabak oder beim Mossad. Efraim hat für alles gute Bekannte: einen guten Bekannten, der Installateur ist, einen guten Bekannten, der Elektriker ist, einen guten Bekannten, der ihm die ›besten‹ Fische, oder einen, der ihm den ›besten‹ Wein besorgt. Dafür ist er der gute Bekannte, um Familienangelegenheiten zu regeln.

Mit einem Mal ist der Teller leer. Er hat vor sich hin gegessen, ohne darauf zu achten. Nahrungsaufnahme. Immerhin ist er nicht mehr hungrig. Doch seine Gedanken kreisen nach wie vor um Efraim und den Neffen. Bevor er aber darangeht, eine Entscheidung ins Auge zu fassen, muss er erst einmal Abstand gewinnen. Er muss sich ablenken, sich beschäftigen, etwas tun. Am besten ist, er fährt in die City. Er könnte sich eine Ausstellung anschauen. Rembrandt. Schließlich hat Efraim auch einen guten Bekannten, der ihm eine Karte von der Rembrandt-Ausstellung versprochen hat.

Gershon will schon die Rolltreppe zum Museum hochfahren, da entschließt er sich, zuvor über die Straße zum Denkmal mit dem straßewaschenden Juden zu gehen. Er will die Skulptur, die ihm auf Anhieb so vertraut erschienen ist, noch einmal sehen.

Diesmal liegen frische rote Nelken auf seinem stachelbewehrten Rücken. In Bronze gegossen, namenlos, findet er nun eine Anteilnahme, die jenen mit Namen seinerzeit vorenthalten wurde. Oder sollten die Blumen ein Versprechen sein? ›… die Enkel fechten's besser aus‹. Irgendwo, irgendwann hat er diese Liedzeile gehört, die ihm dazu einfällt. Und sie erinnert ihn an die Wegscheids. Verleiht die Scham der Großväter den Enkeln Mut? Vielleicht. Doch was ist mit den Enkeln jener Großväter, die nie Scham empfunden haben?

Blumen, wie man sie auf ein Grab legt. Es könnte auch sein, dass manche, deren Angehörige in der Shoah vernichtet wurden und an die kein Grabstein erinnert, hier eine Gedächtnisstätte suchen. Die Skulptur als universelles Grabmal. Wo sind seine Vorfahren begraben? Vater in Südafrika, Mutter in Israel. Sie haben ihre Grabsteine. Sein Großvater väterlicherseits ist Mutter zufolge noch vor der Shoah gestorben, müsste also noch hier auf einem Friedhof begraben liegen. Ob jedoch sein Grab noch existiert?

Eigentlich ist er hierher gekommen, um sich Bilder von Rembrandt anzusehen, und nicht, um Gedanken über Gräber zu wälzen. Er überquert wieder die Straße, um sich, wie er meint, Erbaulicherem zu widmen.

Im ersten Saal der Ausstellung beginnt eben eine Führung, und es besteht keine Chance, sich in Ruhe die Bilder anzusehen. Also beschließt Gershon, sich vorerst einen Überblick zu verschaffen und das Gemälde mit dem alten Juden zu suchen. Er durchwandert die Säle, findet es jedoch nicht und kehrt wieder zum Ausgangspunkt zurück. Das Rudel Geführter ist inzwischen weitergezogen, aber einzelne Bilder sind noch immer umlagert. Samstagnachmittag ist wahrscheinlich keine geeignete Zeit für einen Ausstellungsbesuch. Aber er hat Zeit und er lässt sich Zeit. Wenn nötig, wartet er eben, bis er nahe genug an die Bilder herankommt, und gegebenenfalls auch noch länger, wenn ihn die oft lauthals geführten, aber nicht eben gescheiten Gespräche anderer Besucher stören. Insbesondere vor den Zeichnungen – rote und schwarze Kreide, Feder und Pinsel – verharrt er lange: das rasche Erfassen des Sujets, Personen oder Landschaften, manchmal nur in wenigen Strichen, fesselt ihn.

Schon nahe dem Ende der Ausstellung ist es dann ein Selbstbildnis, das ihn gefangen nimmt: Hier fehlt der prägnante Strich; es wirkt geradezu verworren. Gershon rechnet nach: Rembrandt war 54 Jahre alt, als er sich so zeichnete, neun Jahre vor seinem Tod. Je länger er die Zeichnung betrachtet, desto mehr werden die Augen bestimmend, der neugierige, aber auch ein wenig skeptische Blick, mit dem sich der Maler auch schon dreißig Jahre zuvor dargestellt hat.

Als er schließlich die Ausstellung verlässt, spürt er mit einem Mal, wie steif seine Beine vom langen Stehen sind. Er fühlt sich abgespannt, ist aber zugleich froh, diesen Teil aus Rembrandts Werk gesehen zu haben. Nicht dass ihm alle Bilder gefallen oder ihn angesprochen hätten, denkt er, als er langsam die Treppe hinuntersteigt, aber da war mehr als genug, das sich lohnen würde, ein weiteres Mal zu sehen. Dabei fällt ihm ein, dass er es entgegen seiner Gewohnheit verabsäumt hat, zu jenen Bildern zurückzukehren, die ihn besonders beeindruckt haben. Er geht aber nicht zurück. Für heute hat er genug.

Er geht in den Museums-Shop, um für Efraim eine Karte zu kaufen, überlegt dann aber, dass diese nach ihm ankommen würde, sollte er sich dazu entschließen, in den kommenden Tagen nach Israel zurückzukehren. Bestimmt würde sich Efraim freuen, wenn er ihm den Ausstellungskatalog mitbrächte, doch der ist ihm zu schwer. Zuletzt entdeckt er, dass es diesen auch auf CD-Rom gibt, und er kauft diese als handlicheres Mitbringsel.

Wieder auf der Straße verspürt Gershon das dringende Bedürfnis nach einem Kaffeehaus, zugleich aber auch das, seine steifen Beine zu bewegen. Er entschließt sich, zu Fuß zum Kaffeehaus zu gehen, in dem er Daniel Rosen zu treffen hofft; so kann er beides miteinander verbinden. Es ist gut, dass er nach dem Mittagessen aus seiner Wohnung noch rasch das Photo seines Vaters mitgenommen hat.

Als er das Kaffeehaus betritt, fällt ihm sogleich Rosens schlohweißer Haarschopf ins Auge. Er geht auf dessen Tisch zu, bleibt aber dann stehen. Der Arzt sitzt über eine Zeitung gebeugt da, allerdings scheint es Gershon, als sei er während der Lektüre eingenickt. Plötzlich schaut er jedoch auf und sieht ihn direkt an. Hat er seine Nähe gespürt? Rosen winkt ihn näher und sagt dann: »Ah, der Israeli aus Shanghai. Warte ... Gal ... ja, Gal ... Gershom. Richtig?« Anerkennung heischend blickt er zu ihm hoch.
»Richtig.« Auf das N in seinem Vornamen kommt es ihm nicht an.
»So setz dich doch«, fordert ihn dieser nun auf, nippt an seinem Rotwein und schaut dann um sich, als suche er den Kellner. »In meinem Alter kann man sich nur mehr bedingt auf sein Gedächtnis verlassen, insbesondere wenn es um jüngere Ereignisse geht. Was wiederum nicht heißt, dass man ältere deshalb besser im Gedächtnis behält. Darum darf man durchaus ein wenig stolz darauf sein, wenn man sich einen Namen gemerkt hat. – Und ich habe auch nicht vergessen, mich wegen deines Vaters umzuhören. Vorläufig jedoch ohne Erfolg. Ich erfuhr zwar, dass es einen Komponisten namens Gal in Wien gegeben hat, aber das war offensichtlich nicht dein Vater. – Bist du mit dem Komponisten verwandt?«
Gershon verneint.
»Ich hab nie von ihm gehört. Allerdings bin ich mit moderner Musik nicht vertraut. Mir genügt Bach, Johann Sebastian, in jeder Lebenslage. Und für jede Jahreszeit. Die Cello-Sonaten am liebsten im Winter; die wärmen wie ein offener Kamin. Die ›Brandenburgischen Konzerte‹ im Frühling – und das Wohltemperierte Klavier das ganze Jahr über. Da kann man je nach den klimatischen Bedingungen mit den Interpreten variieren: Glenn Gould, Barenboim, András Schiff. – Aber zurück zu den

Gals. Einer der Freunde, die ich diesbezüglich kontaktiert habe, erzählte mir auch von einem Ungarn namens Gal, der im Spanischen Bürgerkrieg in den Internationalen Brigaden gekämpft hat und nach dem Krieg in Wien gelebt hat. Vorname ist mir entfallen ... nein; Augenblick ...«Während Rosen nachdenkt, bewegen sich seine Lippen, als gehe er eine Liste möglicher Vornamen durch. »Nikolaus; Nikolaus hat er geheißen«, stößt er schließlich triumphierend hervor. »Ein paar graue Zellen sind noch erhalten geblieben.«Als wollte er hier Abhilfe schaffen, trinkt er in einem kräftigen Zug sein Rotweinglas leer. »Aber der hat wohl auch nichts mit dir zu tun?«
Gershon holt das Photo seines Vaters aus der Jackentasche und legt es vor Rosen auf den Tisch. »Vielleicht hilft das?«
Der Arzt betrachtet das Bild eingehend, um schließlich festzustellen: „Dein Vater war ja ein rechter Feschak.« Er mustert Gershon und wirft dann noch einen Blick auf das Photo: »Aber du bist offensichtlich deiner Mutter nachgeraten.« Anscheinend merkt er sogleich, wie dies aufgefasst werden könnte, denn er fügt rasch hinzu: »Die bestimmt auch sehr hübsch war.« Er richtet den Blick nochmals aufs Photo und legt es dann mit der Bemerkung »Ich kann mich aber nicht an ihn erinnern« auf den Tisch zurück.
Der Kellner kommt endlich an ihren Tisch, wartet allerdings hinter Rosen, bis dieser den Satz beendet hat. »Darf's noch was sein, Herr Medizinalrat?«, fragt er dann.
»Bringen S' mir noch ein Viertel Roten, Herr Manfred«, erwidert der Arzt, nachdem er eine Weile sein leeres Glas unschlüssig hin und her geschwenkt hat.
»Und für Sie?«
Gershon entscheidet sich auch für ein Glas Rotwein, noch immer besorgt, Kaffee könnte die Rastlosigkeit des Morgens zurückbringen.
Dann sitzen die beiden einander wortlos gegenüber. Da Rosen keine Anstalten macht, zum vorhergehenden Gesprächsthema zurückzukehren, erzählt ihm Gershon – um das Schweigen zu brechen – vom nachmittägigen Besuch in der Rembrandt-Ausstellung, und dass er dort vergebens jenes Gemälde eines

alten Juden gesucht habe. »Es war in einem jener Bücher abgebildet, die ich als Kind nicht müde wurde anzuschauen, nicht zuletzt wegen dieses Bildes. Ich könnte nicht sagen, was mich an ihm so gefesselt hat: vielleicht die Würde, die der Mann darauf ausstrahlt, oder die ... tranquillity ...«
»... die Abgeklärtheit?«
»Ja, wahrscheinlich. Möglicherweise war es aber auch nur die Sehnsucht eines vaterlos aufwachsenden Kindes nach einer männlichen Bezugsperson. Wie auch immer. – Jedenfalls empfand ich immer so etwas wie Zuneigung zu dem alten Mann, wie er da in dem riesigen Stuhl sitzt, im schweren rötlichen Hausmantel, den nachdenklich gesenkten Kopf in die Hand gestützt. Zumindest habe ich das Bild so in Erinnerung. Und nun wollte ich endlich das Original sehen. Doch ausgerechnet dieses Gemälde war nicht da. Das eines jungen Juden fand ich; aber das hatte keine Ausstrahlung.«
Der Kellner hat inzwischen den Wein gebracht und Gershon nimmt einen Schluck, um dann fortzufahren: »Ich glaube, dass man an Portraits zumeist sehr genau erkennen kann, ob es bloß ein Auftragswerk war, zum Broterwerb gemalt; oder ob es dem Künstler ein Anliegen war, den Abgebildeten darzustellen. Die Maltechnik, das Können sind bei beiden gleich, der Unterschied besteht darin, was das Bild vermittelt. Nicht dass der Porträtierte geschönt wird, darum geht es nicht; mitunter ist es eben ein fast liebevolles Eingehen auf einen Makel, das die Beziehung des Malers zum Abgebildeten spürbar macht. Übrigens habe ich den alten Juden dann doch noch gefunden, als Petrus, in einer Radierung: ›Petrus und Johannes bei der Pforte des Tempels‹.«
»War deine Suche also doch noch erfolgreich. Das Gemälde hätte auch in der Albertina nichts zu suchen gehabt. Schließlich ist diese eine Graphik-Sammlung; soviel ich weiß, sogar die größte weltweit. Und sie sollte sich, meiner bescheidenen Meinung nach, auch ausschließlich diesem Sektor der bildenden Kunst widmen.« Rosen hält einen Augenblick inne. »Ich nehme an, du bist erst seit kurzem in Wien und mit den Usancen dieser Stadt noch nicht vertraut. Seit einigen Jahren ist im

Kulturgeschehen nur mehr die Quote gefragt. Wahre Olympioniken sind da am Werk, dem Wahlspruch verpflichtet: Citius, altius, fortius. Wer ist der Erste in der Gunst des Publikums. Didaktik ist nicht gefragt, nur der Effekt zählt. Darum freut es mich, dass du deinen alten Juden zuletzt im Kleinen, im Unauffälligen gefunden hast.«

Nach einer Weile, in der er versonnen dagesessen ist, fährt er fort: »Ich glaube, ich kenne deinen alten Juden. Wenn ich mich nicht irre, hängt er im Rijksmuseum in Amsterdam. – Als ich nach dem Krieg nach Europa zurückkam, hat es mich erst nach Amsterdam verschlagen. Ich wollte damals nicht nach Wien. Da war niemand mehr, der auf mich gewartet hätte, und die Erinnerungen, die ich mit dieser Stadt verband, waren auch nicht dazu angetan, frohen Herzens hierher zurückzukehren. Also blieb ich einige Jahre in Amsterdam, und es hat mich auch später immer wieder hingezogen, bis es auch dort niemanden mehr gab, den ich hätte besuchen können. Und wann immer ich hinkam, war das mit einem Besuch im Rijksmuseum und seiner Fülle an Rembrandt-Gemälden verbunden. Und in einem der Säle dort hängt – wenn ich mich recht entsinne – jener alte Jude, wie du ihn beschrieben hast. Später habe ich mir mit dem gleichen Genuss auch die Radierungen im Rembrandthuis angeschaut, insbesondere das ganz kleine Selbstbildnis, auf dem er wie ein pfiffiger Kobold aussieht.«

»Das hängt auch hier in der Ausstellung.«

»Aber es wird Zeit für mich, zu gehen«, erklärt Rosen ganz unvermittelt und hält nach dem Kellner Ausschau. So angeregt er eben noch erzählt hat, so deutlich sieht man ihm mit einem Mal die Müdigkeit an; auf den Wangen zeichnen sich die Falten stärker ab und die Schultern sind nach vorne gesunken. Gershon nimmt das Photos seines Vaters vom Tisch und steckt es ein. Insgeheim hat er gehofft, Rosen würde es noch einmal zur Hand nehmen und betrachten. Hat er erwartet, er würde plötzlich feststellen, sich doch fern an seinen Vater zu erinnern?

»Es nimmt einen doch für einen Künstler ein, wenn die Ehrfurcht, die man angesichts seiner Größe und Bedeutung empfindet, durch dessen Selbstironie ein wenig gebrochen wird«, kommt Rosen auf die Radierung zurück, nachdem er sich dem Kellner bemerkbar gemacht hat.

Ein Mann tritt an ihren Tisch. Gershon hat ihn schon gesehen, als er das Lokal betreten hat. Doch erst jetzt erkennt er ihn: Sami – mit blankem Schädel, die Locken geschoren, die Glatze glatt rasiert. »Samson«, hört er Rosen neben sich sagen, »du würdest natürlich Shimshon sagen. Wo ist deine Delilah?« Sami setzt sich und grinst dabei von einem der nun sichtbar abstehenden Ohren zum anderen.

»Das passt doch nicht zu dir«, stellt der Arzt fest. Er ist auch dieser Meinung; Sami war zwar auch zuvor kein Adonis, doch jetzt – befremdet versucht er, sich mit dem neuen Gesicht vertraut zu machen.

»Ich weiß, dass Glatzen jetzt in Mode sind«, setzt Rosen fort. »Und vielleicht ist es richtig, sie nicht allein den Neonazis zu überlassen. Bei dir jedoch drängt sich mir eine ungereimte, ja abwegige Gedankenverbindung auf. Samson, der jüdische Krieger, der zahllose Philister – oder soll ich Palästinenser sagen – erschlug und zuletzt noch, seiner Haarpracht und damit seiner von Gott gegebenen Stärke beraubt, in einem finalen Kraftakt mehr Philister mit in den Tod riss, als er in den Kämpfen zuvor schon hingemetzelt hatte. Samson, der Archetyp des Selbstmord-Attentäters. – Aber ich muss jetzt gehen.«

Auch Gershon zahlt. Obwohl er untertags geschlafen hat, fühlt er sich müde. Und er hat im Augenblick keine Lust auf Streitgespräche irgendwelcher Art. Er begleitet Rosen auf dem Weg zur Straßenbahnstation. Ein Stück gehen sie wortlos nebeneinander her, dann murmelt der Arzt kopfschüttelnd: »Samson«, fährt aber dann fort: »Übrigens gibt es in Salzburg ein Brauchtum, wo meterhohe Samson-Figuren in Prozessionen herumgetragen werden.« Da aber eben eine Straßenbahn einfährt, verabschiedet er sich rasch und steigt ein, ohne seinen Hinweis näher erklärt zu haben.

Gershon hätte ein paar Stationen bis zur U-Bahn mitfahren können, doch er will noch ein Stück gehen. Schließlich sollte er sich Gedanken darüber machen, was er nun bezüglich seines Neffen unternehmen will, der ihm seine Pläne durcheinander gebracht hat. – Aber, kann einem jemand Pläne, die man noch gar nicht gefasst hat, durcheinander bringen?

XIX

Diese Nacht über hat er tief und fest, und vor allem ausgiebig geschlafen, stellt Gershon fest, als er zu einer – für einen nichtarbeitenden Menschen – angemessenen Zeit aufwacht. In dieser Hinsicht zählt er allerdings an diesem Tag ohnehin zur Bevölkerungsmehrheit, stellt er fest, schließlich ist Sonntag. Der Gedankengang macht ihm jedoch klar, dass er sich zwar ausgeruht fühlen darf, aber keineswegs so unbekümmert, wie er sich fühlen möchte: Das Problem, das ihm am Vortag seinen wohlverdienten Schlaf geraubt hat, ist noch nicht einmal ansatzweise gelöst.
Er muss mit Gerlinde reden! Nicht nur, weil es ihm möglicherweise leichter fällt, Ordnung in seine Gedanken zu bringen, wenn er sie ihr gegenüber formulieren muss, sondern auch aus der Vorstellung, sie müsse an seiner Entscheidung beteiligt sein – oder eher aus der Hoffnung, sie würde sich an seiner Entscheidung beteiligen.
Er wird sie zwar nachmittags beim schon gewohnten Sonntagsbesuch bei den Wegscheids sehen, in Gegenwart des Alten und des Jungen aber nicht die Möglichkeit haben, ihr sein Problem auseinanderzusetzen. Daher wäre es günstig, er könnte sie schon vorher treffen. Nach dem Frühstück wird er sie anrufen! Zuvor will er aber die Wohligkeit des Bettes noch ein wenig genießen.
Faul sein? Hat er nicht am Vortag nach dem Besuch der Ausstellung gefunden, dass er sich diese schon früher hätte ansehen müssen; sich den Vorwurf gemacht, in den Tag hinein gelebt und die Wochen, die er nun schon hier ist, nicht wirklich genutzt zu haben. Nein, es geht nicht darum, in möglichst kurzer Zeit an möglichst vielen Sehenswürdigkeiten vorbeizuhasten; aber da blieb immer wieder etwas, das er auf später aufschob: die Märchenschlösser der Mutter, die Zuckerbäckerkirche, die Klimt-Gemälde im Belvedere, der Stephansdom ...

Bis zur Jause bei den Wegscheids wäre genügend Zeit, etwas davon zu besichtigen. Gershon setzt sich auf. Wenigstens eine Zigarette will er noch rauchen, bevor er aufsteht. – Oder resultiert diese Frage, wie er die Zeit genützt habe, aus dem Gefühl, er könnte schon demnächst nach Israel zurückkehren? Natürlich würden sie alle hören wollen – voran Shimon und Efraim, der es sich dann bestimmt auch nicht nehmen ließe, anlässlich seiner Heimkehr die Ahasvers zusammenzutrommeln –, was er in Wien getrieben, was er gesehen, was er erlebt habe. Was würde er antworten? Würde er sagen, gesehen habe er wenig, doch er habe eine Frau kennengelernt, mit der er gern den Rest seines Lebens verbrächte, wenn sie ihr Verhältnis nicht von vornherein auf ein halbes Jahr beschränkt hätte?

Und wenn nun Gerlinde gar froh darüber wäre, dass ihr Verhältnis auf diese Weise schon vorzeitig ein Ende fände? Unsinn! Zu angenehm waren die vergangenen Tage mit ihr. Und doch: Da wäre eine Zäsur in ihrem Verhältnis, wenn er jetzt Wien verließe. Könnten sie, selbst wenn er rasch zurückkäme, in gleichem Einverständnis fortfahren wie zuvor? Wenn, wenn ... Bevor er weiter darüber sinniert, muss er erst erkunden, wie sie die Möglichkeit, er könnte für einige Zeit wegfahren, aufnimmt.

Und über Gerlinde würde er bestimmt niemandem erzählen. Bei der Vorstellung, wie Shimon und Efraim wahrscheinlich reagierten, muss er schmunzeln: Hat es ihn, den eingefleischten Junggesellen, auf seine alten Tage doch noch erwischt. Großes Gelächter. Und erst ihre Frauen: Glückwünsche. Sie haben doch seine Ehelosigkeit immer als Störfaktor empfunden.

Außerdem weiß er auch so genug zu berichten, findet er und zündet sich noch eine Zigarette an. Schließlich hat er einiges gesehen: den Judenplatz mit seinen Denkmälern und seiner Ausstrahlung, das Denkmal mit dem Straßewaschenden Juden ... Er könnte auch von den alten Juden erzählen, denen er in der Nähe des Hotels begegnet ist und die sich kaum von denen in Mea Shearim unterschieden; und von den jungen, die ihre Kippot rasch in ihren Taschen verschwinden lassen, wenn sie

aus der Jeshiwa kommen; von der Gartenanlage des Belvedere und der Aussicht über die Stadt, vom Karl-Marx-Hof.
Die Erinnerung ans Belvedere ist zuletzt ausschlaggebend, dass er sich für die Besichtigung der Klimt-Bilder entscheidet. Entschlossen dämpft er die Zigarette ab und steht auf.

Er hat genügend Zeit für den Besuch im Belvedere, denkt Gershon, als er sich zum Fortgehen bereit macht. Sein Anruf bei Gerlinde ist ohne den gewünschten Erfolg geblieben. Sie schien sich zwar über seinen Anruf zu freuen; fragte auch sogleich: Du kommst doch zum Kaffee? – Zu seinem Anliegen, einander schon vorher zu treffen, da er dringend ihres Rats bedürfe, aber nicht vor ihrem Vater und Wolfgang darüber reden wolle, erklärte sie jedoch, dies sei völlig unmöglich. Sie habe Wolfgang zugesagt, eine Torte zu backen, wenn er auf die Mathematik-Schularbeit ein Sehr-gut schreibe – und Tortenbacken gehöre ohnehin nicht zu ihren Stärken.
Neugierig war sie schon, wofür er ihren Rat brauche; doch das konnte er ihr am Telephon nicht erklären. Immerhin versprach sie, ihn nach der Jause zur U-Bahn zu begleiten. Ihr verstohlenes Lachen deutete aber an, dass sie dabei eher an den kleinen Park dachte.
Als Gershon die Wohnung eben verlassen will, klingelt es an der Tür. Rupert steht davor.
»Bist du am Weggehen?«, fragt er enttäuscht.
»Ich will mir die Klimt-Bilder im Belvedere anschauen. Aber ich habe es nicht eilig. Komm herein! Magst du ein Glas Wein.«
»Den Wein können wir auch bei mir trinken. Ich habe nämlich einen Braten im Rohr.« Gershon folgt ihm, und im Lift offenbart ihm Rupert: »Eigentlich wollte ich dich zum Essen einladen. Du bist die letzte Rettung, sonst stehe ich mit meinem Braten allein da.«
»Es war nämlich ausgemacht, dass ich heute koche«, erläutert er auf dem Weg zur Wohnungstür. »Ich habe alles eingekauft und mache mich am Vormittag an die Arbeit. Der Braten ist

schon im Rohr, als meine Frau in die Küche kommt und mir Knall und Fall eröffnet, sie fahre nun zu ihrer Freundin. Du kennst die Frauen ...«

Anscheinend nicht gut genug, denkt Gershon, denn in eine derartige Situation ist er noch nie geraten. Aber er unterbricht Rupert nicht, sondern nickt nur verständnisvoll.

»Setz dich«, sagt Rupert, als sie die Küche betreten. Er wirft einen Blick ins Backrohr, aus dem ein angenehmes Brutzeln zu hören ist und sich ein appetitlicher Geruch entfaltet. Rupert nimmt aus dem Schrank ein Weinglas. »Oder hättest du lieber Bier?«

»Nein, Wein ist mir lieber.«

»Die ganze Mühe umsonst!«, schimpft Rupert, während er den Wein einschenkt und das Glas vor Gershon stellt, und fügt dann hinzu: »Sofern nicht du zum Essen bleibst? – Weißt du, ich war schon nahe daran, alles beim Fenster hinauszuwerfen.« Er trinkt die Bierflasche leer, die auf dem Tisch steht, und holt sich eine frische aus dem Kühlschrank. »Doch dann hab' ich an dich gedacht. Du hast doch niemanden, der dich bekocht. – Ein Glück, dass ich einen Rindsbraten gemacht habe und keinen Schweinsbraten. Isst du Schweinefleisch?« Er wartet allerdings nicht auf eine Antwort. »Eigentlich ist es ein falsches Wild; ist über Nacht in der Beize gelegen. Dazu gibt es Waldviertler Knödel und Rotkraut. – Alles für sie, nachdem sie neulich erklärt hat, sie habe schon so lange kein Rotkraut mehr gegessen.«

»Da kann ich wohl gar nicht ablehnen«, sagt Gershon in die erwartungsvolle Stille hinein. Muss der Klimt eben noch weiter warten; aber er hätte es nicht über sich gebracht, Rupert in seiner Misere allein zu lassen. »Noch dazu, wo der Braten schon jetzt so gut riecht.«

Das lebt sich, sagt er sich, während er am Wein nippt: Mittagessen hier, Kaffee bei den Wegscheids. »Aber ich kann danach nicht lang bleiben«, erklärt er, als sich Rupert, der am Herd gewerkt hat, nun mit einem zufriedenen Grinsen an den Tisch setzt. Es würde nicht wieder ein weinseliger Nachmittag werden. »Zum Kaffee bin ich nämlich schon verabredet.«

»Doch nicht mit einer Frau?«
»Nein, bei einem Schulfreund meines Vaters.« Er will sich nicht auf eine Diskussion über die Wankelmütigkeit der Frauen einlassen.
»Dann ist es ja gut. – Was ich dir noch sagen wollte: Neulich hab ich mich hinterher über mich selbst geärgert: Da lade ich dich ein, weil ich etwas über Israel hören will, und dann öde ich dich mit meinen alten Geschichten an.«
»Für mich war es interessant. Es hat mich an meine eigenen frühen Jahre in Israel erinnert.«
»Und, hat sich das Land seither sehr verändert?«
»Ja, es hat sich sehr verändert«, erwidert Gershon nach einer Weile. »Vor allem seit Israel eine Besatzungsmacht – besser eine Kolonialmacht – ist. Im Grunde hat sich seither die israelische Gesellschaft gespalten. Das war nicht von Anfang an bemerkbar, denn zuerst überwog die Begeisterung, nunmehr Herr über das gesamte verheißene Land zu sein und die von der UNO beschlossene Teilung des Landes – die von der Mehrheit der Bevölkerung nie wirklich akzeptiert worden war – überwunden zu haben. Jene gesellschaftlichen Kräfte, die die Besatzung als vorübergehend betrachteten, waren eine verschwindende Minderheit. Und die, die sogleich darangingen, durch die Errichtung von Siedlungen in den eroberten Gebieten den Anspruch Israels zu zementieren, konnten mit der Unterstützung der maßgeblichen Parteien von rechts und links rechnen.«
»Entschuldige, aber ich muss nach dem Essen schauen.« Rupert steht auf, gießt den Braten auf und werkt mit den Töpfen am Herd. Gershon schaut ihm zu und versucht herauszufinden, wie geübt sein Nachbar im Umgang mit dem Kochlöffel ist.
»Aber sprich nur weiter! Ich höre dir zu.«
Gershon muss sich erst wieder sammeln, bevor er fortfährt: »Schlagend – und das im wahrsten Sinn des Wortes – wurde die Spaltung, als Israel nicht zuletzt durch die Intifada zu Gesprächen mit den Palästinensern gezwungen wurde. Ich sage bewusst nicht Friedensverhandlungen, denn es ist frag-

lich, wie weit es den israelischen Regierungen seither um einen tragfähigen Frieden gegangen ist; wie weit die Verhandlungen überhaupt dazu führen konnten. Denn in dieser Situation wurde deutlich, welche fatale Macht die religiösen Institutionen mittlerweile auf Kosten des säkularen Staats errungen hatten.«
Rupert deckt den Tisch, nimmt einen kräftigen Schluck aus der Bierflasche, schenkt Gershon Wein nach, seiht die Knödel ab, füllt das Rotkraut in eine Schüssel, holt den Braten aus dem Rohr und trägt alles auf. Als er den Braten anschneidet, hält er jäh inne. »Ich hab dich zuvor gefragt, ob du Schweinefleisch isst, und du hast mir keine Antwort gegeben?« Er schaut Gershon ein wenig verlegen an. »Ich hab nicht daran gedacht, dass ich den Braten gespickt habe, und zwar mit Speck.«
Gershon lacht. »Ich bin ein säkularer Jude und esse auch Schweinefleisch.«
Rupert schneidet weiter auf. »Wenn ich gewusst hätte, dass ich das gute Stück mit dir essen würde, hätte ich es mit Karotten gespickt.« Er setzt sich. »Bedien dich bitte. – Ich glaub, ich hab das neulich schon gesagt: Von Religion hat man im Kibbuz kaum etwas gemerkt, aber Schweinefleisch gab es nie. – Apropos Schweinefleisch: Meine Mutter hat mir einmal erzählt, als sie von einer Reise zurückkam, sie wäre eines Tages mit einer Frau beim Frühstück gesessen, die darüber schwadronierte, wo sie schon überall gewesen sei, und im Zuge dessen vermeldete, an Bord eines der Schiffe, auf denen sie gefahren sei, sei auch ein orthodoxer Jude gewesen, der dort nur Salat gegessen habe – und nicht einmal Schinken.« Er trinkt die Bierflasche leer und schenkt sich nun ebenfalls Wein ein. »Prost. – Und nicht einmal Schinken«, wiederholt er lachend.
»Schmeckt's?«, fragt er, nachdem sie einige Zeit wortlos gegessen haben.
»Ganz ausgezeichnet. Ich muss deiner Frau wirklich dankbar sein. Aber richte ihr meinen Dank nicht aus; schließlich würde ich sie ganz gern einmal kennen lernen. – Hast du ein Photo von ihr? Es könnte ja sein, dass ich ihr schon begegnet bin. Außer dir kenne ich niemanden im Haus.«

Rupert zieht seine Geldbörse aus der Tasche, klappt sie auf und zeigt ihm ein Passphoto.

»Hübsch«, sagt Gershon. Abgesehen von dem verkniffenen Mund. Doch das denkt er sich nur.

»Und launenhaft.«

»Aber ich glaube nicht, dass ich sie schon einmal gesehen habe.«

Rupert lehnt sich zurück, nachdem er fertig gegessen und einen Schluck Wein getrunken hat. »Du hast von den Religiösen gesprochen und der Macht, die sie in Israel gewonnen haben. – Nein, lass dir Zeit. Nimm dir noch, wenn du willst!«

»Es hat mir sehr geschmeckt, aber ich könnte nichts mehr hinunterbringen. Allerdings würde ich jetzt gern eine Zigarette rauchen.«

Rupert bringt einen Aschenbecher, und Gershon zieht genüsslich an seiner Zigarette, bevor er beginnt: »Die Orthodoxen hatten von Beginn an einen nicht unbeträchtlichen Einfluss. Wenn Israel bis heute keine Verfassung hat, dann sind sie dafür verantwortlich. Und sie wurden von den Regierungen hochgepäppelt, denn wer auch regierte, er brauchte deren Parteien für die jeweiligen Koalitionen. Damit gerieten die Säkularen immer mehr in die Defensive. Und mit der Siedlerbewegung wuchsen radikale und auch gewaltbereite Stoßtrupps der Orthodoxen heran.

Als schließlich im Zuge der Gespräche von Madrid und Oslo von einem Palästinenser-Staat die Rede war, traten sie massiv auf den Plan. Sie hatten schon bisher das Prinzip des Rechtsstaats nicht wirklich anerkannt – sie akzeptieren nur Gesetze, von denen ihre Rabbiner erklären, sie wären mit der Halakhah vereinbar –, nun aber rüttelten sie an den Fundamenten des Rechtsstaats.«

»Halakhah?«

»Du weißt nicht, was die Halakhah ist? Nun, sie ist das für religiöse Juden verbindliche Regelwerk aus Ge- und Verboten, die aus der Thora abgeleitet werden. Dabei muss man wissen, dass die Halakhah im Lauf der Geschichte einem steten Wandel unterworfen war, da vieles neu ausgelegt und auch Neues hinzugefügt wurde. Dennoch vertreten Rabbiner die Ansicht, es gäbe keine Frage der Welt, die nicht von der Halakhah beantwortet würde. Es gibt allerdings auch andere, die meinen, man solle die Politik und die Halakhah auseinander halten, doch die sind in der Minderheit.

In Berufung auf die Halakhah erklärten nach Oslo nicht nur die meisten Rabbiner in den besetzten Gebieten, sondern auch ein ehemaliger Oberrabbiner Israels, es sei verboten, auf Teile des Landes Israel zu verzichten. Es hieß sogar, der Schöpfer der Welt habe verboten, einen Friedensvertrag zu unterzeichnen. Mit solchen Aussagen wird aber nicht zuletzt auch der innere Frieden in Israel gefährdet.

Selbst für die Ermordung Rabins wurde die Halakhah bemüht, das Din Mosser, ein Gebot, das aus dem Mittelalter stammt. Mosser, das war ein jüdischer Spitzel, der, während die Juden verfolgt wurden, Juden oder deren Vermögen an Nichtjuden auslieferte. Und in einer der Halakhah-Sammlungen, der Mishne Thora des Moshe ben Maimon, heißt es, dass es überall erlaubt sei, einen Mosser zu töten; es sei sogar ein Gebot, ihn zu töten. Ich sehe hier im Prinzip keinen Unterschied zu islamischen Fatwas, etwa der gegen Salman Rushdie. Dabei könnte man fast glauben, dass Rabin der Friedensnobelpreis zum Verhängnis geworden ist, denn bis dahin war er für seine Direktive, Palästinensern die Knochen zu brechen, berüchtigt gewesen, und nicht dafür, der Verfechter einer nachhaltigen Lösung des Nahost-Problems zu sein.

Aber Rabin war nicht der Erste, der Mördern aus dem Dunstkreis der Orthodoxen zum Opfer gefallen ist. Anfang der 80er-Jahre wurde eine Gruppe von Terroristen verhaftet, die sich ›Jüdischer Untergrund‹ nannte und Anschläge auf palästinensische Bürgermeister, auf die Islamische Hochschule in Hebron, auf den Fußballplatz einer palästinensischen Schule und Moscheen verübt hatte – ja sogar plante, die Moscheen auf dem Tempelberg zu sprengen. Alle Verhafteten waren orthodoxe Juden, von denen die meisten ihre Ausbildung in Jeshiwot erhalten hatten, einige davon sogar Offiziere der Armee.

Zu allererst distanzierten sich die Führer der Siedlerbewegung von den Taten des ›Jüdischen Untergrunds‹, doch bald wurden ganz offen in Synagogen und auf der Straße Unterschriften für die Freilassung der verurteilten Terroristen gesammelt. Und als vor den Wahlen von 1988 in der Knesseth ein Gesetz zu deren Begnadigung eingebracht wurde, stimmte fast die Hälfte der Abgeordneten dafür. Drei, die wegen Mordes in der Islamischen Hochschule zu lebenslanger Haft verurteilt worden waren, wurden nach sechs Jahren freigelassen; der Staatspräsident hatte dreimal die Haftdauer verkürzt.«
»Entschuldige, dass ich dich unterbreche: Magst du einen Kaffee?«
»Lieber nicht, ich werde am Nachmittag noch genug Kaffee trinken.« Gershon schaut auf die Uhr. »Außerdem muss ich bald aufbrechen.« Als ihm Rupert daraufhin Wein nachschenken will, lehnt er auch diesen ab. »Gib mir lieber ein Glas Wasser. Schließlich sollte ich beim Schulfreund meines Vaters nicht schiker auftauchen. – Und dann kam das Massaker des Baruch Goldstein in der Moschee in Hebron; um diesen Aspekt des heutigen Israel abzuschließen.
Damals meinte Jitzhak Rabin noch, dieser müsse geisteskrank gewesen sein, denn ein normaler Jude sei zu einer solchen Tat nicht fähig. Aber es fanden sich Rabbiner, die die Tat verteidigten. Einer meinte sogar, das Gebot, du sollst nicht töten, betreffe nur Juden. Vielleicht verstand er unter Juden ohnehin nur orthodoxe Juden, denn zwanzig Monate später ermordete Jigal Amir, der Goldstein für seine Tat bewunderte, Jitzhak Rabin.
Man könnte nun sagen, Fanatiker und Wirrköpfe gibt es in jeder Gesellschaft, warum also nicht auch in Israel. Die Frage ist nur, wie der Staat darauf reagiert. Verfolgt er religiösen Fanatismus, wenn er gegen Gesetze verstößt und die Demokratie untergräbt? Nein, man erlaubt Rabbinern, die im Namen der Religion zum Mord aufrufen, frei umherzulaufen.
Rabbiner haben erklärt, im Sinn der Halakhah müssten sich Soldaten weigern, wenn sie den Befehl zur Räumung von Land erhalten. Laut israelischem Recht müsste der Aufruf

zur Befehlsverweigerung mit langjähriger Gefängnisstrafe geahndet werden, doch hat kein israelischer Staatsanwalt je Anklage erhoben; aus Angst, dies würde zu Unruhen seitens der Anhänger der Rabbiner führen. – Wenn sich Soldaten weigern, in den besetzten Gebieten Dienst zu versehen, landen sie im Militärgefängnis. Dagegen dürfen sich die Orthodoxen aus den Jeshiwot weigern, überhaupt Militärdienst zu leisten. Sobald ein Staat beginnt, über die Einhaltung seiner Gesetze zu verhandeln, untergräbt er sein eigenes Rechtssystem und die Demokratie. Und da steht Israel heute.«
Gershon schaut wieder auf die Uhr. »Aber jetzt muss ich gehen. Über die Veränderungen, die Israel in den vergangenen Jahren erfahren hat, gäbe es noch eine Menge zu sagen; aber wir treffen einander ja wieder. Beim nächsten Mal bei mir? Allerdings kann ich dich nicht so vorzüglich verköstigen.«

Als Gershon aus der U-Bahn steigt, schaut er auf die Uhr und stellt fest, dass er zu früh dran ist. Es ist aber auch nicht genug Zeit, sich noch in ein Kaffeehaus zu setzen, und er wüsste ohnehin nicht, was er dort trinken sollte. Er wird eben gemächlich zur Wegscheidschen Wohnung wandern. Dabei kann er überlegen, wie er Gerlinde sein Problem am besten darlegt. – Was will er eigentlich von ihr hören?
Auf der Brücke, über die ihn der Weg führt, bleibt er stehen. Wie lange ist es her, dass er den Möwen bei ihren Flugmanövern und ihren Zänkereien zugesehen hat? Es scheint ihm weit entfernt, fast so weit wie Israel, das sich ihm nun wieder aufdrängt.
Ein komisches Verhältnis ist das zwischen Rupert und seiner Frau. Er kocht für sie, und sie geht weg, lässt ihn mit seinem Braten allein. Vielleicht passiert das in allen Ehen? Ihm als Junggesellen ist dies erspart geblieben. Kein Verhältnis hat lang genug gedauert, um solche Erfahrungen zu machen. Und Gerlinde? Hat er nicht schon überlegt, wie es denn wäre, mit ihr auf Dauer zusammenzuleben? Wie würde er reagieren, wenn sie einfach wegginge, während er für sie kocht?

Jedenfalls wäre es schade gewesen, wenn Rupert den Braten aus dem Fenster geworfen hätte. – Natürlich ist es möglich, dass er selbst die Zwistigkeit ausgelöst hat; obwohl er durchaus umgänglich wirkt. Er hat ihn jedoch noch nicht genügend kennengelernt, um das beurteilen zu können. Er war zweimal bei ihm zum Essen, wobei Rupert einmal einen Monolog über vergangene Zeiten gehalten hat und er diesmal einen über die schwindende Demokratie in Israel. Als ob er sich hätte revanchieren wollen. Bestimmt hat Rupert das Problem nicht in dieser Weitschweifigkeit interessiert.

Genaugenommen hat auch er sich noch nie so eingehend über das Thema ausgelassen. Natürlich ist gelegentlich die Rede darauf gekommen: Shimon vertrat dann immer die Ansicht, wenn die Orthodoxen weiter an Macht gewännen, würde das letztlich die Existenz Israels bedrohen; während Efraim dem entgegenhielt, dass Israel ein von Juden gegründeter Staat sei und die Religion – obwohl die Mehrheit der Bevölkerung säkular eingestellt sei – doch ein wesentliches Element des nationalen Konsenses darstelle.

Er schlendert weiter. Was aber hat ihn dazu veranlasst, ausgerechnet Rupert gegenüber so ausführlich darauf einzugehen? Stand da sein Neffe im Hintergrund, der auf seine Weise die Flucht davor ergriffen hat?

Diesmal hat er Zeit, die Straße, in der die Wegscheids wohnen, näher in Augenschein zu nehmen. Es ist eine sichtlich bessere Wohngegend als die, in der er zuhause ist, oder gar die, durch die er am Vortag geirrt ist. Die Gebäude mit ihren aufwendigen Stuckverzierungen sind großteils frisch renoviert. Die blank geputzten Schilder neben den Eingangstoren der ersten Häuser, an denen er vorbeikommt, verweisen darauf, dass in ihnen diverse Arztpraxen und Anwaltskanzleien untergebracht sind; im Weiteren findet er auch die eines Design-Studios und einer Immobilienverwaltung. Hier ist eine wohlsituierte Bevölkerungsschicht – wie die Wegscheids – beheimatet. Gershon sieht aber auch zwei Geschäftslokale, die leer stehen und von einem Maklerbüro zur Vermietung angeboten werden.

Er studiert eben das Schild eines Psychotherapeuten, als er gefragt wird: »Brauchst du einen?« Es ist Gerlinde, die ihm nun fröhlich die Hand auf die Schulter legt.
»Nein, ich habe nur eben überlegt, ob dies eine Gegend ist, in der ein Psychotherapeut besonders benötigt wird – oder er diese bevorzugt, weil er hier auch bezahlt werden kann?« Er will sie umarmen, doch sie entzieht sich ihm.
»Ich habe gedacht, du musst eine Torte backen?«
»Die braucht nur noch auszukühlen. Und ich wollte nach dem Backen ebenfalls ein wenig auskühlen.« Sie hängt sich bei ihm ein, und sie gehen weiter.
»Wobei soll ich dich beraten?«, fragt sie dann.
Hat sie doch die Neugier auf die Straße gelockt, denkt Gershon, und sie ist ihm nicht zufällig begegnet. Da sie sich bereits dem Haus nähern, berichtet er gerafft von den beiden Telefonaten und dem Problem, das sich daraus für ihn ergeben hat.
»Was meinst du dazu?«, will er schließlich wissen.
»Wir müssen jetzt hinaufgehen«, erwidert sie, nachdem sie auf die Uhr geschaut hat. »Wir haben nachher Zeit, darüber zu reden.«
Sie braucht Bedenkzeit, sagt sich Gershon, als sie die Stiege hinaufgehen. Er bleibt ein paar Stufen hinter ihr, um ihren Anblick besser genießen zu können. Ihr Hintern bewegt sich aufreizend und er ruft ihn sich unbekleidet in Erinnerung.
Als habe sie seinen Blick gespürt, dreht sie sich um und meint lachend: »Du solltest mir nicht so unverschämt auf den Hintern starren!«
Gershon fühlt sich ertappt, sagt aber: »Habe ich gar nicht.« – Er mustert die massive Wohnungstür, an der er eben vorbeikommt: drei Schlösser. – Ohnehin wäre es ungehörig, dem Alten mit einer Erektion in der Hose gegenüberzutreten, die seiner Tochter gilt.
Vor der Wegscheidschen Tür stößt ihm Gerlinde neckend den Ellbogen in die Rippen, sagt aber dann, während sie aufsperrt, ernst: »Und vergiss nicht, was ich dir bezüglich der ersten Frau meines Vaters gesagt habe.«

Vom Vorzimmer aus teilt sie mit, dass sie beide schon da seien. Wolfgang kommt ihnen entgegen und hält Gershon zurück: »Ich wollte mich dafür entschuldigen, dass ich dich neulich derartig überfallen habe.«
»Ist schon in Ordnung. Wir hatten schließlich ein interessantes Gespräch.«
Ein wenig verlegen bleibt der Junge stehen, als ob er noch etwas sagen wollte, dann fordert er ihn aber auf: »Komm doch weiter.« Bevor sie das Bibliothekszimmer betreten, meint er leise: »Meine Mutter hat mit dir ja gesprochen.«
Der Alte sitzt in seinem Fauteuil und pafft an einer Zigarre. Er macht Anstalten, sich zur Begrüßung hochzuhieven, doch Gershon geht rasch auf ihn zu, um ihm das Aufstehen zu ersparen. »Wie geht es Ihnen?«, fragt er, als er ihm die Hand gibt.
»Bin schon wieder auf dem Damm«, und die Zigarre hoch haltend, »wenn sie wieder schmeckt. Aber setzen Sie sich doch! – Sie müssen meinen Absturz vom letzten Mal entschuldigen.« – Heute ist offenbar das große Entschuldigen angesagt, denkt Gershon. – »Aber manchmal nimmt einen etwas auf eine Weise mit«, fährt der Alte fort, »wie man es nicht erwartet hätte. Unversehens kommt man ins Trudeln. Das liegt mitunter auch am altersbedingten Verschleiß des Materials.«
Gerlinde kommt mit der Torte: »Ich hoffe, sie ist durch.«
»Ich muss ja gratulieren«, wendet sich Gershon an den Jungen.
»Das ist nicht nötig«, erwidert dieser fröhlich. »Es ging ja nur darum, Mutter dazu zu veranlassen, mir wieder einmal meine Lieblingstorte zu machen. Mohntorte. Magst du Mohntorte?«
»Ja, sicher.« Er kann sich nicht daran erinnern, jemals Mohntorte gegessen zu haben, aber er will Wolfgangs Begeisterung nicht mindern. Abgesehen davon muss ihm die Torte allein schon deshalb schmecken, weil sie Gerlinde gebacken hat.
»Was erheitert dich?«, fragt Gerlinde, die eben die Kaffeekanne auf den Tisch stellt.
»Warum sollte ich bei Kaffee und Mohntorte nicht heiter sein?«

»Ich habe für unseren Gast noch eine Überraschung«, verkündet unvermittelt der Alte. Typisch, denkt Gershon, er sagt nicht zu ihm: Ich habe für Sie eine Überraschung, obwohl es doch um seine Überraschung geht; vielmehr teilt er seinen Angehörigen mit, dass er ihn überraschen wolle.
Alle schauen den Alten erwartungsvoll an; und er greift hinter sich und holt eine alte, völlig abgewetzte lederne Brieftasche hervor. Er schlägt sie auf und zieht aus einem Fach ein Photo, das er Gershon über den Tisch reicht.
Darauf abgebildet ist ein sehr hübsches Mädchen, das Gershon bereits aus der Photo-Schachtel seiner Mutter kennt – eine der unidentifizierten Personen. Doch nun würde er erfahren, wer es ist.
»Ihre Tante«, hört er den Alten sagen.
Welche? Er schaut den Alten fragend an.
»Haben Sie nie eine Photographie von ihr gesehen? – Ihre Tante Rebekka!«
Gerlinde und Wolfgang stehen neben ihm, um ebenfalls einen Blick auf das Photo werfen zu können.
»Inzwischen wird der Kaffee kalt«, sagt Gerlinde schließlich ungehalten, nimmt die Kanne und schenkt ein. »Wolfgang, schneide die Torte an!«
»Ich druck' dir dann gleich eine Kopie aus«, sagt dieser zu Gershon und widmet sich dann folgsam dem Teilen der Torte. – Diesmal hat er gar nicht gemurrt, dass ihm sein Großvater das Bild nicht schon früher gezeigt hat.
Bevor er es weglegt, betrachtet Gershon nochmals das Bild, wobei weniger die Tante, sondern der Zustand des Photos sein Interesse weckt: Es ist abgegriffen, an vielen Stellen geknickt, die Ränder sind eingerissen, ausgefranst; es ist kein Photo, das sorgsam in einem Album aufbewahrt worden ist, es wirkt benützt, als ob es jemand lange Zeit immer mit sich geführt habe; das Bild einer Angebeteten.
»Ich habe die Photographie schon seinerzeit gesucht, als Wolfgang mit seiner Arbeit über Ihren Herrn Vater begonnen hat, aber nicht gefunden«, erklärt der Alte, nachdem er sein Tortenstück eilig gegessen hat. »Dann wurde ich doch beauftragt,

ein Bild vom Hübner, Willi, aufzutreiben, und beim Stöbern ist mir die Brieftasche untergekommen, ohne dass ich sie weiter beachtet hätte. Sie ist auf dem Schreibtisch liegen geblieben. Vorgestern habe ich sie dann in die Hand genommen und überlegt, ob ich das alte Stück nicht gleich wegwerfen sollte. – Im Grunde eine Frage der Sentimentalität: Mein Vater hat sie mir einmal zu Weihnachten geschenkt, als ich noch Gymnasiast war, und ich habe sie viele Jahre benützt. Andererseits hebt man viel zu viele Dinge auf, für die die Kinder, wenn man stirbt, dann doch keine Verwendung haben. – Also dachte ich, ich sollte sie besser gleich selbst entsorgen; habe aber glücklicherweise vorher noch hineingeschaut. Und da war die Photographie.« Zufrieden lehnt er sich zurück. »Einen Cognac? Oder doch wieder einen Wodka?«

»Ein wenig später«, erwidert Gershon, der noch seine Torte isst.

Er will gerade Gerlindes Backkunst loben, als sie ihm zuvorkommt: »Und wie schmeckt dir meine Torte?«

»Ganz ausgezeichnet.« Und da er Wolfgang schmunzeln sieht, fügt er hinzu: »Wirklich, ich habe noch nie eine so gute Mohntorte gegessen.«

Sie bedankt sich mit einem Lächeln. Als Gershon nach einer Weile wieder zu ihr blickt, starrt sie in ihre Kaffeetasse, die sie am Henkel hin und her dreht. Der Alte ist um seine Cognacflasche gegangen, Wolfgang nimmt das Photo vom Tisch und geht in sein Zimmer. Anscheinend ist sie noch zu keinem Ergebnis gekommen, was sie ihm sagen soll, denkt er. Und dann: In ihrer Tasse wird sie nicht genug Satz finden, um etwas herauslesen zu können.

»Bring unserm Gast doch schon einmal seinen Wodka.« Der Alte stellt zwei Schwenker und die Flasche auf den Tisch. Und während er einschenkt: »Wir können ja nicht gut allein trinken.«

»Für mich nur wenig«, sagt Gerlinde und steht auf, den Wodka aus der Küche zu holen.

»Sie wissen gar nicht, wie sehr es mich freut, die Photographie gefunden zu haben.« Der Alte lässt sich in den

Fauteuil fallen und greift nach dem Schwenker, merkt dann, dass er noch warten muss, und stellt ihn zurück.
»Alle waren in sie verliebt«, fügt er nach einer Weile versonnen hinzu.
»Worauf trinken wir?«, fragt er schließlich, nachdem auch Gershons Glas gefüllt ist. Es liegt ihm sichtlich etwas auf der Zunge, doch er verkneift es sich und erklärt dann: »Trinken wir auf Gerlinde und ihre Backkunst.«
Danach will aber kein rechtes Gespräch mehr aufkommen. Wolfgang bringt die Kopie des Photos. Man sieht, dass er sich Mühe gegeben hat, besonders störende Knickstellen zu retuschieren. Er verabschiedet sich aber sofort wieder mit dem Hinweis, er müsse noch etwas im Internet suchen – für die Schule. Als er zu Gershon gewandt meint, sie würden einander ja bald wiedersehen, zögert dieser einen Moment lang, bejaht aber dann.
Der Alte ist mit seinen Gedanken weit fort. Er sitzt versunken da, das Glas in seiner Hand, aus dem er gelegentlich nippt. Ab und zu tritt ein heiterer Zug in sein Gesicht. Es scheint allerdings unwahrscheinlich, dass er sich in absehbarer Zeit aus seiner Kontemplation lösen würde.
Gershon und Gerlinde wiederum fehlte es nicht an Gesprächsstoff, ein Thema ist jedoch vordringlich, und das wollen sie wiederum nicht hier erörtern. Im Grunde warten beide nur darauf, eine Gelegenheit zum Aufbruch zu finden. Gershon ergreift schließlich die Initiative und erklärt, er müsse nun leider gehen. Der Alte reagiert nicht, auch nicht als Gershon aufsteht. Gerlinde erhebt sich ebenfalls: »Wenn du einen Augenblick wartest, begleite ich dich ein Stück. Ich muss nur noch Wolfgang etwas sagen.«
Gershon nimmt die Gelegenheit wahr, am Bücherregal entlangzuwandern und einen Blick auf das Photo von Wegscheids erster Frau zu werfen. Gesichtsausdruck und Haltung, die sie darauf zeigt, lassen darauf schließen, dass sie eine selbstbewusste Frau gewesen sein muss. Bei Gelegenheit wird er Gerlinde fragen, mit welcher Begründung

ihr Vater das Bild vor seinem ersten Besuch entfernt hat.
Als er sie zurückkommen hört, geht er zum Alten, um sich von ihm zu verabschieden.
»Sie gehen schon?«, fragt dieser wie üblich. Er müsse noch ein für ihn ziemlich wichtiges Gespräch führen, erwidert Gershon und findet, dass er damit nicht einmal gelogen hat.
Sie wolle noch ein wenig Luft schnappen, stellt Gerlinde fest, doch da hat sich der Alte bereits wieder in seine Gedanken zurückgezogen und ein Lächeln spielt um seine Lippen.
Vor der Wohnungstür erklärt sie: »Ich habe Wolfgang gesagt, er soll nach seinem Großvater schauen. Er ist schon wieder in einem befremdlichen Zustand.«
»Im Gegensatz zum vergangenen Mal wirkt dieser aber nicht Besorgnis erregend.«
»Trotzdem soll sich Wolfgang um ihn kümmern. Man weiß ja nie.«
Im Park gehen sie sogleich zur einsamen Bank – und diesmal ist sie frei. Sie setzen sich eng nebeneinander. Gershon wartet auf ihre Antwort, doch sie schweigt. Schließlich sagt sie: »Du kommst doch zurück?«
Ein angenehmes Gefühl durchströmt Gershon, und er zieht sie an sich, küsst sie ungestüm, drückt sie fest an sich, bis sie sich ein wenig Raum verschafft, um wieder Atem schöpfen zu können.

XX

›Du kommst doch zurück.‹ Es ist ihm, als hätte er diesen Satz die Nacht über wie in einer Endlosschleife ständig gehört. Sie will, dass er zurückkommt, erwartet es von ihm, wartet auf ihn! Er kann sich demnach um seinen Neffen kümmern; den er, wie er merkt, nunmehr auch als solchen akzeptiert. Wenn er nach Israel fährt, wird es wie eine Dienstreise sein, von der er nach getaner Arbeit zurückkehrt. Rasch zurückkehrt! – Natürlich freut er sich darauf, seine Freunde wiederzutreffen, gemütlich mit ihnen zusammenzusitzen; aber er ist nicht davon ausgegangen, so bald wieder in Israel zu sein. Zu gegenwärtig ist ihm noch alles, was ihn aus dem Land getrieben hat.

Sie hatten lang eng umschlungen dagesessen, bis Gerlinde fragte, wann er denn fahren wolle. Und als er antwortete, so bald wie möglich, aber selbstverständlich nicht vor Dienstag, denn sie würden ja noch zusammen ins Theater gehen – es darüber hinaus auch davon abhinge, für wann er einen Flug bekomme –, bot sie ihm an, sich um das Ticket zu kümmern. Aus ihrer Tätigkeit als Fremdenführerin habe sie gute Beziehungen zu einem Reisebüro. – Er ist sehr froh darüber, dass sie das für ihn erledigt.

Nachdem dies geklärt war, hing jeder von ihnen seinen Gedanken nach. Er dachte daran, dass er Shimon und Efraim benachrichtigen müsse, sobald sein Flug fix gebucht sei; fand aber dann, dass er die Zeit, solange er noch mit Gerlinde zusammen war, besser nützen sollte. ›Hundert Shekel für deine Gedanken‹, sagte er, um sie aus ihrem Schweigen zu lösen, und sie fragte, wieviel das in Euro sei. Rund 18 Euro, antwortete er – und merkte, dass ihr kalt war. Ein kühler Wind war aufgekommen. Er wollte ihr sein Sakko geben, doch sie lehnte ab. ›Lass uns lieber gehen‹, meinte sie, und auf dem Weg: ›Ich werde alles so organisieren, dass wir den morgigen Tag ganz für uns haben.‹

Nun wartet Gershon auf ihren Anruf. Sie versprach ihn anzurufen, sobald sie wegen des Flugtickets Bescheid wüsste, um

anschließend gleich zu ihm zu kommen. Obwohl er davon ausgegangen ist, bis dahin im Bett zu bleiben, beschließt er nun aufzustehen. Er findet ohnehin keine Ruhe mehr. Er schlägt die Decke zurück und in diesem Augenblick klingelt das Handy.
»Guten Morgen. Hab' ich dich geweckt?«
»Ja, natürlich. Ich habe gerade von dir geträumt.«
»Dann ist es gut, dass ich dich geweckt habe. Wer weiß, was du dir in deinen Träumen ausdenkst. Oder war es ein Albtraum?«
»Ja. Du warst ein Moloch und eben dabei, mich zu verschlingen. Aus deinem Maul ragte nur mehr eine Hand heraus, mit der ich es eben noch schaffte, das Handy zu erwischen.«
»Keine Sorge, ich hätte dich bestimmt wegen Ungenießbarkeit wieder ausgespuckt.«
»Das beruhigt mich. – Und, weißt du schon etwas bezüglich des Flugs?«
»Deswegen rufe ich ja an. Und ich hätte es dir längst gesagt, wenn du mich nicht mit deinen Horrorgeschichten aufgehalten hättest. – Du fliegst morgen.«
»Morgen schon?«
»Alles Weitere erzähle ich dir, wenn ich bei dir bin. Ich fahre jetzt weg. Bis gleich!«
Der Gedanke, schon am nächsten Tag zu fliegen, beunruhigt ihn. Es geht ihm zu schnell. Er eilt in die Küche und setzt die Kaffeemaschine in Gang, dann ins Badezimmer zur Morgentoilette. – Gewiss, er hat gesagt, dass er ab morgen fliegen könne, aber er war nicht davon ausgegangen, dass er so rasch einen Flug bekommen würde. Schließlich muss er noch einiges erledigen!
Als er Rasierwasser über sein Gesicht verteilt, spürt er, dass in den Vertiefungen am Hals Stoppeln stehen geblieben sind, und er nimmt den Rasierapparat nochmals zur Hand. Er sollte Rupert sagen, dass er für einige Zeit wegfährt. Und wenn er Efraim etwas mitbringt, muss er auch für Shimon noch etwas kaufen – am besten eine Opern-CD.
Er schenkt sich in der Küche eine Tasse Kaffee ein und trägt sie ins Wohnzimmer, um sich hier anzuziehen. Aus dem Schlafzimmer holt er frische Wäsche. Als er eben in die Unterhose

schlüpfen will, überlegt er, dass sie füreinander doch ein wenig Zeit finden würden, und er setzt sich in Erwartung Gerlindes unbekleidet an den Tisch, auf dem noch immer die Photos gestapelt liegen; nunmehr ergänzt durch ein weiteres seiner Tante Rebekka, das ihm Wolfgang am Vortag kopiert hat. Während er Kaffee trinkt, nimmt er es zur Hand und betrachtet es. Alle waren in sie verliebt, hat der Alte gemeint; und so, wie sie das Photo zeigt, war das durchaus verständlich.

Er nimmt den Stoß mit den unidentifizierten Personen und sucht die Bilder heraus, auf denen ebenfalls die Tante erkennbar ist. Drei findet er. Auf einem ist sie ein wenig jünger, die anderen beiden stammen aus einer Serie, zu der offensichtlich auch das neue gehörte. In einem Anfall von Ordnungssinn schreibt er auf die Rückseite der vier Photos: Rebekka Gal.

Kurz darauf läutet es an der Tür; und plötzlich hat er Bedenken, Gerlinde nackt gegenüberzutreten. Er eilt ins Badezimmer, nimmt ein Badetuch und windet es sich um den Bauch, während er zur Tür geht.

»Wer ist da?«, fragt er.

»Wer schon?«, hört er Gerlinde sagen.

»Es hätte ja auch die Nachbarin sein können, die eine Brise Salz oder ein Ei braucht«, stellt er die Tür öffnend fest, »und dann hätte ich mir erst etwas anziehen müssen.«

Er will sie in die Arme nehmen, doch sie hält ihn auf Distanz. »Und du glaubst, mir so gegenüberzutreten zu können? – Einmal lasse ich dir das durchgehen, aber wenn ich das nächste Mal komme, erwarte ich, dich in Anzug und Krawatte anzutreffen.«

Sie schiebt ihn in Richtung Wohnzimmer und zieht ihm dabei das Badetuch von den Hüften. »Gleichberechtigung. Ich will auch einen Blick auf deinen Hintern werfen.«

»Aber deiner war von einer Hose verhüllt.«

»Damit hast du zugegeben, dass du mir auf den Hintern gestarrt hast.«

Gershon zieht sie an sich und küsst sie. Sie schmiegt sich an ihn und er spürt ihre Schenkel warm an seinem Glied. Seine

Hände streichen über ihren Rücken und gleiten unter ihren Pullover. Da sagt sie: »Krieg' ich auch einen Kaffee?«
Er lässt seine Hände sinken. Die Frustration muss ihm deutlich ins Gesicht geschrieben sein, denn sie streicht ihm tröstend über die Wange. »Wir haben den ganzen Tag für uns; müssen nur irgendwann dein Ticket holen. Und die Nacht über bleibe ich auch da.« Und nach einer kurzen Pause: »Schließlich muss ich dich morgen zum Flughafen bringen.« Als ob dies der alleinige Grund wäre.
Sie lacht schelmisch, als er in die Küche geht, um eine Tasse und die Kaffeekanne zu holen. Als er zurückkommt, ist sie ebenfalls nackt. Er setzt sich an den Tisch und schenkt ihr ein. Sie trinkt in kleinen Schlucken und setzt sich dann auf seinen Schoß. Behutsam lässt er seine Lippen auf ihrem Rücken von einer Schulter zur anderen gleiten, hin und zurück, bis sie sich mit einem wohligen Seufzer zurücklehnt. Er legt die Arme um sie, spürt ihre Brüste, hält aber die Hände ruhig. So sitzen sie eine Weile regungslos da, nur sein Glied pulsiert.
»Komm«, sagt sie plötzlich und steht auf. Er folgt ihr ins Schlafzimmer. Sie lässt sich mit gespreizten Beinen aufs Bett fallen. Einen Augenblick lang genießt er den Anblick ihres lockenden Körpers, dann gleitet er langsam über ihn.
Er will sich jeden Quadratzentimeter einprägen, denkt er, als er hinterher ihren ruhenden Körper betrachtet. Jeder Hügel, jede Vertiefung, ja jedes Härchen soll ihm vertraut sein, wenn ihn schon morgen ganz bestimmt die Sehnsucht, das Verlangen nach ihr überkommt.
Gerlinde zieht die Bettdecke über sich und rollt sich auf die Seite. Dabei kichert sie leise vor sich hin. »Man könnte glauben, mein Vater wolle mich mit dir verkuppeln«, sagt sie, während er versucht, auch unter der Decke Platz zu finden. »Als ich gestern nachhause kam, hat er mich gerügt, dass ich in einer Hose herumgelaufen bin und nicht ein Kleid angezogen habe. ›Du hättest dich ruhig ein wenig hübsch machen können‹, hat er gemeint. Und: ›Wenn eine Frau Hosen trägt, macht das keinen guten Eindruck auf einen Mann …‹«

»Da muss ich ihm Recht geben: Ich habe es auch lieber, wenn du keine Hose anhast.« Dabei streicht er über ihre Schenkel und lässt die Hand auf ihrem Schamhügel ruhen.
»Ich hätte ihm ja erzählen können, wie du mir, als wir die Treppe hochgingen, auf den Hintern gestarrt hast, obwohl oder gerade weil ich eine Hose anhatte.«
»Um ehrlich zu sein, ich habe ihn mir nackt vorgestellt.«
»Du Lustmolch!« Sie setzt sich auf und trommelt mit ihren Fäusten auf seine Brust. »Und dabei hat mein Vater noch gemeint: Abgesehen davon, dass du wie ein Russe Wodka trinkst, seist du eigentlich recht zivilisiert.«
»Siehst du.«
»Und als ich daraufhin sagte, du wärst schließlich der Sohn eines seiner Schulkameraden, hat er lachend entgegnet, dein Vater wäre mitunter ein rechter Barbar gewesen, um dann anzufügen, dass sie das aber alle gewesen seien, als sie noch in jugendlichem Saft gestanden wären.«
»Und, hast du etwas dagegen einzuwenden?«
»Wogegen? Dass sie rechte Barbaren waren?«
»Nein. Dass er dich mit mir verkuppeln will.«
»Ich such mir meine Männer selber aus!«, erwidert sie sehr bestimmt.
Nicht immer mit bestem Erfolg, denkt Gershon, verkneift sich allerdings eine Anspielung auf ihren einstigen Ehemann.
Hat sie es bemerkt oder erwartete sie einen Einwand? Sie richtet sich auf, blickt ihn an und stellt dann fest: »Wahrscheinlich hab ich dabei nicht immer eine glückliche Hand gehabt. Doch seither wähle ich recht gründlich.«
»Da habe ich aber verdammtes Glück gehabt.« Er zieht Gerlinde zu sich herunter, will das Thema damit beenden. Zu leicht könnte ihm eine unbedachte Bemerkung herausrutschen, und an diesem Tag will er keine Misstöne riskieren.
»Wie geht es deinem Vater?«
»Gut. So bedrückt er nach dem Tod seines Schulfreunds war, so aufgeräumt wirkt er nun. Ich glaube, ja ich bin fast sicher, dass deine Tante seine große Liebe war.«
»Doch die hätte bestimmt keinen Goi heiraten dürfen.«

»Er hat aber eine Jüdin geheiratet.«
»Für manche Familien war das keine Frage der Religion, sondern eine Statusfrage: Wie würde jemand vor seinen jüdischen Geschäftspartnern und Kunden dastehen, wenn die Tochter einen Nichtjuden heiratet.«
»Ist das noch immer so?«
»Ich weiß nicht, wie es hier ist. In Israel ist ein Andersgläubiger oder eine Andersgläubige, da zumeist Palästinenser, auch immer ein Feind; und Israeli, die eine Mesalliance mit einer Palästinenserin oder einem Palästinenser eingehen, was auch vorkommt, sind gezwungen, in einer eigenen Welt zu leben. – Ich habe da keine Probleme.«
»Hast du ein Glück.« Lachend drängt sich Gerlinde an ihn.
»Weißt du, wann ich in Tel Aviv ankomme?«, fragt Gershon, nachdem sie längere Zeit in fester Umarmung dagelegen sind.
»Ich hab es aufgeschrieben, bin aber sicher: Abflug um 10.40 Uhr und Ankunft auf dem Ben-Gurion-Flughafen um 15.05 Uhr. Hast du es schon so eilig, wegzukommen?«
»Nein, ganz bestimmt nicht. Aber ich sollte meine Freunde anrufen und mitteilen, dass und wann ich morgen komme, damit mich jemand vom Flughafen abholt.«
»Ja, natürlich. Ich schaue nach.«
»Nicht nötig. Wenn ich sage ›15 Uhr‹, finden sie das selbst heraus. Bleib liegen und halte das Bett warm. Ich komme gleich zurück.«
Auf die Idee, Shimon beziehungsweise Efraim jetzt anzurufen, ist er gekommen, weil er ohnehin dringend auf die Toilette muss.
»Bringst du mir den Kaffee mit?«, ruft sie ihm nach.
»Der ist bestimmt schon kalt«, erwidert er.
»Dann ein Glas Wasser!«
Shimon erreicht er nicht, doch Efraim meldet sich schon nach dem ersten Klingeln. Gershon informiert ihn, dass er am nächsten Tag komme. Efraim ist hörbar begeistert und verspricht, sie würden ihn am Flughafen abholen. Und dann fügt er noch hinzu, Gershon brauche sich keine Sorgen um seinen Neffen machen – Shimon wolle ihn unter seine Fittiche nehmen.

»Ich komme bald zurück«, erklärt er freudig, als er ins Schlafzimmer zurückkehrt. Da fällt ihm ein, dass er das Glas Wasser für Gerlinde vergessen hat, und eilt in die Küche, es zu holen.
»Warum bis du plötzlich so fröhlich?«, fragt Gerlinde, als er es ihr gibt.
»Nun, weil ich bald zurückkommen werde. Shimon ist bereit, sich um meinen Neffen zu kümmern. Wahrscheinlich will er aus ihm einen kleinen Ahasver machen.«
Gerlinde schaut ihn verständnislos an, während er wieder unter die Bettdecke kriecht und sie in die Arme nimmt.
»Weißt du, wer Ahasver war?«
»Ich kenn' ihn nur als den Ewigen Juden«, antwortet sie mit einem fragenden Unterton.
»Stimmt, wenn auch nicht ganz. – denn zum ersten Mal tritt Ahasver als persischer König Achashverosh im Buch Esther in Erscheinung. Obwohl es keinerlei historische Belege für die darin erzählte Geschichte gibt, auf die das jüdische Purim-Fest zurückgeht, wird dahinter gelegentlich Xerxes I. vermutet, der eigentlich Chshayarsha geheißen hat. In der bildenden Kunst findet man übrigens in erster Linie diesen Ahasver: bei Rembrandt, bei Paolo Veronese und auch bei einem Sebastiano Ricci.«
Gerlinde nimmt einen Schluck Wasser und macht es sich neben Gershon bequem, um ihm zuzuhören.
»Die Geschichte vom Ewigen Juden kam erst im Mittelalter auf, etwa im 13. Jahrhundert. Da wurde er aber noch Cartaphilus oder Buttadeus genannt. Du weißt ja, worum es da geht ...«
»Eigentlich nicht. Ich bin nicht bibelfest.«
»Die Bibel hat damit nichts zu tun, darin gibt es nicht einmal eine Andeutung der Legende, der zufolge Jesus, als er sein Kreuz nach Golgatha tragen musste, beim Haus eines Schusters – natürlich ein Jude, wie Jesus ja auch – rasten wollte. Doch dieser vertrieb ihn von seiner Schwelle und ließ ihn nicht ausruhen. Deshalb verurteilte ihn Jesus dazu, auf ewig ruhelos durch die Welt wandern zu müssen.
Ahasver heißt der Ewige Jude übrigens erst, seit in Deutschland Anfang des 15. Jahrhunderts eine ›Kurtze Beschreibung

und Erzehlung von einem Juden mit Namen Ahaßverus‹ erschien. Und in der Folge wurde der Jude Ahasver zu einem Sujet der Literatur, in dem in erster Linie antijüdische Vorurteile bedient werden sollten.

Aber die Figur wurde auch von Juden aufgegriffen. Ich war erst kurz in Israel, als ich Auszüge aus dem Buch ›Autoemanzipation‹ von Leon – eigentlich Jchuda Leib – Pinsker las, einem Pionier des Zionismus, der im 19. Jahrhundert in Russland lebte. Er, der in Odessa mehrmals Pogrome gegen Juden miterleben musste, schrieb da, der Judenhass wurzle darin, dass die Juden keinen Staat hätten. Seine Logik: Ein Fremder könne in einem anderen Land Gastfreundschaft verlangen, weil er in der Lage sei, sie in seinem Land mit gleicher Münze zurückzuzahlen. Der Jude aber könne das nicht, weshalb er keinen Anspruch auf Gastfreundschaft erheben dürfe. Und da Pinsker den Judenhass für angeboren und unausrottbar hielt, kam er zum Schluss, die Juden müssten eben wie alle anderen Nationen ein eigenes Heim haben. Damit würde auch der Fluch des ruhelosen Wanderns ein Ende finden.«

»Was aber hat das mit dir zu tun beziehungsweise mit Shimon und deinem Neffen?«

»Darauf komme ich. – Entschuldige, aber wenn ich so lange rede, brauche ich eine Zigarette.«

Nachdem er zwei Züge gemacht hat, setzt er fort: »Was mich und meine Freunde betrifft, wir trafen einander beim Militär, in einer Panzereinheit, und wurden bald eine Clique, insbesondere aus der Erfahrung heraus, dass jeder von uns mit seinen Vätern und Müttern eine lange Wanderung hinter sich hatte: Efraims Familie zum Beispiel stammte ursprünglich aus Polen, er selbst wurde in Frankreich geboren, konnte mit seinen Eltern vor den Nazis flüchten und kam schließlich aus Marokko nach Israel. Shimons Familie wiederum stammte aus Deutschland, er wurde rechtzeitig nach England geschickt, kam dann nach Australien und von dort mit einem Onkel nach Israel.

Da war also einerseits das Wandern, andererseits sahen wir im ›Ewigen‹ des Ewigen Juden auch etwas Programmatisches

– das Unausrottbare, das Unauslöschliche, das Unsterbliche des jüdischen Volkes –, das uns auf die Idee brachte, uns *ahasverim*, die Ahasvers, zu nennen. Und unter diesem Namen erzielte unsere Gruppe im Sechs-Tage-Krieg sogar einen gewissen Bekanntheitsgrad.

Daraus erwuchs auch ein Zusammengehörigkeitsgefühl. Erst trafen wir einander nur, wenn wir als Reservisten eingezogen wurden, später aber auch privat, außerhalb des militärischen Reglements. So entwickelte sich eine enge Freundschaft. Wir waren dabei, wenn einer von uns heiratete, wenn die Kinder Bar Mizwa feierten, verfolgten Glück, aber auch Unglück jedes Einzelnen und seiner Familie. – Das sind kurz gesagt die Ahasvers.« Gershon dämpft die Zigarette aus, rutscht wieder unter die Bettdecke und legt die Arme um Gerlinde.

»Glaubst du auch, dass der Judenhass angeboren und daher unüberwindlich ist?«, fragt sie plötzlich, wartet aber nicht auf eine Antwort: »Man hat doch gedacht, nach dem Holocaust – oder der Shoah, wie du sagst – wäre der Antisemitismus so diskreditiert, dass es die Alten nicht mehr wagen würden, den Mund aufzumachen, und die Jungen nicht mehr in vergangene Vorurteile verfallen würden. Doch davon ist nichts mehr zu merken. Ich gehe gar nicht von Schmieraktionen auf jüdischen Friedhöfen oder auch Anschlägen auf Synagogen aus; Unverbesserliche wird es immer geben. Aber ich habe gelesen, dass bei einer Umfrage ein nicht unbeträchtlicher Prozentsatz der Befragten – ich glaube, es waren 30 oder 40 Prozent – erklärt hat, sie möchten keinen Juden als Nachbarn haben. Und das haben sie auch so ohne weiteres zugegeben. Dabei bin ich mir sicher, dass sie einen Juden gar nicht erkennen würden. Woran denn auch?«

»Wenn er eine Kippa und Peies trägt.«

»Es war nicht die Rede von religiösen Juden, sondern ganz allgemein.«

»Wenn er nächtens Geige spielt und dazu ›Lu haiti Rotschild‹ singt.«

»Ich kann mir vorstellen, dass bei dieser Einstellung jemand jeden Nachbarn, der ihm auf die Nerven geht, freiweg zum

Juden erklärt. Mir wäre ein Nazi als Nachbar auf jeden Fall unangenehmer, wobei ich sicher bin, dass sich der schneller zu erkennen gibt. Ich käme auch gar nicht auf die Idee, mich bei jedem Menschen, der mir begegnet, zu fragen, ob er vielleicht Jude ist.«
»Was mich betrifft, brauchst du dich auch nicht zu fragen.«
»Das ist etwas anderes. Aber angenommen, ich hätte dich durch Zufall kennen gelernt und im Laufe des Gesprächs hätte sich herausgestellt, dass du aus Israel bist, dann wäre das für mich so gewesen, als wärst du aus Griechenland oder Kanada: Du bist Ausländer. Gut, bei einem Israeli gehe ich einmal davon aus, dass er Jude ist ...«
»Was nicht unbedingt stimmen muss. Die in Israel lebenden Araber sind Christen oder Muslime. Und unter den Einwanderern aus Russland gibt es auch viele *gojim*.«
»Darum geht es nicht; sondern darum, dass man einem österreichischen Buddhisten oder Mormonen ohne weiteres zugesteht, ein echter Österreicher zu sein, einem Juden aber vielfach nicht.«
»Ich gehe dennoch nicht davon aus, dass der Judenhass beziehungsweise der Antisemitismus angeboren und unausrottbar wären. Damit werden immer nur bestimmte Interessen verfolgt, also hält man ihn am Köcheln. Außerdem hat Leon Pinsker mit seiner These auch nicht Recht behalten, der Judenhass hätte ein Ende, wenn die Juden einen eigenen Staat hätten. In Israel wird zwar niemand verfolgt, weil er Jude ist, was allerdings nicht heißt, dass nicht auch Juden verfolgt werden. Und der Rassismus ist dort mit Sicherheit stärker ausgeprägt als in vielen anderen Ländern; nur richtet er sich eben nicht gegen Juden, sondern gegen Araber.
Lange nach dem von Pinsker ist mir ein Artikel von Joseph Roth – der war ja Österreicher? – in die Hände gefallen, in dem dieser in Bezug auf den Ewigen Juden und den Judenhass eine gegensätzliche These vertrat: Das Wandern, nicht an ein Land gebunden zu sein, sei kein Fluch, sondern ein Segen. Gott habe den Menschen Beine und Füße gegeben, damit sie frei über die Erde wandern. Und einer der Gründe

für den Antisemitismus sei der Neid der Gefangenen, denen die Freien ein Gräuel wären. Roth macht sich darin auch über die Deutschen lustig, wenn sie ihre Helden mit Eichen vergleichen, und erklärt: Bäume wären gefangen, der Mensch dagegen frei.«

»Sollten wir nicht dein Ticket holen?«, fragt Gerlinde unvermittelt.

Gershon stimmt zu. Offenbar sind sie beide im Augenblick nicht dazu aufgelegt, in ihren Liebesspielen fortzufahren. Ein Gespräch über Antisemitismus hat eben keinen erotisierenden Effekt, denkt er und gesteht sich ein, dass er selbst mit der Erwähnung der Ahasvers den Disput ausgelöst hat. »Ja holen wir das Ticket, bevor es mir noch jemand wegschnappt.«

»Willst du sonst noch etwas unternehmen, noch etwas anschauen, bevor du Wien verlässt?«

»Wenn da etwas wäre, das ich unbedingt sehen wollte, würde ich es mir aufheben – damit ich weiß, warum ich zurückkehren muss.« Er nimmt sie dabei fest in den Arm, doch sie schafft es, ihn in die Rippen zu boxen. Und als er sie küssen will, dreht sie den Kopf weg und sagt: »Wir holen jetzt dein Ticket, damit du nicht gar noch auf die Idee kommst, noch bleiben zu wollen.«

Als er sie loslässt, gibt sie ihm noch einen kräftigen Stups.

»Frieden! – Lass mich zuerst unter die Dusche gehen. Während du dann duschst, schaue ich rasch, ob mein Nachbar da ist, um ihm zu sagen, dass ich ein paar Tage wegfahre. Er soll nicht glauben, mir wäre etwas passiert.

Den Wohnungsschlüssel vertraue ich dir an – damit du die Blumen gießen kannst.«

»Du hast gar keine Blumen.«

»Und stell mir in meiner Abwesenheit auch keine herein; nicht einmal, um etwas zum Gießen zu haben. – Und solltest du keine Zeit haben, kannst du ja Wolfgang bitten, ab und zu nach dem Rechten zu sehen; ob auch alles in Ordnung ist.«

Gerlinde schaut ihn einen Augenblick verständnislos an, dann huscht ein Lächeln über ihr Gesicht; doch sie sagt streng: »So nennt man das. Du weißt, dass Kuppelei in Österreich strafbar ist?«

»Ich habe keine Ahnung, was du meinst.« Er steht rasch auf, bevor ihre Fäuste ihn noch erreichen können.
»Wart nur, bis du zurückkommst«, ruft sie ihm nach.

Da ist er nicht einmal mehr vierundzwanzig Stunden in dieser Stadt, liegt mit einer Frau im Bett, von der er stark annimmt, dass er sie liebt – und er hat nichts Besseres zu tun, als über Ahasver und den Ewigen Juden zu dozieren, denkt Gershon, während er das Wasser aufdreht. Rührt das von seiner Unsicherheit, nicht zu wissen, was ihn daheim erwartet? Daheim? Fährt er heim? Betrachtet er Israel noch immer als seine Heimstatt? Umgekehrt könnte er nicht sagen, dass er hier daheim ist. Er ist auf der Wanderung. Ahasver.
Doch darüber kann er sich ein andermal Gedanken machen. Er muss diesen Tag nutzen. Sie werden das Flugticket holen; das kostet gewiss einige Zeit. Dann werden sie zu Mittag essen. Er sollte Gerlinde in ein gutes Restaurant ausführen. Und am Abend gehen sie ins Theater. Dazwischen bleibt nicht mehr allzu viel Zeit. Packen muss er auch noch. Hat er genügend saubere Wäsche? Notfalls nimmt er sie schmutzig mit und wäscht sie daheim. Wieder dieses Daheim. In seiner Wohnung. Ja, die in Tel Aviv ist seine Wohnung, und diese hier ist nur gemietet, für ein halbes Jahr – ein Provisorium. Und bestimmt ist ihm die in Tel Aviv vertrauter, wenngleich er mit dieser hier augenblicklich Angenehmeres verbindet.
Allerdings wird er in der Tel Aviver Wohnung nicht allein sein. Efraim hat ihm seinen Neffen hineingesetzt. Wie wird er mit ihm auskommen? Wie wird er sein, dieser Neffe? Ähnelt er Hilda? Er hat ganz vergessen, Efraim zu fragen, wie alt er ist. Nun, morgen wird er es wissen. Er ist froh, dass Shimon bereit ist, sich um seinen Namensvetter zu kümmern, ihn – wie Efraim sagte – unter seine Fittiche zu nehmen. Wenn das klappt, könnte es heißen, dass er letztlich nur für die finanzielle Unterstützung des Jungen aufzukommen hat. Um welchen Zeitraum es sich dabei handelt, wird sich herausstellen.

Es ist schon eigenartig: Er, der es ein ganzes Leben lang geflissentlich vermieden hat, sich zu binden, lebt plötzlich mit der Vorstellung, er könnte doch noch heiraten und erhielte dabei einen Sohn gleich mitgeliefert – und zu allem Überfluss kommt da auch noch ein Nachkomme aus der eigenen Familie hinzu. Hat er nicht erst vor wenigen Tagen – wahrscheinlich sind es schon vierzehn Tage – Gerlinde gegenüber festgestellt, er habe niemanden, dem es etwas zu hinterlassen gelte? So schnell kann sich eine Lebenssituation ändern! Und nicht nur, weil einem zufällig ein Blumentopf auf den Kopf gefallen ist. Hat er schon unbewusst darauf reagiert, als er auf die Photos der Tante ihren Namen geschrieben hat?
Vielleicht hätte er doch ein Photo-Handy kaufen sollen; Gerlinde und Wolfgang werden, wenn er zurückkommt, wissen wollen, wie sein Neffe ausschaut; und nach dem Ahasver-Exkurs eventuell, wie Shimon, Efraim und die anderen ausschauen. An und für sich hat er ja Photos von ihnen, aus Mutters Schachtel, doch die stammen aus grauer Vorzeit. Er hat aber auch welche aus späteren Jahren gehabt – von denen er allerdings nicht weiß, wo sie geblieben sind. Da waren welche von Chaims Bar Mizwa; er hätte sie gar nicht ablehnen können, als sie ihm Efraim, der stolze Vater, in die Hand drückte. Und von Meïrs Hochzeit; das war das letzte Mal, dass sie vollzählig beisammen waren, denn kurz darauf kam Dror ums Leben. Er ist sich sicher, dass er die Bilder nicht weggeworfen hat, auch wenn er sich nie viel aus Photos gemacht hat. Aber sie sind nicht bei den Sachen, die er mitgebracht hat. Bleibt nur die Möglichkeit, dass er sie in die Kiste mit den Fachbüchern gepackt hat, die er bei Shimon untergestellt hat …
»Kommst du bald?«, hört er plötzlich Gerlinde rufen. »Bist du unter der Dusche eingeschlafen? Du musst schon ganz aufgeweicht sein.«
»Ich bin schon fertig«, ruft er zurück.

Der Autor

Helmut Rizy wurde 1943 in Linz (Oberösterreich) geboren. Kindheit und Volksschule in Leonfelden. Realgymnasium in Linz. Studium der Germanistik und Philosophie in Wien, ab 1963 als Journalist tätig. 1965 bis 1968 Aufenthalt in Israel. Lebt als Schriftsteller und freier Journalist in Wien und Bad Leonfelden.

Neuerscheinung August 2008
Hasenjagd. Edition Art Science.

Weitere Romane
Schweigegeld. Roman. Weitra 1997.
Andreas Kiesewetters Arbeitsjournal. Roman. Weitra 2001.

www.helmut-rizy.com

BUCHBESTELLUNGEN UND INFORMATIONEN
Edition Art Science / Wien – St. Wolfgang
Au 93, A-5360 St.Wolfgang
Tel.: 0660 122 53 89
e-mail: editionas@aon.at

LIEFERBARE TITEL
(Alle Preise zuzüglich Versand)

WAWERZINEK PETER
Mein Salzkammergut. Von Seefahrten und Seereisen.
Literarische Reihe. August 2008.
ISBN 978–3–902157–29–4 / 24,-

SVOBODA WILHELM
Friedrich Gulda. Bruchstücke eines Porträts.
Reihe Bruchstücke. November 2006.
ISBN 978–3–902157–18–8 / 15,-

STRASSER TILMAN
Seeleben. Notizen. Prosa. Gespräche.
Literarische Reihe. August 2007.
ISBN 978-3-902157–22-5 / 11,-

STEPINA CLEMENS K. (HG.)
Stationen. Zu Leben und Werk von Leo Perutz.
Reihe Schnittstellen. Juli 2008.
ISBN 978–3–902157–48–5 / 15,-

RÖPCKE DIRK & BAHR RAIMUND (HG.)
Geheimagent der Masseneremiten.
Reihe Schnittstellen. Juni 2002.
ISBN 978–3–902157–02–7 / 14,-

RIZY HELMUT
Hasenjagd im Mühlviertel. Roman einer Gegend.
Literarische Reihe. August 2008.
ISBN 978-3-902157-40-9 / 22,-

PUCHER WALTER
Post aus Knoppen. Prosa. Lyrik. Skizzen.
Literarische Reihe. Juli 2006.
ISBN 978–3–902157–20–1 / 12,-

Peer Alexander (Hg.)
„Herr, erbarme dich meiner!" - Leo Perutz.
Reihe Materialien. August 2007.
ISBN 978-3-902157-24-9 / 14,-
Kronabitter Erika
Lyrik der Gegenwart. Band 1.
Literarische Reihe. November 2008.
ISBN 978-3-902157-43-0 / 12,-
Kronabitter Erika
Lyrik der Gegenwart. Band 2.
Literarische Reihe. November 2008.
ISBN 978-3-902157-44-7 / 12,-
Kohl Sigrid, Strauss, Tina (Hg.)
Resonanzen. Anthologie.
Literarische Reihe. August 2008.
ISBN 978-3-902157-41-6 / 14,-
Kohl Sigrid
Später Rat. Gedichte.
Literarische Reihe. März 2008.
ISBN 978-3-902157-47-8 / 11,-
Danneberg Erika
Manchmal nur Verse ...
Lyrik. Dezember 2001.
ISBN 978–3–902157–00–3 / 11,-
Danneberg Erika
Nicaragua – Eine lange Liebe.
Reisenotizen. August 2000.
ISBN 978–3–902157–03–8 / 14,-
Düll Stefan
Günther Anders und der Neoliberalismus.
Günther Anders. Oktober 2004.
ISBN 978–3–902157–12–6 / 10,-
Biladt Claudia
Der „Antipode Eichmanns".
Reihe Schnittstellen. März 2008. 200 Seiten.
ISBN 978-3-902157-25-6 / 14,-
Bahr Raimund (Hg.)
Für Führer und Vaterland.
Reihe Schnittstellen. Juni 2008.
ISBN 978-3-902157-49-2 / 15,-

BAHR RAIMUND (HG.)
„Etwas in Bewegung setzen." Erika Danneberg.
Reihe Bruchstücke. Juni 2008.
ISBN 978-3-902157-45-4 / 11,- (zuzügl. Versand)
BAHR RAIMUND (HG.)
Marie Langer – Texte. Rundbriefe. Begegnungen.
Reihe Materialien. September 2007.
ISBN 978-3-902157-27-0 / 11,-
BAHR RAIMUND (HG.)
Günther Anders – Zugänge.
Reihe Schnittstellen. August 2007.
ISBN 978-3-902157-25-6 / 12,-
BAHR RAIMUND (HG.)
Urlaub vom Nichts.
Reihe Schnittstellen. Dezember 2004.
ISBN 978-3-902157-13-3 / 14,-
BAHR RAIMUND (HG.)
Marie Langer – 1910 Wien/Bunos Aires 1987.
Biographie. Juli 2004.
ISBN 978-3-902157-06-5 / 20,-
ARMIN ANDERS & CLEMENS K. STEPINA (HG.)
Texte. Körper. Räume.
Reihe Schnittstellen. Mai 2003.
ISBN 978-3-902157-09-6 / 12,-